Ruffiades, Georg

Praktische Grammatik der neuhellenischen Sprache

2. Teil

Ruffiades, Georg

Praktische Grammatik der neuhellenischen Sprache

2. Teil

Inktank publishing, 2018

www.inktank-publishing.com

ISBN/EAN: 9783750125162

Praktische

Grammatik

der

Neuhellenischen Sprache

von

G. Russiades.

Zweiter Theil.

Wien, 1834.
Gedruckt bei Anton v. Haykul.

Dritter Abschnitt.

Prosodie

(Προσῳδία)

oder

von der Rechtschreibung

(ἡ περὶ Ὀρθογραφίας).

Erstes Capitel.

§. 1.

Prosodie (Προσῳδία) oder das Zeitmaß der Silben.

1. Prosodie heißt die Lehre von dem Zeitmaße der Silben, nach welcher auch die Aufstellung der Tonzeichen zu bestimmen ist.
2. Jede Silbe erfordert nach ihrer eigenthümlichen Beschaffenheit eine längere oder kürzere Zeit für die Aussprache, sie ist entweder lang oder kurz.
3. In der Mitte zwischen der langen und kurzen stehen diejenigen Silben, welche nach ihrer Beschaffenheit weder entschieden lang, noch nothwendig kurz seyn müssen. Eine solche Silbe von unentschiedenem Maße nennt man anceps (κοινὴν) willkührliche oder doppelzeitige.
4. Das Maß einer Silbe beruhet theils und hauptsächlich auf der natürlichen Beschaffenheit der Vokale. Die Silbe ist von Natur lang (φύσει μακρὰ) oder

1 *

Praktische Grammatik der Neuhellenischen Sprache

von

G. Russiades.

Zweiter Theil.

Wien, 1834.
Gedruckt bei Anton v. Haykul.

Dritter Abschnitt.

Prosodie

(Προσῳδία)

oder

von der Rechtschreibung

(ἡ περὶ Ὀρθογραφίας).

Erstes Capitel.

§. 1.

Prosodie (Προσῳδία) oder das Zeitmaß der Silben.

1. Prosodie heißt die Lehre von dem Zeitmaße der Silben, nach welcher auch die Aufstellung der Tonzeichen zu bestimmen ist.
2. Jede Silbe erfordert nach ihrer eigenthümlichen Beschaffenheit eine längere oder kürzere Zeit für die Aussprache, sie ist entweder lang oder kurz.
3. In der Mitte zwischen der langen und kurzen stehen diejenigen Silben, welche nach ihrer Beschaffenheit weder entschieden lang, noch nothwendig kurz seyn müssen. Eine solche Silbe von unentschiedenem Maße nennt man anceps (κοινήν) willkührliche oder doppelzeitige.
4. Das Maß einer Silbe beruhet theils und hauptsächlich auf der natürlichen Beschaffenheit der Vokale. Die Silbe ist von Natur lang (φύσει μακρά) oder

1 *

kurz (ἡ βραχεῖα); oder auf der Verbindung der Selbstlaute mit Mitlaute ist sie durch Stellung lang oder kurz (θέσει μακρὰ oder βραχεῖα).

5. Das natürliche Maß einer Silbe läßt sich nach der Kenntniß des Maßes der Selbstlaute bestimmen (s. 1ter Absch., Einth. d. Selbstl.), daraus ergeben sich folgende Regeln:

a. lang ist eine Silbe, in welcher einer der langen Selbstlaute η oder ω stehet; z. B. φήρη, γνώμη.

b. lang ist jede Silbe, in welcher ein eigentlicher (κυρία) oder uneigentlicher (καταχρηστική) Doppellaut stehet; z. B. εὐθὺς, κοινὸς, αἰσχρὸς, ᾄδω, ἀθῷος.

Anmerkung 1. Die Doppellaute αι und οι, wenn sie die Endsilbe eines Wortes bilden, werden als kurze betrachtet; z. B. Μοῦσαι, ἀθῷοι, Μοῖραι, γενναῖοι (ausgenommen die Temporalendungen des Optat., welche in der alten Sprache die Endungen οι und αι haben).

c. Jede Verbindung zweier Selbstlaute zu einem Laut, gibt der Silbe natürliche Länge; z. B. ἄκων statt ἀέκων, ἱρὸς st. ἱερὸς, στάχυς st. στάχυες oder στάχυας.

d. kurz ist eine Silbe, in welcher einer der kurzen Selbstlaute ε oder ο steht, wenn auf den kurzen Selbstlaut wieder ein Selbstlaut, oder ein einfacher Mitlaut folgt; z. B. κλέος, τόπος.

6. Aber auch eine Silbe mit kurzem Selbstlaute wird lang durch Stellung, d. h. wenn auf den kurzen Selbstlaut ein Doppelmitlaut oder zwei und drei Mitlaute folgen; z. B. τράπεζα, ἔξω, ὄφον, ὀργὴ, ἐχθρός.

Anmerkung 2. Nicht verlängert wird eine Silbe mit kurzem Selbstlaute, wenn auf denselben zwei Mitlaute folgen, von denen der Erste eine muta (ἄφωνον, stumm) β, γ, δ, κ, π, τ, θ, φ, χ, der Zweite eine liquida (ἀμετάβολον, flüßig) λ, μ, ν, ρ ist; z. B. πέπλος, τέκνον, πότμος, ἀκμή, βότρυς.

Anmerkung 3. Wenn vor muta mit liquida einer der drei Ancipites (Doppelzeitige) α, ι, υ vorausgehet, so muß durchaus erst ausgemittelt werden, ob dieser Selbstlaut lang oder kurz ist, denn dieß versteht sich von selbst, daß ein in sich langer Selbstlaut vor muta mit liquida nicht verkürzt werden kann. Es bleibt also lang; z. B. ἔπαθλον (von ἆθλον und dieß von ἄεθλον)· μήνυτρον (von μηνύω) und ähnliche.

7. Aber die sub Anm. 2. angegebene Ausnahme erleidet wieder mehrere Beschränkungen und muta mit liquida bilden eine wahre Stellung:

a. Wenn bei Zusammensetzungen die muta mit liquida zusammentrifft; z. B. ἐκλείπω (von ἐκ und λείπω).

b. Wenn auf eine muta (β, γ, δ) ein der drei liquidae (λ, μ, ν) folgt, so wird der kurze Selbstlaut verlängert; z. B. λελεγμένος, βίβλος, εὔοδμος.

8. Die meiste Schwierigkeit der Bestimmung des richtigen Silbenmaßes der hellenischen Wörter verursachen die ancipites (δίχρονα, α, ι, υ), deren Maß an und für sich unentschieden ist. Im Allgemeinen ist über dieselben zu bemerken, daß in einem bestimmten Worte auch die ancipites stets ein bestimmtes Maß haben, also entweder lang oder nur kurz sind; ferner, daß das gewöhnliche Maß derselben die Kürze ist, und man kann dieselben überall als kurz annehmen, wo nicht die Länge derselben durch anderweitige Bestimmungen bekannt ist.

9. Um nun die einzelnen Fälle, in welchen die ancipites lang gebraucht werden, in eine vollständige und deutliche Uebersicht zu bringen, muß zuerst auf diejenige Silbe eines Wortes Rücksicht genommem werden, in welcher die anceps steht. Wir gehen dabei von der Endsilbe des Wortes aus, und von dersel-

ben zu der vorletzten und drittletzten Silbe über. Nächstdem unterscheiden wir auch, um das einzelne genauer zu verfolgen, zwischen den verschiedenen Gattungen der Wörter, und reden zuerst von der Länge der ancipites in der Declination, dann in der Conjugation und bei unveränderlichen Wörtern. Endlich werden, wenn mehrere Fällen einer gemeinsamen Analogie folgen, diese in einer allgemeinen Regel zusammengefaßt; diejenigen Wörter hingegen, in welchen die ancipites gegen die Analogie ähnlicher Wörter lang gebraucht werden, sollen einzeln und vollständig aufgezählt werden.

10. Da aber auch aus der Stellung des Accents in vielen Fällen das Maß der ancipites sich bestimmen läßt, so geben wir zuerst darüber folgende allgemeine Bestimmungen.

a. Jede anceps, welche mit dem Zirkumflex bezeichnet ist, ist von Natur lang; z. B. Μνᾶ, ἶσος, θῦμα·

b. steht bei mehrsilbigen Wörtern, die in der Endsilbe eine anceps haben, der scharfe Ton auf der vorletzten Silbe, so ist die anceps in der Endsilbe lang; z. B. βασιλεία, σοφία·

c. kurz ist die anceps in der Endsilbe, wenn entweder der Zirkumflex auf der vorletzten oder der scharfe Ton auf der drittletzten Silbe steht; z. B. χῶμα, εὐπρέπεια, δίωξις, πέλεκυς·

d. eben so ist die anceps in der vorletzten Silbe kurz, wenn auf derselben der scharfe Ton steht, und die Endsilbe ebenfalls kurz ist; z. B. πολλάκις, τίσις, κλύσις.

11. Alles übrige soll nun in einer Uebersicht nach den einzelnen Selbstlauten α, ι, υ zusammengestellt werden.

Wir beginnen daher mit α und zählen die Fälle auf, in welchen dieser Laut in verschiedenen Silben der Wörter lang gebraucht wird.

A.

Langes α in die Endsilbe.

Die Endungen, deren Maß hier zu bestimmen ist, sind α, αν, αρ und ας.

1. Die Endsilbe α.

I. Die Endsilbe α im Nominativ der zweiten Declination ist lang:

a. Bei den Wörtern, welche auf die Endsilbe geschärft sind (ὀξύτονα), stets, bei denen, welche auf die vorletzte (παροξύτονα) gewöhlich; z. B. καρδιά, χώρα· dagegen sind diejenigen, welche auf der drittletzten Silbe geschärft sind (προπαροξύτονα), oder auf die vorletzte Silbe zirkumflexirt werden (προπερισπώμενα), ohne Ausnahme kurz; z. B. μέριμνα, θαῦμα·

b. lang ist auch α in folgenden Endungen der Wörter der 2ten Declination und zwar 1. ohne Ausnahme bei den Endungen αα, εα, οα, υα und ωα; z. B. μνάα, πτελέα, θεά, πόα, στοά, καρυά, ἀλωά· 2. mit den in den folgenden bemerkten Ausnahmen ist auch lang in den Endungen αια, εια, ια, οια, υια und ρα; z. B. γαληναία, λεία, παιδεία, φιλία, ἁγία, χροιά, ἀλλοία, ὁποία, αὖρα, ἡμέρα.

Ausnahmen.

1. Von den Wörtern auf αια sind in der Endsilbe kurz alle zweisilbigen und einige mehrsilbige Eigennamen; z. B. γαῖα, Πλάταια.

2. Von den Wörtern auf εια ist zuerst zu bemerken, daß die von Zeitwörtern auf ευω gebildeten Hauptwörter, wenn sie persönliche Benennungen sind, das

Endselbstlaut (τελικὸν φωνῆεν) verkürzen, während ebendieselben, wenn sie eine Handlung oder Sache bezeichnen, die Endsilbe lang haben; z. B. Βασίλεια (Königin), aber βασιλεία (Königreich).

Kurzes α in der Endsilbe haben ferner die von Beiwörtern auf ης gebildeten Hauptwörter mit der Endsilbe εια; z. B. ἀκρίβεια, ἀλήθεια (von ἀκριβὴς, ἀληθὴς) u. a. m.

Auch das weibliche der auf υς Beiwörter, welches εια lautet, hat stets das α der Endsilbe kurz; z. B. γλυκεῖα, θήλεια, ἡμίσεια (von γλυκὺς, θῆλυς, ἥμισυς).

Alle mehrsilbigen weiblichen Nomina, welche παροξύτονα sind, haben den Endlaut α kurz; z. B. πανάκεια, πέλεια, ἀλήθεια.

3. Von den Wörtern auf ια sind in der Endsilbe kurz, die weiblichen auf τρια; z. B. ποιήτρια, ὀρχήστρια u. a. m. Die Beiwörter δία, μία, πότνια, und die beiden Hauptwörter Λάμια, Πολύμνια.

4. Von den Wörtern auf οια haben kurz den Endselbstlaut α die Zusammengesetzten, welche von Hauptwörtern mit der Endung ους abgeleitet sind; z. B. εὔνοια, παλίῤῥοια, εὔπλοια, εὔχροια u. s. w. (von εὔνους, παλίῤῥους, εὔπλους).

5. Von den Wörtern auf υια sind blos die ὀξύτονα lang; z. B. μητρυιὰ, ἀγυιὰ, ὀργυιὰ u. s. w. Alle andern sind entweder προπερισπώμενα oder προπαροξύτονα, woraus die Kürze der Endsilbe sich von selbst ergibt.

6. Von den Wörtern auf ρα sind lang die ὀξύτονα und die παροξύτονα, wie auch die zweisilbigen Eigennamen, welche in der Mitte ῤῥ haben und παροξύτονα sind, z. B. Πύῤῥα.

c. Lang ist α auch in die Eigennamen auf δα und θα; z. B. Λήδα, Μάρθα, und in einigen auf λα und μα; z. B. Φιλομήλα, Διοτίμα.

d. Als einzige Beispiele mit langen α sind endlich zu bemerken, die beiden ἀλαλὰ und σκανδάλα.

e. Die Dorische Endung α statt η ist lang; z. B. φάμα st. φήμη, ζωὰ st. ζωὴ u. dgl.

II. Bei den übrigen auf α ausgehenden Endungen der ersten Declination ist α in der Dorischen Genitivendung lang (bei Eigennamen und zwar hauptsächlich bei Römischen), z. B. ὁ Νουμᾶς, τοῦ Νουμᾶ· ὁ Θωμᾶς, τοῦ Θωμᾶ u. dgl., und bei ὁ πατραλοίας, τοῦ πατράλοία· ὁ μητραλοίας, τοῦ μητραλοία· ὁ ὀρνιθοθήρας, τοῦ ὀρνιθοθήρα. Von den Wörtern, welche im Nominativ die Endung της, βης, τρης, πης, χης und λης haben, ist das α in der Endung des Vocativs kurz.

III. In der Endsilbe der auf ον Sächlichen der 2ten Deklination ist das α stets kurz; z. B. ξύλα, φύλλα, ὠὰ u. dgl.

IV. In der Endsilbe der 4ten Deklination ist α kurz mit folgenden Ausnahmen:

a. im Accusat. Sing. der Wörter auf ευς, welche εα lautet, ist das α lang; ebenso ist auch α in der Endung des Acust. Sing. lang, wenn es durch Zusammenziehung aus εα entstanden ist, wie dieß bei Wörtern auf ης mit vorhergehendem Selbstlaute immer der Fall ist; z. B. τὸν ὑγιέα ὑγιᾶ· τὸν εὐφυέα εὐφυᾶ u. dgl. (von ὑγιὴς, εὐφυής).

b. Im Sächlichen Plur. der Wörter auf ας, Gen. ατος, und einige auf ος mit vorausgehendem ε ist das α lang; z. B. κρέατα, κέρατα (von τὸ κρέας, τὸ κέρας), κλέα (von τὸ κλέος), und der Wörter auf ουν; z. B. ὀστᾶ, χρυσᾶ, ἁπλᾶ u. dgl. (von ὀστοῦν, χρυσοῦν, ἁπλοῦν.)

c. lang ist auch α im Dativ Sing. aller Nomini auf ας.

V. Von Nebenwörtern mit langen α in der Endsilbe sind nur aufzuführen, λάθρα, πέρα, κρύφα und πέρα, nebst sämmtlichen, welche vom Dativ der 2ten Deklination entnommen, auf α endigen, und also schon wegen dem uneigentlichen Doppellaut von Natur lang sind, wie δημοσίᾳ, ἰδίᾳ u. dgl. In allen übrigen Nebenwörtern, so wie Zahl- und Vorwörtern ist α als Endsilbe stets kurz.

VI. Auch als Zeitwortsendung ist α nur dann lang, wenn es durch Zusammenziehung entstanden ist, wie γέλα st. γέλαε, γελᾷ st. γελάει u. s. f., in allen andern Fällen ist es durchaus kurz.

---

2. Die Endsilbe αν.

I. In der ersten und zweiten Deklination ist αν als Endsilbe des Accusat. Sing. lang, bei denjenigen Wörtern, welche im Nomin. langes α haben, also:

a. bei sämmtlichen auf α oben sub I. angegebenen; z. B. φιλίαν, χώραν, λείαν u. dgl., und bei den Wörtern auf ας, wie νεανίαν, Πυθαγόραν, κοχλίαν u. dgl. Endiget aber der Nominat. auf kurzen α, wie dieß bei allen oben nicht angeführten Wörtern dieser Endung der Fall ist, so hat auch der Accusat. kurzes α; z. B. ἀλήθειαν, εὐπρέπειαν u. dgl.

b. αν als Dorische Endung des Genit. Plur. ist lang; z. B. τᾶν νυμφᾶν st. τῶν νυμφῶν.

II. Als Nominativendung der 4ten Declination ist αν lang, nur bei dem männlichen; z. B. Παιάν, außerdem noch bei dem sächlichen τὸ πᾶν.

III. Die auf αν ausgehenden Nebenwörter haben das α kurz, mit Ausnahme von ἄγαν, λίαν, πέραν.

IV. Als Zeitwortsendung (der Infint. in der alten Sprache, auch im höhern Style der neueren gebräuchlich) hat αν stets ein kurzes α, außer in der unbestimmten Art der Zeitwörter der 2ten Conjugation, wo α durch Zusammenziehung aus αει entstanden ist, und gewöhnlich auch mit dem ι subscriptum (ὑπογεγραμμένον) geschrieben wird; z. B. γελᾷν, πεινᾷν, ἀγαπᾷν und ähnliche.

---

3. Die Endsilbe αρ.

Die Endsilbe αρ, welche sich nur in der 4ten Deklination findet, ist kurz, außer in den einsilbigen, wie ὁ ψὰρ, ὁ Κὰρ u. dgl.

Im τὸ στέαρ (Talg) und τὸ φρέαρ (Brunnen) ist das α lang.

---

4. Die Endsilbe ας.

I. Als Nominativendung der ersten Deklination ist ας durchgängig lang wie in ὁ ταμίας, ὁ Πυθαγόρας, ὁ νεανίας und dgl. Ebenso ist im Accusat. plur. der ersten Deklination ας stets lang.

II. In der vierten Deklination haben langes α:

a. Die Wörter auf ας, Genit. αντος und alle Mittelwörter dieser Endung.

b. Die beiden Beiwörter ὁ μέλας und ὁ τάλας, Genit. τοῦ μέλανος, τοῦ τάλανος.

c. Die zusammengesetzten Beiwörter auf κρας Genit. ρατος; z. B. ὁ χαλκόκρας (mit Kupfer vermischt) u. a. m.

III. Der Accusat. plur. der 4ten Deklination hat stets kurzes α, wie z. B. τοὺς θώρακας, τοὺς Μακεδόνας, τοὺς Αἴαντας u. dgl.: nur in der Endung εας von Hauptwörtern auf ευς ist das α lang; z. B. τοὺς ἱερέας, τοὺς βασιλέας, τοὺς ἱππέας u. dgl.

IV. In der Zeitwortsendung ist ας stets kurz, außer wo es durch Zusammenziehung entstanden ist, in die

σαής (übelriechend, lobend), ἀχραής (unbefleckt u. dgl.

b. In den Hauptwörtern auf αων, Genit. αονος oder αονος; z. B. ὁ ὀπάων, ὁ Ποσειδάων u. dgl. (in der Poesie).

II. Vor Mitlauten ist α lang in abgeleiteten Wörtern

a. in den Haupt- und Beiwörtern mit den Endungen αμα, ασις, ατης, ατήριος, ατικος, ατος und ασιμος, welche von Zeitwörtern der 2ten Conjugation, die in den abgeleiteten Tempora (Zeiten) langes α haben; z. B. θέαμα, θεατὴς, θεατὸς ὁρατὸς, ἴασις, θηράσιμος, θηρατικὸς (von θεῶμαι ὁρῶμαι, ἰῶμαι, θηρῶμαι).

Anmerkung 6. Hingegen haben die Ableitungen dieser Art ein kurzes α, wenn sie von Zeitwörtern auf αζω, ασσω und αμαι, und von solchen der 2ten Conjugation, welche in den abgeleiteten Tempora kurz das α haben, (dergleichen sind das γελῶ, δαμῶ, ἐλῶ, θλῶ, ἱλῶ, ἱμῶ, κεραῶ, κλῶ, κρεμῶ, περῶ, (als übergehend) σπῶ, τάομαι und ἔραμαι; alle übrigen Zeitw. der 2ten Conjugation haben das α lang, in den abgeleiteten Tempora) herstammen; z. B. ἐργάτης, πλάσις, δυνατὸς, ἐλατὴρ, von ἐργάζομαι, πλάσσω, δύναμαι, ἐλῶ u. dgl.

b. In Eigennamen auf ατης, welche entweder von Hauptwörtern auf α abgeleitet, oder selbstständig gebildet sind; z. B. Σπαρτιάτης, Τεγεάτης, Εὐφράτης u. s. a. mit Ausnahme der von Zeitwörtern gebildeten Zusammensetzungen dieser Art, welche das α kurz haben; z. B. Σωκράτης, Ἰφικράτης u. s. a., und alle auf βατης und φατης ausgehende; und außerdem noch folgende einzelne: Γαλάτης, Δαλμάτης, Σαρμάτης.

c. Bei den Nationalnamen auf ανος (ὀξύτονα); z. B. Ἀσιανὸς, Γερμανὸς u. dgl.; hingegen die προπαροξύτονα dieser Endung haben das α kurz; z. B. Σίκανος, Δάρδανος u. dgl.

d. In den Zusammensetzungen, welche auf ανωρ und ανορία, ferner auf κράνος endigen, und in denjenigen, welche mit καρα, κερα und κρέα beginnen; z. B. Βιάνωρ, τρίκρανος, καραδοκῶ, κερατόμος, κρεανόμος u. dgl.

e. In den von den Zeitwörtern ἄγω, ἀγνύω, ἀνδάνω abgeleiteten Zusammensetzungen; z. B. λοχαγὸς, κυναγέτης, ναυαγῶ, ναυαγία, αὐθάδης, ὀπαδὸς u. a. dieser Art.

f. Als einzelne abgeleitete Wörter mit langem α sind außerdem noch folgende: ἄκρατος, ἀνιαρὸς, διάκονος, νεανίας, σιαγὼν, σίναπι, τιάρα, φάλαρος, φλύαρος und die davon gebildeten; auch die Eigennamen Ἄμασις, Ἄναπος, Ἄρατος, Θεανὼ, Ἰάσων, Μιθριδάτης, Πρίαπος, Στύμφαλος, Συρακόσαι und Συρακόσιος, Φάρσαλος.

D.

Langes α in der Anfangssilbe.

In der Anfangssilbe (ἀρκτικὴ συλλαβὴ) hellenischer Stammwörter ist das α als lang zu betrachten in folgenden Fällen:

I. In einsilbigen Hauptwörtern auf αος; z. B. λαὸς, ναὸς, πρᾶος, und in allen davon abgeleiteten wie Μενέλαος, Λαομέδων, λαοσσόος, ναοφύλαξ, ναοποιὸς, πραΰνοος, πραΰθυμος u. s. w. mit Ausnahme von ὁ Ταώς.

II. In zweisilbigen Wörtern auf ανος (ὀξύτονον); z. B. ὁ Δανὸς, τοῦ Πανὸς· ὁ φανὸς, ὁ τρανὸς, und in den davon abgeleiteten; auch die auf αλὸς (ὀξύτονα) mit Ausnahme von ὁ καλὸς, welches das α kurz hat.

III. Als einzelne Wörter mit langem α in der Anfangssilbe sind folgende zu bemerken: ἡ ἀγὴ (Gestade), ὁ ἀὴρ und alle davon abgeleiteten, wie ἀερώδης, ἀέριος u. dgl.; ἀετὸς und die davon gebildeten Zu-

sammensetzungen — ἀέναος, ἀΐδιος, αἰθαλὴς αἴκη un
ἄιξ, nebst allen davon gebildeten Zusammensetzung
auf ἄιξ — ἀμητὴρ, ἄμηττος, ἀρητὴρ, ἄτη, ἀτήριο
ἀτηρὸς, ἀθάνατος, ἀκάματος, δαγὴς, δραπέτης, κ
βαξ, χάραβος, καρὶς, λαρινὸς, λαρὸς, πρᾶγος, neb
allen davon abgeleiteten und Zusammensetzungen w
z. B. εὐπραγία, δυσπραγία; auch φᾶρος nebst seine
Zusammensetzungen.

Anmerkung 7. Das im dorischen und ionischen Dialecte fü
η gebrauchte α ist stets lang, z. B. ἀρχίδαμος von δᾶμος f
δῆμος — ῥήδιος st. ῥάδιος — σφρηγὶς st. σφραγὶς — τρη
χὺς st. τραχὺς — φρήτρη st. φράτρα.

A.

Langes ι in der Endung ιν.

Die Endung ιν wird betrachtet als lang, nur wenn sie als Nebenform der Endung ις, Genit. ινος bestehet; z. B. ὁ Δελφὶν und ὁ Δελφὶς — ῖνος· ἡ ῥὶν und ἡ ῥὶς — ινὸς u. a. Auch im Dativ plur. der zwei ersten Personalfürwörter ἡμῖν und ὑμῖν.

Die Endung ις.

Als Nominativendung ist ις lang:

a. Bei den Hauptwörtern auf ις, Genit. ινος und ιθος; z. B. ἡ ἀκτὶς — ῖνος, ἡ ὄρνις — ιθος, ἡ ῥὶς — ῥινὸς u. a.

b. Bei den einsilbigen Hauptwörtern dieser Endung; z. B. ὁ κὶς, τοῦ κιὸς (Kornwurm), ἡ θὶς τῆς θινὸς (Haufe), ἡ ἶς τῆς ἰνὸς (Sehne) u. a.

c. Bei folgenden einzelnen, die im Genit. ιδος haben; z. B. ἡ ἀψὶς (Rundung des Rades), ἡ βαλβὶς (Schranken bei Wettkampf), ἡ βατραχὶς (froschfarbiges Kleid), ἡ κηκὶς (Gallapfel), ἡ κηλὶς (Mackel), ἡ κνημὶς (Beinschinen und Gamaschen), ἡ κρηπὶς

(Grundlage), ἡ Νησὶς (Insulanerinn), ἡ σφραγὶς (Petschaft, Siegelring), ἡ σχοινὶς (Binsengefäß), ἡ τευθὶς (Dintenfisch), ἡ ῥαχὶς (Runzel), ἡ χειρὶς (Handschuh) und ἡ ψηφὶς (Stein im Brettspiel).

B.

Langes ι in der vorletzten Silbe.

Von den Wörtern auf ιξ haben in den abhängigen Endungen ein langes ι:

a. Die Einsilbigen, welche nicht mit zwei Mitlaute beginnen; z. B. ἡ ἰξ, ἰκὸς (Mistel) und außerdem noch ἡ φρὶξ — κὸς (der Schauer) und ψὶξ — χὸς (Krumme, Bröckchen).

b. Die Zweisilbigen, deren vorletzte Silbe im Nominativ lang ist; z. B. ἡ ἄϊξ — κος (heftige Bewegung, Schuß), ὁ πέρδιξ — κος (Rebhuhn), ὁ τέττιξ — γος (Zikade), und diejenigen, die in der Mitte ein λ haben; z. B. ὁ, ἡ ἧλιξ — ικος (Gespiele, Kamerad).

Von den Wörtern auf ις haben in den abhängigen Endungen ein langes ι alle diejenigen, bei denen die Nominativendung ις als lang angegeben worden ist (siehe oben Endung ις).

Von den Wörtern auf ιψ haben langes ι in den abhängigen Endungen die Einsilbigen, wie ὁ θρὶψ — πὸς (Holzwurm), ἡ θρὶξ — χὸς (Haar) u. a.; ausgenommen ὁ λὶψ — βὸς (Südwestwind) und ἡ νὶψ — φὸς (Schnee).

Die unregelmäßigen Comparationen auf ιων, sächlich ιον, haben alle das ι lang.

Von den Zeitwörtern, welche das ι in der vorletzt Silbe haben, gelten folgende Bestimmungen:

a. Die Zeitwörter auf ινω haben ein langes ι nur der gegenwärtigen, halbvergangenen und aorist. Ze anzeigender Art; z. B. κρίνω, ἔκρινον, ἔκρινα; allen übrigen Formen aber ist das ι kurz.

b. Von den Zeitwörtern auf ιω haben die mehrsilbige durchaus, und die zweisilbigen zum größten Theil e langes ι; z. B. κυλίω, κονίω, μηνίω, πρίω u. s. n mit Ausnahme von ἐσθίω, μαστίω, ἀΐω und die N benformen zu Zeitwörtern auf ιζω, wie ἀτίω st. ἀτίζ u. a., welche stets ein kurzes ι haben.

c. Die Zeitwörter, deren Anfang mit zwei Mitlaut beginnt, wovon das erste eine Muta (stumm) ist haben das ι lang; z. B. βρίθω, θλίβω, πνίγω τρίβω u. a. m.

d. Die meisten circumflexirten Zeitwörter von zweisil bigem Stamme haben in der Anfangssilbe, und di Mehrsilbigen auch in der Mitte ein langes ι, wi z. B. βινέω - ῶ, δινέω - ῶ, διφάω - ῶ, κινέω - ῶ, νικάω - ῶ, σιγάω - ῶ, τιμάω - ῶ, φιμόω - ῶ· so auch ἀκριβόω - ῶ, ἀγινέω - ῶ.

Ueber die Länge des ι in der vorletzten Silbe abgeleiteter Wörter gelten folgende Regeln:

a. Von den Wörtern auf ια haben ein langes ι die zweisilbigen, welche mit zwei Mitlaute anfangen; z. B. θριά, στία, φλιά, (mit Ausnahme von σκιά) und folgende einzelne: καλιά, ἀνία und κονία.

b. Die zwei- und dreisilbigen Hauptwörter und sämmtliche Eigennamen auf ιων, Genit. ιονος, haben das ι lang; z. B. κίων, πρίων, βραχίων, Ἀμφίων, Ἰξίων u. a., mit Ausnahme von ἡ χιὼν und ὁ πίων, der Eigennamen und der Patronymica, welche im Genit. das ω beibehalten; z. B. ὁ Κρονίων - ωνος u. s. w.

c. Die προπαροξύτονα auf ιλος und ιλον haben das ι lang; z. B. ὁ ὅμιλος, ὁ ἄργιλος, τὸ πέδιλον.

d. Die προπερισπώμενα auf ῖνος; z. B. ὁ Ἰκτῖνος u. a. Die beiden ὀξύτονα, ὁ χαλινὸς und ὁ ἐρινὸς, und die vier προπαροξύτονα, ἡ κάμινος, ἡ ὕσγινος, τὸ κύμινον und τὸ σέλινον haben das ι lang.

e. Die Beiwörter auf ινος haben das ι kurz mit Ausname von ὀπώρινος, μετοπώρινος, μεσημβρινὸς und ὀρθρινὸς, bei welchen das ι abwechselnd lang und kurz gebraucht wird.

f. Die vielsilbigen Hauptwörter auf ινη und ινα haben das ι lang; ἡ δωτίνη, ἡ ἀξίνη, ἡ ἐργαστίνη, ἡ Αἴγινα, mit Ausnahme von εἰλαπίνη (festlicher Schmaus).

g. Die Wörter auf ιτης und ιτις, und die Eigennamen auf ιτη haben das ι lang; z. B. ὁπλίτης, τεχνίτης, πολίτης, Ἀφροδίτη, Ἀμφιτρίτη, ausgenommen ist ὁ κριτής (Richter).

Endlich noch folgende einzelne: τὸ ἀκόντιον· ἡ ἐνιπή· ὁ, ἡ ἔριθος· ὁ παρθενοπίτης· ὁ τάριχος· ἡ χελιδών und die Eigennamen: Γράνικος, Ἐνιπεὺς, Εὔριπος, Κάϊκος, Ὄσιρις, Βούσιρις, Σεμίραμις, Σέριφος und einige andere haben das ι lang in der vorletzten Silbe.

C.

Langes ι im Anfange der Wörter.

Von den zweisilbigen Namen mit der Endung ος haben ein langes ι in der Stammsilbe die auf ιλος, ιμος, ινος, ιος, welche entweder ὀξύτονα oder προπερισπώμενα sind; z. B. χιλὸς, φιλὸς, πῖλος, λιμὸς, σιμὸς, φιμὸς, ὁ und ἡ ῥινὸς, δῖνος, πρῖνος, ἰὸς, κριὸς u. a. mit Ausnahme von ὁ βιός.

---

2 *

Die zweisilbigen Diminutiva (ὑποκοριστικὰ) auf ι haben das ι lang in der Stammsilbe; z. B. κλῖμαξ, πῖδ... u. a.

Auch andere zweisilbige Hauptwörter mit der En-dung ος haben das ι der Stammsilbe lang, wie σῖτος βρῖθος, μῖμος, μῖσος, στῖφος u. a. ähnliche. Ebenfalls au... diejenigen mit dieser Endung, bei welchen auf die Stamm-silbe ein einfaches μ folgt; z. B. βρίμη, τιμὴ, δριμὺς ausgenommen die auf μα aus kurzen Verbalstämmen gebil-deten Hauptwörter, wie z. B. τὸ κλίμα u. a. f. Als ein-zelne Wörter mit langem ι in der Anfangssilbe sind haupt-sächlich folgende: ἰάομαι-ῶμαι, und die davon abgelei-teten, wie ἰατρὸς, ἴασις, ἴαμα und dgl.; ἰθὺς, ἴλαος ἴλη, ἰλὺς, ἵμερος, ἰνίον, ἰτέα, ἴυξ, ἰυγμὸς, δίκη, κλίνη κικὺς, κριθὴ, νίκη, σιγὴ, σμίλη, ῥιπὴ, γριπεὺς, πίων πιμελὴ, λιτὸς, μικρὸς, γίνομαι, γινώσκω, διψάω-ῶ πιαίνω, μιμέομαι-οῦμαι u. die davon abgeleiteten; dann χίλιοι und die Eigennamen: Ἴδη, Ἴκαρος, Ἴναχος, Σι-δὼν, Σικελία, Τίρυνθος, Τίτυρος u. m. a.

A.

Langes υ in der Endsilbe.

Die Endung υ ohne hinzutretenden Mitlaut.

Als Deklinationsendung ist υ stets kurz, außer in den einsilbigen Namen der Buchstaben, wie Μῦ, Νῦ, Ξῦ, und im Worte γρῦ (ein Muck oder Muchs). Auch im Vocativ der Wörter auf υς, deren Nominat. lang ist, gilt das υ als lang.

Die Nebenwörter auf υ sind kurz, nur bei ἀντικρὺ (gegenüber) ist das υ abwechselnd kurz und lang.

Die Endung υν.

Als Nominativ ist υν lang; z. B. ὁ Μόσυν, ὁ Φόρκυν u. a. s. Als Accusat. ist υν lang bei denjenigen Namen auf υς, welche im Nominat. lang sind (siehe folgende).

Die Endung υς.

Als Nominativendung ist υς lang:

a. In den einsilbigen Wörtern, wie δρῦς, μῦς, σῦς oder ὗς u. a. m.

b. In den mehrsilbigen ὀξύτονα, welche im Genit. υος bekommen; z. B. ἰχθύς, ὀφρύς, ἐδητύς u. s. a.

c. In den beiden Hauptwörtern δαγύς — ύδος und κώμυς — θος.

d. Bei den Mittelwörtern dieser Endung; z. B. ζευγνύς, δεικνύς — ύντος u. s. m.

Als Nominativ- und Accusativendung plur. ist υς lang, weil es durch Zusammenziehung auf υες und υας entstanden ist; z. B. αἱ ὀφρῦς statt ὀφρύες und τὰς ὀφρῦς st. ὀφρύας u. s. a.

Langes υ in der vorletzten Silbe.

Bei Nominativformen ist υ vor der abhängigen Endung lang:

a. In den Wörtern auf υν, Genit. υνος, wie Μόσυν, Φόρκυν — υνος u. s. a.

b. In den Zweisilbigen auf υξ, deren vorletzte Silbe von Natur lang (φύσει μακρά) ist, und die im Genit. ein κ annehmen; z. B. κῆρυξ, δοίδυξ — υκος u. s. w.

c. Von den Zweisilbigen auf υξ, Genit. υκος, deren vorletzte Silbe durch Position lang (θέσει μακρά) ist, haben nur ὁ βόμβυξ und ὁ κόκκυξ das υ in den Casus obliq. lang.

d. Von denen auf υφ haben nur die Einsilbigen das lang in die abhängigen Endungen; z. B. ὁ γύψ τ γυπὸς u. a. s.

e. Von den Wörtern auf υς haben das υ lang in d abhängigen Endungen nur ἡ δαγὺς — ῦδος (ei wachserne Figur) und ἡ κώμος — θος (Bündel, Bi schel).

Aus den Conjugationen sind folgende Fälle der Ve längerung des υ zu bemerken.

a. Die Zeitwörter auf ύνω und ύρω haben langes υ in de gegenwärtigen, halbvergangenen und Aoristzeit, an zeigender Art; z. B. βραδύνω, ἐβράδυνον, ἐβράδυ να· φύρω, ἔφυρον, ἔφυρα u. s. a.

b. Um die Länge und Kürze des υ der Zeitwörter au υω genau zu bestimmen, muß man dieselben in meh rern Klassen vertheilen, nehmlich:

1. Die Zeitwörter auf υω, deren Stamm einsilbig ist, haben das υ in der gegenwärtigen und halbvergangenen Zeit abwechselnd kurz und lang; z. B. λύω, φύω u. a. nur θύω (ich stürme, und nicht opfern), ξύω und τρύω (ich reibe auf) haben stets das υ lang. Dagegen ist βρύω und κλύω (ich höre) stets kurz. In der künftigen und aorist. Zeit ist das υ dieser Zeitwörter stets lang; z. B. λύσω, ἔλυσα· φύσω, ἔφυσα, ausgenommen sind von dieser Regel das βλύω (sprudeln), κύω (küsse), μύω (blinzle), und πτύω (spucken), welche in der künftigen und aorist. Zeit das υ kurz haben. In der vollendeten Mittelwortszeit ist nur πεπνυμένος, τετρυμένος und λελυμένος mit langem υ. Die Zeitwörter auf ύω, deren Stamm mehrsilbig ist, wenn sie die vor dem υ vorhergehende Silbe lang haben, haben auch das υ in der gegenwärtigen und halbvergangenen Zeit abwechselnd, in der künftigen aber und aorist. durchaus lang, mit Ausnahme von ἐντύω (ich rüste zu), ἑλκύω (ich ziehe) und ἀρτύω (ich richte an), welche das υ kurz haben;

ist hingegen die Silbe vor dem υ kurz, so bleibt es auch in allen Zeiten kurz; z. B. ἀνύω, μεθύω, τανύω u. s. a.

Die Zeitwörter δεικνύω, ζευγνύω, ὀρνύω u. a., welche in der alten Sprache eine Nebenform auf υμι bilden, haben das υ kurz.

Die Mittelwörter auf υς und υσα haben das υ lang.

In abgeleiteten Wörtern (παράγωγα) ist das υ der vorletzten Silbe in folgenden Fällen lang:

a. in die dreysilbigen Hauptwörter auf υνη oder υνα; z. B. αἰσχύνη, ἄμυνα, εὐθύνη, κορύνη u. a., mit Ausnahme von ὀδύνη.

b. in die drei oder mehrsilbigen auf υνος, wenn vor dieser Endung nicht σ steht; z. B. βίθυνος, κίνδυνος, λάγυνος, εὔθυνος u. a., mit Ausnahme der Zusammengesetzten auf γυνος (von γυνὴ); z. B. ἀνδρόγυνος.

c. in die mehrsilbigen Hauptwörter auf υρα (προπαροξύτονα) ist das υ lang; z. B. ἄγκυρα, γέφυρα, ὄλυρα, auch bei κολύρα, sonst ist es stets kurz; z. B. λύρα, θύρα u. s. m.;

d. in die Beiwörter auf υρος ist das υ lang, wenn die vorhergehende Silbe ebenfalls lang ist; kurz hingegen, wenn auch die vorhergehende Silbe kurz ist; z. B. ἰσχυρὸς, ὀϊζυρός hingegen λαμυρὸς, ὀχυρὸς u. a.

e. die auf υτης Männlichen der ersten Deklination haben das υ lang; z. B. πρεσβύτης, θύτης u. a.

f. in der Endung υτος ist das υ lang, nur bei dreisilbigen Hauptwörtern, deren erste Silbe ebenfalls lang ist; z. B. κωκυτὸς u. dgl., und bei den zusammengesetzten Beiwörtern auf κρυτος und τρυτος; z. B. πολυδάκρυτος, ἄτρυτος u. dgl.

g. auch in Nebenwörtern auf υδὸν ist das υ lang; z. B. βοτρυδὸν, ὠρυδὸν, ἰχθυδὸν u. a.

h. bei folgenden einzelnen Wörtern ist das υ lang in die vorletzte und drittletzte Silbe: ἀμαρυγὴ, ἰυγὴ, ὀλολυγὰν, ὠρυγὴ, ἀμύμων, ἀϋτὴ, εἰλυὸς (Schlupfwinkel), ἰλυὸς (Höhle), ἰγνύη, ἐρύκω, κέλυφος, λάφυρον, λέπυρον, πίτυρον, πάπυρος. Alle von μῦθος und θυμὸς, wie πολύμυθος, ἄθυμος u. a. dgl.; φιμύθιον, ἀϋτέω, εἰλαφύζω, und die Eigennamen: Ἄβυδος, Αἰσυήτης, Ἄμφρυσος, Ἀρχύτας, Βηρυτὸς, Βιθυνὸς, Διόνυσος, Ἐνυάλιος, Ἐνυὼ, Καμβύσης, Κέρκυρα, Πάχυνον.

C.

Langes υ im Anfange der Wörter.

Die zweisilbigen Sächlichen auf υλον haben das υ lang; z. B. φῦλον, σκῦλον u. a., mit Ausname von ξύλον.

In die zweisilbigen ὀξύτονα auf υλος, υμος und υνος ist das υ lang; z. B. χυλὸς, θυμὸς, κρυμὸς, ξυνὸς u. a., mit Ausnamen von κλυνός.

Die zweisilbigen παροξύτονα auf υμη und υνη haben das υ lang; z. B. λύμη, ζύμη, μύνη u. a.

Die zweisilbigen Sächlichen auf υμα abgeleitete von Zeitwörtern auf υω haben das υ lang; z. B. κῦμα, ῥῦμα u. a., mit Ausnamen von κλύμα; die mehrsilbigen sind meistentheils lang; z. B. ἄρτυμα, ἔλυμα, εἴλυμα, ἴδρυμα u. a.

Die meisten zweisilbigen Sächlichen auf ος haben das υ der vorletzten Silbe lang; z. B. φῦχος, κῦδος, σκῦτος; einige aber sind kurz; z. B. στύγος, τρύφος.

Von den Zeitwörtern, welche mit einem muta (stumme Laute, ἄφωνον) beginnen, und von den zusammengezogenen (συναιρούμενα), gelten folgende Bestimmungen in Rücksicht auf das υ der vorletzten oder drittletzten Silbe:

a. in Zeitwörtern mit muta beginnenden von einsilbigem Stamme ist υ stets lang; z. B. ψύχω, βρύχω, τύφω u. a. Ausgenommen γλύφω.

b. in zusammengezogenen Zeitwörtern ist das υ lang, wenn das Zeitwort aus einem langen Stammwort gebildet ist; z. B. κυρῶ, λυπῶ, θυμοῦμαι u. s. w. (von κῦρος, λύπη, θυμός); kurz hingegen ist υ in solchen auf ῶ der ersten Conjugation, welche nur als Nebenformen zu einem liquidum (ἀμετάβολον) Zeitworte bestehen; z. B. κυρέω - ῶ neben κύρω u. a. s., und in solchen, die aus kurzem Stamme gebildet sind; wie z. B. στυγέω - ῶ (von στῦγος, Haß oder Abscheu).

Von einzelnen Wörtern mit langem υ in der Stammsilbe bemerken wir folgende: γυρὸς, θύλακος, κυφὸς, λύπη, μύραινα, πυγὴ, πυτίη, πῦος, πυραμὶς, πυρὸς, σῦκον, σύριγξ, σφῦρα, τρυγὼν, τυρὸς, ὑβὸς, ὕλη, φυλὴ, χρυσὸς, ψυχὴ, μυελὸς, κύελος, μυκάω - ῶ, φυσάω - ῶ und die Eigennamen Λυδὸς, Μυσὸς, Μυρὼ, Πυρηναῖα, Στρυμὼν, Τυδεὺς, Τυρὼ.

Die Einsilbigen, wie Μῦς, σῦς oder ὗς und πῦρ haben zwar im Nomin. und Accusat. lang, das υ, verkürzen aber dasselbe in den zweisilbigen Endungen und i den davon gebildeten Zusammensetzungen; z. B. τοῦ μυὸ ὁ μυοκτόνος, ὁ συβώτης, ἡ πυράγρα u. s. a.

Bemerkung. Sowohl bei der Angabe allgemeiner Regeln als bei Aufzählung einzelner Wörter sind in Obigen nur d Grundformen angeführt, und die Ableitungen davon übe gangen, um den Raum für diesen unnöthigen Gegenstan zu ersparen. Es genüge daher hier die Bemerkung, daß di Länge und Kürze des Stammwortes im Allgemeinen auch au die davon abgeleiteten übergehen.

Zweites Capitel.

Von der Aufstellung der drei Tonzeichen.

§. 2.

Da ein hellenisches Wort nur auf einer der drei letzten Silben seinen Ton haben kann, so fragt sich, mit welchem Tonzeichen dieselbe zu betonen sey. Hierüber gelten folgende Bestimmungen:

1. Auf eine kurze Silbe wird immer der scharfe Ton (ὀξεῖα) gesetzt; z. B. σοφός, λέγω, λόγος, ἔπος u. s. a.
2. Auf einer durch Position (θέσει μακρὰ), langen Silbe wird stets der scharfe Ton gesetzt; z. B. ἄρτος, ἄχθος u. s. a.
3. Wenn die Silbe, auf welcher der Ton gesetzt werden soll, lang, und die darauf folgende auch lang ist,

so ist das Tonzeichen derjenigen scharf; z. B. ἥρως, Ζήνων u. s. a.

4. Die mehrsilbigen Wörter, deren Endsilbe lang ist, sind παροξύτονοι; z. B. ἀνθρώπου, καταδεδικασμένω u. a., mit Ausnahme der Attischen Endung ως; z. B. Μενέλεως, ὄφεων, πόλεων u. s. a.

5. Der Circumflex (περισπωμένη) wird nur auf eine lange und nie auf die drittletzte Silbe gesetzt; z. B. ποιῶ, σῶμα, ῥῆμα.

6. Bei Wörtern, welche den Ton auf die lange vorletzte Silbe bekommen und die Endsilbe kurz haben, wird stets der Circumflex gesetzt; z. B. δοῦλος, στῆθος, πεῖνα u. s. a.

7. Die Wörter, deren Endsilbe ευ oder ου ist, und den Ton darauf bekommen müssen, werden mit dem Circumflex betont; z. B. ἱερεῦ, εὖ, φεῦ, πανταχοῦ, οὐδαμοῦ u. a. mit Ausnahme von ἰδοὺ und ἰού.

8. Der Nominativ und Accusat. der Wörter, welche den Ton auf die Endsilbe bekommen, werden stets geschärft; z. B. τιμὴ, τιμήν · λῃστὴς, λῃστήν · τιμαὶ, τιμάς · λῃσταὶ, λῃστὰς u. s. a., mit Ausnahme der zusammengezogenen (συναιρουμένων); z. B. Ἀθηνᾶ, Ἀθηνᾶν · πλοῦς, πλοῦν · γῆ, γῆν · Ἑρμῆς, Ἑρμῆν · Μνᾶ, Μνᾶν u. a. m.

9. Der Genit. und Dativ der Wörter, deren Endsilbe lang ist, und betont wird, bekommen den Circumflex; z. B. τιμῆς, τιμῇ, τιμαῖς · λῃστοῦ, λῃστῇ, λῃσταῖς · θνητοῦ, θνητῷ, θνητοῖς u. s. a.

10. Die Wörter, deren Endmitlaut im Nominativ das ς ist, und im Genitiv das ς abstoßen, wenn sie den Ton auf die Endsilbe bekommen, werden mit dem Circumflex bezeichnet; z. B. ὁ Κοσμᾶς, τοῦ Κοσμᾶ · ὁ Ἰησοῦς, τοῦ Ἰησοῦ · ὁ Μωϋσῆς, τοῦ Μωϋσῆ u. s. a. durch alle Casus.

11. Der Genit. und Dativ der bestimmten Artikeln werden mit dem Circumflex bezeichnet; z. B. τοῦ, τῆς, τῶν, τῇ, τῷ, τοῖς, ταῖς.

12. Die Wörter Μνᾶ, Ἀθηνᾶ und γῆ werden durch alle Casus mit dem Circumflex bezeichnet.

13. Der Nominativ der Wörter πᾶς, πᾶν, γραῦς, ναῦς, παῖς, σῦς, μῦς, δρῦς, εἷς, νοῦς, βοῦς, πλοῦς, ῥοῦς, οὖς, φῶς, πῦρ, χνοῦς werden mit dem Circumflex betont.

14. Die Partikeln νῦν, οὖν, πῶς, ποῦ, πῇ, und der Artikel des Vocativs ὦ werden circumflexirt.

15. Der Nominat. und Accusat. der bestimmten Artikeln τὸν, τὴν, τὸ, τοὺς, τὰς, τὰ und der unbestimmten τὶς, τὶ werden mit dem Gravis (schweren Ton, βαρεῖαν) stets bezeichnet.

16. Der Nominativ der Wörter σταὶς, Ζεὺς, ποὺς, Κρὴς, Τρὼς, δμὼς, ψὰρ, Κὰρ, θὴρ, φθεὶρ, χεὶρ, κὴρ, φὼρ, σκὼρ, σὰρξ, Σφὶγξ, Γλαὺξ, φλὲψ, ὂψ, ὢψ, νὶψ bekommen den Gravis.

17. Die Partikeln μὲν, δὲ, τὲ, καὶ, γὰρ, ἐπεὶ, ἐπειδὴ, πλὴν, δὴ, ἀλλὰ und die Vorwörter σὺν, πρὸς, πρὸ werden mit dem Gravis bezeichnet.

18. Der Genit. und Dativ der Wörter, deren Endsilbe lang ist, und betont wird, werden mit dem Circumflex bezeichnet; z. B. θεοῦ, θεῷ, θεῶν, θεοῖς u. s. a.

19. Der Genit. und Dativ der einsilbigen Wörter der 4ten Deklination, wenn sie betont werden, bekommen den Gravis; z. B. τῆς Σφιγγὸς, τῇ Σφιγγὶ, ταῖς Σφιγξὶ u. a., ausgenommen den Genit. plur. τῶν Σφιγγῶν.

20. Der Accusat. Sing. der auf ης zusammengezogenen Wörter wird circumflexirt; z. B. τὸν Ἡρακλῆ, τὸν ἀληθῆ, τὴν εὐτυχῆ u. s. a.

21. Der Vocativ Sing. der Nomin. auf ευς verwirft das ς und wird circumflexirt; z. B. ὁ βασιλεὺς, ὦ βασιλεῦ u. s. a.

22. Der Vocat. Sing. der weiblichen auf ω und ως wird in οι circumflexirt gebildet; z. B. ἡ Λητὼ, ὦ Λητοῖ · ἡ αἰδὼς, ὦ αἰδοῖ u. s. a.

23. Der Vocativ plur., der Nomin. auf ευς, ης (der 4ten Declination) und υς hat die Endung εῖς mit dem Circumflex betont.

24. Der Genit. plur. der einsilbigen Wörter πᾶς, πᾶν, Τρὼς, δμὼς, παῖς, φῶς, θὼς, δὰς, οὖς, κρὰς, φῴς (die Brandblase, genit. τῆς φῳδός) φώς · τοῦ φωτος (Mann, Poetisch) δὰς und λὰς ist παροξύτονος; z. B. τῶν παίδων, φώτων, θώων u. s. a.

25. Der Nominativ und Accusat. Sing. der zwei ersten Personen der Personal-Fürwörter wird mit dem Gravis, der Nomin. und Accusat. plur. aber mit dem Circumflex betont; z. B. ἐγὼ, σὺ, ἐμὲ, σὲ, ἡμεῖς, ὑμεῖς (ὑσεῖς gem.), ἡμᾶς, ὑμᾶς (ὑσᾶς, μᾶς, σᾶς gem.).

26. Der Genit. plur. und Sing. und Dativ plur. der zwei ersten Personen der Personal-Fürwörter wird mit dem Circumflex, der Dativ Sing. aber mit dem Gravis bezeichnet; z. B. ἐμοῦ, σοῦ, ἡμῶν, ὑμῶν, ἡμῖν, ὑμῖν · ἐμοὶ, σοί.

27. Das unbestimmte Fürwort τὶς, τὶ bekömmt durch alle Endungen den Gravis; das Fürwort der Frage aber männlich und weiblich nur im Nom. Sing. und Sächlich im Nom. und Accus.

28. Die drei Personalendungen der künftigen Zeit sämmtlicher Zeitwörter leidender Form im Sing. werden mit dem Circumflex betont; z. B. τυφθῶ, τυφθεῖς, τυφθεῖ · ζητηθῶ, ζητηθεῖς, ζητηθεῖ u. s. w.

29. Die von Beiwörtern mit dem Ton auf die Endsilbe auf ως gebildeten Nebenwörter werden circumflexirt; z. B. ἀληθῶς, καλῶς, κακῶς u. s. a.

30. Die Nebenwörter καθὼς, ἀεὶ, θαμὰ, χαμαὶ, ἐνθὰ, βαβαὶ, οὐαὶ, ναὶ, δὶς, τρὶς, und sämmtliche auf ι und δον bekommen den Gravis; z. B. πανοικὶ, πανδημὶ, βοτρυδὸν, ἀγεληδὸν u. s. a.

31. Die Nebenwörter ἐκεῖ, ἑξῆς, ἐφεξῆς, καθεξῆς werden circumflexirt.

32. Die Nebenwörter ἐγγὺς, εὐθὺς, παρευθὺς und die auf ξ werden mit dem Gravis bezeichnet; z. B. λὰξ, ὀδὰξ, πὺξ u. a.

33. Der Aorist der Zeitwörter βλέπω, λέγω, λαμβάνω bekömmt den scharfen Ton in der 2ten Personalendung gebiethender Art; z. B. ἰδέ, εἰπέ, λαβέ, auch das unpersönliche χρή im praes.

Veränderung der Akzente.

§. 3.

Gehet mit dem Worte, auf welchem der Ton stehet, durch Deklination, oder Conjugation, oder Zusammensetzung eine solche Veränderung vor, daß entweder die Zahl oder das Zeitmaß seiner Silben wächst, so wird gewöhnlich auch der Akzent verändert. Diese Veränderungen des Akzents sind von dreifacher Art, nemlich:

1. Der Akzent bleibt zwar auf der Silbe, auf welcher er stehet, wird aber ein anderer, und zwar:
   a. aus dem Scharfen wird ein Circumflex; z. B. φεύγω, φεῦγε, κρούω, κροῦε u. s. a.
   b. Aus dem Circumflex wird ein Scharfer; z. B. σῶμα, σώματος· χῶρος, χώρου· κεῖμαι, κείμεθα u. s. a.

---

2. Der Akzent wird fortgerückt nach dem Ende des Wortes:
   a. Wenn das Wort durch hinzutretende Silben wächst, so daß die ursprüngliche Akzentsilbe mehr als noch zwei Silben hinter sich hat; z. B. ἄνθρωπος, ἀνθρωπόμορφος· κτῆμα, κτηματίτης u. s. a.
   b. Wenn das Wort eine Endung bekömmt, welche immer, oder doch gewöhnlich den Akzent hat; z. B. θὴρ, θηρός· κὶς, κιός· τύπτω, τυφθείς, τετυμμένος u. s. a.

c. Wenn bei Veränderung des Wortes die Endsilbe, welche vorher kurz war, lang wird; z. B. ἄνθρωπος, ἀνθρώπου· πράγματα, πραγμάτων· ἕτερος, ἑτέρου u. s. a.

---

3. Der Ton wird zurückgezogen, nach dem Anfange des Wortes, dieß geschieht:

a. Wenn das Wort von vorne Zusätze bekömmt, oder der Grund wegfällt; z. B. τύπτω, ἔτυπτον, ἔτυπτε· παιδεύω, παίδευε· φίλος, ἄφιλος· ὁδὸς, σύνοδος u. s. a.

b. Wenn die Endsilbe zweisilbiger Wörter, welche den Akzent tragen sollte, wegen eines folgenden Selbstlautes abgeworfen wird; z. B. φημὶ ἐγὼ, φήμ' ἐγώ· πολλὰ ἔπαθον, πόλλ' ἔπαθον· δεινὰ ἔτλην, δείν' ἔτλην u. s. a.

Ausnahme. Die Mittelwörter und Partikeln bleiben, wenn der betonte Endselbstlaut abgeworfen wird, unbetont; z. B. ἐπὶ αὐτὸν, ἐπ' αὐτὸν· παρὰ ἐμοὶ, παρ' ἐμοί· ἀλλὰ ἐγὼ, ἀλλ' ἐγώ· οὐδὲ ὀλίγον, οὐδ' ὀλίγον u. a. dgl.

NB. Von den zweisilbigen Wörtern, welche durch einen Zusatz vorne den Ton zurückziehen, macht eine Ausnahme das κεῖσθαι, welches προσκεῖσθαι und εἶπε, welches κατεῖπε lautet.

Anmerkung 8. Die von den Zeitwörtern κτείνω und τρέφω abgeleiteten und zusammengesetzten Beiwörter, wenn sie übergehenden Begriff haben, werden παροξύτονα; z. B. λυκοκτόνος, λαοτρόφος (Wölfenmörder — Volksernährer). Bedeutet aber ihr Begriff ein Leiden, so werden sie προπαροξύτονα; z. B. λυκόκτονος, λαότροφος (von Wölfen ermordet — vom Volk ernährt).

Zurücktretung des Akzents auf ein vorhergehende Wort.

§. 4.

1. Mehrere kleine Wörtchen schließen sich in Rücksich des Sinnes so genau an das vorhergehende Wo an, daß sie mit demselben bei der Aussprache gleich sam zusammenfließen müssen. Eben deshalb werfe sie auch ihren Ton auf das vorhergehende Wort zu rück, und führen daher den Namen Encliticae (μό ρια ἐγκλιτικά), und das vorhergehende Wort, wel ches den Ton einer solchen Partikel annimmt, heiß ἐγκλινόμενον.

2. Solche Encliticae sind: das unbestimmte Fürwor τὶς, τὶ durch alle Endungen; die abhängigen Endun gen (πλάγιαι πτώσεις) der Personalfürwörter μοῦ, μοὶ, μὲ, σοῦ, σοὶ, σέ; dann die Personalendungen der gegenwärtigen Zeit, anzeigender Art εἰμὶ und φημί; die Nebenwörter und die Partikeln: πῶς, πώ, ποὶ, πὴ, ποὺ, ποθὲν, ποτὲ, τοὶ, τὲ, γὲ, πὲρ, κὲ, θὴν, νὺ, ῥά. Endlich die abhängigen Endungen der Personalfürwörter nach der Mundart des gemeinen Lebens: μᾶς, σᾶς, τοῦ, τῷ, τὸν, τῆς, τῇ, τὴν, τὸ, τοὺς, τοῖς, τὰς, ταῖς, τῶν, τά.

3. Alle diese Wörtchen werfen ihren Akzent als scharfen auf die letzte Silbe des vorhergehenden Wortes (τοῦ ἐγκλινομένου) zurück, aber die Betonung jenes vorhergehenden Wortes entscheidet, ob dieser zurückgeworfene scharfe Ton ausgedrückt werden muß, oder nicht; hiebei sind folgende Regeln zu beobachten:

   a. Ist das vorhergehende Wort (τὸ ἐγκλινόμενον) auf der Endsilbe betont (ὀξύτονον oder περισπώμενον), oder auf der vorletzten Silbe geschärft (παροξύτονον), so verliert die Enclitica ihren Akzent, ohne weitere Veränderung des ἐγκλινομένου; doch versteht sich von selbst, daß der schwere Ton in den scharfen übergeht, weil eigentlich die Enclitica sich unmittelbar dem vorhergehenden Worte anschließt, und also die Akzentsilbe nicht mehr als am Ende des Worts stehend zu betrachten ist. So schreibt man ἀνήρ τις (st. ἀνὴρ τὶς), ἀγαθός τε καλός τε (st. ἀγαθὸς τὲ καλὸς τὲ), φιλῶ σε (st. φιλῶ σὲ), μαθητῶν τινων (st. μαθητῶν τινῶν), ἄνδρα τε (st. ἄνδρα τὲ), φίλος σου (st. φίλος σοῦ), ἀδελφός μου (st. ἀδελφός μοῦ) und dgl.; und nach der Mundart des gemeinen Lebens: φίλος μας (st. φίλος ἡμῶν oder ἡμῖν), μαθητής σας (st. μαθητὴς ὑμῶν), ἀδελφός του, της, τῳ, τῃ, των (st. ἀδελφὸς αὐτοῦ, αὐτῷ, αὐτῆς, αὐτῇ, αὐτῶν), εἰπέ τῃ, τοις, τῳ, ταις (st. εἰπὲ αὐτῇ, αὐτοῖς, αὐτῷ, αὐταῖς u. s. a.

NB. Die zweisilbigen Encliticae behalten ihren eigenen Akzent, wenn das vorhergehende Wort παροξύτονον ist; z. B. ἦν λόγος ποτὲ τισί. Ebenfalls auch, wenn es περισπώμενον ist; z. B. μισῶ τινά.

b. Ist das vorhergehende Wort ein προπερισπώμενον oder προπαροξύτονον, so tritt der zurückgeworfene Akzent der Encliticae als scharf auf die Endsilbe des vorhergehenden Wortes; z. B. ἄνθρωπός τις· ὁ διδάσκαλός ἐστι σοφός· Κροῖσός ποτε ἔλεξε; jedoch der auf die Endsilbe des vorhergehenden Wortes mit dem Circumflex auf die vorletzte Silbe fallende scharfe Ton wird nicht ausgedrückt.

c Folgen mehrere Encliticae auf einander, so nimmt immer die erste den Akzent der folgenden auf sich, und nur die letzte bleibt unbetont; z. B. εἴ τίς τινά ποτέ πώς ἤκουσέ που ταῦτα λαλοῦντα.

d. Die Encliticae behalten ihren Akzent:

1. Bei den Personalfürwörtern nach einem Vorwort; z. B. περὶ σοῦ· παρὰ σοί· πρὸς σέ· αὐτὶ σοῦ· ἐξ ἐμοῦ· ἐν ἐμοί· διὰ σὲ u. s. a., und in diesem Falle werden von den Fürwörtern der ersten Person stets die längere Formen gesetzt; z. B. ἐμοῦ, ἐμὲ, ἐμοὶ und nicht die μου, μοι, με.

2. Bei ἐστὶ, welches nur dann seinen Akzent auf de Stamm zurückzieht, nemlich ἔστι, wenn es in de nachdrücklicheren Bedeutung gebraucht wird; z. B Θεός ἔστι (es ist ein Gott), ἔστιν οὕτω (es verhäl sich so), ἔστιν ὅτε oder ἔσθ' ὅτε (manchmal), un ebenfalls auch, wenn es mit nachfolgendem Zeitwort unbestimmter Art (ἀπαρέμφατον) stehet für ἔξεστι (es ist erlaubt, es gibt), ἔνεστι (es ist möglich); z. B. ἔνεστιν εἰπεῖν oder λέγειν (es ist erlaubt zu sagen), ἔστιν ἰδεῖν (es gibt zu sehen).

3. Auch in dem Falle behält die Enclinica ihren Akzent, wenn eine apostrophirte Partikel derselben vorausgeht; z. B. πολλοὶ δ' εἰσίν.

---

4. Die Partikeln δὲ und θὲ oder θὲν verlieren ihre Selbstständigkeit gänzlich und schmelzen mit dem vorausgehenden Worte (ἐγκλινόμενον) zusammen, indem sie wie jede andere angesetzte Endung betrachtet werden; z. B. οἴκοθεν (nicht οἰκόθεν), Ἀθήνηθεν (nicht Ἀθηνῆθεν) u. s. w. Bei der Partikel δὲ jedoch sind zwei Fälle zu unterscheiden; wird sie nemlich Nominalformen angesetzt, so hat sie den Einfluß wie jede andere Enclinica, und man schreibt also: οἶκόν δε, ἄϊδός δε, δόμον δε; wird sie aber dem anzeigenden Fürworte (δεικτικῇ Ἀντωνυμίᾳ) angesetzt, so rückt der Ton des Fürworts dem Tone der Enclitica entgegen, und tritt auf die letzte Silbe unmittelbar vor δέ; z. B. τοσός δε (von τόσος), τοιός δε (von τοῖος), und so erhält sich dieser Ton regelmäßig durch alle Endungen und Formen; also τοσήδε, τοσοίδε, τοσοῦδε, τοσούςδε, τοσῷδε, τοσῇδε, τοσῆςδε, τοσοῖςδε, τοσαῖςδε, τοσάςδε τοσάδε, τοσῶνδε.

5. Die Endungen der Fürwörter: μας, σας, του, τῳ, τῃ, την u. s. w., wenn sie dem Zeitworte vorausgehen, behalten ihren Akzent; z. B. μᾶς oder σᾶς εἶδε· τῷ, τῇ, ταῖς, τοῖς ἔδωκε· τὸν, τὴν, τὸ, τοὺς, τὰς, τὰ ἤκουσε; sie verlieren hingegen ihren Akzent,

wenn sie dem Zeitworte nachgesetzt werden sollten; z. B. εἰδέμας, ἠκουσέσας, ἔδωκάτῳ, ἐτυψάτους u. s. a.

Drittes Capitel.

Aufstellung der Haucheszeichen.

(τῶν πνευμάτων.)

§. 5.

Jedes hellenische Wort, welches mit einem Selbst- oder Doppellaute beginnt, bezeichnet man mit einem Hauchzeichen (Spiritus, πνεῦμα), gelind (φιλὸν) oder stark (δασύ); und da die meisten hellenischen Wörter mit dem gelinden bezeichnet werden, so bleiben uns nur jene Wörter hieher aufzuführen, welche den starken Hauch auf ihren Anfangslaut (ἀρκτικὸν φωνῆεν) bekommen, nemlich:

1. Das υ zu Anfang der Wörter; z. B. ὕδωρ, ὕπνος, ὑπὲρ u. a.
2. Das verbindende, Copulativum α (ἀθροιστικὸν); z. B. ἅπας, ἅπασα, ἅπαν, ἅμα.
3. Von den correllativen Fürwörtern das ὅσος, ὁπόσος, ση-σον· ὁποῖος, οἷος-α-ον· ἡλίκος-η-ον.
4. Sämmtliche mit einem Selbstlaute beginnende Geschlechtswörter: ὁ, ἡ, αἱ, οἱ.
5. Von den Fürwörtern der Beziehung: ὅς, ἥ, ὅ durch alle Endungen, ebenfalls auch ὅςτις, ἥτις, ὅ,τι.
6. Die Grundzahlen: εἷς, ἕν, ἕξ, ἑπτὰ, ἑκατὸν, nebst den daraus abgeleiteten Dekaden und Hecatontaden (Zehnern und Hunderte); z. B. ἕνδεκα, ἑξήκοντα, ἑβδομήκοντα, ἑξακόσιοι, ἑπτακόσιοι, ἑξακισ-

3*

χίλιοι, ἑπτακισχίλιοι u. s. w.; und den Ordnungszahlen: ἕκτος, ἕβδομος, ἑνδέκατος, ἑξηκοστὸς, ἑβδομηκοστὸς, ἑκατοστὸς u. s. a.

7. Die Partikeln und Nebenwörter: ἵνα, ὅπως, ὅτι ἕνεκα, οὕνεκα, ἕως, ὅθεν, ὅμως, ὡς, ὥστε, ὅτε ὅταν, ὁπόταν, ἡνίκα, ὁπηνίκα, ἑκὰς, ἑκάστοτε, ἑκασταχοῦ, ἅπαξ, ἑξῆς, ἥκιστα, οὕτως, ὅπου, ὁμοῦ.

8. Die dritte Person der zurückkehrenden Fürwörter: ἑαυτοῦ, ἑαυτῷ, ἑαυτοῖς, ἑαυτῶν, ἑαυταῖς, ἑαυτοὺς, ἑαυτὰς, ἑαυτά.

9. Der Doppellaut ευ nur bei εὑρίσκω (ich finde) und εὕδω (ich schlafe), nebst allen Ableitungen davon und den damit Zusammensetzungen: εὕρεσις, εὑρετὸς und dergl.

10. Der Doppellaut αι nur bei αἷμα nebst den davon Ableitungen und den damit Zusammensetzungen.

11. Die Vertheilungs-Beiwörter (Distributiven, ἐπιμεριζόμενα): ἕκαστος, ἑκάστη, ἕκαστον· ἑκάτερος, ἑκατέρα, ἑκάτερον.

12. Der vielfachen Zahl der Personal-Fürwörter die zwei ersten Personen: ἡμεῖς, ἡμῶν, ἡμῖν, ἡμᾶς· ὑμεῖς, ὑμῶν, ὑμῖν, ὑμᾶς (gem. ὑσεῖς, ὑσᾶς).

13. Das anzeigende Fürwort: οὗτος, αὕτη, οὗτοι, αὗται.

14. ὥρα (Stunde) und sämmtliche Ableitungen davon, nebst dem auch ὡρακιῶ (ich falle in Ohnmacht), im hohen Style.

---

§. 6.

Als einzelne Wörter mit dem starken Hauchzeichen (πνεῦμα δασὺ) in ihrem Anfangsselbstlaute sind folgende, in alphabetischer Ordnung mit Inbegriff der Ableitungen davon und der damit Zusammensetzungen, anzuführen:

A.

Ἅβρα, Eigenname	ἁγνὸς, unbefleckt
ἁβρὸς, zart, weich	ᾅδης, die Unterwelt
ἅγιος, heilig	ἁδρὸς, dick, derb

ἅλας, Salz

ἅλις, genug

ἁλίσκομαι, ich werde gefangen, erobert

Ἁλικαρνασὸς, ein Bergname

ἅλλομαι, ich hüpfe

ἅλυσις, Kette

αἵρεσις, Gesinnung

ἅμαξα, Wagen

ἁμαρτία, die Sünde

ἄμη, Sichel, Hacke

ἄμης, Wassereimer

ἅμιλλα, Wetteifer

ἀμὶς, Nachttopf

ἅμμα, Schlinge, Knoten

Ἁμαδρυάδες, Waldnymphen

ἁνδάνω, ich stelle zufrieden

ἁνδάνομαι, ich gefalle

ἁπαλὸς, mild, sanft, weich, delikat

ἁπλοῦς, einfach

ἁπλόω, ich breite aus

ἅπτομαι, ich berühre, taste an

ἄρκυς, Stellnetz

ἅρμα, Streitwagen

ἁρμὸς, Fuge, Gelenk-Glied

ἁρπάζω, ich raube, raffe weg

ἁφὴ, das Betasten, Befühlen

ἅψεα, die Glieder (poet.)

ἀψίκορος, veränderlich im Geschmack

ἀψιμαχία, Ataque, erster Angriff

ἀψὶς, Rundung des Rades.

E.

ἔδαφος, Fußboden

Ἑβραῖος, Hebräer

ἕδος, Sessel

ἕδρα, Stuhl, Bank

ἕζομαι, ich setze mich

εἱλέω-ῶ, wickle zusammen

εἷμα, Kleid, Anzug

Εἱμαρμένη, das Verhängniß

εἵργω, ich sperre ins Gefängniß, verhindere

εἱρκτὴ, Gefängniß

εἱρμὸς, Band, Reihe

Ἑκάτη
Ἑλη
Ἑλικὼν
Ἑλένη
Ἑλήσποντος } Eigennamen.

Ἕλλην, Grieche

ἕλιξ, Wirbel

ἑλίσσω, ich wälze, wickle, wende

ἕλκος, Wunde-Geschwür

ἑλκύω und ἕλκω, ich ziehe, schleppe

ἕλμινς, Regenwurm, Spuhlwurm

ἕλος, Sumpf

ἕλση, das Treiben in die Enge

ἕλωρ, Beute

ἕξω, ich werde haben

ἑορτὴ, Festtag

ἕπομαι, ich folge, gehe nach

ἕρκος, Zaun

ἕδρανον, Unterlage, Stütze

ἑδώλιον, Ruderbank
Ελως u. Εἱλώτης, Leibeigener
ἕρμα, Ballast
ἕρμαιον, Fund, unverhoffter Gewinn
Ἑρμῆς, der Merkur
ἑρμηνεύω, ich erkläre
ἕρπω, ich krieche
ἕρση, Thau
Ἕσπερος, der Abendstern
ἑσπέρα, der Abend
ἑστιῶ, ich bewirthe
ἑστία, Herd
Ἑστιώτης, eine Provinz in Alt-Griechenland
ἕτοιμος, bereit, fertig
ἑφθὸς, gekocht
ἕψω, ich siede, koche
ἑῷος, östlich
ἕωλος, altbacken, von einigen Tagen übrig
ἑκὼν, ἑκοῦσα, ἑκὸν / ἑκούσιος – ία – ιον / ἑκουσίως u. ἑκοντὶ } willkührlich.

H.

Ἥβη, Mannbarkeit
ἡγεμὼν, Anführer
ἡγοῦμαι, ich gehe voran
ἥδομαι, ich ergötze mich
ἡδονὴ, Vergnügen
ἡδὺς, süß
ἥκω, ich komme
ἥλιος, die Sonne
ἡλικία, das Alter
ἧλος, Nagel
ἡμέρα, Tag
ἥμερος, zahm
ἥμισυς, halb
ἥμων, Schleuderer
ἡνία, der Zügel
ἧπαρ, die Leber
Ἥρα, die Juno
Ἡρακλῆς, der Herkules
Ἡρόφιλος, Ἡρώδης, Ἡρωδιανὸς } Eigenname
ἥρων, Bettler
ἥρως, Held
Ἡσίοδος, Ἡσιόνη } Eigenname
ἡσυχία, Ruhe, Rast
ἥσσων und ἥττων, geringer, kleiner
ἧττα, Niederlage, Verlust
ἡττῶμαι, ich werde besiegt
ἧττον, weniger
Ἥφαιστος, der Vulkan
Ἡφαιστίων, Eigenname.

I.

Ἱδρύω, ich stelle fest
ἱδρὼς, der Schweiß
ἱερὸς, Gott geweiht
ἱέραξ, Habicht, Falke
ἱκανὸς, hinreichend
ἱκέτης, der Flehende
ἱκετεύω, ich bitte flehentlich
ἱκνοῦμαι, ich gelange
ἱλαρὸς, heiter, fröhlich, munter
ἵλεως, gnädig, mild, gütig
ἱμὰς, Riemen
ἱμάσσω, ich geißele
ἵμερος, Sehnsucht nach Lebensgenuß
ἵππος, Pferd
ἵπταμαι, ich fliege
ἵστημι, ich stelle
ἵσταμαι, ich stehe
ἱστορία, Geschichte.

O.

Ὁδὸς, Weg, Straße
ὁλκὰς, Lastschiff
ὁλκὴ, Zug, Trieb
ὅλος, ganz
ὁμαλὸς, eben, gleich
ὅμηρος, Geißel, Unterpfand
Ὅμηρος, der Homer
ὅμιλος, Menge, Haufe
ὁμιλία, Gespräch
ὅμοιος, gleich, ähnlich
ὅμαδος, Menschengerede, Geräusch
ὁμαίμων, Blutsverwandter
ὁπλὴ, Huf
ὅπλον, Waffe
ὅρος, Gränze
ὅρκος, Eid, Schwur
ὁρμαθὸς, Reihe von zusammenhängenden Dingen
ὁρμὴ, Andrang
ὁρῶ, ich sehe an, bemerke
ὅρμος, kleiner Hafen
ὅσιος, geheiligt.

Viertes Capitel.

§. 7.

Allgemeine Regeln, die Selbst- und Doppellaute bestimmende, welche die vorletzte und drittletzte Silbe hellenischer Wörter gewöhnlich bilden.

A.

Wörter mit dem ε in der vorletzten Silbe:

1. Die auf εα, ausgenommen ἐλαία, Ἑβραία, und die Beiwörter, deren Männliches αιος ist; z. B. χυδαῖος, γενναῖος - αία u. s. a.
2. Die auf εος abgeleiteten Beiwörter; z. B. ἐλπιστέος, γραπτέος, ποιητέος; ausgenommen εὐκταῖος, ῥαγδαῖος, γενναῖος, μηριαῖος, βέβαιος, σκαιὸς, ἀραιὸς und die von Weiblichen auf η abgeleiteten; z. B. κορυφαῖος (von κορυφὴ), πηγαῖος (von πηγὴ) u. dgl.; und die von Ordnungszahlen abgeleiteten; z. B. δευτεραῖος, τριταῖος, τετταρταῖος, ὑστεραῖος u. s. a.
3. Die auf εδον, εζα, ελη, ελλα, ελλος, εμος, εμνον, ενη.
4. Die auf εμων, ausgenommen Αἵμων und δαίμων, nebst den damit Zusammensetzungen; z. B. Λακεδαίμων, εὐδαίμων, κακοδαίμων.
5. Die auf ενος, ausgenommen αἶνος und καινός und die damit Zusammensetzungen; z. B. ἔπαινος, διάκαινος u. s. w.

6. Die auf λεος· ausgenommen ἐπιπόλαιος und παλαιός.
7. Die auf εχος· στερος, εαρ, επων, επον.
8. Die auf νεον· ausgenommen τὸ γύναιον.
9. Die auf ερα· ausgenommen σφαῖρα, ἰόχαιρα, Χίμαιρα, μάχαιρα, νέαιρα, ἑταίρα.
10. Die auf ερος· ausgenommen θαιρὸς und καιρός.
11. Die auf εδρος· ausgenommen φαιδρός.
12. Die auf τέρος· ausgenommen ἑταῖρος.
13. Die auf εστος· ausgenommen Ἥφαιστος.
14. Die auf ετης· ausgenommen ἐπαίτης, und die von χαίτη abgeleiteten; z. B. κυανοχαίτης, λευκοχαίτης u. s. a.
15. Die auf εφος· ausgenommen λαῖφος.
16. Die auf εων· ausgenommen Ἀκταίων und αἰών, die damit Zusammengesetzungen; z. B. μακραίων, und die Mittelwörter von Zeitwörtern auf αιω; z. B. ὁ παλαίων u s. a.
17. Die auf ετη· ausgenommen ἡ χαίτη.
18. Die Nebenwörter ἕως, ταχέως, ἡδέως, εὐθέως.
19. Die auf ενα· mit Ausnahme der von männlichen gebildeten Haupt- und Beiwörtern; z. B. λέαινα, Λάκαινα, λύκαινα (von λέων, Λάκων) und die von πωλῶ; z. B. βιβλιοπώλαινα, κρεωπώλαινα u. dgl. a.

B.

Wörter mit dem ε in die drittletzte Silbe.

1. Die comparativa auf εστερος, und supertat auf εστατος – η – ον.
2. Die auf εσιος· ausgenommen αἴσιος und den damit Zusammensetzungen; z. B. ἀπαίσιος.
3. Die auf ετιος· ausgenommen αἴτιος und den damit Zusammensetzungen; z. B. πρωταίτιος, ἀναίτιος u. a.
4. Die von ἀρχὸς (Führer) zusammengesetzten Beiwörter und Eigennamen; z. B. Ἀρχέδημος, Ἀρχέλαος, ἀρχέτυπος, ἀρχέκακος, ἀρχένεως.

Viertes Capitel.

§. 7.

Allgemeine Regeln, die Selbst- und Doppellaute bestimmende, welche die vorletzte und drittletzte Silbe hellenischer Wörter gewöhnlich bilden.

A.

Wörter mit dem ε in der vorletzten Silbe:

1. Die auf εα, ausgenommen ἐλαία, Ἑβραία, und die Beiwörter, deren Männliches αιος ist; z. B. χυδαῖος, γενναῖος - αία u. s. a.
2. Die auf εος abgeleiteten Beiwörter; z. B. ἐλπιστέος, γραπτέος, ποιητέος; ausgenommen εὐκταῖος, ῥαγδαῖος, γενναῖος, μηριαῖος, βέβαιος, σκαιὸς, ἀραιὸς und die von Weiblichen auf η abgeleiteten; z. B. κορυφαῖος (von κορυφὴ), πηγαῖος (von πηγὴ) u. dgl.; und die von Ordnungszahlen abgeleiteten; z. B. δευτεραῖος, τριταῖος, τετταρταῖος, ὑστεραῖος u. s. a.
3. Die auf εδον, εζα, ελη, ελλα, ελλος, εμος, εμνον, ενη.
4. Die auf εμων, ausgenommen Αἷμων und δαίμων, nebst den damit Zusammensetzungen; z. B. Λακεδαίμων, εὐδαίμων, κακοδαίμων.
5. Die auf ενος, ausgenommen αἶνος und καινός und die damit Zusammensetzungen; z. B. ἔπαινος, διάκαινος u. s. w.

6. Die auf λεος· ausgenommen ἐπιπόλαιος und παλαιός.
7. Die auf εχος· στερος, εαρ, επων, επον.
8. Die auf νεον· ausgenommen τὸ γύναιον.
9. Die auf ερα· ausgenommen σφαῖρα, ἰόχαιρα, Χίμαιρα, μάχαιρα, νέαιρα, ἑταίρα.
10. Die auf ερος· ausgenommen θαιρὸς und καιρός.
11. Die auf εδρος· ausgenommen φαιδρός.
12. Die auf τέρος· ausgenommen ἑταῖρος.
13. Die auf εστος· ausgenommen Ἥφαιστος.
14. Die auf ετης· ausgenommen ἐπαίτης, und die von χαίτη abgeleiteten; z. B. κυανοχαίτης, λευκοχαίτης u. s. a.
15. Die auf εφος· ausgenommen λαῖφος.
16. Die auf εων· ausgenommen Ἀκταίων und αἰών, die damit Zusammengesetzungen; z. B. μακραίων, und die Mittelwörter von Zeitwörtern auf αιω; z. B. ὁ παλαίων u s. a.
17. Die auf ετη· ausgenommen ἡ χαίτη.
18. Die Nebenwörter ἕως, ταχέως, ἡδέως, εὐθέως.
19. Die auf ενα· mit Ausnahme der von männlichen gebildeten Haupt- und Beiwörtern; z. B. λέαινα, Λάκαινα, λύκαινα (von λέων, Λάκων) und die von πωλῶ; z. B. βιβλιοπώλαινα, κρεωπώλαινα u. dgl. a.

B.

Wörter mit dem ε in die drittletzte Silbe.

1. Die comparativa auf εστερος, und supertat auf εστατος - η - ον.
2. Die auf εσιος· ausgenommen αἴσιος und den damit Zusammensetzungen; z. B. ἀπαίσιος.
3. Die auf ετιος· ausgenommen αἴτιος und den damit Zusammensetzungen; z. B. πρωταίτιος, ἀναίτιος u. a.
4. Die von ἀρχὸς (Führer) zusammengesetzten Beiwörter und Eigennamen; z. B. Ἀρχέδημος, Ἀρχέλαος, ἀρχέτυπος, ἀρχέκακος, ἀρχένεως.

C.

Wörter mit dem αι in der drittletzten Silbe.

1. Sämmtliche auf αιτερος und αιτατος Compart. und Superlat; z. B. παλαίτερος, γεραίτερος, παλαίτατός, γεραίτατος.
2. Sämmtliche Zusammensetzungen von πάλαι· z. B. παλαιγενὴς, παλαισταγὴς, παλαίφαγος, παλαίφατος u. a.

D.

Wörter mit dem η in die vorletzte Silbe.

1. Die auf ηλος· ausgenommen νεογιλὸς, Νεῖλος, φέλος, σκύλος.
2. Die auf ηρος· ausgenommen ἁλμυρὸς, βδελυρός.
3. Die auf ηδων· ausgenommen χελιδὼν, Μυρμιδὼν, Ποσειδῶν.
4. Die auf ημων· ausgenommen ἀμύμων, χειμὼν, Στρυμὼν, λειμὼν, und die von εἷμα abgeleiteten Zusammensetzungen; λευκοχείμων, μελανοείμων u. dgl.
5. Die auf ηνος· ausgenommen ἐκεῖνος, πεδινὸς, ἑωθινὸς, σκοτεινὸς, ταχεινὸς, ταπεινὸς, φωτεινὸς, ἐχῖνος, und die Gentilia (ἐθνικὰ) mit dieser Endung; z. B. Ἀκραγαντῖνος, Ἀτραμυτινὸς, Κυζικινὸς u. dgl., und die Eigennamen Κωνσταντῖνος, Περεγρῖνος.
6. Die auf ηρις· ausgenommen Ὄσυρις, Θάμυρις, Ἄγυρις.
7. Die auf ηχης, von ἦχος abgeleiteten; z. B. πολυηχὴς, δυσηχὴς, εὐήχης u. dgl., mit Ausnahme der von τύχη abgeleiteten Zusammensetzungen; z. B. εὐτυχὴς, δυστυχὴς u. s. a.
8. Die auf ηγος, von ἄγω abgeleiteten Zusammensetzungen; z. B. ἀρχηγὸς, στρατηγὸς, ὁδηγὸς u. dgl.

9. Die auf ηθρα; z. B. κολυμβήθρα, οὐρήθρα, δακτυλήθρα u. s. a.
10. Die auf ηρης, von αἴρω gebildeten Zusammensetzungen; z. B. μονήρης, ξιφήρης, ποδήρης u. dgl.
11. Die auf ηρος und ητρον.
12. Die auf ητης abgeleiteten von weiblichen mit der Endung η oder α· z. B. σφενδονήτης, Αἰγινήτης u. dgl., (von σφενδόνη, Αἴγινα)· ausgenommen τεχνίτης u. φυλακίτης, ὁπλίτης, πολίτης· und die von circumflexirten Zeitwörtern, und vom Zeitworte βάλλω abgeleiteten; z. B. ποιητὴς, οἰκητὴς, διαβλητὴς u. s. a. (von ποιῶ, οἰκῶ, διαβάλλω.)
13. Die auf ηντα· (Decaden, Zehner) der Grundzahlen; z. B. πεντῆντα, ἑξῆντα, ἑβδομῆντα, ὀγδοῆντα, ἐννενῆντα (gem.).
14. Die auf ητε· 2te Personalendung der gegenwärtigen und zukünftigen Zeit sämmtlicher Zeitwörter in der wünschenden, verbindenden und unbestimmten Art.

E.

Wörter mit dem η in die drittletzte Silbe.

1. Die auf ηλιος und ηλιον· ausgenommen Ἀπρίλιος, βομβίλιον.
2. Die auf ηκοντα· Dekaden der Grundzahlen; z. B. πεντήκοντα, ἑξήκοντα u. s. w.
3. Die auf ηπολος· ausgenommen μαντιπόλος und ναυτιπόλος.
4. Die auf ηριον und ηφορος.

F.

Wörter mit dem ι in die vorletzte Silbe.

1. Die auf ια, ὀξύτονα· ausgenommen παρειὰ, φορβειὰ, ὀργυιὰ, μητρυιὰ, ἀγυιὰ, ῥοιὰ, χροιά.

2. Die auf ια, παροξύτονα · ausgenommen ὑγιεία, Τροίζ σικύα (Pfebe und Schröpfkopf), πιτύα, καρύα; die vo δέομαι (mangeln) abgeleiteten Zusammensetzungen; z. B. σιτοδεία, χρηματοδεία u. dgl., und die von Zeit wörtern auf ευω abgeleiteten; z. B. βασιλεία, ἡγεμο νεία · und die Beiwörter, deren Männliches in εισ und οιος, προπερισπώμενον sich endiget; z. B. ἀν δρεία, θεία, ὁποία, τοία, οἵα u. dgl..
3. Die auf ιας · ausgenommen γενειὰς, πελειὰς, μαν δύας · und die Eigennamen Αἰνείας, Αὐγείας, Παρεί ας, Περσύας.
4. Die auf ιδης und ιδους, mit Ausnahme von Πηλείδης, Πανθοίδης, Ἡρακλείδης, und der von εἶδος, μῆδος und κῆδος abgeleiteten Zusammengezogenen; z. B. θεοειδὴς, πολυμήδης, δημοκήδης u. dgl.
5. Die auf μνια, τρια und στρια · z. B. πολύμνια, ποιήτρια, τυμπανίστρια.
6. Die auf διον, ausgenommen ᾠδεῖον und αἰδοῖον.
7. Die auf ινθος, ισκος, ισκη, νισσα, ινης.
8. Die auf ιευς · ausgenommen Ῥοιτειεὺς, Σιγειεύς.
9. Die auf ιης · ausgenommen die vom Zeitworte φύω abgeleiteten Zusammensetzungen; z. B. εὐφυὴς, κακοφυὴς u. dgl.
10. Die auf ικός · ausgenommen Εὐβοεικὸς, Δαρεικὸς, Λιβυκὸς, θηλυκός.
11. Die auf ιλευς · ausgenommen Πηλεὺς, Νηλεύς.
12. Die auf ιμος · ausgenommen δίδυμος, νήδυμος, σκόλυμος, ἔτυμος, ἕτοιμος.
13. Die auf ινα; ausgenommen ἄμυνα, κόρυνα, δέσποινα.
14. Die auf ινη · ausgenommen εἰρήνη, Σελήνη, κορύνη, ὀδύνη, τορύνη · εὐφροσύνη, ἁγιοσύνη, σωφροσύνη.
15. Die auf ινος · ausgenommen ἐλεεινὸς, φωτεινὸς, λάγυνος, κόφυνος, σκοτεινὸς, εὐφρόσυνος, χαρμόσυνος, δαφοινὸς, κοινὸς, δεινὸς, ταπεινός · παντοτεινός.
16. Die auf ινον · ausgenommen Σίγυνον, Κάρηνον, σκαληνὸν, κοινὸν, δεινὸν, ταπεινὸν, παντοτεινόν.
17. Die auf ιος · ausgenommen ἀφνειὸς, κολοιός, ἱππός,

αἰζηός, θεῖος, ἀνδρεῖος, παντοῖος, ἀχρεῖος, αἰδοῖος, ὁποῖος, τοῖος, οἷος, Ἀργεῖος, οἰκεῖος.

18. Die Eigennamen auf ιος· ausgenommen Ἄρειος, Βασίλειος, Ἡράκλειος, Δαρεῖος.

19. Die auf ιον· ausgenommen δάκρυον, δίκτυον, κάρυον, κρόμμυον, ἔμπυον, κρήγυον, πλοῖον, ἀγγεῖον, Ἀρχεῖον, Μουσεῖον, γυναικεῖον, ταμεῖον, κουρεῖον, καπηλεῖον, μαγειρεῖον, σχολεῖον, und die von Zeitwörtern mit dieser Endung abgeleiteten, und den Ort bedeutend, wo etwas aufbewahrt oder verfertigt wird; z. B. βιβλιοπωλεῖον, καφεπωλεῖον, κρεωπωλεῖον u. dgl. nebst dem Comperativen μεῖον u. πλεῖον.

20. Die auf ιστος· superlat. ausgenommen πλεῖστος, μεῖστος.

21. Die auf ιφη· ausgenommen κορυφή, κολύφη, ἀκαλύφη.

22. Die auf ιτη.

23. Die auf ιχος· ausgenommen τοῖχος, μῆχος, τεῖχος, μοιχὸς, ἦχος· und die von πτυχὴ abgeleiteten Zusammensetzungen; z. B. δίπτυχος, πολύπτυχος u. dgl.

24. Die auf ιων· Compar. ausgenommen ἀρείων, μείων, χερείων.

25. Die auf ιων· Eigennamen ausgenommen Ἀμφιτρύων, Ἀλκυὼν und ἀλεκτρυών.

26. Die auf ιτης· ausgenommen προφήτης, Αἰήτης.

27. Die Zeitwörter auf ιζω mit Ausnahme von δανείζω, χρῄζω, ἐρπύζω, κλύζω und ἀθροίζω.

28. Die auf ιον und ικα· Nebenwörter.

29. Die auf ιτης· Gattungsnamen von Hauptwörtern, und von den auf ιζω Zeitwörtern abgeleiteten, nebst ζευγίτης und den Eigennamen Θερσίτης.

G.

Wörter mit den ι in die drittletzte Silbe.

1. Die Zusammensetzungen mit den Partikeln αρι und ερι· z. B. ἀρίζηλος, ἐριπρεπὴς u. s. a.

2. Die mit ἔρις und ἔριον Zusammensetzungen; z. B. ἐριστικὸς, ἐριούνης.
3. Die Zusammensetzungen mit ὕφος; z. B. ὑφιπέτης, ὑφιβρέμων, ὑψίκερος u. s. a.
4. Die Zusammensetzungen mit ἀρχή· z. B. ἀρχιτέκτων, ἀρχίφυλος, ἀρχιερεὺς u. s. a.

I.

Wörter mit dem ει in die vorletzte Silbe.

1. Die auf εια· προπαροξύτονα.
2. Die auf εια· προπερισπώμενα, Beiwörter, deren Männliches die Endung υς hat; z. B. βαρεῖα, ὀξεῖα, ἡδεῖα u. dgl. (von βαρὺς, ὀξὺς, ἡδὺς).
3. Die auf ειζων, εισσων u. ειττων· Comparat. ausgenommen ἥσσων u. ἥττων.
4. Die auf εια· παροξύτονα abgeleitet von Zeitwörtern auf ευω· z. B. βασιλεία, κολακεία u. s. w. von (βασιλεύω, κολακεύω u. s. m. a.)
5. Die auf ειον· προπορισπώμενα, ausgenommen πλοῖον, αἰδοῖον.
6. Die auf ειος· προπαροξύτονα, ausgenommen ὀμφάλιος, αἱμύλιος, Εὐγένιος, Ἀπολλώνιος, οὐράνιος, θαλάσσιος, ἀέριος, αἰθέριος.
7. Die auf ειρα· abgeleitet von σωτὴρ, πατὴρ, ἀνήρ; z. B. σώτειρα, εὐπάτειρα, κυδιάνειρα.
8. Die auf ειρος· abgeleitet von Zeitwörtern; z. B. μάγειρος, Αἴγειρος u. s. a. (von μάττω, ich knete oder menge ein; αἴθω, ich brenne).
9. Die auf ειτης· abgeleitet von Nomina mit der Endung ευς, und von circumflexirten Zeitwörtern der 1ten Conjugation; z. B. βαλανείτης, βαθυῤῥείτης u. a. (von βαλανεὺς, ῥέω.)
10. Die auf ειος, Beiwörter προπερισπώμενα, abgeleitet von Hauptwörtern mit der Endung ια und εια· z. B. ἀνδρεῖος, ἀχρεῖος u. a. (von ἀνδρία, ἀχρεία.)

11. Die auf ειτης, ειvος, ειxος, ειος· von ὄρος abgeleitet; z. B. ὀρείτης, ὀρεινὸς, ὀρειxὸς, ὄρειος· welche bei Zusammensetzungen das ει auch in die drittletzte Silbe haben.

II.

Wörter mit dem οι in der vorletzten Silbe.

1. Die auf οια· Hauptwörter abgeleitet von Männlichen mit der Endung νους, βους, πλους, ρους; z. B. εὔνοια, Εὔβοια, εὔροια, εὔχροια, εὔπλοια u. s. w.
2. Die auf οῖος· Beiwörter abgeleitet von γέλως, αἰδὼς, ἄλλος, ὁμοῦ, πᾶς· z. B. γελοῖος, αἰδοῖος, ἀλλοῖος, παντοῖς, ὁμοῖος.
3. Die auf οιxος. Zusammensetzungen abgeleitet vom οἶxος· z. B. xάτοιxος, ἄποιxος, ἐγxάτοιxος, ἄοιxος, μέτοιxος u. s. w.

K.

Wörter mit dem υ in die vorletzte Silbe.

1. Die auf υζα, υη· ausgenommen ἡ ῥίζα.
2. Die auf υλη, υλλα· ausgenommen ἀπειλὴ, ὠτειλὴ, ἅμιλλα.
3. Die auf υλος· ausgenommen ποιxίλος, ναυτίλος, τρωῖλος.
4. Die auf υμος· Zusammensetzungen abgeleitet von ὄνομα· z. B. φερώνυμος, ἐπώνυμος, ἀνώνυμος u. dgl.
5. Die auf συνη, υνη· ausgenommen ἐxείνη, xρήνη, ὑσμήνη, εἰρήνη.
6. Die auf υρα· ausgenommen μοῖρα, πεῖρα, χήρα, xέῤῥα, Ͽήρα, πήρα, σπεῖρα, σώτειρα, εὐπάτειρα, xυδιάνειρα.

7. Die auf υρος· ausgenommen μάγειρος, Αἴγειρος, σίδηρος, ἤπειρος, χοῖρος, χῆρος· und die von πεῖρα abgeleiteten; z. B. ἄπειρος, ἔμπειρος u. dgl.
8. Die auf υλος· ausgenommen κάμηλος, κάπηλος, βέβηλος, ὅμιλος, Κύριλλος, φίλος.
9. Die auf υτος· ausgenommen Ὑμητὸς, Μύλητός, ἀμητὸς, Ἡράκλειτος, nebst den von καλῶ Ableitungen; z. B. κλητὸς und den damit Zusammensetzungen, wie ἄκλητος, παράκλητος u. dgl.
10. Die von ὕδωρ abgeleiteten Zusammensetzungen; z. B. ἄνυδρος, εὔυδρος u. dgl.

L.

Worte mit dem υ in die drittletzte Silbe.

1. Die auf υμια· Zusammensetzungen abgeleitet von ὄνομα· z. B. ἀντωνυμία, φερωνυμία, ἀνωνυμία u. dgl.
2. Die auf υφιον und υλλιον diminuitiva; z. B. ζωΰφιον, μειρακύλλιον, εἰδύλλιον.
3. Die Zusammensetzungen mit πολὺ, ἡδὺ, εὐρὺ, παχὺ, βαρὺ, ταχὺ; z. B. πολύπειρος, πολυμαθὴς, Πολύφημος, ἡδυπαθὴς, εὐρύχωρος, παχύδερμος, βαρύβρομος u. dgl.

M.

Wörter mit dem ο in die vorletzte Silbe.

1. Die auf οστος· das Quantum einer Zahl bestimmenden Beiwörter (ποσοτικὰ); z. B. πολλοστὸς, χιλιοστὸς, ἑκατοστὸς, εἰκοστὸς u. dgl.
2. Die auf οτης Abstracta (ἀφῃρημένα); z. B. ἁγιότης, ὡραιότης, σεμνότης u. dgl.
3. Die auf οεις, welche die dritte Silbe kurz haben.
4. Die auf οκη· ausgenommen ἀκωκὴ, Ἰωκὴ, σκώκη.

5. Die auf ωπη: ausgenommen Εὐρώπη, Σινώπη, καρκώπη, ἀγριώπη, σιωπὴ, περιωπὴ und alle von ὤψ abgeleiteten Zusammensetzungen.
6. Die auf οκος, οχος, αφος, οτρον, οπτρον.
7. Die auf ορας: ausgenommen γηώρας.
8. Die auf ορος: ausgenommen ἄμωρος, und die von ὥρα Zusammensetzungen; z. B. ἄωρος, ἔνωρος u. dgl.
9. Die auf οχη: ausgenommen ἀνακωχή.
10. Die auf ονος und οχος.
11. Die auf οθεν: Nebenwörtern ausgenommen ἑκατέρωθεν, ἀμφοτέρωθεν, ἑτέρωθεν, ἄνωθεν, ἔξωθεν, κάτωθεν, ἔσωθεν.
12. Die auf οτης: Männlichen, ausgenommen θυασώτης und der Eigenname Παναγιώτης.

N.

Wörter mit dem o in der drittletzten Silbe.

1. Die mit ὄλεθρος und ὄροφος Zusammensetzungen, deren vierte Silbe lang ist; z. B. ψυχόλεθρος, ἀνθρωπόλεθρος, ὑψόροφος u. dgl.
2. Die auf οφος u. οπος: abgeleiteten von τρέφω und σκοπῶ: nebst den Zusammensetzungen mit γῆρας; z. B. γηροτορόφος, γηροσκόπος, ἱπποτρόφος u. dgl.

O.

Wörter mit dem ω in die vorletzte Silbe.

1. Die auf ωγος: Zusammensetzungen abgeleitet von ἄγω; z. B. ὀχλαγωγὸς, δημαγωγὸς u. dgl.
2. Die auf ωδης, ωναξ, ωρος, ωος, ωλης, ωστης.
3. Die auf ωτης: Gentilia abgeleitet von Länder- oder Städtenamen mit α purum an der Endung; z. B.

Σικελιώτης, Ἰταλιώτης u. a. f. (von Σικελία, Ἰταλία.)

4. Die auf ωλος· ausgenommen ὀβολὸς, θολὸς, Αἴολος.
5. Die auf ωμα· ausgenommen δόμα, κόμμα, ὄμμα, πόμα.
6. Die Zusammensetzungen mit ὄνυξ; z. B. καμψώνυξ, μώνυξ, πολυώνυξ u. dgl.
7. Die auf ωνης· welche in der drittletzten Silbe einen Selbstlaut haben, und die von ὠνοῦμαι abgeleiteten; z. B. Διώνης, δημοσιώνης, τελώνης u. dgl.
8. Die auf ωμος· mit Ausnahme der Ableitungen von Zeitwörtern.
9. Die auf ωνη, παροξύτονα mit Ausnahme von περόνη, βελόνη, ἀγχόνη, σφενδόνη, ἀκόνη, ὀθόνη, εὐφρόνη, Σωφρόνη, Σολομόνη.
10. Die auf ωνὴ, ὀξύτονα· ausgenommen ἡδονὴ, πλησμονὴ, μονὴ, χαρμονή.
11. Die auf ωπος und ωπον abgeleitet von ὤψ Zusammensetzungen; z. B. Αἴσωπος, χαρωπὸς, μέτωπον u. dgl.
12. Die auf ωτὸς, ὀξύτονα; z. B. ὀδοντωτὸς, κτηνωτὸς u. dgl.
13. Die auf ωτης· Zusammensetzungen abgeleitet von οὖς (das Ohr); z. B. μονώτης, εὐρώτης u. dgl.
14. Die auf ωρος von ὥρα abgeleiteten Zusammensetzungen; z. B. ἄωρος, πρόωρος, ἔνωρος u. dgl.
15. Die auf ωος von στοὰ abgeleiteten Zusammensetzungen; z. B. πρόστωος, πολύστωος u. dgl.
16. Die 1te und 3te Personalendung des Plural. in der gegenwärtigen und künftigen Zeit wünschender, verbindender und unbestimmte Art; z. B. ὅταν oder ἤθελεν oder νὰ, ἵνα, ὅπως, γράφωμεν, γράφωσι, γράψωσι u. dgl.

P.

Wörter mit dem ω in der drittletzten Silbe.

1. Die auf ωσύνη- Abstractae, deren vierte Silbe kurz ist; z. B. ἁγιωσύνη, καλωσύνη u. dgl.
2. Die auf ωλεια.
3. Die auf ωτερος und ωτατος- Compart. und Superalat., deren vierte Silbe kurz ist.
4. Die auf ωλον mit ὀβολὸς Zusammensetzungen; z. B. διώβολον, πεντώβολον, τριώβολον u. dgl.
5. Das Nebenwort ἐνώπιον.
6. Die von μέτωπον und ὄνομα abgeleiteten Zusammensetzungen; z. B. μετωπηδὸν, μετωπίας, μετωνυμία, ἀνωνυμία u. dgl.
7. Die auf ωδινος von ὠδὶν oder ὠδίνη, abgeleiteten Zusammensetzungen; z. B. πολυώδινος, ἀνώδινος u. dgl.
8. Die auf ωτος von ὀμῶ oder ὀμνύω, abgeleiteten Zusammensetzungen; z. B. ὁρκώμοτος, ἐνώμοτος u. dgl.
9. Die auf ωλος von ὁμαλὸς gebildeten Zusammensetzungen; z. B. ἀνώμαλος, εὐώμαλος u. dgl.
10. Die von στομα auf ωλος gebildeten; z. B. στωμύλος. Daher auch das Zeitwort στωμυλῶ (ich werde artig, auch schwatze, kose, plaudere).
11. Die auf ωϊκὸς von στοὰ gebildeten; z. B. στωϊκός.
12. Die auf ωφελὴς von ὄφελος abgeleiteten Zusammensetzungen; z. B. βιωφελὴς, κοινωφελὴς, ἀνωφελὴς u. dgl.
13. Die von ὀφθαλμὸς Zusammensetzungen; z. B. μονώφθαλμος, ἑτερώφθαλμος, γλαυκώφθαλμος u. dgl.
14. Die auf ρεια- von ὄρος gebildeten Zusammensetzungen; z. B. ἀκρώρεια, ὑπώρεια.
15. Die Zusammensetzungen mit ὄλεθρος, wenn die vierte Silbe derselben kurz ist; z. B. πανώλεθρος, σωματώλεθρος u. dgl.

4 *

16. Die mit ὄροφος Zusammensetzungen, deren vierte Silbe kurz ist; z. B. τριώροφος, δωδεκώροφος u. dgl.
17. Die auf ωρυχος von ὀρύττω abgeleiteten Zusammensetzungen; z. B. τοιχωρύχος, τυμβωρύχος u. dgl.
18. Die auf ωσκος und ωκόμος von βόσκω u. κομῶ abgeleiteten mit γῆρας Zusammensetzungen; z. B. γηρωβοσκός, γηρωκόμος u. dgl.

Fünftes Capitel.

Wörter, die das ι (Subscriptum) haben.

§. 8.

1. Der Dativ Sing. der Geschlechtswörter und der Beziehungsfürwörter, (ὅς, ἥ, ὅ, ὅστις, ἥτις, ὅ,τι, τῷ, τῇ, ᾧ, ᾗ, ᾧτινι, ᾗτινι) wie auch sämmtlichen Namen auf ος, ας, α, η, ον; z. B. τῷ λόγῳ, τῷ Κοχλίᾳ, τῷ ξύλῳ, τῇ Θεᾷ, τῇ τιμῇ u. dgl.
2. Die Nominalnebenwörter (δοτικοφανῆ ἐπιῤῥήματα); z. B. κομιδῇ, κοινῇ, κύκλῳ, δημοσίᾳ u. dgl.
3. Die 3te Personalendung einfacher Zahl der auf ῶ, ᾶς, ᾶ circumflexirten Zeitwörter; z. B. τιμᾷ, γελᾷ u. dgl., und die 2te und 3te Personalendung der gegenwärtigen und künftigen Zeit, der wünschenden, verbindenden und unbestimmten Art sämmtlicher Zeitwörter, mit Ausnahme der gegenwärtigen Zeit der circumflexirten Zeitwörter der 3ten Conjugation.
4. Die auf ῷος Beiwörter; z. B. πατρῷος, ἀθῷος u. dgl.
5. Die Wörter ᾅδης, ᾄδω, ᾠδή, Θρᾴκη, Τρῳάς, δᾴς, χρῄζω, und die damit Zusammensetzungen.

6. Die durch Mischung vereinigten Partikeln κᾆτα st. καὶ εἶτα; κᾂν st. καὶ ἄν, κἀκεῖ st. καὶ ἐκεῖ, wie auch κἀγὼ, κἀμοὶ, κἀμὲ st. καὶ ἐγὼ, ἐμοὶ, ἐμέ· ἐγᾦμαι st. ἐγὼ οἶμαι, ἐγᾦδα st. ἐγὼ οἶδα.

Sechstes Capitel.

Wörter, die mit zwei Mitlauten in die Endsilbe geschrieben werden.

---

§. 9.

Mit λλ.

1. Die Zeitwörter βάλλω, ψάλλω, ἀσχάλλω, βδάλλω, σκύλλω, στέλλω, μέλλω, ἀγάλλω, σφάλλω, θάλλω, κολλῶ, ἅλλομαι, ἀλλάσσω, ἐλλείπω, ἑλλημενίζω· nebst ihren Zusammensetzungen thätig u. leidender Form.
2. Die Wörter κάλλος, ἄλλος —η - ο· κελλίον, ἀλλοῖος - α - ον· θάλλος, φύλλον, ἀλλήλων - οις - αις - ους - ας - α· βδέλλα, κόλλα· nebst den Ableitungen und Zusammensetzungen davon.
3. Das Beiwort πολλὴ durch alle Endungen, das männliche und sächliche aber im Genit. Dat. und Accus. einfach, und in allen Endungen der vielfachen Zahl.
4. Die Wörter Ἕλλην· Ἑλλάς, ἅμιλλα, κόλλυβος, κόλλαβος, κόλλιξ, κάλλοφ, κολλούριον, ἔλλοψ, ἔλλειψις, ἐλλέβορος, μαλλός· nebst allen Ableitungen davon.
5. Die Partikeln ἀλλὰ, ἀλλαχοῦ, ἀλλοῦ, ἀλλαχόσε, ἄλλοθεν, ἄλλοθι, ἄλλως, ἀλλαμὴν, πολλαχῶς.

6. Die Zusammensetzungen mit dem Vorworte συν, wenn das nachfolgende Wort mit λ beginnt; z. B. συλλαβὴ, συλλογισμὸς (von λαβὴ, λογισμός).

Mit μμ.

1. Sämmtliche Ableitungen von Zeitwörtern, die in der künftigen Zeit die Endung φω haben; z. B. γράφω, γράμμα· ῥάφω, ῥάμμα· γεγραμμένος· ἐῤῥαμμένος – η, ον u. dergl.
2. Alle Zusammensetzungen mit dem Vorworte σὺν, wenn das nachfolgende Wort mit μ beginnt; z. B. σύμμαχος, συμμαθητὴς (von μαχος, μαθητής).

Mit νν.

1. Alle Zusammensetzungen mit den Vorwörtern ἐν und σὺν, wenn das nachfolgende Wort mit ν beginnt; z. B. ἔννομος, σύννους (von νόμος, νοῦς).
2. Die Hauptwörter Πελοπόννησος, τυραννία, nebst allen Ableitungen davon, wie auch das Zeitwort τυραννῶ durch alle Personalendungen seiner Abwandlung.

Mit ῤῥ.

1. Ein jedes Wort, das mit ρ beginnt, verdoppelt es in seinen Zusammensetzungen, wenn nach dem ρ ein Selbstlaut folgt, und das die Zusammensetzung bildende Wort auch in einen Mitlaut sich endiget; z. B. ῥοῦς, καλλίῤῥους· ῥαπτὸς, ἄῤῥαπτος· ῥωστὸς, ἄῤῥωστος, ἀῤῥωστία mit Ausnahme von εὔρωστος.
2. Das ρ wird verdoppelt auch im Augment der halbvergangenen, der vollendeten und der aorist. Zeit, wenn das Zeitwort mit einem ρ beginnt; z. B. ῥίπτω, ἐῤῥιπτον, ἔῤῥιφα.

Mit σσ oder ττ.

1. Die Zeitwörter thätiger und leidender Form: πλάττω, πράττω, τάττω, ταράττω, ἀλλάττω, ἀνάσσω, φράττω, σπαράττω, φρυάττω, σφάττω, φρίττω, ὀρύττω, πλήττω, κηρύττω, βδελύττω, νύττω, αἰνίττομαι, συρίττω, περιττεύω, λυσσῶ.
2. Die Wörter: θάλασσα, μέλισσα, κολοσσὸς, δισσὸς, ἄβυσσος, νῆσσα, λύσσα, περισσὸς und περιττὸς, ἡ, ὀν· dann die auf ασσα und ισσα von männlichen abgeleiteten Hauptwörter, wie ἄνασσα, βασίλισσα, und alle Zusammensetzungen mit δις und δυς, wenn das nachfolgende Wort mit σ beginnt; z. B. δισσάκιον, δυσσεβὴς, und die von θάλασσα, μέλισσα und κολλοσὸς abgeleiteten.

Mit ππ.

Das Wort ἵππος nebst allen Zusammensetzungen und Ableitungen davon; z. B. φίλιππος, τέθριππον, ἱπποτρόφος, ἱππαστὴς, ἱππεύς.

Mit κκ.

Die Hauptwörter: σάκκος, κόκκος, κόκκυξ und κόκκαλος oder κόκκαλον, nebst den Ableitungen davon und den damit Zusammensetzungen.

Siebentes Capitel.

Verwandlung der Mitlaute.

§. 10.

Die Hellenen ließen sich bei der Bildung ihrer Sprache hauptsächlich durch die Gesetze des Wohlklangs, der Deutlichkeit und Leichtigkeit der Aussprache leiten.

Um aber diesen Forderungen Genüge zu leisten, mußten sie bei der Ableitung der Wörter und Formen vermeiden, theils daß nicht zu viele, nicht leicht mit einander auszusprechende Mitlaute zusammen treffen, theils auch, daß nicht mehrere Selbstlaute neben einander gesetzt wurden, von denen jeder einzelne ausgesprochen werden sollte. Dieß führte zu mehreren Veränderungen hin, welche nach gewissen Regeln vorgenommen werden, und welche man kennen muß, wenn man nicht überall bei Entwickelung und Nachbildung der hellenischen Wortformen Anstoß finden will.

Allgemeine Regeln über die Veränderung der Consonanten.

A.

Vor ein δ, ϑ, τ kann nur β, π, φ, γ, κ, χ stehen. Es muß also bei Bildung der hellenischen Wortformen verwandelt werden (in der Schriftsprache):

βτ in πτ; z. B. das τέτριβται in τέτριπται
φτ in πτ „ „ γέγραφται in γέγραπται
πδ in βδ „ „ ῥάπδος in ῥάβδος

φδ	in	βδ;	z. B. das	ἐπιγράφδην	in	ἐπιγράβδην
πθ	in	φθ	„ „	ἐτύπθην	in	ἐτύφθην
βθ	in	φθ	„ „	τριβθήσομαι	in	τριφθήσομαι
γτ	in	κτ	„ „	λέλεγται	in	λέλεκται
χτ	in	κτ	„ „	βέβρεχται	in	βέβρεκται
κδ	in	γδ	„ „	ὄκδοος	in	ὄγδοος
χδ	in	γδ	„ „	ἐπιβρέχδην	in	ἐπιβρέγδην
κθ	in	χθ	„ „	ἐπλέκθην	in	ἐπλέχθην
γθ	in	χθ	„ „	ἐλέγθην	in	ἐλέχθην.

Anmerkung 1. Das Vorwort ἐκ bleibt bei Zusammensetzungen von jedem Worte, welches mit einem δ, θ, τ beginnt, unverändert; z. B. ἐκδίδω, ἐκθέτω, ἐκτείνω.

B.

Drei oder mehrere Consonanten können nicht unmittelbar zusammenstehen, sondern einer derselben muß (gewöhnlich ein σ, welches zwischen zwei Consonanten stehet) wegfallen, oder man sucht solche Formen ganz zu vermeiden; z. B.

statt	τέτυφσθαι	sagt man	τέτυφθαι	oder	τετυμμένοι εἰσὶ
„	πέπλεχσθαι	„ „	πέπλεχθαι	„	πεπλεγμένοι εἰσὶ
„	τέτυφνται	„ „	τετύφαται	„	τετυμμένοι εἰσί.

Anmerkung 2. In zwei Fällen findet eine Ausnahme dieser Regeln statt, nehmlich: 1. in Zusammensetzungen, wo die Deutlichkeit der Ableitung die Beibehaltung des dritten Mitlautes nothwendig macht; z. B. ἐκπτύω, ἐκσπένδω, δύσφθαρτος; und 2. wenn der erste oder letzte der drei Mitlaute ein λ, μ, ν, ρ ist, wodurch die Härte der Aussprache gemildert wird; z. B. ἐκ-κλησία, πεμ-φθείς, σκλ-ηρός, ἆσθμα, αἰσχρός. Selbst das Zusammentreffen zweier Consonanten kann Härte der Aussprache bewirken, welche vermieden werden muß. Auffallend ist, daß die Hellenen in gewissen Fällen durch Einschaltung eines dritten Mitlautes diese Härte heben. Wenn nemlich μ und ν durch Auslassung ei-

nes Selbstlautes unmittelbar vor ρ und λ zu stehen kommen, so wird zwischen beiden liquidis (ἀμετάβολα) diejenige Media (μέσον) eingeschaltet, welche in der ersten liquida von einerlei Organ ist, also nach μ ein β; z. B. statt μεσημερία, und durch Verkürzung (συγκοπῇ) μεσημρία, wird geschrieben μεσημβρία. Nach einem ν ein δ; z. B. statt ἀνέρος, durch Verkürzung ἀνρός, wird geschrieben ἀνδρός.

C.

Zwei auf einander folgende Silben können nicht beide mit einer Aspirata (δασὺ) θ, φ, χ anfangen, sondern wenn dieser Fall eintritt, so gehet die Aspirata, welche zu Anfang der ersten Silbe stehet, in die verwandte tenuis (ψιλὸν) κ, π, τ über; z. B.

statt	φεφοβισμένος	sagt man	πεφοβισμένος
„	χεχωνευμένος	„ „	κεχωνευμένος
„	θεθορυβημένος	„ „	τεθορυβημένος.

Anmerkung 3. Die passive Endung θην und alle davon abgeleiteten Endungen, die mit θ anfangen, haben auf eine vorhergehende Aspirata keinen Einfluß, und man schreibt also: ὠρθώθην, ἐχύθη, τριφθήσονται u. a. s. Eben so auch die Nebenworts-Endungen θεν und θι; z. B. πανταχόθεν, Κορινθόθι. — Auch bei den meisten Zusammensetzungen wird jene Regel nicht beobachtet; z. B. ἀνθοφόρος, ἐφυφαίνω und a. s. Bei den Wörtern θρὶξ, θάπτω, und θρύπτω ist schon in der einfachen Form die zweite Aspirata weggefallen, und die erste ist deßhalb stehen geblieben. Sobald aber in abgeleiteten Formen die zweite Aspirata wieder erscheint, muß die erste weichen; z. B. ἡ θρὶξ, τῆς τριχός· θάπτω, ἐτάφην· θρύπτω, ἐτρύφην.

D.

Der starke Hauch (Spiritus asper, δασεῖα) verwandelt nicht nur in Zusammensetzungen, sondern auch bei zufälligem Zusammentreffen eine an sie stoßende Tenuis in Aspirata; z. B. ἔφοδος (aus ἐπὶ, ἐπ' und ὁδός), δεχήμερος (aus δέκα, δέκ' und ἡμέρα), λευχείμων (aus λευκός, λευκ' und εἷμα), ἐφ' ἡμέραν, ἀφ' οὗ, οὐχ οὕτως (aus ἐπὶ, ἐπ' und ἡμέρα· ἀπὸ, ἀπ' und οὗ· οὐκ und οὕτως).

Anmerkung 4. In einigen Zusammensetzungen wird selbst dann die Tenuis in Aspirata verwandelt, wenn sie mit dem starken Hauchzeichen (Spirit. asp.) in eine Silbe fällt, obgleich zwischen beiden noch ein Buchstabe in der Mitte stehet. Beispiele dieser Art sind: θοἰμάτιον st. τὸ ἱμάτιον· φροίμιον st. προοίμιον (zusammengesetzt aus πρὸ und οἶμη, der Pfad)· φροῦδος st. πρόοδος (zusammengesetzt aus πρὸ und ὁδός). τέθριππον (von τέτταρα, zusammenges. τετρα u. ἵππος).

Verwandlung der Mutae (ἄφωνα) vor einem μ in der Mitte der Wörter.

§. 11.

1. Die stummen Laute β, π, φ werden unmittelbar vor μ verwandelt in μ; z. B. im Perft. der alten Sprache: statt τέτριβμαι schreibt man τέτριμμαι
   „ τέτυπμαι „ „ τέτυμμαι
   „ γέγραφμαι „ „ γέγραμμαι.
2. κ und χ werden unmittelbar vor μ verwandelt in γ; z. B. statt δέκοκμαι schreibt man δέγογμαι
   „ λελεχμένος „ „ λελεγμένος.
3. δ, θ, τ und ζ werden unmittelbar vor μ verwandelt in σ; z. B. statt ᾆδμα schreibt man ᾆσμα
   „ πεῖθμα „ „ πεῖσμα
   „ ἤνυτμα „ „ ἤνυσμα
   „ ψήφιζμα „ „ ψήφισμα.

Verwandlung der Mutae vor einem σ.

§. 12.

1. Die Mutae β, π, φ werden mit σ vereinigt in dem Doppelmitlaute ψ; z. B.

statt τρίβσω schreibt man τρίψω
" τύπσω " " τύψω
" γράφσω " " γράψω.

2. γ, κ, χ werden mit σ vereinigt in dem Doppelmitlaute ξ; z. B. statt λέγσεις schreibt man λέξεις
" πλῆκσις " " πλῆξις
" τεύχσομαι " " τεύξομαι.

Anmerkung 5. Das κ des Vorworts ἐκ bleibt bei Zusammensetzungen vor dem σ unverändert, weil es den Schluß der vorhergehenden Silbe bildet und nicht mit dem σ zu einer Silbe verschmilzt; z. B. ἐκ-σοβῶ (ich scheue heraus); ἔκστασις (Verrückung).

3. δ, θ, τ und ζ werden vor einem σ ausgeschlossen; z. B. statt ποδσὶ schreibt man ποσὶ
" πείθσω " " πείσω
" σώματσι " " σώμασι
" δανείζσω " " δανείσω.

Anmerkung 6. Stehet vor den δ, θ, τ noch ein ν, so fällt auch dieß weg vor dem σ; aber der kurze Selbstlaut, welcher in einer solchen Silbe stand, gehet in einen langen über, und zwar ε in ει; ο aber in ου, und werden gedehnt ausgesprochen; z. B.

aus σπένδσω wird σπείσω, aus πάντσι wird πᾶσι
" λέοντσι " λέουσι, " δεικνύντσι " δεικνῦσι.

Ueberhaupt ist zu bemerken, daß δ, θ, τ, ζ nur vor einem λ, μ, ν, ρ unverändert bleiben; denn außer der eben und §. 11, 3. angeführten Verwandlungen derselben ist als Regel zu beobachten, daß dieselben vor δ, θ, τ in σ übergehen, vor dem κ aber ausgestoßen werden; z. B. statt ἐπείθθην (von πείθω) schreibt man ἐπείσθην, statt πέπειθκα (von πείθω) schreibt man πέπεικα u. s. a.

Verwandlung des ν.

1. Das Flüssige ν, liquida (ἀμετάβολον) gehet vor β, π, φ, ψ, μ in μ über; z. B. ἐμβάλλω (von ἐν-βάλλω, συμμετρία (von συν-μετρία), συμπόσιον (von συν-πόσιον), συμφωνία (von συν-φωνία), σύμψηφος (von σὺν-ψηφος) u. s. a.

2. Das ν vor γ, κ, ξ und χ verwandelt sich in γ, welches aber ausgesprochen wird wie ν, und zwar durch die Nase; z. B. ἐγγυῶμαι, (von ἐν-γυῶμαι), ἐγκαλῶ (von ἐν-καλῶ), συγξέω (von συν-ξέω), συγχαίρω (von συν-χαίρω).

3. Trifft ν mit einem λ, μ, ρ zusammen, so gehet es in dasselbe über; z. B. συλλογίζομαι st. συν-λογίζομαι, ἐμμένω st. ἐν-μένω, συῤῥάπτω st. συν-ράπτω.

4. Vor ζ wird ν stets ausgestoßen, und eben so auch vor σ in der Ableitung von Wortformen bei der Deklination und Conjugation, so wie auch bei Bildung von Zusammensetzungen, wenn nach dem σ noch ein Mitlaut folgt; z. B. εὐδαίμοσι st. εὐδαίμονσι, σύζυγος st. σύνζυγος, αἰῶσι st. αἰῶνσι, σύστημα st. σύνστημα.

Anmerkung 7. Das Vorwort ἐν bleibt vor σ und ζ durchaus unverändert; z. B. ἐν-σείω, ἐν-ζυμῶ. Das Vorwort συν aber verwandelt vor σ das ν in σ, auf welches ein Selbstlaut folgt; z. B. συσσιτία statt συνσιτία (von σὺν u. σιτία), σύσσηψις st. σύνσηψις (von σὺν u. σῆψις), συσσώζω st. συνσώζω (von σὺν u. σώζω) u. s. a.

Mischung, Ausschliessung, Ausstoßung und angehängtes ν und ς.

(κρᾶσις, θλῖψις, ἀφαίρεσις καὶ ἐφελκυστικὸν ν καὶ ς.)

§. 13.

Zwei Selbstlaute, von welchen der eine am Ende, der andere am Anfang zweier auf einander folgender Wörter stehet, verursachen ebenfalls Schwierigkeit und Mißklang (χασμῳδίαν, hiatus) bei der Aussprache; zur Vermeidung derselben gebrauchen die Hellenen folgende Mittel:

1. Die Mischung (κρᾶσις), d. h. die Vereinigung solcher zweier Selbstlaute zu einem Mitlaut, welche hauptsächlich beim Geschlechtsworte ὁ, οἱ, auch beim Sächlichen τὸ, τὰ und bei der Partikel καὶ Statt findet, wenn darauf ein Wort folgt, welches mit einem gewöhnlich kurzen Selbstlaut beginnt. Dabei werden gewöhnlich die (erster Abschn. zsgz. Declination §. 23. pag. 79. Regel 1 - 5.) aufgestellten Regeln der Zusammenziehung beobachtet. Man vereinigt nemlich:

a. αα, αια, αε und αιε in ἀ; z. B. τἄλλα st. τὰ ἄλλα — κἄν st. καὶ ἄν — τἀμὰ st. τὰ ἐμὰ — κἀγὼ st. καὶ ἐγὼ — τἄνδικα st. τὰ ἔνδικα — κἀκεῖ st. καὶ ἐκεῖ — κᾆτα st. καὶ εἶτα.

b. οε, οο und οιε in ου; z. B. τοὐναντίον st. τὸ ἐναντίον — τοὔνομα st. τὸ ὄνομα — οὑμοὶ st. οἱ ἐμοὶ — προὔφην st. προέφην.

c. ο, ι in οι; z. B. θοἰμάτιον st. τὸ ἱμάτιον (s. §. 10, D. Anmerk. 4.)

d. οοι und ωοι in ῳ; z. B. ᾡνοχόος st. ὁ οἰνοχόος — ἐγῷμαι st. ἐγὼ οἶμαι — ἐγῷδα st. ἐγὼ οἶδα.

Anmerkung 8. Wird mit dem Geschlechtsworte eine Crassis gebildet, so wird von den Formen des Genit., Dativ. und Accusat. der Mitlaut nicht mit aufgenommen, und selbst ο und οι verschwinden in der Crassis bei folgendem α; z. B.

τἀνδρὸς, τἀνδρὶ st. τοῦ ἀνδρὸς, τῷ ἀνδρὶ — ταὐτοῦ, ταὐτῷ st. τοῦ αὐτοῦ, τῷ αὐτῷ — ἁνὴρ st. ὁ ἀνήρ· hingegen οὑμὸς, ἡμὴ, οἱμοὶ st. ὁ ἐμὸς, ἡ ἐμὴ, οἱ ἐμοί. Dasselbe gilt auch, wenn auf das Geschlechtswort ein η folgt, obgleich dieser Fall seltner vorkömmt; und man sagt also; z. B. θἠμέτερον st. τὸ ἡμέτερον u. s. w.

Anmerkung 9. Die auffallenden Formen: ἅτερος, θάτερον, θατέρου, ἅτεροι statt ὁ ἕτερος, τὸ ἕτερον, τοῦ ἑτέρου, οἱ ἕτεροι, erscheinen als regelmäßige Fälle der Crasis durch die Bemerkung, daß neben ἕτερος in der alten Sprache auch die Form ἅτερος bestand.

Anmerkung 10. Vor ει, εἰς und οὐκ, so wie vor dem mit οὐ zusammengesetzten Partikeln, wie οὐδὲ, und vor dem mit ευ, η und υ beginnenden Wörtern wird bei eintretender Crasis mit der Partikel καὶ das αι ganz abgeworfen; z. B. κοὐκ, κεἰ, κεἰς, κεὐδαίμων, κἤλθομεν st. καὶ οὐκ, καὶ εἰ, καὶ εἰς, καὶ εὐδαίμων, καὶ ἤλθομεν. In andern Fällen, wo αι mit dem folgenden Selbstlaute einen Mischlaut bildet, geht das κ in χ über, wenn der Anfangsselbstlaut des folgenden Wortes ein Aspirata ist (siehe §. 10. D.); z. B. χὠ st. καὶ ὁ — χὤσα st. καὶ ὅσα — χὐμεῖς st. καὶ ὑμεῖς.

Anmerkung 11. Ueber den durch die Crasis entstehenden Mischlaut wird ein Zeichen gesetzt, welches dem gelinden Hauchzeichen (Spirit. lenis) gleich ist, und κορωνὶς genannt wird; wegzulassen ist dieses Zeichen, wenn es mit dem Spir. lenis zusammenfällt; z. B. κεὐδαίμων, κεἶτα, κἤλθομεν.

2. Ausschließung (θλίψις). Das Ausschließen eines kurzen Selbstlautes am Ende eines Wortes, wenn das nächstfolgende Wort wieder mit einem Selbstlaute beginnt. Zur Bezeichnung der θλίψις gebraucht man den Apostroph ('), und sie tritt hauptsächlich in folgenden Fällen ein:

a. Bei den Vorwörtern, welche sich auf α, ι, ο endigen, jedoch selten bei ἕνεκα, und gar nicht bei περὶ und πρό; z. B. κατ' ἐμὲ — ἐπ' ἐκεῖνον — ἀφ' ἑαυτοῦ — ὑπ' αὐτοῦ st. κατὰ ἐμὲ — ἐπὶ ἐκεῖνον — ἀπὸ ἑαυτοῦ — ὑπὸ αὐτοῦ.

b. Bei den Partikeln und Nebenwörtern: ἀλλὰ, ἄρα, ἆρα, εἶτα, ἅμα, ἵνα, μάλα, γὲ, τὲ, ὥστε, δὲ und den davon abgebildeten Zusammensetzungen der Partikeln οὐδὲ, μηδὲ; ferner bei ὅτε, ποτὲ und den davon gebildeten οὔποτε, μήποτε u. dgl.; endlich bei ἔτι, οὐκέτι, μηκέτι; z. B. ἀλλ' ἐγὼ — ἆρ' οὖν — ἄρ' αὐτὸς — εἶτ' ἐρωτᾷς — ἵν' εἴπω — μάλ' ἂν — γ' οὐδὲν — ἔτ' ἦν — οὐκέτ' εἶδον — μηκέτ' ἔλθοις st. ἀλλὰ ἐγὼ — ἆρα οὖν — ἄρα αὐτὸς — εἶτα ἐρωτᾷς — ἵνα εἴπω — μάλα ἂν — γὲ οὐδὲν — ἔτι ἦν — οὐκέτι εἶδον — μηκέτι ἔλθοις.

c. Bei den Fürwortsformen τοῦτο, ταῦτα, τίνα, μὲ, μοὶ, σὲ, σοὶ, πότερα, πάντα und bei allen, denen δὲ angesetzt ist, wie ὅδε, τοσόςδε u. dgl.; z. B. τοῦτ' ἄλλο — ταῦτ' εἰπὲ — τίν' ἠδίκησας — τί μ' ἔβλαψε — τί μ' εἶπας — τί σ' ἔδωκε — τί σ' ἠρώτησε — πότερ' ἦν — πάντ' ἀφεὶς — ὅδ' ἐστι — τοσοῦδ' ἄξιον st. τοῦτο ἄλλο — ταῦτα εἰπὲ — τίνα ἠδίκησας — τὶ μὲ ἔβλαψε — τὶ μοὶ εἶπας — τὶ σοὶ ἔδωκε — τὶ σὲ ἠρώτησε — πότερα ἦν — πάντα ἀφεὶς — ὅδε ἐστὶ — τοσοῦδε ἄξιον.

d. Bei ἐστὶ, φημὶ, οἶδα, οἶσθα, und andern geläufigen und häufig im gewöhnlichen Leben gebrauchten Ausdrücken; z. B. ἔσθ' ὅπου — ἔσθ' ὅτε — φήμ' ἐγὼ — οἶδ' ὅτι — οἶσθ' ἄρα st. ἔστιν ὅπου — ἔστιν ὅτε — φημὶ ἐγὼ — οἶδα ὅτι — οἶσθα ἄρα.

e. Bei der Pluralendung des Neutr. auf α und bei den Zeitwortsendungen auf ε und ο; z. B. κάκ' ἔργα — ἤρχοντ' ἤδη — γράφετ' οὕτω st. κακὰ ἔργα — ἤρχοντο ἤδη — γράφετε οὕτω.

Anmerkung 12. Ueber den Akzent bei der Ἔκθλιψις gilt folgende Regel: Wenn der abgeworfene Selbstlaut den Akzent hatte, so gehet derselbe bei Vorwörtern und Partikeln mit verloren; bei andern Wörtern aber gehet derselbe, und zwar als ὀξεῖα auf die vorhergehende Silbe über; z. B. ἀπ' ἐμοῦ (von ἀπὸ) hingegen πόλλ' ἔπαθον (von πολλὰ), δεῖν' ἔπλης (von δεινὰ).

3. Die ἀφαίρεσις, Abwerfung eines kurzen Selbstlautes zu Anfange eines Wortes, wenn das vorhergehende Wort mit einem langen Selbstlaute endiget. Darunter rechnet man Fälle, wie ποῦ 'στιν st. ποῦ ἐστὶν — ὦ 'ναξ st. ὦ ἄναξ — ὦ 'νθρωπε st. ὦ ἄνθρωπε — μὴ 'κ st. μὴ ἐκ — μὴ 'γαθός st. μὴ ἀγαθὸς u. dgl., welche sich jedoch sämmtlich als Fälle der Crasis lesen und schreiben lassen; weßhalb es unnöthig scheint, dieselben auf diese Weise von den früher aufgeführten gleichartigen Fällen zu sondern.

4. Das angehängte ν und ς (ἐφελκυστικὸν ν καὶ ς), wovon das erste angesetzt wird an die dritte Person des Zeitwortes, welches sich endiget auf ε oder ι, und an den Dativ plur. auf σι, wenn ein Wort folgt, welches mit einem Selbstlaute anfängt; z. B. ἔτυψεν αὐτὸν — ἐπαινοῦσιν ἡμᾶς — πᾶσιν εἶπε st. ἔτυψε, ἐπαινοῦσι, πᾶσι. Außerdem noch bei εἴκοσι, πέρυσι, παντάπασι; z. B. εἴκοσιν ἔτη — πέρυσιν ἐγένετο — παντάπασιν ἄσμον. Das zweite (nehmlich das ς) ist ein beweglicher und nur vor folgendem Selbstlaute gebrauchter Buchstabe an den Wörtern οὕτω, ἄχρι, μέχρι; z. B. οὕτως ἔχει — ἄρχις οὗτου — μέχρις ἄν.

---

§. 14.

In Rücksicht der Interpunction ist im Hellenischen auch dasselbe zu beobachten wie im Deutschen, mit dem einzigen Unterschied des Strichpunctes (;), statt dessen die Hellenen das Semicolon (ἡμίκολον) (·) gebrauchen, und des Fragezeichens (?), welches sie mit (;) bezeichnen. — Große Anfangsbuchstaben gebrauchen die Hellenen ge-

wöhnlich nur bei den Eigen- und Nationalnamen, i
Anfange eines Hauptsatzes, bei den Namen der Mon
der Festtage, der Künste und Wissenschaften, und bei
Titelnamen jeder Art.

In Rücksicht der Silbenabtheilung bei den Wör
ist zu bemerken:

1. Wenn zwei gleiche Mitlaute zwischen zwei Selbst
ten sich finden, so wird der erste derselben zu der v
hergehenden und der zweite zur nachfolgenden S
genommen; z. B. συλ-λαβή· θάλασ-σα· ἄλ-
und dergl.

2. Sollten sich aber in der Mitte eines Wortes z
oder drei ungleiche Mitlaute finden, so ist zu
trachten, ob solche auch den Anfang irgend eines h
lenischen Wortes bilden, in welchem Falle sie sämn
lich zur nachfolgenden Silbe genommen werde
z. B. ὕ-βρις· ἀ-γρός· ἄ-στρον· ἄ-σπλαγ-χνο
weil viele hellenische Wörter mit βρ, γρ, στ, σπ a
fangen. Im Gegentheile, wo zwei oder mehre
einander ungleiche Mitlaute in der Mitte eines Wo
tes sich finden, so wird derjenige davon, welcher m
dem folgenden den Anfang keines hellenischen Wo
tes bildet, zur vorhergehenden und die übrigen zu
folgenden Silbe genommen; z. B. ἐχ-θρὸς, ἀ
θμα, ἵπ-πος, ὄγ-δοος, ἅρ-μα, ὄγ-κος, συσ-σίτιο
σύν-νους, ἄρ-ῥαφος, σπλάγ-χνον, κέγ-χρος, ἄλ
κή, weil kein hellenisches Wort mit χθρ, σθλ, γδ
γκ, γχν, γχρ, λκ, ρμ, νν, σσ, ππ, μμ, ῤῥ, κ
anfängt.

Vierter Abschnitt.

Wortbildung.

§. 15.

Unter Wortbildung wird hier verstanden, die unbestreitbare Ableitung gewisser Wörter von andern; z. B. gewisser Zeitwörter von Hauptwörtern, Hauptwörter abgeleitet von Zeit- und Beiwörtern u. s. w. Da es aber ein äußerst schwierig und selten zur vollkommener Sicherheit hinführendes Geschäft ist, alle vorhandenen Wörter einer Sprache auf ihren einfachen Grundstein zurück zu führen, oder zu zeigen, wie sie von demselben abgeleitet und gebildet sind; und da eine solche Ableitung im Hellenischen nicht blos in der äußern Form sich deutlich zeigt, sondern es läßt sich auch im Allgemeinen mit ziemlicher Genauigkeit angeben, welche Bedeutung einer solchen Klasse von Wörtern, die durch eine bestimmte Endung von andern abgeleitet sind, zukommen müsse, so sollen hier deßhalb in Kürze die gewöhnlichsten und deutlichsten Ableitungen mit beigefügter Ableitungsart und Bedeutung aufgestellt werden.

Zeitwörter abgeleitet von Haupt- und Beiwörtern.

§. 16.

1. Die so abgeleiteten Zeitwörter (ῥήματα παράγωγα) geben sich zu erkennen, hauptsächlich an ihren Endsilben εω - ῶ, αω - ῶ, οω - ῶ, ευω - αζω - ιζω - αινω - υνω.

Alle diese Endsilben werden an den Stamm Haupt- oder Beiwortes, aus welchem das Zeitwort geleitet ist, angesetzt; z. B. von φίλος, φιλέω – ῶ, κόμη, κομάω – ῶ · v. πῦρ, πυρόω – ῶ · v. θαῦμα, μάζω · v. ἀλήθεια, ἀληθεύω · v. σπάνις, σπανίζω · πάθος, παθαίνω · v. κράτος, κρατύνω. Folgende merkung kann einigermassen als Regel zur Bild dergleichen Zeitwörter dienen:

a. Wenn das Stammwort ein einsilbiges Wort ist, ρ sich endigend, so wird die respective Silbe unn telbar denselben angesetzt; z. B. πῦρ, πυρόω – ῶ · θηρ-εύω und θηρ-άω – ῶ · φώρ, φωρ-άω – ῶ u. s. Geht aber das einsilbige Wort in einen anderen M laut aus, so geschieht die Bildung des Zeitwor von der 2ten Endung durch Abstossung der Endsi desselben; z. B. τὸ φῶς τοῦ φωτὸς, φωτ-ίζω · ὁ ν τοῦ νοὸς, νο-έω – ῶ · ἡ νὺξ τῆς νυκτὸς, νυκτ-ερε u. s. a.

b. Ist das Stammwort zweisilbig, so wird das Ze wort von der 1ten Endung durch Abstossung der En silbe gebildet; z. B. φίλος, φιλ-έω – ῶ · κόμη, κομάω ῶ · θυμὸς, θυμ-όω – ῶ u. s. a.; wobei zu bemerken i daß, wenn das zweisilbige Stammwort in α ausgeh die Bildung des Zeitwortes von der 1ten und v der 2ten Endung des Stammwortes geschieht; z. B τὸ θαῦμα, θαυμά-ζω, τοῦ θαύματος, θαυματό-ω – ῶ τὸ κῦμα, κυμα-ίνω, τοῦ κύματος, κυματό-ω – ῶ un κυματ-ίζω · wo aber die Bedeutung des Zeitwort jedesmal nach der Verschiedenheit der Bildung au verschieden ist.

c. Die Bildung der abgeleiteten Zeitwörter von meh silbigen Stammwörtern geschieht durch Beibehaltun der ersten Silben des Stammwortes; z. B. ἡ ἀλ θεια, ἀληθ-εύω · ἡ ἀδικία, ἀδικ-έω – ῶ · ἡ δικαιοσ νη, δικαι-όω – ῶ · ἡ μετάνοια · μετανο-έω – ῶ u. s. a

2. In Rücksicht der Bedeutung lassen sich diese abgeleite ten Zeitwörter im Allgemeinen auf folgende Weise zu sammenstellen und bestimmen:

A. Sie drücken dasjenige seyn oder haben aus, was im Nennworte ausgedrückt ist, von welchem sie abgeleitet sind; z. B. άω-έω-εύω:

ἡ χολὴ (Galle), χωλάω-ῶ, Galle haben, oder zornig seyn; ἡ κόμη (Haar), κομάω-ῶ, Haare haben, behaart seyn; ἡ τόλμη (Kühnheit) τολμάω-ῶ, Kühnheit haben, kühn seyn; ὁ κοίρανος (Herr), κοιρανέω-ῶ, Herr seyn, herrschen; ὁ φίλος (Freund), φιλέω-ῶ, Freund seyn, lieben; ὁ πλοῦτος (Reichthum), πλουτέω-ῶ, Reichthum haben, reich seyn; ὁ φονεὺς (Mörder), φονεύω, Mörder seyn, morden; ὁ κόλαξ (Schmeichler), κολακεύω, Schmeichler seyn, schmeicheln; ἡ ἀλήθεια (Wahrheit); ἀληθεύω, wahrhaftig seyn u. s. w.

αζω, ιζω.

Bei diesen Zeitwörtern gilt die obige Bedeutung wenigstens dann, wenn sie von einem Eigennamen (κύριον, ὄνομα) abgeleitet sind; z. B.

Δώριος (Dorisch) δωριάζω oder δωρίζω. Ἕλλην (Griech) ἑλληνίζω. Γερμανὸς (Deutscher) γερμανίζω. Γάλλος (Franzos) γαλλίζω. Πλάτων (Plato) πλατωνίζω. Σωκράτης (Socrates) σωκρατίζω. Dorisch, Griechisch, Deutsch, Französisch, Platonisch, Socratisch seyn (in Sprache, Sinnesart oder Handlungsweise).

Die Bedeutung, wenn dergleichen Zeitwörter von andern Hauptwörtern abgeleitet sind, drückt meistens das werden aus; oder in einen innerlichen Zustand versetzt werden; und mittelst eines Organs oder Werkzeuges etwas thun oder verrichten; z. B.

τὸ θαῦμα (Wunder), θαυμάζω, sich wundern, staunen; ἡ δειλία (Feigheit), δειλιάζω, feig seyn, oder furchtsam werden; ἡ σπουδὴ (Emsigkeit, Eifer, Ernst), σπουδάζω, emsig, eifrig, ernsthaft seyn, oder werden; ἡ στήριξ (Stütze), στηρίζω, stützen, einen festen Standpunkt geben; ἡ ἀφάνεια (Unsichtbe ἀφανίζω, unsichtbar machen; ὁ κτεὶς, τοῦ (Kamm) κτενίζω, kämmen; ἡ δρόσος (Thau σίζω, bethauen; ἡ κόνις (Staub), κονίζω, ben; ἡ μάστιξ (Peitsche), μαστίζω Peitsche φλὸξ (Flamme), φλογίζω, in Flammen setzen

B. Etwas dazu machen, oder mit demjenige sehen, was das Nennwort ausdrückt οω, ιζω, υνω, z. B.

ὁ δοῦλος (Sclave), δουλόω-ῶ, zum Sclave chen; ὁ δῆλος (offenbar, bekannt), δηλόω-ῶ, bar, bekannt machen; ὁ χρυσὸς (Gold), χρυσό mit Gold versehen, vergolden; τὸ αἷμα (Blut ματόω-ῶ, blutig machen; τὸ χρῶμα (Farbe), ματίζω, färben; ὁ πλοῦτος (Reichthum), πλου reich machen, bereichern; ὁ καινὸς (neu), και neu machen, erneuern; ὁ ἡδὺς (süß, lieblich) ἡδ lieblich machen, versüssen; ὁ βαρὺς (schwer), β νω, schwer machen, beschweren; ὁ κοῖλος (ho κοιλαίνω, hohl machen, aushöhlen; ἡ ὑφὴ (G de), ὑφαίνω, weben; τὸ ξάνιον (Kamm, Kremp ξαίνω, kratzen, krempeln u. s. a.

NB. Alle diese Bedeutungen können nicht durchgängig festge ten werden, sondern sie sind mannichfaltigen Abänderun unterworfen, wie sich schon aus den Zeitwörtern auf ιζω gibt, welche hier als beiden Klassen angehörig, angegeben w den sind. Am allgemein gültigsten sind die Angaben bei Zeitwörtern auf εω, οω und υνω.

Zeitwörter abgeleitet von andern Zeitwörtern

§. 17.

Die Endsilbe der von andern Zeitwörtern abgeleitet Zeitwörtern ist gewöhnlich υνω, ανω, αζω, εω (barytonir und κεω.

Die Ableitung solcher Zeitwörter, welche dieselbe Bedeutung ihres Stammzeitwortes beibehalten, geschieht entweder blos durch Veränderung der vorletzten Silbe ihres Stammwortes, oder nebst dieser Veränderung auch durch Anhängung einer Silbe an der Endsilbe des Stammzeitwortes; z. B.

von ἄρδω wird gebildet ἀρδ-εύω, benetzen; von αὔξω — αὐξ-άνω vermehren, wachsen, machen; v. στένω — στεν-άζω seufzen; v. πλώω, πλ-έω schiffen; v. τίκω — τ-ί-κτω erzeugen, gebähren u. v.

Zeitwörter von Nebenwörtern abgeleitet.

§. 18.

Einige Zeitwörter werden von Nebenwörtern umgestaltet, und durch Anhängung der Endsilbe ιζω oder αζω und Veränderung der vorletzten Silbe des Stammnebenwortes gebildet. Solche Zeitwörter, welche die Bedeutung ihres Stammes beibehalten, sind folgende:

ἐγγίζω ich nähere mich, von ἐγγύς nahe; λακτίζω schlage mit dem Fuße aus, v. λὰξ mit den Füssen hinten ausschlagen; πυκτίζω u. πυκταλίζω Faustkämpfer seyn, sich im Faustkampf üben, v. πὺξ mit geballter Faust; πλησιάζω sich nähern, v. πλησίον nahe; εὐάζω in Jubelton rufen, v. εὐοῖ (Ausruf der Bachanten); ἀλαλάζω frohes Kriegsgeschrei erheben, einen Jubel, ein Getöse erheben, v. ἀλαλὰ oder ἀλαλὴ (Hurrah! Jauchzen, Geschrei).

Nachgemachte Zeitwörter.

§. 19.

Nachgemachte Zeitwörter (πεποιημένα ῥήματα) sind einige, welche die Bedeutung eines gewissen Tones, Klanges, Schalles oder Geräusches ausdrücken; z. B.

βομβέω-ῶ und βομβαίνω auch βομβάζω, einen dumpfen und tiefen ununterbrochenen Ton von sich geben, v. ὁ βόμβος das Summen; ῥοχθέω-ῶ und ῥοχθίζω Schnurren, v. ὁ ῥόχθος das Brausen der Wellen; ῥογχάζω u. ῥέγκω Schnarchen, v. ὁ ῥόγχος u. ὁ ῥογμὸς auch τὸ ῥέγχος und τὸ ῥέγκος, der beim Schnarchen gehörte Laut; σμαραγέω-ῶ und σμαραγίζω, dröhnen, erdröhnen, Tosen, v. ἡ σμαραγὴ das Dröhnen; κλαγγάζω, κλαγγαίνω, κλάγγω u. κλάζω rauschen, sausen, tosen, v. ἡ κλαγγὴ der unartikulirte Laut, welcher durch die Bewegung lebloser Dinge, und besonders durch Waffen erzeugt wird; ῥοιζέω-ῶ Sausen, schwieren, v. ὁ ῥοῖζος das Schwieren, zischen, was besonders durch den Flug von Tauben erzeugt wird; ψιθυρίζω lispeln, zischen, v. ψι, ψι den unartikulirten Laut, bei einem leisen Gespräch; τρίζω knirren, schrillen, v. τρι, τρι, beim Aufmachen einer Thür; μορμορίζω murmeln, v. μορ, μορ beim halblautsprechen; γαυγίζω bellen, v. γαυ, γαυ beim Bellen der Hunde u. s. w.

Hauptwörter von Zeitwörtern abgeleitet.

§. 20.

Die Zahl der von Zeitwörtern abgeleiteten Hauptwörter (ῥηματικὰ οὐσιαστικὰ) ist zu groß, um alle Arten derselben vollständig aufzählen, und in Rücksicht ihres Begriffes genau bestimmen zu können. Es folgen deßhalb hier nur die wichtigsten und gewöhnlichsten davon:

1. Die Hauptwörter mit der Endsilbe ευς, της, τηρ u. τωρ, werden vom Stamme der Zeitwörter gebildet, und sämmtlich dem Begriffe auf eine Person übertragen, welcher im Zeitworte liegt; z. B. ὁ γραφεὺς Schreiber, von γράφω schreiben; ὁ ἀθλητὴς Fechter, v. ἀθλέω-ῶ fechten; ὁ αὐλητὴς Flötenspieler, v. αὐλέω-ῶ die Flöten blasen; ὁ μαθητὴς Schüler,

Junker, v. μανθάνω lernen; ὁ σωτὴρ Erlöser, Retter, v. σώζω erlösen, retten; ὁ ῥήτωρ Redner, v. ῥέω erklären, angeben, bestimmen; (von diesem Zeitworte ist nur die vollendete Zeit εἴρηκα und εἴρηται, und die Aorist ἐῤῥέθη gebräuchlich.).

2. Die auf σις, ψις, ξις von Zeitwörtern abgeleiteten Hauptwörter stellen den Begriff des Zeitwortes als eine Thätigkeit, ein Handeln dar; die auf μα hingegen drücken das Erzeugniß einer Handlung aus; z. B. ἡ πρᾶξις die Handlung, τὸ πρᾶγμα die That, das Erzeugniß, v. πράττω ich thue; ἡ ποίησις das dichten, τὸ ποίημα das Gedicht, v. ποιέω - ῶ ich dichte; ἡ μίμησις die Nachahmung, τὸ μίμημα daß durch Nachahmung erzeugte Werk, v. μιμέομαι - οῦμαι ich ahme nach; ἡ θλίψις das drücken, τὸ θλίμμα das Gedrückte, v. θλίβω ich drücke u. s. a.

3. Es werden außerdem vermittelst der Endsilbe α, η, ος, μη, μος viele Hauptwörter von Zeitwörtern abgeleitet, welche größtentheils dem Begriffe des Zeitwortes als abstractive in sich schließen z. B. ἡ χαρὰ Freude, v. χαίρω ich freue mich; ἡ διδαχὴ Lehre, v. διδάσκω ich lehre, ὁ δεσμὸς Fessel, v. δέω ich binde, feßle; ὁ λόγος Rede, v. λέγω ich sage; ἡ γνώμη Erkenntniß, Einsicht, v. γινώσκω ich erkenne; ὁ ὀδυρμὸς Wehklage, v. ὀδύρομαι wehklagen u. s. a. m.

Alle dergleichen Hauptwörter werden abgeleitet und gebildet, meistens aus den dreien Personalendungen einfacher Zahl der vollendeten Zeit der leidenden Zeitwörter anzeigender Art, und zum Theil auch von der ersten Personalendung derselben Zeit thätiger Form (*). Die von der

(*) Es ist bemerkt worden, daß die neuhellenische Sprache keine vollendete Zeit in den Abwandlungen der Zeitwörter gebraucht, sondern nur im Mittelworte leidender Form, und bei den übrigen Abwandlungsarten ersetzt sie selbe durch den Aorist mit dem beigefügten Nebenworte πρότερον oder προτήτερα· z. B. ἔγραψα πρότερον oder προτήτερα statt

vollendeten Zeit leidender Form abgeleiteten erhalten als Mitlaut ihrer Endsilbe das μ, σ, ξ, ψ, τ; die von der thätigen Form abgeleiteten erhalten das β, γ, ϑ, μ, φ, ν, χ; welches nur von diesen Mitlauten jedesmal der Endsilbe des abgeleiteten Hauptwortes zukömmt, wird durch folgende Bemerkung näher bestimmt:

γέγραφα. Da diese Zeit aber zur Ableitung und Bildung der obenerwähnten Hauptwörter, die sie gleich der alten Sprache gebraucht, für diejenigen, welche der alten Sprache unkundig sind, von großer Wichtigkeit ist, um zur Ableitung und Bildung solcher Hauptwörter methodisch und desto leichter gelangen zu können, so ist es nothwendig hier anzuzeigen, wie die vollendete Zeit ausgemittelt wird.

Die vollendete Zeit wird am leichtesten von der unbestimmten Zeit oder dem Aorist folgendermaßen ausgemittelt.

Die unbestimmte Zeit thätiger Form endiget sich gewöhnlich in ψα, ξα, σα, λα, ρα, woraus die vollendete Zeit die Endsilben φα, χα, κα bekommt, und zwar die Endsilbe φα wird von der ψα, die χα von der ξα und die κα wird von der Endsilbe der Aorist σα, λα und ρα gebildet. Die Endsilbe der Aorist leidender Form ist θην, woraus die der vollendeten Zeit in μαι entstehet, welche an der unbestimmten Zeit angesetzt wird, nach Abstossung der θην als Endsilbe desselben; z. B. ἔγραψα, γέγρα-φα· ἔδειξα, δέδει-χα· ἐνίκησα, νενίκη-κα· ἔψαλα, ἔψαλ-κα· ἔσπειρα, ἔσπαρ-κα· ἐγράφθην, γέγρα-μμαι· ἐδείχθην, δέδειγμαι· ἐψάλθην, ἔψαλ-μαι· ἐσπάρθην, ἔσπαρ-μαι u. s. a. In Betreff der Anfangssilbe, mit welcher die Personalendungen dieser Zeit vermehrt wird, ist hier auch dasselbe zu beobachten, was darüber von der vollendeten Zeit des Mittelwortes leidender Form bemerkt wurde. 1. Thl. §. 73. Es bleibt nun noch hier einiges über den Ausgang der Personalendungen der unvollendeten Zeit zu bemerken übrig; diese ist bei den Zeitwörtern thätiger Form, wie in der unbestimm-

a. Die von der 1ten Person der vollendeten Zeit, leidender Form, abgeleiteten Hauptwörter haben das μ; z. B. πέπραγμαι, πρᾶγμα von πράττομαι· γέγραμμαι, γράμμα von γράφομαι u. s. w.

b. Die von der 2ten Personalendung abgeleiteten Hauptwörter haben das ξ, σ, ψ; z. B. πέπραξαι, πρᾶξις von πράττομαι· δέδοσαι, δόσις von δίδομαι· τέτερψαι, τέρψις von τέρπομαι.

c. Die von der 3ten Person der vollendeten Zeit, leidender Form, abgeleiteten Hauptwörter haben das τ; z. B. κέκριται, κριτὴς von κρίνομαι· πέποται, ποτὸν von πίνεται· δέδοται, δοτὴρ von δίδομαι u. s. w.

---

ten Zeit α, ας, ε, jedesmal mit dem dazu gehörigen Mitlaute φ, χ, κ; bei den Zeitwörtern aber leidender Form ist die Endsilbe der 1ten Person durchaus μαι, γμαι, λμαι, ρμαι· der 2ten ψαι, ξαι, σαι, und der 3ten πται, κται, ται, und zwar μαι, wenn die Personalendung der unbestimmten Zeit ψα oder σα ist; γμαι, wenn jene ξα; λμαι, wenn jene λα; ρμαι, wenn jene ρα ist; und die 3te ist πται, wenn die 2te ψαι; κται, wenn jene ξαι; λται, wenn jene λμαι; ρται, wenn jene ρμαι; ται aber, wenn jene σαι ist.

Die Ableitung der Hauptwörter von der vollendeten Zeit thätiger Form geschieht blos von der 1ten Personalendung, und zwar die mit den Mitlauten φ und χ werden von der 1ten unbestimmten Zeit abgeleitet; z. B. ἔγραψα, γέγραφα, γραφή· ἐδίδαξα, δεδίδαχα, διδαχὴ u. s. a.; die mit den Mitlauten β, γ, ϑ, μ, ν aber werden von der 2ten unbestimmten Zeit (††) abgeleitet; z. B. ἔβλαψα, βέβλαβα,

---

(††) Die 2te unbestimmte Zeit gehet in ον, ες, ε aus, und die ihrer Endsilbe eignen Mitlaute sind das β, γ, ϑ, μ, ν, und zwar das β stehet dem φ, das γ dem χ und das ϑ dem κ der 1ten unbestimmten Zeit entgegen. Das μ und ν sind der 2ten unbestimmten Zeit blos eigne Mitlaute

βλάβη von βλάπτω· ἔλεξα, λέλογα, λόγος von λέγω· ἔπλησα, πέπληθα, πλῆθος von πλήθω· ἔταμον, τέτομα, τομή von τέμνω· ἔμεινα, μέμονα, μονή von μένω· ἔγραψα, ἐγράφθην, γέγραμμαι, γέγραψαι, γέγραπται· — ἔδειξα, ἐδείχθην, δέγειγμαι, δέδειξαι, δέδεικται· — ἔσταλμαι, ἐστάλθην, ἔσταλσαι, ἔσταλται· — ἔσπαρμαι, ἐσπάρθην, ἔσπαρσαι, ἔσπαρται· — δέδεμαι, ἐδέθην, δέδεσαι, δέδεται.

---

bei den unregelmäßigen Zeitwörtern überhaupt. Es ist doch zu bemerken, daß die 2te unbestimmte Zeit nur mehrere der barytonirten Zeitwörtern haben, von den circumflexirten aber gar keines. Die von Zeitwörtern solcherweise abgeleiteten Hauptwörter, welche die vorletzte Silbe in ο haben, werden alle von Zeitwörtern, deren vorletzte Silbe das ε hat, gebildet; z. B. λόγος von λέγω· στόνος von στένω· πόνος von πένω (Stammform zu πένομαι)· μονή von μένω· γονή von γένω (Stammform zu γίνομαι). κλοπή von κλέπτω u. s. a.

Beiwörter und Nebenwörter abgeleitet von Zeitwörtern.

§. 21.

Von der 3ten Personalendung der vollendeten Zeit, leidender Form, werden auch die Verbaladjectiva (ῥηματικὰ ἐπίθετα) und bestimmende Nebenwörter (θετικὰ ἐπιῤῥήματα), welche sämmtlich den Begriff des Stammzeitwortes ausdrücken, und in zwei Classen getheilt werden, abgeleitet. Die erste Classe umfasset die Verbaladjectiva oder die solcherweise abgeleiteten Beiwörter mit der Endsilbe τὸς, τὴ, τὸν, τέος, τέα, τέον, welche den Begriff würdig ausdrücken. Die zweite Classe enthält die bestimmenden Nebenwörter mit der Endung τέον, welche ebenfalls den Begriff des Stammzeitwortes ausdrücken und im Deutschen mit dem Ausdrucke **man muß**, in Verbindung mit dem respectiven Zeitworte, ähnlich sind; z. B. γραπτέον (wobei das Zeitwort ἐστὶ immer einverstanden wird), man muß schreiben; λεκτέον, man muß sagen; ποιητέον, man muß thun u. s. a.

Die Bildung aller dieser Wörter geschieht durch Abstoßung der Endsilde αι der 3ten Personalendung der vollendeten Zeit, leidender Form, und Ansetzung der Endsilbe τὸς, τὴ, τὸν, τέος, τέα, τέον; z. B. λέλεκται, λεκτ-ὸς, ὴ, όν· λεκτ-έος, έα, έον (von λέγεται)· πεποίηται, ποιητ-ὸς, ὴ όν· ποίητ-έος, έα, έον (von ποιεῖται)· πέπρακται, πρακτ-ὸς, ὴ, όν· πρακτ-έος, έα, έον (von πράττεται)· κέχρησται, χρηστ-ὸς, ὴ, όν· χρηστ-έος, έα, έον (von χρῆται)· πέπνευσται, πνευστ-ὸς, ὴ, όν· πνευστ-έος, έα, έον (von πνέεται).

Anmerkung 1. In Rücksicht der eigentlichen Bedeutung sind die Formen der Verbaladjectiven auf τὸς, τὴ τὸν und τέος, τέα τέον genau geschieden. Die ersten drücken entweder eine **abgeschlossene** Handlung; z. B. λεκτὸς, gesagt, γραπτὸς, geschrieben, u. s. w., oder noch häufiger eine **bloße Möglichkeit** aus; z. B. λεκτός, sagbar, γραπτὸς, schreibbar. Die zweiten hingegen enthalten immer den Begriff der **Nothwendigkeit**; z. B. γραπτέος, der geschrieben werden muß, u. s. w.

Anmerkung 2. Die Mundart der Plebejer macht keinen Gebrauch dieser Wörter, sondern sie drückt selbe durch Umschreibung und zwar die auf τὸς, τὴ, τὸν durch das ἠμπορεῖ νά und Ansetzung der 3ten Personalendung der unbestimmten Zeit leidender Form aus; z. B. statt γραπτὸς sagt sie ἠμπορεῖ νὰ γραφθῇ u. s. a. Die auf τέος, τέα, τέον durch das πρέπει νά; z. B. statt γραπτέος sagt man πρέπει νὰ γραφθῇ u. s. a. Bei den bestimmenden Nebenwörtern gebraucht sie auch das πρέπει νά; z. B. γραπτέον, πρέπει νὰ γράψῃ (oder γράφῃ) τινὰς, oder πρέπει νὰ γράψωμεν oder γράφωμεν.

βλάβη von βλάπτω· ἔλεξα, λέλογα, λόγος von λέγω· ἔπλησα, πέπληθα, πλῆθος von πλήθω· ἔταμον, τέτομα, τομὴ von τέμνω· ἔμεινα, μέμονα, μονὴ von μένω· ἔγραψα, ἐγράφθην, γέγραμμαι, γέγραψαι, γέγραπται· — ἔδειξα, ἐδείχθην, δέδειγμαι, δέδειξαι, δέδεικται· — ἔσταλμαι, ἐστάλθην, ἔσταλσαι, ἔσταλται· — ἔσπαρμαι, ἐσπάρθην, ἔσπαρσαι, ἔσπαρται· — δέδεμαι, ἐδέθην, δέδεσαι, δέδεται.

---

bei den unregelmäßigen Zeitwörtern überhaupt. Es ist doch zu bemerken, daß die 2te unbestimmte Zeit nur mehrere der barytonirten Zeitwörtern haben, von den circumflexirten aber gar keines. Die von Zeitwörtern solcherweise abgeleiteten Hauptwörter, welche die vorletzte Silbe in ο haben, werden alle von Zeitwörtern, deren vorletzte Silbe das ε hat, gebildet; z. B. λόγος von λέγω· στόνος von στένω· πόνος von πένω (Stammform zu πένομαι)· μονὴ von μένω· γονὴ von γένω (Stammform zu γίνομαι). κλοπὴ von κλέπτω u. s. a.

Beiwörter und Nebenwörter abgeleitet von Zeitwörtern.

§. 21.

Von der 3ten Personalendung der vollendeten Zeit, leidender Form, werden auch die Verbaladjectiva (ῥηματικὰ ἐπίθετα) und bestimmende Nebenwörter (θετικὰ ἐπιῤῥήματα), welche sämmtlich den Begriff des Stammzeitwortes ausdrücken, und in zwei Classen getheilt werden, abgeleitet. Die erste Classe umfasset die Verbaladjectiva oder die solcherweise abgeleiteten Beiwörter mit der Endsilbe τὸς, τὴ, τὸν, τέος, τέα, τέον, welche den Begriff würdig ausdrücken. Die zweite Classe enthält die bestimmenden Nebenwörter mit der Endung τέον, welche ebenfalls den Begriff des Stammzeitwortes ausdrücken und im Deutschen mit dem Ausdrucke man muß, in Verbindung mit dem respectiven Zeitworte, ähnlich sind; z. B. γραπτέον (wobei das Zeitwort ἐστὶ immer einverstanden wird), man muß schreiben; λεκτέον, man muß sagen; ποιητέον, man muß thun u. s. a.

Die Bildung aller dieser Wörter geschieht durch Abstoßung der Endsilbe αι der 3ten Personalendung der vollendeten Zeit, leidender Form, und Ansetzung der Endsilbe τὸς, τὴ, τὸν, τέος, τέα, τέον; z. B. λέλεκται, λεκτ-ὸς, ὴ, όν· λεκτ-έος, έα, έον (von λέγεται)· πεποίηται, ποιητ-ὸς, ὴ όν· ποίητ-έος, έα, έον (von ποιεῖται)· πέπρακται, πρακτ-ὸς, ὴ, όν· πρακτ-έος, έα, έον (von πράττεται)· κέχρησται, χρηστ-ὸς, ὴ, όν· χρηστ-έος, έα, έον (von χρῆται)· πέπνευσται, πνευστ-ὸς, ὴ, όν· πνευστ-έος, έα, έον (von πνέεται).

Anmerkung 1. In Rücksicht der eigentlichen Bedeutung sind die Formen der Verbaladjectiven auf τὸς, τὴ τὸν und τέος, τέα τέον genau geschieden. Die ersten drücken entweder eine abgeschlossene Handlung; z. B. λεκτὸς, gesagt, γραπτὸς, geschrieben, u. s. w., oder noch häufiger eine bloße Möglichkeit aus; z. B. λεκτός, sagbar, γραπτὸς, schreibbar. Die zweiten hingegen enthalten immer den Begriff der Nothwendigkeit; z. B. γραπτέος, der geschrieben werden muß, u. s. w.

Anmerkung 2. Die Mundart der Plebejer macht keinen Gebrauch dieser Wörter, sondern sie drückt selbe durch Umschreibung und zwar die auf τὸς, τὴ, τὸν durch das ἠμπορεῖ νὰ und Ansetzung der 3ten Personalendung der unbestimmten Zeit leidender Form aus; z. B. statt γραπτὸς sagt sie ἠμπορεῖ νὰ γραφθῇ u. s. a. Die auf τέος, τέα, τέον durch das πρέπει νά; z. B. statt γραπτέος sagt man πρέπει νὰ γραφθῇ u. s. a. Bei den bestimmenden Nebenwörtern gebraucht sie auch das πρέπει νά; z. B. γραπτέον, πρέπει νὰ γράψῃ (oder γράφῃ) τινὰς, oder πρέπει νὰ γράψωμεν oder γράφωμεν.

Hauptwörter von Beiwörtern gebildet.

§. 22.

Die von Beiwörtern abgeleiteten Hauptwörter haben die Endsilben ια, εια, οια, συνη, της weiblichen, und ος sächlichen Geschlechtes; sämmtliche drücken den Begriff des Beiwortes als ein abstractum aus, und sind den deutschen Hauptwörtern auf heit oder keit ähnlich.

Die Bildung derselben geschieht durch Abstoßung der Endsilbe des Beiwortes und Ansetzung der ihnen jedesmal gehörigen Anfangssilbe, und zwar:

a. Die auf ια werden von Beiwörtern männlichen Geschlechtes auf ος, ης, αξ und ων gebildet; z. B. ἡ κακία, die Bosheit, von ὁ κακός, der Böse · ἡ ἀτυχία, das Unglück, von ὁ ἀτυχής, Unglückliche · ἡ εὐδαιμονία, die Glückseligkeit, von ὁ εὐδαίμων, Glückselige.

b. Die auf ια von αξ abgeleiteten werden von der 2ten Endung des Beiwortes gebildet; z. B. ἡ βλακία, Dummheit, von ὁ βλάξ, τοῦ βλακός, der Dumme · ἡ ἀμπλακία, das Vergehen, von ὁ ἄμπλαξ, τοῦ αμπλακος, der Sünder.

c. Die auf εια werden ebenfalls von männlichen Beiwörtern auf ης gebildet; z. B. ἡ ἀλήθεια, die Wahrheit, von ὁ ἀληθής, der Wahrhafte · ἡ εὐγένεια, der Adel, von ὁ εὐγενής, der Adelige u. s. w.

d. Die auf οια erhalten ihre Ableitung von Beiwörtern männlichen Geschlechtes auf νους, ρους und πλους; z. B. ἡ εὔνοια, die Gunst, das Wohlwollen, von ὁ εὔνους, gewogen, wohlwollend · ἡ ἄνοια, Unverstand, von ὁ ἄνους, unverständig, sinnlos · ἡ μεγαλόνοια, hoher Verstand, von ὁ μεγαλόνους, von hohen Verstand · ἡ εὔροια, leichtes Flüssen, von ὁ εὔρους, schnell, leicht fließend · ἡ ἀπόρροια, Abfluß, von ὁ ἀπόρρους, wegfließend, ausströmend · ἡ εὔπλοια, glückliche Schiff-Fahrt, von ὁ εὔπλους, leicht zu beschiffen · ἡ δύσπλοια, schlechte Schiff-Fahrt, von ὁ δύσπλους, gefährlich zu beschiffen, und zwar alle durch Verwandlung des υ in ι, Abstoßung des ς und Ansetzung des α.

Anmerkung 3. Die auf εια haben fast alle den scharfen Ton auf der drittletzten Silbe, mit Ausnahme des ἡ ἀλαζονεία, die Prahlerei und ἡ ἁγνεία, die Keuschheit; alle übrigen auf εια mit der Betonung auf der vorletzten Silbe werden abgeleitet von der 1ten Personalendung der Zeitwörter auf εύω durch Veränderung des υ in ι und des ω in α; z. B. ἡ βασιλεία, die Königswürde, von βασιλεύω — ἡ ὑπανδρεία, die Heirat, von ὑπανδρεύω — ἡ δεσποτεία, die unumschränkte Herrschaft, von δεσποτεύω u. s. a.

e. Die auf σύνη werden abgeleitet von männlichen Beiwörtern auf ρων, μων und ος rein; jene durch Abstossung des ων und Ansetzung der Endsilbe σύνη; z. B. ἀφροσύνη, Unbesonnenheit, von ὁ ἄφρων, unbesonnen · εὐσχημοσύνη, das Wohlhaben, von ὁ εὐσχήμων, wohlhabend u. s. a. Diese aber blos durch Ansetzung der Silbe υνη an die Endsilbe des Beiwortes; z. B. ἁγιοσύνη, Heiligkeit, von ἅγιος, heilig: δικαιοσύνη, Gerechtigkeit, von δίκαιος, gerecht · δουλοσύνη, Sclaverei, von δοῦλος, u. a. s.

f. Die weiblichen auf της wie auch die sächlichen auf ος erhalten ihre Bildung von männlichen Geschlechts-Beiwörtern auf υς; z. B. ἡ ταχύτης auch τὸ τάχος, Geschwindigkeit, von ταχὺς, schnell · ἡ παχύτης auch τὸ πάχος, Dicke, von παχὺς, dick · ἡ ἡδύτης, Süße, von ἡδὺς, süß u. s. m.

---

§. 23.
Abgeleitete Beiwörter.

A.

Die gewöhnlichsten Endsilben der von Hauptwörtern und von Eigennamen abgeleiteten Beiwörter sind: ιος, ικος, αιος, ακος, ειος, ινος, ους, οιος, ῷος und εαῖος; ρος, ερος, ηρος, αλεος, ηλος εις (οεις) ώδης und ιμος.

1. Die in ιος, ικος und αιος drücken aus, daß zu dem Namen, an welchem sie gesetzt werden, etwas gehört, oder denselben angehet, oder davon herkömmt; die in ιος und ικος entsprechen dem deutschen lich und sch, werden angesetzt an Hauptwörter männlichen Geschlechtes auf ος, μικτὸν (gemischt) und zwar zwischen dieser Endsilbe und des derselben vorgehenden Mitlautes; z. B. ποταμὸς, Fluß, ποτάμιος, dem Fluße gehörig· ἐχθρὸς, Feind, ἐχθρικὸς, feindlich· φίλος, Freund, φίλιος und φιλικὸς, freundlich u. s. w.

2. Die Endsilbe αιος wird theils an männlichen auf ος, μικτὸν, theils an weiblichen auf η angesetzt, und zwar bei den ersten auf dieselbe Weise wie bei den vorhergehenden; z. B. κῆπος, Garten, κηπαῖος, in Garten gehörig· νάπος, Thal, ναπαῖος, zum Thale geh.· χέρσος, festes Land, χερσαῖος, dem festen Lande gehörig u. s. w. Bei dem weiblichen aber durch Abstossung des η; z. B. κορυφὴ, Gipfel, κορυφ-αῖος, der oberste· πηγὴ, Quelle, πηγ-αῖος, aus der Quelle· τελευτὴ, das Ende, τελευτ-αῖος der letzte u. s. a.

3. Durch die Endsilben ειος und ικὸς werden alle Personalbeiwörter gebildet, und zwar:

a. Die Endsilbe ειος wird angesetzt:

1. An Eigennamen auf ος, μικτὸν (gemischt), auf ης der 1ten Deklination, auf ας der 4ten Deklination, auf ας, μικτὸν (gemischt), der 1ten Deklination, auf ης, συναιρούμενον (zusammengezogen) und auf ευς folgender Weise: Auf ος, μικτὸν, durch Einschaltung der Silbe ει zwischen dem ος und dem ος vorgehenden Mitlaute; z. B. Ὅμηρος, Homer, Ὁμήρ-ει-ος· Ἀλέξανδρος, Alexander, Ἀλεξάνδρ-ει-ος· Παῦλος, Paul, Παύλ-ει-ος· ἄνθρωπος, Mensch, ἀνθρώπ-ει-ος.

NB. Man kann auch sagen Ὁμηρικὸς, Ἀλεξανδρικὸς und Ἀλεξανδρινὸς, Παυλικὸς, ἀνθρώπινος.

Bei den Eigennamen auf ης der 1ten Deklination wird das η in ει verwandelt, und vor dem folgenden ς das ο gesetzt; z. B. Χρύσης, Chryses, Χρύσ-ειο-ς· Πέρσης, Perser, Πέρσ-ειο-ς· Ἀγχίσης, Anchyses, Ἀγχίσ-ειο-ς u. s. a.

Bei denen auf ας der 4ten Deklination geschieht die Bildung der Beiwörter von der 2ten Endung einfacher Zahl durch Einschaltung des ει zwischen der Endsilbe ος und dem vorhergehenden Mitlaute; z. B. ὁ Αἴας, Aiax, τοῦ Αἴαντος, Αἰάντ-ει-ος· ὁ Ἀθάμας, Athamas, τοῦ Ἀθάμαντος, Ἀθαμάντ-ει-ος· ὁ γίγας, der Riese, τοῦ γίγαντος, γιγάντ-ει-ος u. s. a.

Bei den auf ας, μικτὸν, der 1ten Deklination werden die Beiwörter durch Abstoßung des α und Ansetzung der Silben ειο gebildet; z. B. ὁ Πυθαγόρας, Pythagoras, Πυθαγόρ-ειο-ς· ὁ Βοῤῥᾶς, Borreas, Βόρ-ειο-ς· ὁ Ἀκεψιμᾶς, Ackepsimas, Ἀκεψίμ-ειο-ς u. s. a.

Von den auf ης zusammengezogenen bilden sich die Beiwörter aus der 2ten Endung einfacher Zahl durch Veränderung des υ in ει; z. B. ὁ Διογένης, Diogenes, τοῦ Διογένους, Διογέν-ει-ο-ς· ὁ Ἡρακλῆς, Herkules, τοῦ Ἡρακλέους, οῦς· Ἡράκλ-ει-ό-ς· ὁ Πυλαιμένης, Pylemenes, τοῦ Πυλαιμένους, Πυλαιμέν-ει-ο-ς u. s. a.

Bei den auf ευς geschieht die Bildung der Beiwörter auch von der 2ten Endung einfacher Zahl durch Verwandlung des ω in ο und Ansetzung des ι zwischen dem ο und dem vorhergehenden ε; z. B. ὁ Ἀχιλλεὺς, Achilles, τοῦ Ἀχιλλέως, Ἀχίλλε-ι-ος· ὁ Ὀρφεὺς, Orpheus, τοῦ Ὀρφέως, Ὀρφε-ι-ος u. s. a.

Anmerkung 4. Auch von Eigennamen auf ων werden Beiwörter auf ειος von der 2ten Endung durch Ansetzung der Silbe ει zwischen der Endsilbe ος und dem vorhergehenden Mitlaute gebildet; z. B. ὁ *Ποσειδῶν*, Neptun, τοῦ *Ποσειδῶνος*, *Ποσειδών-ει ος* — ὁ *Ξενοφῶν*, Xenophon, τοῦ *Ξενοφῶντος*, *Ξενοφάντ-ει-ος* — ὁ *Γεδαιὼν*, Gedeon, τοῦ *Γεδαιῶνος*, *Γεδαιών-ει-ος* u. a. s.

Anmerkung 5. Fast alle Personalbeiwörter auf ειος können auch in ικος und ινος gebildet werden; z. B. Ὅμηρος, Ὁμήρειος u. Ὁμηρικὸς — Ἀλέξανδρος, Ἀλεξάνδρειος Ἀλεξανδρικὸς u. Ἀλεξανδρινὸς — Πέρσης, Πέρσειος u. Περσικὸς — Ἀγχίσης, Ἀγχίσειος, Ἀγχισινὸς u. Ἀγχισικὸς — Αἴας, Αἰάντειος u. Αἰαντικὸς — Βοῤῥᾶς, βόρειος, βορινὸς u. βορικὸς — Διογένης, Διογένειος u. Διογενικὸς — Ἡρακλῆς, Ἡράκλειος, Ἡρακλικὸς u. Ἡρακλινὸς — Ἀχιλλεὺς, Ἀχίλλειος u. Ἀχιλλικὸς — Ὀρφεὺς, Ὄρφειος u. Ὀρφικὸς — Ποσειδῶν, Ποσειδώνειος u. Ποσειδονικὸς — Ξενοφῶν, Ξενοφώντειος u. Ξενοφωντικὸς u. s. a.

b. Die Endsilbe ακος wird gesetzt:

2. An Eigennamen auf ος, καθαρὸν (rein), und auf ας, ebenfalls καθαρὸν, der 1ten Deklination, und zwar bei beiden zwischen der letzten und der vorletzten Silbe, wenn die vorletzte Silbe das ι hat; wenn aber bei der 1ten das α und bei der 2ten das ει ist, so wird dazwischen ιακος gesetzt; z. B. Γεώργιος, Georg, Γεωργι-ακός· Ἀθανάσιος, Athanas, Ἀθανασι-ακός· Νικόλαος, Nikolaus, Νικολα-ϊκός· Φιλόλαος, Philolaos, Φιλολα-ϊκός· Χαβρίας, Chabrias, Χαβρι-ακός· Ζαχαρίας, Zacharias, Ζαχαρι-ακός· Αἰνείας, Aeneias, Αἰνεια-ϊκός u. s. a.

Die Endsilben ινος bezeichnen den Stoff; die Endsilben ους bezeichnen eigentlich den Metallstoff, woraus etwas besteht, und werden an die Endsilbe der Hauptwörter auf ος zwischen dem ος und dem vorhergehenden Mitlaut angesetzt; z. B. λίθος, Stein, λίθ-ινος· ὕαλος, Glas, ὑάλ-ινος· πηλὸς, Lehm, Thon, πήλ-ινος. An die Endsilbe der Hauptwörter auf ον durch Abstoßung der Endsilbe ον; z. B. ξύλον, Holz, ξύλ-ινος· χαρτίον, Papier, χάρτ-ινος. Bei den die Metalle bezeichnenden Hauptwörtern wird die Endsilbe ους zur Bildung des daraus zu bildenden Beiwortes an die Endsilbe des Hauptwortes durch Abstoßung derselben angesetzt; z. B. σίδηρος,

Eisen, σιδηρ-οῦς· χαλκός, Kupfer, χαλκ-οῦς· μόλιβδος, Blei, μολιβδ-οῦς· κασσίτερος, Zinn, κασσιτερ-οῦς u. s. a. Sämmtliche den Stoff bezeichnende Beiwörter, woraus etwas bestehet, heißen Substantialia, μετουσιαστικά.

Die Bildung und Ableitung der übrigen Beiwörter in οιος, ῷος, ιαῖος ist sehr schwierig genau zu bestimmen und einer allgemeinen Regel zu unterbringen, daher bleibt es dem aufmerksamen und scharfsinnigen Beobachter selbe am schicklichsten ausfindig zu machen.

Anmerkung 6. Die Mundart des gemeinen Lebens bildet sämmtliche Substantialia auf εῖνος; z. B. σίδηρος, σιδηρεῖνος· ξύλον, ξυλεῖνος· τὸ κέρας (Horn), τοῦ κέρατος, κερατεῖνος· ἀγκάθι statt ἄκανθα (Dorn), ἀγκαθεῖνος· μολίβι statt μόλιβδος, μολιβεῖνος· τὸ χάλκωμα statt χαλκός, τοῦ χαλκώματος, χαλκωματεῖνος· τὸ χῶμα statt χοῦς (ausgegrabene Erde), τοῦ χώματος, χωματεῖνος u. s. a.

Die Personalbeiwörter hingegen bildet sie überhaupt auf κιος und öfters auf ισιος; z. B. ὁ ἄνδρας (statt ἀνήρ), τοῦ ἀνδρὸς, ἀνδρίκιος· ὁ Αἴαντας (statt Αἴας), Αἰαντίτικος· ὁ Ὅμηρος, Ὁμηρίτικος· auch Αἰαντίσιος, Ὁμηρήσιος u. s. a.

B.

Die Endsilben ρος, ερος, ηρος, αλεος, ηλος, εις (οεις), ωδης.

Die allgemeinsten der mit diesen Endsilben abgeleiteten Beiwörter bezeichnen ein Vollseyn oder eine Reichhaltigkeit, und kommen oft mit den deutschen Beiwörtern auf ig lich sch überein; z. B. οἰκτρὸς, jämmerlich; φθονερὸς, neidisch; λυπηρὸς, verdrüßlich; ῥωμαλέος, kräftig; θαῤῥαλέος, muthig; σιωπηλὸς, still und schweigend, verschwiegen; ἀπατηλὸς, betrügerisch; χαρίεις, anmuthig, lieblich, einnehmend; πυρόεις, feurig; ψαμμώδης und ἀμμώδης, sandig; αἱματώδης, blutig.

6 *

Doch viele der Beiwörter auf ωδης drücken auch eine Aehnlichkeit aus; z. B. ἀνδρώδης, mannartig; γυναικώδης, weibartig, weibisch; γεώδης, irdisch u. s. a.

Die Bildung der auf diese Endsilben abgeleiteten Beiwörter läßt sich auch unter keine allgemeinen Regeln bringen, da sie auf mannigfaltige Art zu geschehen pflegt; z. B. von ὁ πόνος, Mühe, Mühseligkeit, wird πονηρός· v. ὁ φθόνος, Neid, w. φθονερός· v. ὁ οἶκτος, Jammer, Klage, w. οἰκτρός· v. τὸ θάῤῥος, Muth, w. θαῤῥαλέος· v. ἡ δίψα, Durst, w. διψαλέος· v. ἡ ῥώμη, Kraft, w. ῥωμαλέος· v. τὸ ὕδωρ, Wasser, w. ὑδαλέος· v. ἡ χάρις, Armuth, w. χαρίεις· v. ἡ τιμὴ, Ehre, w. τιμήεις· v. ἡ ὕλη, Gehölz, w. ὑλήεις· v. τὸ πῦρ, Feuer, w. πυρόεις u. s. w.

Die Bildung der Beiwörter auf ωδης geschieht eigentlich vom Genit. der zur 4ten Deklination meist gehörigen Hauptwörter durch Abstoßung der Endsilbe derselben und Anhängung der Silbe ωδης; z. B. ὁ ἀνὴρ, τοῦ ἀνδρὸς, ἀνδρ - ώδης — ἡ γυνὴ, τῆς γυναικὸς, γυναικ-ώδης — τὸ αἷμα, τοῦ αἵματος, αἱματ - ώδης — τὸ ὕδωρ, τοῦ ὕδατος, ὑδατ - ώδης — τὸ κρέας, τοῦ κρέατος, κρεατ-ώδης u. s. a. Es werden aber auch von den Hauptwörtern der übrigen Deklinationen Beiwörter ebenfalls auf ωδης, jedoch vom Nominat., gebildet; z. B. ἡ εὐωδία, Wohlgeruch, εὐώδ - ης — ἡ δυσωδία, widrigen Geruch, δυσώδ - ης — ἡ γῆ, Erde, γαι - ώδης (von ἡ γαῖα) — ὁ πηλὸς, Lehm, πηλ - ώδης — ἡ τέφρα, Asche, τεφρ-ώδης u. s., welche jedoch unter keine allgemeine Regel gestellt werden können.

Anmerkung 7. Die Endungen ρος, ερος, ηρος, ηλος hält auch die Mundart des gemeinen Lebens; die Endung λεος aber drückt sie in τος aus; z. B. θαῤῥετὸς statt θαῤῥαλέος — νερατὸς (von τὸ νερὸν), das Wasser, statt ὑδραλέος — δυνατὸς st. ῥωμαλέος u. s. a. Die Endung εις drückt sie in μενος aus; z. B. χαριτωμένος st. χαρίεις — τιμητένος st. τιμήεις; und statt der Endung ωδης gebraucht sie die Endungen τικος, ινος, ησιος, κιος; z. B. ἀνδρίκιος st. ἀνδρώδης, γυναικίσιος u. γυναικίτικος st. γυναικώδης· ξυλέϊνος st. ξυλώδης, σιδηρίσιος u. σιδηρίτικος u. σιδηρέϊνος st. σιδηρώδης u. s. a.

C.

Die Endung ιμος, blos Zeitwortstämmen angesetzt, bezeichnet Brauchbarkeit, Tauglichkeit; z. B. χρήσιμος brauchbar — βρώσιμος eßbar — πότιμος u. πόσιμος trinkbar — θανάσιμος tödlich — ὠφέλιμος nützlich u. s. w.

Die Bildung solcher Beiwörter findet gewöhnlich aus den Hauptwörtern Statt, welche von Zeitwörtern abgeleitet werden (§. 20.), und zwar aus Hauptwörtern des weiblichen Geschlechtes auf σις durch Abstossung des Endmitlautes des Nominat. ς und Anhängung der Silben ιμος; z. B. ἡ χρῆσις Gebrauch (von χρῶμαι) χρήσι-μος· ἡ πόσις Trunk (v. πίνεται) πόσι-μος· ἡ θανάτωσις Hinrichtung (v. θανατοῦμαι) θανατώσι-μος, (auch ἡ θάνασις) Hinrichtung, verkürzt θανάσι-μος u. s. w.

Anmerkung. Die Mundart des gemeinen Lebens macht selten einen Gebrauch der Beiwörter mit dieser Endung, indem sie selbe durch verschiedenartige Umschreibung auszudrücken pflegt, besonders aber durch das καλὸς διὰ und Zusetzung des respektiven Hauptwortes; z. B. καλὸς διὰ φαγητὸν — statt βρώσιμος — καλὸς διὰ πιοτὸν st. πόσιμος — ἄξιος εἰς τὸν πόλεμον st. μάχιμος (streitbar) — εὔκολος διὰ πλεύσιμον st. πλώϊμος (schiffbar) — θανατηρὸς st. θανάσιμος — εὐκολοϊάτρευτος st. ἰάσιμος (heilbar) u. s. w.; bei einigen jedoch wie bei χρήσιμος, ὠφέλιμος, δόκιμος und einigen andern hält sie die regelmäßige Ableitung derselben bei.

Endungen zur Bildung besonderer Arten von Wörtern.

§. 24.

1. Haupt- und Beiwörter.

Diminutiva.

Diminutiva oder Verkleinerungswörter, ὑποκοριστικὰ ὀνόματα, bilden die Hellenen von den Gattungsnamen:

Männliche auf ισκος. — Weibliche auf ις und ισκη. — Sächliche auf κιον, ειον, αιον, αδιον, υλλιον, διον, υφιον, αριον, ασιον, ιον, τιον, ειδιον.

Männliche.

Die auf ισκος erhalten ihre Bildung von Nomina:

A. Der ersten Deklination, und zwar:

α. mit der Endung ος durch Einschiebung der Silbe ισκ vor der letzten Silbe des Namen auf ος; z. B. ἄνθρωπος, ἀνθρωπ-ίσκ-ος· στέφανος, στεφαν-ίσκ-ος u. s. w.

β. mit der Endung ας durch Einschiebung des ισκ zwischen der letzten und vorletzten Silbe des Wortes und Verwandlung des letzten Selbstlautes α in ο; z. B. νεανίας, νεαν-ίσκ-ο-ς· κοχλίας, κοχλ-ίσκ-ο-ς· Θωμᾶς, Θωμ-ίσκ-ο-ς u. s. w.

γ. mit der Endung ης durch Abstoßung derselben und Anhängung des ισκος; z. B. κλέπτης, κλεπτ-ίσκος· δεσπότης, δεσποτ-ίσκος· σατράπης, σατραπ-ίσκος u. s. w.

B. Von Nomina der 4ten Deklination und zwar vom Genitiv:

1. Der mit der Endung ας, ον, ψ, ξ durch Einschiebung des ισκ vor der Endsilbe ος; z. B. Αἴας, τοῦ

Αἴαντος, Αἰαντ-ίσκ-ος· Ἀγαμέμνων, Ἀγαμέμνονος, Ἀγαμεμνον-ίσκ-ος· Θρᾷξ, Θρᾳκὸς, Θρᾳκ-ίσκ-ος· Ἄραψ, Ἄραβος, Ἀραβ-ίσκ-ος u. s. w.

2. Vom Nominat., der Nomina auf ευς durch Abstossung dieser Endsilbe und Anhängung der ισκος; z. B. Ἀχιλλεὺς, Ἀχιλλ-ίσκος· Βασιλεὺς, Βασιλ-ίσκος· χαλκεὺς, χαλκ-ίσκος u. s. w.

3. Vom Nominat. der Nomina auf ης durch Verkürzung des η in ι und Einschiebung des σκο zwischen dem ι und dem Endmitlaute; z. B. Διογένης, Διογεν-ί-σκο-ς· Πραξιτέλης, Πραξιτελ-ίσκο-ς· Διοφάνης, Διοφαν-ί-σκο-ς u. s. w.

Weibliche.

Die weiblichen Diminutiva mit der Endung ις bilden sich:

A. Vom Genit. der Wörter auf α gemischt, und auf η der 2ten Deklination blos durch Verkürzung des η in ι; z. B. ἄμαξα, τῆς ἀμάξης, ἀμαξ-ί-ς· χελώνη, τῆς χελώνης, χελων-ί-ς u. s. w., welchen man auch die Bildung auf σκη geben kann, wenn man die Silbe κη an der Endsilbe ις anhängt; z. B. ἀμαξὶς, ἀμαξίς-κη· χελωνὶς, χελωνίς-κη u. s. w.

B. Vom Genit. der Wörter der 2ten Deklination auf α durch Einschiebung der Silbe νι vor dem Endmitlaute ς; z. B. ἡ νέα, τῆς νέας, νεά-νι-ς· θεράπαινα, θεραπαίνης, θεραπαιν-ί-ς u. s. a. Bei den Wörtern aber auf α rein, deren vorletzte Silbe der Doppellaut αι ist, wird die letzte Silbe α abgestossen, das ι des Doppellautes mit der Trennungspunktirung bezeichnet und geschärft und denselben ein ς angehängt; z. B. Ἰουδαία, Ἰουδα-ΐ-ς· Ῥωμαία, Ῥωμα-ΐ-ς· Ἀθηναία, Ἀθηνα-ΐ-ς· denselben kann man auch die Endung σκη geben, wenn man an der letzten Silbe ις die Silbe κη anhängt; z. B. νεάνις, νεανίς-κη· Ἰουδαῒς, Ἰουδαΐς-κη· Ῥωμαῒς, Ῥωμαΐς-κη u. s. w.

Endungen zur Bildung besonderer Arten von Wörtern.

§. 24.

1. Haupt- und Beiwörter.

Diminutiva.

Diminutiva oder Verkleinerungswörter, ὑποκοριστικὰ ὀνόματα, bilden die Hellenen von den Gattungsnamen:

Männliche auf ισκος. — Weibliche auf ις und ισκη. — Sächliche auf κιον, ειον, αιον, αδιον, υλλιον, διον, υφιον, αριον, ασιον, ιον, τιον, ειδιον.

Männliche.

Die auf ισκος erhalten ihre Bildung von Nomina:

A. Der ersten Deklination, und zwar:

α. mit der Endung ος durch Einschiebung der Silbe ισκ vor der letzten Silbe des Namen auf ος; z. B. ἄνθρωπος, ἀνθρωπ-ίσκ-ος· στέφανος, στεφαν-ίσκ-ος u. s. w.

β. mit der Endung ας durch Einschiebung des ισκ zwischen der letzten und vorletzten Silbe des Wortes und Verwandlung des letzten Selbstlautes α in ο; z. B. νεανίας, νεαν-ίσκ-ο-ς· κοχλίας, κοχλ-ίσκ-ο-ς· Θωμᾶς, Θωμ-ίσκ-ο-ς u. s. w.

γ. mit der Endung ης durch Abstossung derselben und Anhängung des ισκος; z. B. κλέπτης, κλεπτ-ίσκος· δεσπότης, δεσποτ-ίσκος· σατράπης, σατραπ-ίσκος u. s. w.

B. Von Nomina der 4ten Deklination und zwar vom Genitiv:

1. Der mit der Endung ας, ον, ψ, ξ durch Einschiebung des ισκ vor der Endsilbe ος; z. B. Αἴας, τοῦ

Αἴαντος; Αἰαντ-ίσκ-ος· Ἀγαμέμνων, Ἀγαμέμνονος, Ἀγαμεμνον-ίσκ-ος· Θρᾷξ, Θρᾳκὸς, Θρᾳκ-ίσκ-ος· Ἄραψ, Ἄραβος, Ἀραβ-ίσκ-ος u. s. w.

2. Vom Nominat., der Nomina auf ευς durch Abstossung dieser Endsilbe und Anhängung der ισκος; z. B. Ἀχιλλεὺς, Ἀχιλλ-ίσκος· Βασιλεὺς, Βασιλ-ίσκος· χαλκεὺς, χαλκ-ίσκος u. s. w.

3. Vom Nominat. der Nomina auf ης durch Verkürzung des η in ι und Einschiebung des σκο zwischen dem ι und dem Endmitlaute; z. B. Διογένης, Διογεν-ί-σκο-ς· Πραξιτέλης, Πραξιτελ-ίσκο-ς· Διοφάνης, Διοφαν-ί-σκο-ς u. s. w.

Weibliche.

Die weiblichen Diminutiva mit der Endung ις bilden sich:

A. Vom Genit. der Wörter auf α gemischt, und auf η der 2ten Deklination blos durch Verkürzung des η in ι; z. B. ἄμαξα, τῆς ἀμάξης, ἀμαξ-ί-ς· χελώνη, τῆς χελώνης, χελων-ί-ς u. s. w., welchen man auch die Bildung auf σκη geben kann, wenn man die Silbe κη an der Endsilbe ις anhängt; z. B. ἀμαξὶς, ἀμαξίς-κη· χελωνὶς, χελωνίς-κη u. s. w.

B. Vom Genit. der Wörter der 2ten Deklination auf α durch Einschiebung der Silbe νι vor dem Endmitlaute ς; z. B. ἡ νέα, τῆς νέας, νεά-νι-ς· θεράπαινα, θεραπαίνης, θεραπαιν-ί-ς u. s. a. Bei den Wörtern aber auf α rein, deren vorletzte Silbe der Doppellaut αι ist, wird die letzte Silbe α abgestossen, das ι des Doppellautes mit der Trennungspunktirung bezeichnet und geschärft und denselben ein ς angehängt; z. B. Ἰουδαία, Ἰουδα-ῒ-ς· Ῥωμαία, Ῥωμα-ῒ-ς· Ἀθηναία, Ἀθηνα-ῒ-ς· denselben kann man auch die Endung σκη geben, wenn man an der letzten Silbe ις die Silbe κη anhängt; z. B. νεάνις, νεανίς-κη· Ἰουδαῒς, Ἰουδαῒς-κη· Ῥωμαῒς, Ῥωμαῒς-κη u. s. m.

C. Vom Genit. der Wörter der 4ten Deklination mit verschiedenem Ausgange durch Verwandlung des ο in ι und Anhängung der Silbe κη; z. B. ἡ παῖς, τῆς παιδὸς, παιδ-ίς-κη· ἡ ἀλώπηξ, τῆς ἀλώπεκος, ἀλωπεκ-ίς-κη· ἡ λαμπὰς, τῆς λαμπάδος, λαμπαδ-ίς-κη· ἡ δρῦς, τῆς δρυὸς, δρυ-ίς-κη· ἡ μεῖραξ, τῆς μείρακος, μειρακ-ίς-κη· ἡ χελιδὼν τῆς χελιδόνος, χελιδον-ίς-κη u. s. w.

Sächliche.

Die sächlichen Diminutiva auf κιον werden von Wörtern des männlichen und des weiblichen Geschlechts auf αξ aus dem Genit. derselben durch Abstossung der Endsilben ος und Anhängung des κιον gebildet; z. B. ὁ πίναξ, τοῦ πίνακος, πινάκ-ιον· ἡ αὖλαξ, τῆς αὔλακος, αὐλάκ-ιον· ὁ ἄνθρακος, τοῦ ἄνθρακος, ἀνθράκ-ιον· ὁ, ἡ μεῖραξ, τοῦ, τῆς μείρακος, μειράκ-ιον u. s. w. Bei den Wörtern aber, deren Genit. in γος, δος, χος ausgeht, wird statt κιον die Endung ιον, dem der Silbe ος vorfindlichen Mitlaute angehängt; z. B. ὁ τέττιξ, τοῦ τέττιγος, τεττίγ-ιον· ἡ πινακὶς, τῆς πινακίδος, πινακίδ-ιον· ὁ ὄνυξ, τοῦ ὄνυχος, ὀνύχ-ιον u. s. w.

Die Diminutiva auf ειον bildet man von einigen sächlichen Hauptwörtern auf ος, wenn man die Endsilbe des Nominativs abstosset, die Silben ειον anhängt, und die Betonung auf das ει versetzt; z. B. τὸ ἄγγος, ἀγγ-εῖον· τὸ τεῖχος, τειχ-εῖον· τὸ ἔδαφος, ἐδαφ-εῖον u. s. w.

Die Diminutiva mit dieser Endung sind nicht zahlreich, denn die meisten auf ειον ausgehenden Wörter heißen τοπικὰ, Topische, d. h. den Ort bedeutend, wo etwas verfertigt, zubereitet oder gemacht wird; sie werden von Nomina sämmtlicher Geschlechter und Deklinationen gebildet; z. B. von ἡ ᾠδὴ Gesang, τὸ ᾠδεῖον Gebäude zu musikalischen Schauspielen dienend; von ὁ χαλκὸς Erz oder Kupfer, τὸ χαλκεῖον Werkstätte eines Schmidts; von ἡ Μοῦσα Musik, τὸ Μουσεῖον Musentempel, Studierzimmer, Uebungsplatz; von ἡ κουρὰ Scheeren, τὸ κουρεῖον

Barbierstube; von ὁ μάγειρος der Koch, τὸ μαγειρεῖον die Küche; von ἡ ταμεία Vertheilung eines Vorraths, τὸ ταμεῖον Vorrathskammer, Magazin u. s. w., deren Bildung durch Abstossung der Endsilbe des Hauptwortes und Anhängung der Silben ειον geschieht.

Auf αιον Diminutivum ist nur das τὸ γύναιον, ein niedriges Weib, welches seine Bildung von ἡ γυνὴ erhält.

Die auf αδιον werden vor dem Genit. der Hauptwörter auf ας zur 4ten Deklination gehörig, durch Einschiebung des ι vor das ο und Verwandlung des ς in ν gebildet; z. B. ἡ λαμπὰς, τῆς λαμπάδος, λαμπάδ-ι-ο-ν — ἡ στιβὰς, τῆς στιβάδος, στίβάδ-ι-ο-ν — τὸ κρέας, τοῦ κρέατος, κρεάτ-ι-ο-ν — τὸ κέρας, τοῦ κέρατος, κεράτ-ι-ο-ν u. s. w.

Die auf υλλιον Diminutiva werden von dem Genit. der Gattungswörter auf αξ, und vom Nominat. einiger auf ος, wenn man die letzte Silbe abstosset und das υλλιον anhängt, gebildet; z. B. ἡ αὖλαξ, τῆς αὔλακος, αὐλακ-ύλλιον — ὁ μεῖραξ, τοῦ μείρακος. μειρακ-ύλλιον — τὸ βρέφος, βρεφ-ύλλιον — τὸ ἄνθος, ἀνθ-ύλλιον,

---

Die auf διον Diminut. bildet man bald vom Nominat. bald vom Genit. verschiedener Nomini durch Abstossung der Endsilbe derselben; z. B. ἡ γῆ, τὸ γή-διον — τὸ εἷμα, τοῦ εἵματος, ἱματ-ίδιον — ὁ Σωκράτης, Σωκρατ-ίδιον — ὁ οἶκος, οἰκ-ίδιον — ὁ παῖς, τοῦ παιδὸς, παιδ-ίον — ἡ μάχαιρα, μαχαιρ-ίδιον — ἡ γραῦς, τῆς γραὸς, γρα-ΐδιον — τὸ ξίφος, ξιφ-ίδιον u. s. w.

Auf υφιον Diminutivum ist blos Ζωΰφιον von ζῶον gebildet.

Die Diminut. auf αριον erhalten ihre Bildung ebenfalls bald vom Genit., bald vom Nominat. verschiedener Nomini durch Abstossung der Endsilbe; z. B. ἄνθρωπος, ἀνθρωπ-άριον — γυνὴ, τῆς γυναικὸς, γυναικ-άριον — ὁ πάλλαξ; τοῦ πάλλακος, πολλακ-άριον — ὁ παῖς, τοῦ παιδὸς, παιδ-άριον u. s. w.

Auf ασιον Diminut. ist nur τὸ κοράσιον von ἡ κόρη gebildet.

Die auf ιον Diminut. sind die zahlreichsten, und erhalten ihre Bildung auch durch Abstossung der Endsilbe, bald des Nominat. bald des Genit. verschiedener Nomini; z. B. ἄνθρωπος, ἀνθρώπ-ιον — τὸ εἱμά, τοῦ εἵματος, ἱμάτ-ιον — παῖς, τοῦ παιδὸς, παιδ-ίον — γέρων, τοῦ γέροντος, γερόντ-ιον — ἡ μάχαιρα, μαχαίρ-ιον — τὸ σῶμα, τοῦ σώματος, σωμάτ-ιον u. s. w.

Die Diminut. auf ειδιον bildet man gewöhnlich von der Endung ευς durch Abstossung derselben; z. B. βασιλεὺς, βασιλ-είδιον — ἀμφορεὺς, ἀμφορ-είδιον — ἱερεὺς, ἱερ-είδιον — ἱππεὺς, ἱππ-είδιον u. s. w.

Anmerkung. Die plebejesche Mundart bildet die Diminutiva von allen Nomini, und zwar: Männlichen Geschlechtes mit den Endungen άκης, ουλης, ουτσικος; z. B. ἄνθρωπος, ἀνθρωπ-άκης und ἀνθρωπ-ούλης — μικρὸς, μικρούτσικος u. μικρούλης — δυνατὸς, δυνατ-ούτσικος — παχὺς, παχ-ούτσικος u. παχ-ούλης — αὐθέντης, αὐθεντ-άκης u. αὐθεντ-ούλης — Νικόλαος, Νικολάκης — Γεώργιος, Γεωργ-άκης u. Γεωργ-ούλης — Δημήτριος, Δημητ-ράκης u. Δημητρ-ούλης — μεγάλος, μεγαλ-ούτσικος u. s. a.

Weiblichen Geschlechtes bildet sie Diminut. mit den Endungen ουλα, ιτσα; z. B. γυναῖκα, γυναικ-ούλα u. γυναικ-ίτσα — αὐλὴ, αὐλί-τσα u. αὐλ-ούλα — χαρὰ, χαρίτσα — παρθένος, παρθεν-ούλα u. παρθεν-ίτσα — Φωτία, φωτί-τσα — κυρία, κυρί-τσα u. κυρ-ούλα — ὑπομονὴ, ὑπομον-ίτσα u. s. a.

Sächlichen Geschlechtes bildet sie mit der Endung ακι; z. B. ἡ μάχαιρα, τὸ μαχαιρά-κι — ξύλον, ξυλ-άκι — παῖς, παιδὸς, παιδ-άκι — κόρη, κορι-τσάκι — νερὸν, νερ-άκι — ἅλας, ἅλατος, ἁλατ-άκι — γράμμα, γράμματος, γραμματ-άκι u. s. w.

---

§. 25.

Amplificativa, αὐξητικὰ oder μεγεθυντικά.

Die Anplificativa haben die Eigenschaft den Begriff des Hauptwortes zu vergrößern und werden mit den Endungen ων, αξ, ας von Gattungsnamen meistens, bald aus dem Genitiv, bald aus dem Nominativ gebildet; z. B. von ἡ γαστὴρ, τῆς γαστρὸς, γάστρων Dickbauch; von τὸ μέτωπον, μετωπίας mit großer Stirn; von ἡ κεφαλὴ, κεφάλων Dickkopf; von ἡ στοὰ, στόαξ Gallerie; von ἡ γνάθος, γνάθων Pausback; von τὸ χεῖλος, χείλων Dickmaul oder mit großen Lippen; von ὁ πλοῦτος, πλούταξ steinreich; von τὸ κέρας, τοῦ κέρατος, κερατίας mit großen Hörnern, Hörnerträger; von τὸ βλέφαρον, βλεφάρων mit großen Augenliedern; von ἡ μνήμη, μνήμων mit gutem Gedächtnisse versehen u. s. m.

Anmerkung 1. Die Festsetzung einer Regel auf die Art und Weise, auf welche die Anhängung dieser Endungen am Hauptworte geschehen muß, ist äußerst schwierig, und es bleibt daher dem scharfsichtigen Beobachter dieselbe am schicklichsten jedesmal ausfindig zu machen.

Anmerkung 2. Die Plebejesche Mundart pflegt die Amplificativa mit den Endungen αρᾶς, λας, τᾶς, ασος, αρος zu bilden; z. B. von ἡ κοιλία, κοιλαρᾶς st. γάστρων; von ἡ κεφαλὴ, κεφάλας st. κεφάλων; von τὸ χεῖλος, χειλαρᾶς und ἀχείλας st. χείλων; von τὸ κέρας-ατος, κερατᾶς st. κερατίας; von παῖς, παιδὸς, παίδαρος, ein aufgewachsenes Kind; von ἡ κόρη, κόρασος ein aufgewachsenes Mädchen u. s. w.

---

§. 26.

Gentilia. Ἐθνικά.

Die Gentilia oder Nationalnamen werden abgeleitet von den Namen der Staaten, Länder, Städte und Provinzen, und zwar als Hauptwörter mit den Endungen ος, ευς, αν, ων, αψ, οψ, ατης, ιτης, ας, ωτης, οξ, αξ, αρ, und als Beiwörter mit den Endungen ιος, ανος, ινος, ικος; z. B. ἡ Ἀχαΐα Achaja, Ἀχαιὸς, Ἀχαϊκὸς· ἡ Αἰολία Aeolien, Αἰολεὺς, Αἰόλιος· ἡ Ἀκαρνανία Akarnanien, Ἀκαρνὰν, Ἀκαρνάνιος· ἡ Λακεδαιμονία Lacedämonien, Λακεδαίμων, Λακεδαιμόνιος· ἡ Λακωνία Lakonien, Λάκων, Λακώνιος u. Λακωνικός· ἡ Ἀραβία Arabien, Ἄραψ, Ἀραβικός· ἡ Αἰθιοπία Aethiopien, Αἰθίοψ, Αἰθιοπικός· ἡ Σπάρτη Sparta, Σπαρτιάτης, Σπαρτιατικός· τὰ Ἱεροσόλυμα Jerusalem, Ἱεροσολυμίτης, Ἱεροσολυμικός· ἡ Ἀρκαδία Arkadien, Ἀρκὰς, Ἀρκάδιος· ἡ Ἰταλία Italien, Ἰταλιώτης, Ἰταλικός· ἡ Καππαδοκία Kappadokien, Καππαδὸξ und Καππαδόκης, Καππαδόκιος· ἡ Θράκη Thrazien, Θρᾷξ, Θρᾳκικός· ἡ Καρία Karien, Κὰρ, Καρικός· ἡ Κρήτη Kandien, Κρὴς, Κρητικός· ἡ νῆσος Insel, νησιώτης, νησιωτικός· αἱ Ἀθῆναι Athen, Ἀθηναῖος, Ἀθηναϊκός· ἡ Ῥώμη Rom, Ῥωμαῖος, Ῥωμαϊκός· ἡ Μακεδονία Macedonien, Μακεδὼν, Μακεδονικός· ἡ Ἑλλὰς Hellas, Ἕλλην, Ἑλληνικός· ἡ Παιωνία Paeonien, Παίων, Παιονικός· ἡ Γερμανία Deutschland, Γερμανὸς, Γερμανικός· ἡ Βαυαρία Bayern, Βαύαρος, Βαυαρικός u. s. w.

Wie diese Endungen, und wann die eine oder die andere derselben dem jedemaligen Hauptworte angehängt wird, kann durch keine Regel festgesetzt werden, denn ein und dasselbe Wort erhält öfters zwei auch drei verschiedene Endungen; z. B. von ἡ Ἀλεξάνδρεια, Alexandrien, wird gebildet Ἀλεξανδρεύς, Ἀλεξανδρίτης, Ἀλεξανδρῖνος · von Ἀμβρακία Ambrakien, wird Ἄμβραξ, Ἀμβρακεύς und Ἀμβρακιώτης u. s. w.; nur diejenigen Genitilia, welche von Städtenamen gebildet werden, die auf πολις sich endigen, erhalten die bestimmte Endung ιτης immer; z. B. Κωνσταντινούπολις Konstantinopel, Κωνσταντινουπολίτης. Ἀδριανούπολις Hadrianopel, Ἀδριανουπολίτης u. s. w.

Anmerkung. Die Plebejische Mundart bildet die Gentilia gewöhnlich auf *ιτης, ιοτης, εζος, ανος, ολος, ος*; z. B. ἡ *Ἀλβανία* Albanien, *Ἀλβανίτης*; *Μακεδονία* Macedonien, *Μακεδονίτης*; ἡ *νῆσος* Insel, *νησιώτης*; ἡ *Ἀγγλία* England, *Ἐγγλέζος*; ἡ *Ἰνδία* Indien, *Ἰνδιάνος*; ἡ *Ἰσπανία* Hispanien, *Ἰσπανιόλος*; ἡ *Ἰταλία* Italien, *Ἰταλιάνος*; ἡ *Ῥωσσία* Rußland, *Ῥῶσσος*; ἡ *Βιέννη* Wien, *Βιενέζος*; *τὰ Παρίσια* Paris, *Παρισιάνος*; ἡ *Βαυαρία* Bayern, *Βαυαρέζος* u. s. w.

---

§. 27.

Patronymica. Πατρωνυμικά.

Die Patronimika drücken den Begriff des auf den Sohn übergangenen väterlichen Namens aus, und die gewöhnlichen Endungen derselben sind αδης, ειδης u. ιδης, deren Ableitung und Bildung folgendermaßen vor sich gehet:

1. Von den väterlichen Namen auf rein ας, der 1ten Deklination und auf ος ebenfalls rein werden gebildet die Patronymica auf ιαδης; bei den Erstern durch die bloße Abstossung des Endmitlautes ς, bei den Zweiten aber durch Abstossung der ganzen Endsilbe derselben: z. B. Αἰνείας, Αἰνειά-δης, Sohn des Aeneas — Καλλίας; Καλλιά-δης, Sohn des Callias — Χαβρίας, Χαβριά-δης, Sohn des Chabrias u. s. w. Ἀθανάσιος, Ἀθα-

νασι-άδης, Sohn des Athanasios — Δημήτριος, Δημητρι-άδης, S. d. Demetrios — Γεώργιος, Γεωργι-άδης, S. d. Georgios u. s. w.

Hat aber der auf ας väterliche Name die Endsilbe gemischt, oder gehet sie auf ης aus, so erhält das Patronymicon seine Endung in αδης und nicht ιαδης, beim letzten durch Abstoßung seiner Endsilbe; z. B. Θωμᾶς, Θωμά-δης, Sohn des Thoman — Κοσμᾶς, Κοσμά-δης, S. d. Cosmas — Ἀρχίτας, Ἀρχιτά-δης, S. d. Architas u. s. a. — Ἰωάννης, Ἰωανν-άδης, S. d. Johannes — Μελικέρτης, Μελικερτ-άδης, S. d. Melikertes — Θεοχάρης, Θεοχαρ-άδης, S. d. Thochars u. s. w.

Von den väterlichen Namen auf ος gemischt, erhalten die Patronymica die Endsilbe ιδης; z. B. Ἀλέξανδρος, Ἀλεξανδρ-ίδης, Sohn des Alexanders — Παῦλος, Παυλ-ίδης, S. d. Pauls — Χριστόδουλος, Χριστοδουλ-ίδης, S. d. Christophs u. s. w.

Von den auf λαος väterlichen Namen werden die Patronymica mit der Endung ιδης durch Abstoßung der ος Silbe gebildet; z. B. Νικόλαος, Νικολα-ΐδης, Sohn des Nicolaus — Φιλόλαος, Φιλολα-ΐδης, S. d. Philolaus u. s. a.

2. Die von Vaternamen auf ων Patronymica bildet man auch in ιδης vom Genitiv desselben durch Abstoßung der Endsilbe des Vaternamens: z. B. ὁ Πλάτων, τοῦ Πλάτωνος, Πλατων-ίδης, Sohn des Plato — ὁ Ἀγαμέμνων, τοῦ Ἀγαμένονος, Αγαμεμνον-ίδης, S. d. Agamemnon — ὁ Ξενοφῶν, τοῦ Ξενοφῶντος, Ξενοφωντ-ίδης, S. d. Xenophons u. s. a.

3. Von den Vaternamen auf ῆς, geschärft, der 4ten Deklination werden die Patronymica in ιδης, und die auf ῆς, gedehnt, in ειδης gebildet; und zwar die ersteren vom Nominat. durch Abstoßung der Endsilbe derselben, die zweiten aber vom Dativ. durch Anhängung der Silbe δης blos; z. B. Δημοσθένης, Δημοσθεν-ίδης, Sohn des Demosthenes — Πολυ-

κράτης, Πολυκρατ-ίδης, S. d. Polycrates — Ἀριστομένης, Ἀριστομεν-ίδης, S. d. Aristomenes u. s. a. — Ἡρακλῆς, τῷ Ἡρακλεῖ, Ἡρακλεί-δης, S. d. Hercules — Θεμιστοκλῆς, τῷ Θεμιστοκλεῖ, Θεμιστοκλεί-δης, S. d. Themistocles u. s. a.

4. Von den Vaternamen auf ευς bildet man die Patronymica auch von dem Dativ durch bloße Anhängung der Silbe δης; z. B. Πηλεύς, τῷ Πηλεῖ, Πηλεί-δης, Sohn des Peleus — Ὀρφεύς, τῷ Ὀρφεῖ, Ὀρφεί-δης, S. d. Orpheus — Ἰδομενεύς, τῷ Ἰδομενεῖ, Ἰδομενεί-δης, S. d. Idomeneus u. s. a.

Die Patronymica weiblichen Geschlechtes erhalten die Endungen ας und ις; ihre Bildung geschieht unmittelbar von dem Vaternamen, und zwar die von Vaternamen auf ας, ος, ων, ευς, ης oder ῆς der 4ten Abänderungsart abgeleiteten werden gebildet mit der Endung ας, nemlich:

Bei den auf ας rein, bloß vom Nominat. durch Versetzung der Betonung auf die letzte Silbe; z. B. Αἰνείας, ἡ Αἰνειάς, Tochter des Aeneas — Καλλίας, ἡ Καλλιάς, Tochter des Kallias u. s. a.

Bei den auf ας, gemischt, geschieht die Bildung des weiblichen Geschlechtes ebenfalls vom Nominat. durch Einschaltung eines ι vor dem Endmitlaute ς und Betonung desselben; z. B. Θωμᾶς, ἡ Θωμα-ῖ-ς, Tochter des Thoman — Κοσμᾶς, ἡ Κοσμα-ῖ-ς, Tochter des Kosmas u. s. a.

Bei den auf ος (rein oder gemischt) werden sie gebildet in ας, und zwar bei den Vaternamen, welche ein ι vor dem ος haben, durch bloße Verwandlung des ο in α; bei denjenigen aber, welche kein ι vor dem ος haben, durch Einschaltung desselben vor dem ο und Verwandlung zugleich des ο in α; z. B. Ἀθανάσιος, ἡ Ἀθανασι-ά-ς, Tochter des Athanas — Δημήτριος, ἡ Δημητρι-ά-ς, T. d. Demeters — Ἀλέξανδρος, ἡ Ἀλεξανδρ-ι-ά-ς, T. d. Alexanders — Παῦλος, ἡ Παυλ-ι-ά-ς, T. d. Pauls u. s. w.

Die von Vaternamen auf λαος bildet man in ις durch Verwandlung des ο in ι; z. B. Φιλόλαος, ἡ Φιλολα-ΐ-ς, Tochter des Philolaus — Νικόλαος, ἡ Νικολα-ΐ-ς, T. d. Nicolaus.

Die von Vaternamen auf ης der 1ten Deklination, auf ευς, ων, ης, ῆς der 4ten Deklination erhalten die Endung alle in ιάς, und zwar:

Die auf ης durch Einschiebung eines ια vor dem Endmitlaute ς, welche auch die Endung ις bekommen; z. B. Ἰωάννης, ἡ Ἰωανν-ιάς und Ἰωανν-ὶς, Tochter des Johannes — Χρύσης, ἡ Χρυσ-ιάς und Χρυση-ὶς, Tochter des Chryses;

Die übrigen werden gebildet wie die männlichen vom Dativ. durch Anhängung der Silbe ας; z. B. Πηλεύς, τῷ Πηλεῖ, ἡ Πηλει-άς, Tochter des Peleus — Ὀρφεύς, τῷ Ὀρφεῖ, ἡ Ὀρφει-άς, T. d. Orpheus — Ἀγαμέμνων, τῷ Ἀγαμέμνονι, ἡ Ἀγαμεμνονι-άς, T. d. Agamemnon — Πλάτων, τῷ Πλάτωνι, ἡ Πλατωνι-άς, T. d. Plato — Ἡρακλῆς, τῷ Ἡρακλεῖ, ἡ Ἡρακλει-άς, T. d. Hercules — Θεμιστοκλῆς, τῷ Θεμιστοκλεῖ, ἡ Θεμιστοκλει-άς, T. d. Themistocles — Θεαγένης, τῷ Θεαγένει, ἡ Θεαγενει-άς, T. d. Theagenes — Πυλαιμένης, τῷ Πυλαιμένει, ἡ Πυλαιμενει-άς, T. d. Pyläumus u. s. a.

Anmerkung. Die Mundart der Plebejer bildet sämmtliche Patronymica, männlich in πουλος und weiblich in πουλα z. B. *Νικολόπουλος* st. *Νικολαΐδης*· *Νικολοπούλα* st. *Νικολαΐς*. — *Ἀλεξανδρόπουλος* st. *Ἀλεξανδρίδης*· *Ἀλεξανδροπούλα* st. *Ἀλεξανδριάς*. Die weiblichen Gentilia aber bildet sie in *σα*, *ολα*, *ανα* und *ζα*; z. B. *Θεσσάλισσα* st. *Θεσσαλὶς* — *Σπανιόλα* st. *Ἱσπανὶς* — *Ἰταλιάνα* st. *Ἰταλὶς* oder auch ἡ *Ἰταλὸς* — *Ἐγγλέζα* st. *Ἀγγλὶς* oder auch *Ἄγγλος* — *Ἐλλήνισσα* st. *Ἑλληνὶς* u. s. a.

§. 28.

Umfassende Περιεκτικά.

Zur Angabe und Bezeichnung des Ortes, wo sich eine Sache heimatisch oder in besonderer Menge befindet, wie auch zur Angabe des Wohnortes von Personen, bilden die Hellenen Hauptwörter mit der Endung ών geschärft, welche bei männlichen und weiblichen an den Nomin. durch Abstoßung der Endsilben desselben, bei den sächlichen aber an den Genitiv des Hauptwortes durch bloße Verwandlung der Endsilbe desselben in ω angehängt wird; z. B. ἡ δάφνη, ὁ δαφν-ών, Lorberhain — ἡ ἐλαία, ὁ ἐλαι-ών, Olivenhain — τὸ ῥόδον, ὁ ῥοδ-ών, Rosengebüsch — τὸ κρίνον, ὁ κριν-ών, Lilienbeet — ἡ κοίτη, ὁ κοιτ-ών, Schlafgemach — ὁ ἵππος, ὁ ἱππ-ών, Pferdestall — ἡ παρθένος, ὁ παρθεν-ών, Mädchenzimmer — ἡ θεράπαινα, ὁ θεραπαιν-ών, Mägdezimmer — ἀνήρ, ἀνδρός, ὁ ἀνδρ-ών, Männerzimmer — γυνή, γυναικός, γυναικ-ών, Frauengemach — μέλισσα, ὁ μελισσ-ών, Bienenhaus u. s. w.

Der Endung ων wird, bei den damit gebildeten Wörtern zur Bezeichnung des Wohnortes von Personen, auch die Endung ιτης angehängt, ohne daß dadurch die Bedeutung derselben verändert wird; z. B. ἀνδρών auch ἀνδρων-ίτης — γυναικών auch γυναικων-ίτης.

Auch die Endung ια wird den auf ών gebildeten Wörtern angehängt, welche den Ort, wo sich eine besondere Menge von leblosen Dingen befindet, bezeichnen; z. B. ῥοδών, ῥοδων-ιά — κρινών, κρινων-ιά. Dieselbe Endung wird auch zur Bezeichnung des Aufenthaltsortes einer besonderen Menge von Insecten gebraucht, wo man selbe an den Genitiv einiger Hauptwörter der 4ten Deklination durch Abstoßung ihrer Endsilbe anzuhängen pflegt; z. B. ὁ μύρμηξ, τοῦ μύρμηκος, ἡ μυρμηκ-ιά, Ameisenhaufen — ἡ σφήξ, τῆς σφηκός, ἡ σφηκ-ιά, Wespennest — ὁ κώνωψ, τοῦ κώνωπος, ἡ κωνωπ-ιά, Mückenhaufen u. s. a.

Anmerkung 1. Hieher gehören auch die Benennungen der Tempel und gewisser Bezirke, welche von den Namen der Götter und Helden abgeleitet werden, größtentheils mit den Endungen ῳον, αιον, ιον und ειον; z. B. τὸ Λητῷον, Tempel der Latona — τὸ Ἡρακλεῖον, Tempel des Herkules — τὸ Ἡρῷον, Tempel der Helden — τὸ Θησεῖον, Tempel des Theseus — τὸ Ἡραῖον, Tempel der Juno — τὸ Μουσεῖον, Tempel der Musen — τὸ Ἀπολλώνειον, Tempel des Apollo — τὸ Ἑρμεῖον, Tempel des Merkurs.

Anmerkung 2. Die plebejsche Mundart pflegt die auf ων gebildeten Wörter mit dem Accusat. pluralis desselben zu bezeichnen; z. B. ὁ ἐλαιῶνας st. ὁ ἐλαιὼν — ὁ δαφνῶνας st. ὁ δαφνὼν — ὁ κοιτῶνας st. ὁ κοιτὼν u. s. m. a.

Die Endung ιτης verwandelt sie in die Endung κιο; z. B. τὸ γυναίκιο st. ὁ γυναικωνίτης — τὸ ἀνδρίκιο st. ὁ ἀνδρωνίτης.

Die Endung ια drückt sie durch die Wörter φωλιά und σωρος aus, indem sie aus zwei besonderen Hauptwörtern ein einziges zusammengesetztes Hauptwort bildet; z. B. ἡ μυρμηκοφωλιά st. μυρμηκιά — ἡ σφηκοφωλιά st. σφηκιά — ὁ σταχτοσωρὸς st. ἡ σποδιά, Aschenhaufen.

Bildung weiblicher Hauptwörter von männlichen.

§. 29.

Die Ableitung und Bildung weiblicher Hauptwörter aus männlichen Gentilia geschieht entweder durch Verwandlung des Endselbstlautes des Nominativs derselben in ι blos, durch Zusetzung der Silbe σα, oder durch Beibehaltung der Endung des männlichen auch im weiblichen.

Die bloße Verwandlung des Endselbstlautes des Nominativs in ι findet bei den Nationalnamen auf νος, ρος, μος, σης, της Statt; z. B. ὁ Γερμανὸς, ἡ Γερμαν-ὶς, eine Deutsche — ὁ Ἱσπανὸς, ἡ Ἱσπαν-ὶς, eine Hispanierin — ὁ Οὔγγαρος, ἡ Οὔγγαρ-ις, eine Ungarin — ὁ Βάυαρος, ἡ Βαυαρ-ὶς, eine Bayerin — ὁ Βοεμὸς, ἡ Βοεμ-ὶς, eine Böhmin — ὁ Σικελιώτης, ἡ Σικελιῶτ-ις, eine Sizilianerin — ὁ Πέρσης, ἡ Περσ-ὶς, eine Perserin.

Die Zusetzung der Silbe σα an die Endsilbe des Nominat. findet Statt nur bei ὁ Λίβυς, ἡ Λίβυσ-σα, eine Afrikanerin und ὁ Κρὴς, ἡ Κρῆσ-σα, eine Kretenserin.

Das Φοίνιξ bildet auch das weibliche ἡ Φοίνι-σσα (vom Nominat. durch Abwerfung des ξ), eine Phönizierin, auch ὁ Θρᾷξ, ἡ Θρᾶ-σσα, eine Thrazierin, und das ὁ Ἄραψ, ἡ Ἀράβι-σσα, eine Araberin, vom Genit. τοῦ Ἄραβος abgeleitet.

Das Ἕλλην bildet das weibliche durch Ansetzung der Silbe ις, Ἑλλην-ὶς, eine Griechin, und das Λάκων in Λάκ-αινα, eine Lakonierin, ὁ Λακεδαίμων aber in ἡ Λακεδαίμων.

Die Gentilia auf ος, rein, bilden das weibliche durch Abwerfung des ο, Punctirung und Schärfung des ι; z. B. ὁ Ἑβραῖος, ἡ Ἑβρ-αΐς, eine Hebräerin — aber ὁ Ἀθηναῖος, ἡ Ἀθηναία, eine Athenserin — ὁ Ῥωμαῖος, ἡ Ῥωμαία, eine Römerin — ὁ Ἰουδαῖος, ἡ Ἰουδαία, eine Jüdin.

Die weiblichen Gentilia behalten die Endung der männlichen, wenn selbe vor dem ος kein μ, ν, ρ haben; z. B. ὁ Γάλλος, ἡ Γάλλος, eine Französin — ὁ Ἐλβετὸς, ἡ Ἐλβετὸς, eine Helvetierin — ὁ Ἄγγλος, ἡ Ἄγγλος, eine Engländerin — ὁ Ἰνδὸς, ἡ Ἰνδὸς, eine Indianerin u. s. w.

Die Bildung des weiblichen vom männlichen der übrigen Haupt- und Gattungswörter geschieht auf vielerlei Arten und in verschiedenen Endungen, nehmlich:

a. Die auf της der ersten Deklination bilden es in τρις, τις, τρια; z. B. ὁ εὐεργέτης, ἡ εὐεργέτις, die Wohlthäterin — ὁ ποιητὴς, ἡ ποιήτρια, die Poetin — ὁ αὐλητὴς, ἡ αὐλητρὶς, die Flötenspielerin u. s. a.

7 *

mit Ausnahme des ὁ δεσπότης, ἡ δέσποινα, die Herrin.

b. Die Männlichen auf λης der 1ten Declination bilden das weibliche in λις und αινα zugleich; z. B. ὁ βιβλιοπώλης, ἡ βιβλιοπῶλις auch ἡ βιβλιοπώλαινα, die Buchhändlerin u. s. a.

c. Die auf μης, τρης, χης bilden das weibliche in ις bloß durch Verkürzung des η in ι; z. B. ὁ Μονάρχης, ἡ Μονάρχις, die Alleinherrscherin — ὁ εἰδωλολάτρης, ἡ εἰδωλολάτρις, die Götzendienerin — ὁ ἀβροκόμης, ἡ ἀβροκόμις, eins mit feinem zartem Haare.

d. Die auf ας, rein, der 1ten Declination bilden es durch Abwerfung des Endmitlautes ς; z. B. ὁ ταμίας, ἡ ταμία, die Wirthschafterin u. s. a.; ausgenommen ὁ νεανίας, ἡ νεάνις, das blühende Mädchen.

e. Die auf ας, gemischt, hingegen bilden das weibliche in ησσα; z. B. ὁ Ῥήγας, ἡ Ῥήγ-ησσα, die Churfürstin — ὁ ὀρνιθοθήρας, ἡ ὀρνιθοθήρ-ησσα, die Vogelstellerin u. a. s.

f. Die auf ος, rein, bilden es in α; z. B. ὁ Θεός, ἡ Θεά, die Göttin — ὁ θεῖος, ἡ θεία, die Tante u. s. a.

g. Von den auf ος gemischt, wird das weibliche gebildet in η, ας; z. B. ὁ ἀδελφός, ἡ ἀδελφή, die Schwester — ὁ ἀμνός, ἡ ἀμνάς, das Lamm — ὁ λύκος· aber ἡ λύκαινα, die Wölfin — ὁ ἵππος, ἡ ἵππος, die Stutte u. s. a.

h. Die auf ης, αξ, ηξ der 4ten Declination bilden das weibliche in σσα, die ersten zwei vom Nominat., das dritte vom Genit.; z. B. ὁ Κόμης, ἡ Κόμησσα, die Gräfin — ὁ Ἄναξ, ἡ Ἄνασσα, die Königin — ὁ Ῥὴξ, τοῦ Ῥηγὸς, ἡ Ῥήγισσα, die Churfürstin.

i. Die auf ων bilden es in αινα, αια, ις. z. B. ὁ λέων, ἡ λέαινα, die Löwin — ὁ γέρων, ἡ γραῖα, die alte Frau — ὁ Ἡγεμὼν, ἡ Ἡγεμονὶς, die Fürstin; ausgenommen ὁ κύων, ἡ κύων, die Hündin.

k. Die auf ηρ bilden es in ειρα; z. B. ὁ σωτὴρ, ἡ σώτειρα, die Erlöserin — ὁ πρατὴρ, ἡ πράτειρα, die Verkäuferin u. s. a.

l. Die in ευς bilden das weibliche in ισσα, ις. εια, τρις; z. B. ὁ Βασιλεὺς, ἡ Βασίλισσα auch ἡ Βασιλὶς, die Königin — ὁ ἱερεὺς, ἡ ἱέρεια, die Priesterin — ὁ κουρεὺς, ἡ κουρεύτρια, die Barbierin u. s. w.

m. Die auf ους und ων bilden es wieder in ους und ων; z. B. ὁ βοῦς, ἡ βοῦς., die Kuh — ὁ γείτων, ἡ γείτων, die Nachbarin.

n. Die auf ως bilden das weibliche in ις, ισσα, ινη; z. B. ὁ Ἥρως, ἡ Ἡρωΐς, auch ἡ Ἡρώϊσσα u. Ἡρωΐνη, die Heldin.

Anmerkung. Die plebejsche Mundart bildet fast alle dergleichen weiblichen Hauptwörter in σσα, und deren meisten männlichen, welche die Endung ᾶς haben, bildet sie in οῦ; z. B. ὁ ψωμᾶς, ἡ ψωμοῦ, die Bäckerin — ὁ ὑποδηματᾶς, ἡ ὑποδηματοῦ, die Schusterin u. s. a.

Bildung neuer Wörter durch Zusammensetzung.

§. 30.

Zur Bezeichnung zusammengesetzter Begriffe vereinigen die Hellenen mehrere Wörter zu einem einzigen. Solcher zusammengesetzter Formen gibt es im Hellenischen eine große Menge, und dadurch, daß zwei oder drei Vorwörter an ein Zeitwort gesetzt werden, erlangt die Sprache eine Genauigkeit und Feinheit der Bezeichnung, welche in einer andern ohne Weitläufigkeit nicht wiedergegeben werden kann; z. B. ὑπ - εκ - φεύγω, ich fliehe heimlich von einem Orte weg; προ - κατα - λαμβάνω, ich nehme zuvor ein.

Die Reichaltigkeit der zusammengesetzten Begriffe, welche die hellenische Sprache besonders durch die Vorwörter erhält, ist bewunderungswürdig; man nehme z. B.

das Zeitwort βάλλω, welches, zusammengesetzt jedesmal mit einem der 18 Vorwörter, 18 verschiedene Verbalbegriffe bildet; diese bilden wieder durch die Einschaltung eines zweiten Vorwortes abermals 34 andere neue Verbalbegriffe, so daß aus einem Zeitworte 52 verschiedene Zusammensetzungen entstehen; und wenn man auch die Haupt-, Bei- und Nebenwörter, welche von dergleichen Verbalbegriffen abgeleitet werden, rechnet, so findet man, daß ihre Zahl über 200 ausmacht.

Bei der Zusammensetzung hat man zwei Sachen zu betrachten:

1. Die Art und Weise, wie die einfachen Bestandtheile zu einem Worte verbunden werden, und
2. die Endung, welche das zusammengesetzte Wort bekömmt.

Bei der Verbindung der einfachen Bestandtheile ist hauptsächlich der erste, zuweilen jedoch auch der zweite Theil gewissen Veränderungen unterworfen. Als allgemeine Regel ist anzunehmen, daß in das zusammengesetzte Wort von dem ersten Theile nur der Stamm (nicht die Flexionsendung) aufgenommen werden darf, welcher dann, wo der Wohlklang es erfordert, also hauptsächlich beim Zusammenstoß mehrerer Mitlaute, durch einen Bindeselbstlaut mit dem zweiten Theile vereinigt wird.

Ob ein Bindeselbstlaut anzunehmen sey und welcher, bestimmt sich theils nach der Wortgattung und der Flexionsart des ersten Theiles der Zusammensetzung, theils auch nach dem Anfangsbuchstaben des zweiten Theiles. Hierüber gelten folgende Regeln:

A. Ist der erste Theil ein Nomen, so wird dem Stamme desselben der Bindeselbstlaut ο angesetzt, wenn der zweite Theil mit einem Mitlaute beginnt; z. B. νομ-ο-θέτης· παιδ-ο-τρίβης· φυσι-ο-λόγος· σωματ-ο-φύλαξ· es fällt aber der Bindeselbstlaut weg, wenn der 2te Theil mit einem Mitlaut anfängt; z. B. νομ-άρχης· παιδ-αγωγός· σωματ-έμπορος u. s. a.

Anmerkung 1. Von den Wörtern der 4ten Deklination ist als Stamm zu betrachten, was nach Abwerfung der Genitivendung ος übrig bleibt. Aber einige Wörter dieser Art werden in der Zusammensetzung verkürzt, nehmlich:

1. Einige zweisilbige auf μα; von denen in der Zusammensetzung zuweilen nur der einsilbige Stamm des Nominativs erscheint; wie z. B. αἱμ-ο-ῤῥαγής, αἱμ-ό-ῤῥυτος und αἱματό-ῤῥητος· σπερμ-ο-λόγος und seltener σπερματο-λόγος· στομ-αλγής· σωμ-ασκῶ· aber σωματ-έμπορος.
2. Sämmtliche zusammengezogene auf ης und die meisten auf ος, Genit. ους (von εος), verlieren in der Zusammensetzung das zum Stamme gehörige ε; wie z. B. ἀκριβο-λόγος· ἀληθό-μυθος· ἀνθ-ο-φόρος (von ἀκριβής -έος - οῦς, ἀληθής - έος - οῦς, ἄνθος - εος - ους).

Ausnahme. Von der aufgestellten Regel besteht eine dreifache Ausnahme, indem

a. zuweilen auch dann der Bindeselbstlaut eintritt, wenn der zweite Theil mit einem Selbstlaute beginnt.

a. Der Bindeselbstlaut tritt ein, wenn der mit einem Selbstlaute beginnende 2te Theil ursprünglich mit Digama *)

---

*) Ursprünglich bezeichneten die Hellenen nur den starken Hauch und zwar mit dem Buchstaben Η, welcher auf alten Denkmählern so gebraucht erscheint, der gelinde Hauch aber blieb unbezeichnet. Später, da das Zeichen Η für η gebraucht wurde, blieben beide Hauchzeichen ganz unbezeichnet. Noch später aber (etwa um das Jahr 200 vor Christ.) theilte der byzantinische Grammatiker Aristophanes jenes Zeichen in zwei Hälften, und gebrauchte die 1te Hälfte ├ zur Bezeichnung des starken, die zweite ┤ zur Bezeichnung des gelinden Hauches. Durch Abkürzung dieser beiden Zeichen entstand noch später ∟ und ┐, welches endlich in ʽ und ʼ (die jetzt gewöhnlichen Zeichen) überging. Außer diesen Hauchen bestand in der frühern Sprache noch ein

gesprochen wurde, von welcher Art hauptsächlich εἶδος, εἴκω, ἔπος und ἔργον zu bemerken sind, und eben so auch in der mit ἔχω gebildeten Zusammensetzungen (ausgenommen κακεξία), bei welchen, so wie auch bei den mit ἔργον gebildeten, das ο mit dem ε durch κρᾶσις (Mischung) in ου vereinigt wird; z. B. μην-ο-ειδής, θυμ-ο-ειδής. Häufig auch mit κρᾶσις und mit zurückgezogenem Akzent, wie z. B. αἰνιγματ-ώδης· μυθ-ώ-δης· σκυλακ-ώδης· ἰχθυ-ώδης (st. αἰνιγματοειδής, μυθοειδής, σκυλακοειδής, ἰχθυοειδής)· μεν-ο-εικής· ὀρθ-ο-επής, κακ-οῦργος· δημι-ουργός· ῥαβδ-οῦχος· δᾳδ-οῦχος.

h. In gewissen Fällen bleibt der Bindeselbstlaut weg, wenn der 2te Theil mit einem Mitlaute anfängt.

ß. Vom Abfall des Bindeselbstlautes bei folgendem Mitlaute sind folgende Fälle zu bemerken:

1. Von den Wörtern auf υς und υ (bei denen in der Zusammensetzung das υ durchgängig als zum Stamme gehörig betrachtet wird) nehmen diejenigen, die im Genit. εος und εως bekommen, einige den Bindeselbstlaut an; z. B. ἄστυ, -εος, ἀστυ-νόμος· πέλεκυς-εος, πελεκυ-φόρος· βα-

---

anderer, welcher als besonderer Buchstabe die 6te Stelle im Alphabet einnahm, seinem Laute nach dem deutschen W, oder vielmehr dem W der Engländer gleichkam, und von seiner Gestalt F oder F, δίγαμμα (doppeltes γ) genannt wurde. Da die Aeolier in der Aussprache diesen Laut am längsten beibehielten, so wurde er deßhalb später das äolische Digamma genannt. Ursprünglich scheint dieser Laut überall zwischen zwei Selbstlaute in der Mitte eines Wortes und zu Anfang vieler, die mit einem Selbstlaute beginnen, gehört worden zu seyn. In der gewöhnlichen Sprache haben sich nur wenige Spuren desselben und zwar in υ verschwächt erhalten, wie z. B. in καύσω, d. i. καFσω; auch κλαύσω, δεύσομαι, πλεύσω, πνεύσω u. s. a.

ῥύς - έος, βαρύ - ποτμος· ἡδύς - έος, ἡδυ - λόγος· πολύ - έου (u. λοῦ) πολυ - φάγος u. s. a. Bei denjenigen aber, die im Genit. ους haben, ist die Abstoßung des Bindeselbstlautes nur als dichterische Freiheit zu betrachten, die nur in einigen Fällen auch auf die gewöhnliche Sprache überging; z. B. μῦς, τοῦ μυός, μυ - ο - κτόνος· ἰχθύς, - ύος, ἰχθυ - ο - φάγος· jedoch neben δρῦς, τῆς δρυός δρυ - ο - κολάπτης, auch δρυ - κολάπτης, und poetisch δρυ- τόμος· δακρυ - χέω, δακρυ - ῤῥοῶ, welches letzte auch in Prosa gebräuchlich ist.

2. Von den Wörtern auf ις (Genit. εως), bei denen in der Zusammensetzung ebenfalls der Laut, als zum Stamme gehörig, betrachtet wird, stoßen nur einige vor folgendem Mitlaute den Bindeselbstlaut ab; wie z. B. ἡ πόλις - εως, πολί - πορθος· ὄρχις - εως, ὀρχί - πεδον· μάντις - εως, μαντι - πόλος· λέξις - εως, λεξι - θήρας.

3. Von den Wörtern βοῦς und ναῦς werden die Stammsilben βου und ναυ in die Zusammensetzung aufgenommen und meist ohne Bindeselbstlaut (siehe unten Anmerkung 3.) dem zweiten Theile angesetzt; wie z. B. βου - κόλος, βου- φάγος, ναυ - μαχία, ναυ - πηγία.

4. Endlich wird auch bei einigen, die mit einem λ, μ, ν, ρ endigen, die unveränderte Nominativform dem zweiten Theile der Zusammensetzung angehängt; wie bei πυρ - φόρος, πυρ - πολῶ, μελάν - δρυον, μελαγ - χολία, παν - δόκος, παμ - φάγος.

c. Ein anderer Bindeselbstlaut als ο tritt ein, wie aus folgenden Angaben erhellt.

γ. Statt des ο tritt ein anderer Laut als Bindeselbstlaut ein, und zwar:

1. ω bei den Wörtern auf ως nach der attischen Declination; ferner in den meisten Zusammensetzungen mit dem Worte γῆ, welches in diesem Falle in γεω übergeht; endlich bei sehr wenigen Wörtern der 4ten Declination, die im Genit.

1. Die Vorwörter verlieren bei nachfolgenden Selbstlauten ihren Endselbstlaut, außer περὶ und πρὸ, welches letztere mit dem nachtretenden ε und ο eine κρᾶσις (Mischung) bildet; z. B. ἀν-αβάλλω· ἀν-έχω· ὑφ-ίσταμαι (von ὑπό)· ἐφ-ορῶ (von ἐπί)· περι-ορῶ· περι-έχω· προὔχω, προὖπτος (st. προέχω, πρόοπτος). Die Vorwörter ἐν und σὺν erleiden die in Prosodie §. 12. angegebenen Veränderungen; z. B. συ-μ-βάλλω· συ-ῤ-ῥέω· συ-λ-λαμβάνω· συ-σ-σιτία· ἐ-μ-πίπτω· ἐ-λ-λείπω· dagegen ἐνράπτω, ἐνσείω und nur Ausnahmsweise ἔῤῥυθμος.

Anmerkung 4. Nach Analogie von περὶ behält auch ἀμφὶ sein ι vor folgendem Selbstlaut in einigen Zusammensetzungen; wie z. B. in Ἀμφίαλος, ἀμφιέπω und ἀμφέπω.

2. Außer den Vorwörtern finden sich von unbiegsamen Wörtern in der Zusammensetzung noch Nebenwörter, die zum Theile auch als selbstständige Wörter gebraucht werden, zum Theile aber auch nur in der Vereinigung mit andern vorkommen. Zu den ersten gehören ἀγχι, ἄρτι, ἄγαν, ἅμα, πάλαι, πάλιν, πλὴν, πᾶν, λὰξ, πὺξ u. sämmtliche Zahladverbien; von diesen wird das ι von ἄγχι gewöhnlich ausgestoßen, wie z. B. ἀγχώμαλος, behält aber zuweilen auch das ι, wie in ἀγχίαλος; ἄγαν behält das ν nur vor Selbstlaute, so wie vor ν und ρ, denen es sich jedoch assimilirt (gleich wird), wie in ἀγάν-νιφος, ἀγά-ῤ-ῥοος; πάλιν gebrauchen nur die Dichter zuweilen ohne ν, in der gewöhnlichen Sprache aber behält es dasselbe bei, und erleidet in der Zusammensetzung theils die gewöhnlichen Veränderungen, theils wird es dem folgenden Buchstaben gleich; z. B. παλί-γ-κοτος· παλί-μ-παις· παλι-λ-λόγος· παλί-ῤ-ῥοος· παλί-σ-συτος; λὰξ und πὺξ werfen in der Zusammensetzung das σ ab, wie in λακ-πατῶ, πυγ-μάχος, sichtbar ist. Die übrigen bleiben unverändert. Von untrennbaren oder nur in der Zu-

sammensetzung vorkommenden Nebenwörtern sind zu bemerken:

1. ἡμι (halb), dessen ι nie ausgestoßen wird; z. B. ἡμί-πους (halber Fuß), ἡμί-ονος (Halbesel, Maulesel), ἡμί-εφθος (halb gekocht) u. s. w.
2. δυς (miß), Schwierigkeit oder Widerwärtigkeit bezeichnend; z. B. δύσ-μορφος (mißgestaltet), δυσ-ώδης (übelriechend) u. s. w.
3. Das α privativum, rücksichtlich der Bedeutung dem deutschen un entsprechend, gewöhnlich noch durch hinzutretendes ν verstärkt, wenn ein Selbstlaut folgt; z. B. ἄ-βατος (ungangbar), ἄ-παις (kinderlos), ἀ-ν-αίτιος (unschuldig), ἀ-ν-όμοιος (ungleich); aber doch auch ἀ-ηδής, ἀ-ήττητος, ἄ-οκνος, ἀ-όρατος, ἄ-υλος u. a. m., wo man den Mangel des ν daraus erklärt, daß ursprünglich das Digamma eingetreten sey.

Anmerkung 5. Daß das ν ursprünglich zum Stamme gehört habe, und daß das α privat. verwandt sey mit ἄνευ (ohne), wird nicht blos durch die Bedeutung wahrscheinlich, sondern auch durch einige alte Formen, in denen ἀν auch vor Mitlaute erscheint, wie ἀ-νέφελος und ἀμ-φασία. Im entgegengesetzten Sinne von dem α privat. wird gebraucht das α copulativum (συμπλεκτικόν), zur Bezeichnung der *Vereinigung* und *Gemeinschaft*, welches in ἄ-κοιτις und ἄ-λοχος (Lagersgenossin, Gattin), ἀ-δελφός (aus einem Mutterleibe Bruder), ἀ-γάλακτες (Milchgeschwister), ἀ-τάλαντος (von gleichem Gewicht) und einigen andern Wörtern sichtbar wird. Man leitet dieß von ἅμα ab, und noch verwandt damit ist das α intensivum (ἐπιτατικόν), welches zur Steigerung des Begriffes dient, wie in ἀ-τενής (sehr gespannt), ἀ-χανής (weit gähnend), ἀ-σκελής (sehr hart), ἄ-σκιος (dichtbeschattet) und in einigen andern Wörtern, deren Erklärung jedoch große Vorsicht erheischt. Endlich wird auch bei manchen, besonders mit zwei Mitlauten beginnenden

Wörtern ein bedeutungsloses α vorgesetzt, welches man α euphonicum (Wohllautend), εὐφωνικὸν, nennt; wie in ἀ-στεροπὴ, ἄ-σταχυς, ἀ-βληχρὸς u. a. m.

Anmerkung 6. Verwandt mit dem α privat. in Form und Bedeutung ist das epische νη, wie νη-κερδὴς, νή-ποινος, νη-λεὴς, ν-ώνυμος. Außerdem sind ebenfalls aus dem alten Dichtergebrauche noch zu bemerken die verstärkenden ἀρι (verwandt mit ἄριστος), ἐρι (verwandt mit εὐρὺς) und δα oder ζα (entstanden aus διὰ), wie in ἀρι-πρεπὴς, ἐρι-βρεμέτης, δα-φοινὸς, ζά-θεος, ζά-πλουτος u. a. m.

D. Seltener erleidet bei der Verschmelzung zweier Wörter auch der Anfang des zweiten Theiles eine Veränderung. Beginnt nehmlich der zweite Theil mit einem ρ, so wird dieß bei vorausgehendem einfachen Selbstlaut regelmäßig verdoppelt; z. B. ἰσό-ῤ-ῥοπος, κατά-ῤ-ῥυτος (von ῥέπω u. ῥέω). Bei den übrigen liquida λ, μ, ν und beim σ ist diese Verdoppelung seltener und nur nach poetischem Bedürfniß angewendet. Beginnt der zweite Theil mit einem Selbstlaute, so wird dieser mit dem Schlußselbstlaute des ersten Theiles oft zusammengezogen, wie dieß bereits oben (§. 30. Ausnahme a.) von den mit ἔχω und εἶδος gebildeten bemerkt ist, außerdem aber auch in andern sich findet; wie z. B. in θυ-ωρὸς, πυλ-ωρὸς (von ὁράω)· φροῦδος (von ὁδὸς) u. a. m. Besonders zu beachten aber ist die Veränderung, daß die zu Anfange des zweiten Theiles stehenden kurzen Selbstlaute α, ε, ο, wenn die Silbe nicht durch Position verstärkt ist (θέσει μακρὰ), oft in die entsprechenden langen Selbstlaute, nehmlich α und ε in η; ο aber in ω übergehen. Die Wörter, bei denen diese Dehnung in der Zusammensetzung regelmäßig ist, sind folgende: ἄγω (στρατηγός)· ἀγορεύω (κατ-ήγορος)· ἀκὴ (ἀμφ-ήκης)· ἀκέομαι (ἀν-ήκεστος)· ἀκούω (ὑπ-ήκοος)· ἄνεμος (εὐ-ήνεμος)· ἀνὴρ (εὐ-ήνωρ)· ἀνύω (ἀν-ήνυτος)· ἄρω (τρι-ήρης, ποδ-ήρης)· ἐλαύνω (εὐ-ήλατος)· ἔλθω (ἄπ-ηλυς, νέ-ηλυς)· ἐρέσσω, ἐρετμὸς (ὑπ-ηρέτης, ἐπ-ήρετμος)· ἐρέφω (κατ-ηρεφής)· ὀβολὸς (τρι-ώβολον)· ὀδύνη (ἀν-ώδυνος, πολυ-ώδυνος)· ὄζω (δυσ-ώδης, εὐ-ώδης)· ὀλλύω (παν-ώλης)· ὁμαλὸς (ἀν-ώμαλος)· ὀμνύω (ἀν-ώμοτος)· ὄνομα (ἀν-ώνυμος, πολυ-ώνυμος)· ὄπω (δυσ-ωπῶ)· ὀρύσσω (τοιχ-ωρυχῶ)· ὄρος (ὑπ-ώρεια)· ὄφελος (ἀν-ωφελὴς, πολυ-ωφελὴς, ἀνθρωπ-ωφελής).

E. Was die Gestaltung des zusammengesetzten Wortes durch *angesetzte Endung* betrifft, so haben wir hier zwei Fälle zu unterscheiden. Das zusammengesetzte Wort ist nehmlich entweder ein Zeitwort, oder gehört zur Gattung der Nominen.

F. Zusammengesetzte Zeitwörter sind entweder durch den Antritt eines Vorwortes an ein einfaches Zeitwort entstanden, und die Endung bleibt dann ganz unverändert, wie δι-άγω· παρα-βάλλω· κατα-δικάζω und dergl., oder es ist ein anderes Wort als ein Vorwort, mit einem Zeitworte zu einem Begriffe verschmolzen, und dann ist als Mittelglied für die Bildung des zusammengesetzten Zeitwortes ein (gebräuchliches oder auch blos anzunehmendes) Nomen zu betrachen, von welchem das Zeitwort durch Ansetzung der Endung εω, zusammenges. ῶ, gebildet wird; z. B. aus νόμος und θέτω entsteht für den Sinn νόμους θέτω (Gesetze geben) das Zeitwort νομοθετῶ nicht unmitelbar, sondern durch νομοθέτης (Gesetzgeber), so auch von παῖς und ἄγω, παιδαγωγῶ (durch παιδαγωγός); ferner von ἵππος und τρέφω, ἱπποτροφῶ (durch ἱπποτρόφος) u. s. a., so daß durchaus das zusammengesetzte Zeitwort nur durch Vermittlung eines Nomens entsteht, welches daher auch da, wo der Gebrauch der Sprache es nicht gebildet hat, als Grundsform für die Ableitung des Zeitwortes anzusehen ist; wie z. B. für νουθετῶ ein nicht vorhandenes Wort νουθέτης vorauszusetzen ist.

G. Gehört das zusammengesetzte Wort in die Classe der Nominen, so ist zuerst darauf zu achten, ob der zweite

Theil von einem Nomen oder von einem Zeitworte entlehnt ist. Daneben aber ist auch die Natur des ersten Theiles der Zusammensetzung und die Bedeutung des zusammengesetzten Wortes zu berücksichtigen. Es sind dabei folgende Fälle zu unterscheiden:

I. Der 2te Theil ist ein Nomen, und zwar

a. ein Hauptwort. In diesem Falle sind zwei Gattungen der zusammengesetzten Wörter rücksichtlich der Bedeutung zu unterscheiden; gewöhnlich nehmlich

1. nimmt das zusammengesetzte Wort eine Beiworts-Bedeutung an, bei welcher der Begriff des Hauptwortes nicht als Subject, sondern als Object erscheint. Diese Art der Zusammensetzung hat die weiteste Ausdehnung, indem eben sowohl Vorwörter, Nebenwörter und untrennbare Partikeln, als auch Zeitwörter und seltener auch Beiwörter von vorn sich dem Hauptworte anschließen können. Die Form des Hauptwortes bleibt dabei unverändert, wenn die Endung desselben von der Beschaffenheit ist, daß sie für das männliche und weibliche gelten kann; außerdem aber wird dem Stamme des Hauptwortes eine der gewöhnlichen Beiwortsendungen ος, ως, ης, seltener auch ων und ις, und bei Hauptwörtern auf υ ein bloßes ς angesetzt; z. B. (mit unveränderter Endung des Hauptwortes) ἄ-παις (kinderlos); δύσερως (der eine unglückliche Liebe hat); μακρό-χειρ (der eine lange Hand hat); πολύ-πους (vielfüßig); ἔν-θεος (begeistert); μισό-πονος (die Arbeit scheuend); φιλό-πατρις (das Vaterland liebend); δεισι-δαίμων (abergläubisch).

Mit angesetzter Beiwortsendung: σύν-δειπνος (Tischgenossen); ἀ-χρήματος und ἀ-χρήμων (kein Geld habend); ἄ-στομος (keinen Mund habend); ἀ-σώματος und ἄ-σωμος (körperlos, (siehe Anmerkung 1.); λεπτό-γεως (magern Boden habend); ἀν-ωφελής (nutzlos);

εὐ - ἤθης (ein gutes Gemüth habend); ἀ - ηδής (widerlich, ekelhaft); εὐ - μήκης (ansehnliche Länge habend); ἄν-αλκις (kraftlos); ἄ - δακρυς (ohne Thränen); von δεῖπνος· χρῆμα· στόμα· σῶμα· γῆ· ὄφελος· ἦθος· ἧδος· μῆκος· ἀλκή· δάκρυ.

Anmerkung 8. Von den Wörtern auf ην und ηρ werden zwar meist nur zusammengesetzte Formen mit der Beiwortsendung ος aus dem Genit. des Stammes gebildet; wie z. B. ἀλίμεν - ος (ohne Hafen, von λιμήν)· εὐ - άστερ - ος (schön gestirnt, von ἀστήρ)· aber zuweilen wird auch die Hauptwortsendung beibehalten, jedoch mit dem Umlaute ω statt η. Dieß geschieht bei sämmtlichen Zusammensetzungen mit φρήν und πατήρ, wie ἄ - φρων, ἔμ - φρων, σώ - φρων, ἀ - πάτωρ, εὐ - πάτωρ, und dann auch bei einzelnen von ἀνήρ, μήτηρ und γαστήρ, wie εὐ - ήνωρ, ἀ - μήτωρ, προ - γάστωρ. Beispiele von der Annahme eines Umlautes im Stamme des Hauptwortes bei Zusammensetzungen biethen die von ὄνομα (äolisch ὄνυμα) abgeleiteten dar, wie z. B. ἀν - ώνυμος, εὐ-ώνυμος· ferner von μῶμος und κέλευθος, ἀ - μύμων, ἀ - κόλουθος.

2. Weit seltener ist der Fall, daß das **Hauptwort als zweiter Theil der Zusammensetzung rücksichtlich der Bedeutung als Subject erscheint**, und durch den ersten Theil nur näher bestimmt wird. Auf diese Weise werden nur wenige Zusammensetzungen mit Neben- und Vorwörter, seltner auch mit Nominalformen gebildet, wobei die Form des Hauptwortes unverändert bleibt; wie z. B. ὁμό - δουλος· σύν - δουλος· ἡμί - ονος· ἐπί - μετρον· ἀκρό - πολις· πλαγί - αυλος· ἱππό - δρομος· ἱππο - κόμος u. m. dergl.

Anmerkung 9. Von diesen mit Hauptwörtern gebildeten Zusammensetzungen sind wohl zu unterscheiden die von zusammengesetzten Zeitwörtern gebildeten Ableitungen, von denen besonders die Abstrakta (ἀφῃρημένα) oft gleiche Bildung mit den einfachen haben, und deßhalb den Anschein einer Zusammensetzung mit einem unveränderten Hauptworte gewinnen; wie z. B. συγ-γραφὴ und σύγ-γραμμα (von συγ-γράφω nicht von γραφὴ u. γράμμα) ἔκ-πεμψις und ἐκ-πομπὴ (von ἐκ-πέμπω) σύῤῥους (v. συῤῥέω) u. s. w. Seltener finden sich concreta (συγκεκριμένα) von zusammengesetzten Zeitwörtern abgeleitet in ähnlicher Gestalt; z. B. συγ-γραφεὺς, εἰσ-αγωγὸς (v. συγγράφω, εἰσάγω) meistens aber tritt hier eine Form mit der Endung ος ein (siehe unten II. a.)

3. Ist der zweite Theil des züsammengesetzten Wortes ein Beiwort, so behält dieses seine unveränderte Gestalt, und auch der Begriff des Beiwortes erhält sich unverändert, nimmt jedoch diejenige Modification an, welche durch das vorgesetzte Wort (meistens ein Vorwort oder eine untrennbare Partikel) demselben gegeben wird; wie z. B. ἄν-ισος ungleich, δυσ-διά-βατος schwer zu passiren, ἡμί-γυμνος halbnackt, πρό-δηλος offenkundig, ὑπέρ-φιλος übergeliebt, ὑπό-λευκος etwas weiß, πάν-σοφος allweise (v. ἴσος, διαβατὸς, δῆλος, φίλος, λευκὸς, σοφὸς).

II. Der zweite Theil des als Nominalform gestalteten züsammengesetzten Wortes ist von einem Zeitworte entlehnt. In diesem Falle ist besonders darauf zu achten, ob der Begriff des übergehenden Zeitwortes in dem zusammengesetzten Worte übergehend oder leidend zu nehmen sey, was sich zum Theile aus der Endung, zum Theile aus der Betonung erkennen läßt, zum Theile aber auch unbestimmt ist. Die gewöhnlichsten Nominalendungen, in welche der Zeitwortsstamm umgebildet wird, sind folgende:

a) ος, ον. Diese zahlreichste Gattung von zusammengesetzten Beiwörtern umfaßt eben so viele, bei denen das Zeitwort in thätiger, als bei denen es in leidender Bedeutung zu nehmen ist. Beide Arten unterscheiden sich durch die Betonung *). Die Zusammensetzung geschieht eben sowohl mit Nominen, die

*) Die zusammengesetzten Beiwörter auf ος theilen wir in Rücksicht der Betonung in 2 Klassen, nemlich: 1) in solche, deren letzte Hälfte von einer Nominalform (Haupt- u. Beiwort) und 2) in solche, deren letzte Hälfte von einem Zeitwortsstamm entlehnt ist. Die Beiwörter der ersten Klasse ziehen den Akzent so weit als möglich nach dem Anfange des Wortes zurück, und sind daher sämmtlich προπαροξύτονα z. B. εὔ-οδος, ἔν-οπλος, πολύ-δωρος, πάγ-καλος, παγ-χάλεπος (von ὁδὸς, ὅπλον, δῶρον, καλὸς, χαλεπὸς). Für die Betonung derjenigen Beiwörter, deren 2te Hälfte von einem Zeitwortsstamme entlehnt ist, entscheidet die Quantität der vorletzten Silbe und die Bedeutung des Beiwortes. Ist nemlich die vorletzte Silbe lang, so sind die zusammengesetzten Beiwörter, deren erster Theil von einem Nomen entlehnt ist, bei übergehender Bedeutung ὀξύτονα, bei passiver und unübergehender προπαροξύτονα; sämmtliche hingegen, deren erste Hälfte aus einem Vorworte oder aus einem Nebenworte bestehet, oder von πᾶς und πολὺς entlehnt ist ebenfalls προπαροξύτονα; demnach ὀξύτονα, die auf αγος oder ηγος, αγωγὸς; ferner die auf ἀσκὸς, die auf βοσκὸς und φορβὸς, die auf ἀοιδὸς und ῳδὸς, die auf ωπὸς, die auf ἀμοιβός; dann die auf τηγὸς und ποιὸς; die auf πομπός· endlich die auf ουλκὸς, und die auf δεψος· weil sie sämmtlich übergehende Bedeutung haben; hingegen προπαροξύτονα sämmtliche auf φοιτος und βλαστός· weil sie übergehende Bedeutung haben, und die auf νικος und τιμος, weil sie nur in Zusammensetzung mit Nebenwörtern oder mit πολὺς und πᾶς vorkommen. Eben so ist auch ἐρίμυκος (lautbrüllend, von μυκῶμαι) προπαροξύτονον.

Ausnahmen. Die auf αρχος und συλος sind bei überge-

8 *

dann als Objekt der Handlung zu betrachten sind, als auch mit Nebenwörter, und untrennbaren Partikeln, wie z. B. λιθοβόλος (Steine werfend); λιθό-βολος (mit Steinen geworfen), παιδαγωγὸς (Kinder-erzieher), δύσ-φθαρτος (schwer zu vertilgen), ἄ-μαχος (nicht zu bekämpfen) u. s. w.

β) ης, ες. Bei diesen ist die Bedeutung des Zeitwortes meist im leidenden Sinne zu nehmen, und selbst wo der thätige Sinn vorwaltet, wird durch ein solches Beiwort weniger die Thätigkeit des Subjektes als vielmehr ein in demselben obwaltender Zustand ausgedrückt; wie z. B. θεο-φιλὴς (von Gott geliebt), ἁ-λουργὴς (von Purpur gemacht), ἀ-πρεπὴς (ungeziemend), εὐ-μαθὴς (gelehrig), αὐτ-άρκης (selbst genügend, hinreichend) u. s. w.

---

hender Bedeutung dennoch προπαροξύτονα, wahrscheinlich, weil sie gänzlich im Hauptwortsbegriffe übergingen, wie ναύ-αρχος· ἵππ-αρχος, ἱερό-συλος u. s. w.

Bemerkung. Die vom Zeitwortsstamme εργω abgeleiteten Zusammensetzungen werden nach Verschiedenheit der Bedeutung auch verschieden betont; sie sind ὀξύτονα, wenn sie ein Gestatten oder Behandeln, hingegen προπαροξύτονα und (bei eintretender Zusammenziehung) προπερισπώμενα, wenn sie ein moralisches Wirken, oder eine bloße Beschaffenheit bezeichnen; z. B. ἀμπελ-ουργὸς (Weingärtner), λιθ-ουργὸς (Steinmetz), γεω-ργὸς (Landbauer), hingegen κακ-οῦργος (Bösewicht), περί-εργος (geschäftig), u. s. w. Ist aber bei dergleichen Beiwörter die vorletzte Silbe kurz, so tritt, nach Beschaffenheit der Bedeutung, verschiedenartige Betonung ein; sie sind nemlich, παροξύτονα bei übergehender, προπαροξύτονα bei leidender und unübergehender Bedeutung; z. B. πατροκτόνος (Vater mordend), πατρόκτονος (vom Vater gemordet), θηροτρόφος (wilde Thiere nährend), θηρότροφος (von wilden Thieren genährt.

γ) ης oder ας, Gent. ου. Diese werden meistens in hauptsächlichen Sinne gebraucht, und mit übergehendem Zeitwortsbegriffe; wie z. B. νομο-θέτης (Gesetzgeber), εὐ-εργέτης (Wohlthäter), οἰνο-πότης (Weintrinker), ὀρνιθο-θήρας (Vogelsteller), πατραλοίας (Vatermörder) u. s. w.

δ) ξ. Diese Endung ist selten und meist nur poetisch. Ist der erste Theil der Zusammensetzung ein Hauptwort, so ist der Begriff des Zeitwortes übergehend zu fassen, außerdem aber leidend; wie z. B. νομοφύλαξ (Gesetzeshüter), βου-πλὴξ (das Rind schlagend), κυαμο-τρὼξ (Bohnen essend), aber ἀποῤῥὼξ (abgerissen), νεο-σφὰξ (frischgeschlachtet) u. s. w.

Anmerkung 10. Seltener ist auch sowohl der erste als der zweite Theil eines zusammengesetzten Beiwortes von Zeitwörtern entlehnt, wo dann der absolute Zustand des Zweiten als Objekt des Ersten zu fassen ist; wie z. B. φιλο-μαθὴς (lernbegierig), φι-λήκοος (hörlustig), μελλό-γαμος (der heirathen will), φιλο-πότης (das Trinken liebend).

Fünfter Abschnitt.

Wortfügung (Σύνταξις).

§. 1.

1. Die Wortfügung lehrt die Anwendung der Formen, deren Bildung früher erlernt wurde, und zeigt, wie dieselben unter sich und als Glieder eines Satzes mit einander verbunden werden müssen.

2. Sie stellt daher Regeln über den Gebrauch aller Redetheile auf, und handelt von dem Leichtern zum Schwerern fortschreitend. a) Das Nomen, theils für sich, theils in Verbindung mit andern Nominalformen (Geschlechts-, Bei-, Für- und Mittelwort). b) Das Nomen in Verbindung mit dem Zeitworte und andern Wörtern, von welchen es als abhängig erscheint. c) Das Zeitwort nach allen seinen Theilen. d) Den Gebrauch des Mittelwortes und der unbedingten Endungen (ἀπολύτων πτώσεων, Casus absoluti). e) Die Anwendung der Partikeln oder der kleinen Redetheile.

Erstes Capitel.

Nomen für sich und in Verbindung mit andern Nominalformen.

§. 2.

Nomen als Hauptwort nach Begriffe und Zahl betrachtet:

1. Das Hauptwort als solches dient entweder zur Bezeichnung der Vorstellung eines einzigen Gegenstandes, oder zur Bezeichnung der Vorstellung einer ganzen Gattung von Gegenständen. Die zuletzt genannte Form von Hauptwörtern, welche man unter der gemeinschaftlichen Benennung der Gattungsnamen (προσηγορικὰ ὀνόματα, appelativa) umfaßt, zerfällt rücksichtlich des Begriffes in zwey Abtheilungen, nemlich: in Hauptwörtern von konkretem; (welche die Eigenschaft mit dem Subjekt vereinigen, συγκεκριμένα) und in Hauptwörtern von abstraktem Begriffe (ἀφῃρημένα). Von konkretem Begriffe sind alle Benennungen körperlichen existirenden Gegenstände, von abstraktem alle in Form des Hauptwortes ausgeprägten Benennungen von Zuständen, die an einem Gegenstande wahrgenommen werden.

2. Die Hellenen setzen abstrakte Hauptwörter a) zur Bezeichnung von konkreten, höufig zu Bezeichnung einer Person, auf welche der Begriff des Abstraktums mit besonderer Stärke seine Anwendung findet, meistens bei Schmähenden und in heftigen Aeußerungen, wie ἐντροπή, αἶσχος, ὄλεθρος, γέλως, κάλλος, στολισμός, ὄφελος, καύχημα· z. B. αὐτός ἐστιν ἡ ἐντροπή oder τὸ αἶσχος (er

ist die Schande), τῆς οἰκίας του (seiner Familie) — τὸ κάλλος (die Schönheit) oder ὁ στολισμὸς (die Zierde), τὸ καύχημα (der Stolz), τῆς ἀνθρωπότητος (der Menschheit); ὦ φιλότης! (o Freund!). b) Abstrakta, die ein Verhältniß zwischen Personen bezeichnen; zu Bezeichnung einer Anzahl von Personen, welche in diesem Verhältniß zu einander stehen; wie z. B. ἑταιρία statt ἑταῖροι (Kameraden), συμμαχία st. σύμμαχοι (Bundesgenossen), συντροφία st. σύντροφοι (Gesellschafter), ὑπηρεσία st. ὑπηρέται (Diener), δουλεία st. δοῦλοι (Sklaven), φυλακὴ st. φύλαττω (die Wache) u. m. c) Abstrakte, die den Ort bezeichnen, welcher etwas umschließt, an der Stelle der darin befindlichen Individuen; wie z. B. πόλις st. πολῖται· θέατρον st. θεαταί· στρατόπεδον st. στρατιῶται. Auch bei Orts- und Ländernamen. Ἑλλὰς st. Ἕλληνες· Κωνσταντινούπολις st. Κωνσταντινουπολῖται· Ἀθῆναι st. Ἀθηναῖοι u. s. m. Noch häufiger aber ist der umgekehrte Fall, daß nemlich der Plural des Wortes, welches den an einem Orte befindlichen Gegenstand bezeichnet, an der Stelle des Ortsnamens eintritt; wie z. B. εἰς τοὺς Γερμανοὺς nach Deutschland, εἰς τοὺς Γάλλους nach Frankreich, ἐν Παρισίοις in Paris u. s. m.

3. Auch in Gebrauch der Zahl zeigt sich im Hellenischen manche Verwechslung, sowohl rücksichtlich des zu bezeichnenden Begriffes, als in Vergleich mit der deutschen Sprache. Es erscheint nemlich:

   a. Der Singular an der Stelle des Plurals; z. B. ὁ ἱματισμὸς (Kleider, Garderobe), τὸ χαράκωμα (Pallisaden), τὸ ἱππικὸν (Reiterei), τὸ πεζικὸν (Infanterie). Öfters setzen sie auch Völkernamen im Singul. wo von einer Mehrheit die Rede ist, wie ὁ Βαύαρος, ὁ Ἕλλην, ὁ Μακεδὼν u. s. w.

   b. Weit häufiger wird der Plural in solchen Verbindungen gesetzt, wo im Deutschen der Singular steht. Dieß ist der Fall:

      1. Wenn gleiche Gegenstände als verschiedenen angehörig angegeben werden; wie z. B. ἀνθρώπων τύ-

χαι (der Menschen Geschick), πατρὸς καὶ μητρὸς δῶρα (des Vaters und der Mutter Geschenk) u. s. w.

2. Von abstrakten gebrauchen sie den Plural gegen die deutsche Gewohnheit: a) wenn nicht der Zustand als bloßer Begriff angegeben werden soll, sondern einzelne Aeußerungen desselben; wie z. B. καύματα θέρους (gemein καύσεις καλοκαιρίου) des Sommers Hitze; μανίαι Anfälle von Wahnsinn; θάνατοι Todesarten; εὔνοιαι Liebeserweisungen; μίση vielfältiger Haß u. s. w. b) Wenn ein Zustand an und für sich als umfangsreich, oder in besonderer Stärke bestehend bezeichnet werden soll; wie z. B. γάμοι Hochzeitsfest; ταφαὶ oder ἐνταφιασμοὶ Leichenbegräbniß; ἀῤῥαβῶνες od. μνηστεῖαι, das Freien u. s. w.; namentlich auch viele Benennungen der Feste, wie τὰ Χριστούγεννα Christi Geburt, τῶν Φώτων die heil. 3 Könige, τὰ Διονύσια, τὰ Ἐλευσίνια u. s. w. c) Auch von den Eigennamen wird zuweilen der Plural gebraucht, um eine Klasse Individuen nach dem Bilde desjenigen zu bezeichnen, dessen Name genannt ist; z. B. οἱ Ὀδυσσεῖς, οἱ Πλάτωνες, οἱ Μιλτιάδαι, οἱ Θησεῖς u. s. w.

Zweites Capitel.

§. 3.

Vom Gebrauche des Geschlechtswortes.

1. Die Hellenen haben nur das bestimmte Geschlechtswort ὁ, ἡ, τὸ der, die, das. Das unbestimmte ein, eine lassen sie unbezeichnet, wo es im Deutschen blos

den allgemeinen Begriff angibt, wo es aber das Individuum bestimmt, drücken sie dasselbe durch das unbestimmte Fürwort τὶς, τὶ aus; z. B. ὁ ἄνθρωπος der Mensch, ἄνθρωπος ein Mensch; ἄνθρωπός τις ein (gewisser) Mensch.

2. Bei einfachen Hauptwörtern steht das bestimmte Geschlechtswort voraus, das unbestimmte nach; z. B. das Thier ζῶον τι. Ist ein Beiwort mit dem Hauptworte verbunden, so steht das bestimmte noch vor dem Beiworte, oder es wird bei dem Beiworte nach dem Hauptworte wiederholt; das Unbestimmte aber steht gewöhnlich in der Mitte zwischen Haupt- und Beiwort; z. B. der ehrliche Mensch ὁ τίμιος ἄνθρωπος oder ὁ ἄνθρωπος ὁ τίμιος· ein (gewisser) ehrlicher Mensch τίμιός τις ἄνθρωπος oder ἄνθρωπός τις τίμιος· dieselbe Stellung ist auch wenn die nähere Bestimmung durch ein Hauptwort mit einem Vorworte ausgedrückt ist; z. B. ἡ πρὸς τοὺς Βαρβάρους μάχη oder ἡ μάχη ἡ πρὸς τοὺς Βαρβάρους die Schlacht gegen die Barbaren. Ist endlich die nähere Bestimmung in dem Genitiv eines Hauptwortes enthalten, so ist auch in diesem Falle die Zwischenstellung als das gewöhnlichste anzusehen; doch kann auch der Genitiv vorausgehen oder nachfolgen, je nachdem der Begriff des Attributs oder des Gegenstandes als der stärkste erscheint; z. B. τὸ τῆς ἀρετῆς κάλος oder τὸ κάλλος τῆς ἀρετῆς, die Schönheit der Tugend; wenn mehrere Beiwortes Nebenbestimmungen einem Hauptworte voran gestellt werden, so wird bei der zweiten das Geschlechtswort noch einmal wiederholt, wenn dieselbe mit besondevem Nachdruck hervorgehoben werden soll; z. B. τὸ τοῦ Διός Ἱερὸν ἐν Ἀρκαδίᾳ oder τὸ ἐν Ἀρκαδίᾳ τοῦ Διὸς Ἱερὸν, der Jupiters Tempel in Arkadien.

3. Von dem Gebrauche des bestimmten Geschlechtswortes sind noch zwei Fälle zu unterschriden, es bezeichnet nemlich:

A. **Das Individuum** (d. h. ein Einzelwesen, dessen Beschaffenheit dem Bewußtseyn deutlich vorschwebt) oder einen individualisirten Theil eines Ganzen, wo außer den ganz gewöhnlichen und natürlichen Fall, der mit dem deutschen Gebrauch übereinstimmt, noch folgende Fälle zu bemerken sind:

a. Es wird gesetzt, um anzudeuten, daß von einem bereits genannten und aus dem Zusammenhang bekannten Gegenstande die Rede ist. Eben so dient es auch zur Bezeichnung eines allgemein aus der Erfahrung, oder aus der Sage bekannten Gegenstandes — und es wird deshalb oft beigefügt — um einen Gegenstand als einen berühmten oder berüchtigten hervorzuheben; ὁ Ξενίας ἐθυσίασε τὰ Λύκαια — Xenias opferte das Lykäische Fest; τὰ [1]) δὲ ἆθλα ἦσαν — der Kampfpreis waren — ἐθεώρει δὲ τὸν [2]) ἀγῶνα καὶ ὁ Κῦρος, auch Kyros war Augenzeuge des Kampfes.

So hat auch nach dem Zeitworte **nennen** das Prädikat das Geschlechtswort, wenn angegeben werden soll, daß dasselbe mit besonderem Nachdruck dem Subjekt beigelegt werde; z. B. οἱ δ' ἄλλοι οἱ παρόντες στρατιῶται ἤρξαντο νὰ τύπτωσι τὸν Δέξιππον, ἀνακαλοῦντες τὸν [3]) προδότην. Die andern anwesenden Soldaten aber fingen an den Derippus zu schlagen, indem sie **dem Verräther** zuriefen. — ἀνακαλοῦντες τὸν [4]) εὐεργέτην, τὸν [4]) ἄνδρα τὸν [4]) ἀγαθὸν, indem sie zurückriefen, **den Wohlthäter, den guten Mann.**

Auch den fragenden Fürwörtern wird das Geschlechtswort zugesellt, um den Gegenstand, nach welchen man fragt, als besonders wichtig und außerordentlich hervorzuheben. Steht hingegen das Geschlechtswort bei den mit dem Fürworte verbundenen

---

[1]) Zur Angabe des allgemeinen Bekannten. [2]) Zur Bezeichnung des bereits Genannten. [3]) Einen Erzverräther. [4]) Einen wahren Wohlthäter, einen ganz eigentlich edlen Mann.

Namen, so wird dadurch der Gegenstand als aus dem Zusammenhange bekannt bezeichnet; z. B. τὸ [5]) ποῖον ἰατρικόν; welches Heilmittel? τῷ [6]) ποίῳ τινί; was für einen? τὸ [7]) τί; was für Ein? ποίῳ τῶν [8]) δύω εἰδῶν λοιπὸν δυνάμεθα νὰ εἴπωμεν ὅτι ἐστιν ὁμοιότερον καὶ συγγενέστερον τὸ σῶμα; welcher von beiden Gattungen also könnten wir sagen, daß der Körper ähnlicher und verwandter sey?

b. Der Eigenname steht in der Regel ohne Geschlechtswort, wenn demselben noch ein Hauptwort mit dem Geschlechtsworte zur näheren Bestimmung beigesetzt wird; indessen tritt auch in solcher Zusammenstellung das Geschlechtswort noch vor dem Eigennamen, wenn der Gegenstand als ein bereits besprochenes bezeichnet werden soll, und die beigefügte Nebenbestimmung im Verhältniß einer Apposition erscheint (siehe §. 6.); z. B. ἡδὲ [1]) σεβασμία Κλυταιμνίστρα ἠρνεῖτο — διότι ἠτίμησε τὸν Χρύσην ἱερέα [2]) — ὁ Κῦρος [3]) πολλὰ ἔθνη καταστρέψατο — αἱ μέγισται τῆς Ἑλλάδος πόλεις ἦσαν ἡ Σπάρτη καὶ αἱ Ἀθῆναι [4]) — Κῦρος ὁ τῶν Περσῶν βασιλεύς. — Θῆβαι αἱ ἐν Βοιωτίᾳ.

NB. Das Geschlechtswort tritt dem Eigennamen hinzu, wenn die Nebenbestimmung characteristisch, d. h. als dem Gegenstande ausschließlich oder im Gegensatz gegen andere von gleichen Namen zukommend erscheint; bagegen fehlt das Geschlechtswort, wenn die Nebenbestimmung eine als zufällig

---

[5]) Was für ein außerordentliches Mittel. [6]) Welchen besonderen Gegenstand. [7]) Was denn Außerordentliches. [8]) Welche von den beiden genannten Gattungen (denn es war vorausgegangen ἂς ὑποθέσωμεν δύω εἴδη τῶν ὄντων) nehmen wir an 2 Gattungen von Wesen.

[1]) Sie die Klyt. [2]) Jenem Chryses, den bekannten. [3]) Der große Kyros. [4]) Das bekannte Sparta und Athen.

und ohne weiteren Nachdruck beigegebene Prädikatsbestimmung enthält; z. B. Θουκυδίδης Ἀθηναῖος (ein Athener), aber Θ. ὁ Ἀθηναῖος (der bekannte Th. aus Athen). Da nun dergleichen Nebenbestimmungen meist nur zu nachdrücklicherer Unterscheidung eines Gegenstandes von den andern gemacht werden, so ist allerdings die Beifügung des Geschlechtswortes als der gewöhnlichere Fall anzusehen, nicht blos nach Eigennamen, sondern auch nach den persönlichen Fürwörtern; z. B. ἐγὼ ὁ τλήμων, ich, der Unglückliche (dessen Unglück bekannt ist); aber ἐγὼ τάλας, ich als Unglücklicher. Die Namen der Flüsse werden gewöhnlich in beiwörtlicher Stellung der Worte ποταμὸς beigeordnet; wie z. B. ὁ Μαίανδρος ποταμός· ἐπὶ τὸν Στρυμῶνα ποταμόν. Gleiche Zusammenstellung findet auch Statt bei den Benennungen von Bergen und Gegenden, wenn der Eigenname und der Gattungsname von gleichem Geschlechte sind; wie z. B. τὸ Σούνιον ἄκρον· ἡ Ἀρκὰς γῆ. Seltener ist dieß der Fall bei den Namen der Inseln, wie ἡ Δῆλος νῆσος u. s. a.

c. Als Bezeichnung des Individuums ist das Geschlechtswort auch zu betrachten, wo es neben dem Bezugs-Fürworte αὐτὸς, oder neben dem Anzeigenden οὗτος, ἐκεῖνος, oder neben dem kollectiven Fürworte ἕκαστος, ἑκάτερος· ἄμφω, ἀμφότεροι, oder endlich neben dem Eigenthums-Fürworte erscheint. Für die drei zuerst genannten Gattungen gilt im Allgemeinen die Regel, daß: das Fürwort entweder noch vor dem Geschlechtsworte stehet, oder dem Hauptworte nachfolgt, ohne Wiederholung des Geschlechtswortes. Die Eigenthums-Fürwörter aber nehmen gewöhnlich die Stellung des Beiwortes ein. Zur genauen Erörterung dieses Gegenstandes ist folgendes zu bemerken:

α. Das αὐτὸς (selbst), welches einen Gegenstand durch Ausscheidung von allen andern, und das οὗτος, ἐκεῖνος, welche einen Gegenstand in Rücksicht auf dessen Daseyn im Raume individualisiren, haben stets das Geschlechtswort neben sich. Nur wenn das Hauptwort ein Eigenname oder ein Gattungsname von der Art ist, die nach Aehnlichkeit der Eigennamen das Geschlechtswort entbehren können, fehlt zuweilen das Geschlechtswort neben diesen Fürwörtern; z. B. αὐτὸς ὁ πατὴρ oder, ὁ πατὴρ αὐτός.. οὗτος ὁ ἀνὴρ, oder ὁ ἀνὴρ οὗτος· ταύτην τὴν πόλιν, oder τὴν πόλιν ταύτην· κατ' ἐκεῖνον τὸν χρόνον, oder κατὰ τὸν χρόνον ἐκεῖνον· dagegen ohne Geschlechtswort αὐτὸν Μένωνα· αὐτοῦ Βασιλέως· πάρειμι ἐγὼ καὶ οὗτος Ἀθάμας, καὶ Πολυκράτης οὗτος.

β. Auch neben den kollectiven Fürwörtern ἕκαστος, jeder, ἑκάτερος, jeder von beiden, ἄμφω u. ἀμφότεροι, beide, nimmt das Hauptwort häufig das Geschlechtswort zu sich, doch fehlt derselbe auch oft; z. B. ἕκαστον τὸ ἔθνος· ἐπὶ τῶν πλευρῶν ἑκατέρων· ἀμφότερα τὰ ὦτα· dagegen ἕκαστον μέλος, ἑκάστῃ ἡλικίᾳ.

γ. Bei den zueignenden Fürwörtern ist die Beifügung des Geschlechtswortes als regelmäßig anzusehen, wenn von bestimmten Gegenständen die Rede ist, und das Hauptwort als Subject oder Object im Satze erscheint; ausgelassen aber wird es, wenn der Gegenstand an und für sich unbestimmt ist, hauptsächlich also, wenn das Hauptwort als Prädikat zu betrachten ist, oder eine Apposition bildet; übrigens tritt das zueignende Fürwort zwischen das Geschlechtswort und das Hauptwort in die Mitte; z. B ὁ σὸς δοῦλος, dein Bedienter; ἐμὸς υἱὸς, mein Sohn (ein Sohn von mir); aber ὁ ἐμὸς υἱὸς, ein bestimmter, aus dem Zusammenhang bekannter, oder der einzige.

Bemerkung. Die gemeine Sprache drückt aus die zueignenden Fürwörter durch ἰδικός μου, mein; ἰδοικός σου, dein; ἰδικός του, sein, und häufig durch Ansetzung der persönlichen Fürwörter μου, σου, του an dem Hauptworte; z. B. ὁ υἱός μου st. ὁ ἐμὸς υἱός· ἡ θυγάτηρ σου st. ἡ σὴ θυγάτηρ· ἡ μήτηρ του, seine Mutter· ὁ οἶκος μας st. ὁ ἡμέτερος οἶκος, od. ὁ οἶκος ἡμῶν, unser Haus· ἡ ἀδελφή σας st. ἡ ὑμετέρα ἀδελφή, oder ἡ ἀδελφὴ ὑμῶν, eurere Schwester· τὸ βιβλίον των st. τὸ βιβλίον αὐτῶν, ihr Buch.

B. **Das Geschlechtswort neben Gattungsbegriffen.** Ohne Geschlechtswort werden die Gattungsnamen gebraucht, wenn durch dieselben eine Gattung von Gegenständen an und für sich nach ihrer allgemeinsten Eigenthümlichkeit bezeichnet werden soll; also hauptsächlich auch dann, wenn sie als Prädicat oder in Apposition stehen. Daneben tritt das Geschlechtswort hinzu a) wenn entweder die Gattung als ein in sich geschlossenes Ganze bezeichnet, oder im Gegensatze gegen eine andere nachdrücklich hervorgehoben werden soll; z. B. Θεοὶ (Götter, die Götter), οἱ Θεοὶ (die gesammten Götter, daher auch die Nationalgötter), πόλεμος δὲν ὑπάρχει ἄνευ κινδύνου, aber ὁ μὲν πόλεμος δὲν γίνεται χωρὶς κινδύνων, ἡ δὲ εἰρήνη ἐστιν ἀκίνδυνος. b) Wenn durch das Gattungsnomen nicht irgend ein einzelner Gegenstand aus einer Gattung bezeichnet werden soll, sondern jeder zu derselben gehörige; z. B. ὁ Κῦρος ὑπέσχετο νὰ δίδῃ τρία ἡμιδαρικὰ τοῦ μηνὸς τῷ στρατιώτῃ (jedem Monat jedem Soldaten)· πρέπει νὰ σεβώμεθα τὸν γέροντα (einem Greise ist man Ehrfurcht schuldig)· μὴ καταχρᾶσαι τοὺς θανόντας (mißhandle nicht Todte). c) Wenn der Begriff des Wortes unter einer gewissen Beschränkung, namentlich als nur gewisser Zeit und Localverhältnissen angemessen zu fassen ist; z. B. τότε ἔπρεπε νὰ λάβῃ τὰ ἐνέχυρα (die zu dem angegebenen Zwecke erforderlichen Sicherheitspfänder)· αἴτιον δὲ ἦτον οὐχὶ ἡ ὀλιγανθρωπία (die damalige geringe Bevölkerung). Außer dem sind vom Gebrauche des Geschlechtswortes neben Gattungsbegriffen noch folgende Fälle anzuführen.

I. Dem Beiworte, welches zum Hauptworte erhoben werden soll, wird das Geschlechtswort vorgesetzt, weil dann jeder zu der Gattung gehörige Gegenstand dadurch bezeichnet wird (siehe oben b.). Am häufigsten geschieht dieß beim Sächlichen des Beiwortes, wobei zu bemerken ist, daß die Hellenen das Sächliche des Plurals an die Stelle des deutschen Singulars gebrauchen, wenn entweder eine ganze Classe von Gegenständen, oder einzelne Verhältnisse und Zustände eines Gegenstandes, oder ein Ganzes, in so fern es aus einzelnen Theilen bestehend gedacht wird, bezeichnet, hingegen das Sächliche im Singular, wenn ein Ganzes an und für sich, oder ein abstrakter Begriff angegeben werden soll; z. B. μόνος ὁ σοφὸς ἐστι πλούσιος — τὰ δεινὰ εἰσὶ πλείω εἰς τὸν βίον ἢ τὰ ἀγαθά — τὸ ἐν ἀνθρώποις κακὸν (das Böse, die Schlechtigkeit der Menschen); aber τὰ ἐν ἀνθρώποις κακά (die Uebel, Leiden in der Welt).

Anmerkung 1. Die Beiwörter, welche einen Kollectivbegriff in sich schließen, nehmen das Geschlechtswort zu sich, wenn durch dieselben der Begriff einer Gesammtheit ausgedrückt werden soll; z. B. πολλοὶ (viele), οἱ πολλοὶ (der große Haufen, der größte Theil); ὀλίγοι (wenige), οἱ ὀλίγοι (die wenigen im Staate, d. i. die Vornehmen); ἄλλοι (andere), οἱ ἄλλοι (die Uebrigen, d. i. die Gesammtmasse mit Ausschluß eines genannten einzelnen Theiles).

Anmerkung 2. Das Beiwort wird zum Hauptworte selbst ohne hinzutretendem Geschlechtswort, wenn entweder von der Beschaffenheit der einzelnen Theile eines Ganzen die Rede ist, oder wenn die Beschaffenheit allgemeiner, aus dem Zusammenhang, besonders aus dem beigesetzten Zeitwortsbegriff sich ergebender Gegenstände angeführt werden soll; z. B. ἡ χώρα ἔχει πολλὰ ὀρεινὰ (verst. μέρη)· δεινὰ ἐπάθομεν (verst. πάθη).

Anmerkung 3. Zu Anfang eines Satzes steht häufig ein Beiwort im Sächlichen mit dem absoluten Geschlechtsworte, um über das im Satze enthaltene Ereigniß ein allgemeines Urtheil auszusprechen; z. B. τὸ δὲ μέγιστον oder καὶ τὸ μέγιστον (und das Wichtigste ist).

Anmerkung 4. Das Sächliche der Beiwörter, welche ein Verhältniß der Folge in Raum oder Zeit bezeichnen, in Verbindung mit dem Geschlechtsworte wird gebraucht als ein Nebenwort; z. B. τὸ πρῶτον (zuerst)· τὸ τελευταῖον (zuletzt)· τὸ δεύτερον (zum 2ten Mal). Dagegen gebrauchen die Hellenen an der Stelle der deutschen Zeitangabe durch Nebenwörter ein Beiwort, und zwar überall Ordnungszahlen, von denen stets die Beiwortsform gebraucht wird, wo ein Verhältniß der Person zur Person; das Nebenwort aber, wenn ein Verhältniß der Person zur Handlung bezeichnet werden soll; z. B. πρότερος εἶπεν (er sprach früher als ein anderer, aber πρότερον, früher, einmal)· πρῶτος ἦλθε (vor allen andern, aber πρῶτον, zum ersten Mal).

II. Ganz so, wie den Beiwörtern, wird auch den Mittelwörtern das Geschlechtswort beigesellt, um jeden beliebigen aus der ganzen Gattung derer, die in dem durch das Mittelwort ausgedrückten Zustand befindlich sind, zu bezeichnen. Die Deutschen übersetzen dergleichen Mittelwörter durch Hauptwörter, oder durch die Wendungen der welcher, oder jeder der, oder wer; z. B. οἱ ἔχοντες (die Vermögenden)· ὁ ἄρχων (der oder ein Herrscher)· ὁ κλέψας (wer gestohlen hat)· ὁ βουλόμενος (jeder, der will).

NB. Die Mundart des gemeinen Lebens drückt sich in diesem Falle ganz wie im Deutschen aus durch die Fürwörter ὅστις oder ὅποιος und ὅσος; z. B. ὅσοι ἔχουσι st. οἱ ἔχοντες· ὅποιος ἐξουσιάζει st. ὁ ἄρχων· ὅστις ἔκλεψε st. ὁ κλέψας· ὅποιος βούλεται st. ὁ βουλόμενος.

II. Theil. 9

III. Zum Infinitiv, welcher als Hauptwort gebraucht wird, tritt das Geschlechtswort τὸ hinzu, um die ganze Gattung, d. h. den Begriff des Zustandes in seiner allgemeinsten Ausdehnung zu bezeichnen. Ueberhaupt wird das Geschlechtswort τὸ jedem Worte und selbst ganzen Sätzen beigesellt, wenn dieselben als beständige Begriffe aufgeführt werden sollen; z. B. τὸ πράττειν (gemein τὸ νὰ πράττῃ τις)· τὸ καλῶς λέγειν (gem. τὸ νὰ λέγῃ τις καλὸν)· τὸ χαλεπαίνειν τὸν ἄρχοντα πᾶσιν ἅμα τοῖς ἀρχομένοις (gem. τὸ νὰ χαλεπαίνῃ ὁ ἐξουσιαστὴς εἰς πάντας ἅμα τοὺς ἐξουσιαζομένους)· τὸ Ἑλλὰς (das Wort Ἑλλὰς, hingegen ἡ Ἑλλὰς, das Land Ἑλλάς).

IV. Neben dem kollectiven Fürworte πάντες, alle, steht das Geschlechtswort: α) wenn von bestimmten und bekannten Gegenständen die Rede ist; β) wenn eine Gattung als Gesammtbegriff und ohne Ausnahme, im Gegensatz gegen andere, genannt werden soll; γ) wenn von der Gesammtheit einer Gattung in Beziehung auf gewisse bestehende Verhältnisse die Rede ist; außerdem bleibt es weg.

Rücksichtlich der Stellung aber sind zwei Fälle zu unterscheiden, nehmlich entweder steht πάντες von dem Geschlechtsworte getrennt, oder noch vor demselben, oder nach dem Hauptworte ohne Wiederholung des Geschlechtswortes (welche beide Fälle sich nur so unterscheiden, daß in dem ersten der Begriff der Gesammtheit, in dem zweiten der Begriff der genannten Gattungen der wichtigere ist); oder πάντες tritt zwischen Geschlechtswort und Hauptwort, was nur dann gestattet ist, wenn die Gesammtheit der Gattung im Gegensatz gegen ein einzelnes Glied derselben hervorgehoben werden soll; z. B. πάντες ἄνθρωποι (alle Menschen, ohne Gegensatz gegen andere Geschöpfe); πάντες οἱ ἄνθρωποι, oder οἱ ἄνθρωποι πάντες (alle die Menschen, die bereits erwähnt sind, oder die Menschen sind und nichts anderes, oder die erforderlichen Menschen); τῶν ἀγαθῶν πάντων (aller erforderlichen Güter); οἱ πάντες ἄνθρωποι oder ἄνθρωποι οἱ πάντες (die Menschen ohne alle Ausnahme, oder mit Ausschluß eines einzelnen).

V. Bei den Zeitwörtern, die dann stets die Stellung eines Beiwortes einnehmen, steht das Geschlechtswort zu demselben Zwecke, wie bei πάντες, nehmlich entweder um eine bekannte und bereits genannte Menge zu bezeichnen, oder ein geschlossenes Ganze im Gegensatze gegen andere, also auch einen Theil im Gegensatz gegen das Ganze, oder eine volle (runde) Summe ohne Ausschluß eines Theiles; z. B. ἐπειδὴ τὰ εἴκοσι πλοῖα τῶν Ἀθηναίων οὐν παρῆσαν (weil vorher erzählt war, οἱ Κερκυραῖοι νικήσαντες αὐτοὺς μὲ εἴκοσι πλοῖα)· ἔπεμψαν εἰς Δελφοὺς χορὸν νεανιῶν, ἐκ τῶν ὁποίων δύω μόνοι ὑπέστρεψαν, τοὺς δὲ πεντήκοντα ὀκτὼ αὐτῶν .... (wegen des Gegensatzes gegen die zwei zurückkehrenden) — ἦτον δὲ, ὅταν ἀπέθανε, περὶ τὰ πεντήκοντα ἔτη (runde volle Summe).

4. Bei den Nebenwörtern der Zeit steht das Geschlechtswort, wenn durch dieselben nicht ein einzelner Moment, sondern eine dauernde Periode nach allen einzelnen Momenten bezeichnet werden soll; z. B. τὸ πάλαι, zur Zeit des Alterthums; hingegen πάλαι, vor Alters, einmal — τὸ πρὶν, in der ganzen vorigen Zeit — τὸ ἀπὸ τοῦ νῦν oder τὸ ἀπὸ τοῦδε, von der Zeit an beständig — τὸ νῦν, in der Zeit der Gegenwart — τὸ σήμερον, der heutige Tag wie er ist. — So auch bei den Nebenwörtern des Ortes, um jeden Punkt eines Raumes zu bezeichnen, wie τὰ ἄνω, τὰ κάτω, alles, was oben, unten ist; — εἰς τὸ πέραν, nach der jenseitigen Gegend.

Anmerkung 5. Von anderer Art ist die Zusammenstellung eines Nebenwortes mit einem Hauptworte, welches das Geschlechtswort bei sich hat. Für die meisten Bezeichnungen der

9*

Zeit und des Ortes nehmlich, so wie für einige der Beschaffenheit, fehlen den Hellenen Beiwortsausdrücke, und diese ersetzen sie durch die Anwendung des Nebenwortes, welches dann die Stelle des Beiwortes einnimmt, d. h:, in die Mitte tritt zwischen Geschlechtswort und Hauptwort; wie z. B. οἱ πάλαι σοφοὶ — τὰ ἄνω τῆς Αἴτνης χωρία — ὁ μεταξὺ, oder ὁ τότε, oder ὁ ἔπειτα χρόνος — οἱ πλησίον ἄνθρωποι — Περικλῆς ὁ πάνυ (der Große, berühmte) ἡ σφόδρα ἐπιθυμία — ὁ ἐνθάδε oder ὁ νῦν βίος — οἱ ὡς ἀληθῶς ἀνταγωνισταί. — Zuweilen wird auch der Hauptwortsbegriff ausgelassen; wie z. B. οἱ πάλαι, οἱ ἐνταῦθα (verst. ἄνθρωποι)· τὰ νῦν (verst. πράγματα)· ἡ αὔριον (verst. ἡμέρα).

5. Ohne beigefügtes Hauptwort erscheint das Geschlechtswort bei den Hellenen in folgenden Fällen:

a. Wenn ein ebengenanntes Hauptwort in demselben Satze noch einmal wiederholt werden sollte; z. B. οἱ πολέμιοι καὶ τὴν ἡμετέραν δύναμιν φοβοῦνται καὶ τὴν τῶν συμμάχων.

b. Wenn der Begriff des Hauptwortes von allgemeiner Natur und durch einen der wirklich ausgedrückten Satztheile mit angedeutet ist, so daß er aus demselben leicht ergänzt werden kann. Am häufigsten werden auf diese Weise ausgelassen: 1) υἱός, παῖς, θυγάτηρ; z. B. Ἀλέξανδρος ὁ Φιλίππου (Alexander der Sohn Philipps)· Ἑρμῆς ὁ Μαίας τῆς Ἄτλαντος (Hermes, der Sohn der Maja, Tochter des Atlas). Auch ist diese Auslassung nur da als feststehende Regel zu betrachten, wo von bekannten Personen die Rede ist, und das Verhältniß der Verwandtschaft ohne allen weiteren Nachdruck angeführt wird. — 2) πράγματα (Zustand, Lage, Verhältniß, Angelegenheiten, Ereignisse), χρήματα (Vermögen, Habe), χώρα oder γῆ (Land), οἰκία oder οἶκος (Haus), wenn durch das mit dem Geschlechtsworte verbundene Beiwort, oder durch den beigesetzten Genitiv, oder auch durch ein vorausgehendes Hauptwort die richtige Beziehung hinlänglich klar wird; z. B. ἕκαστος ἀποδημήσας φοβεῖται περὶ τῶν οἴκοι (verst. πραγμάτων)· κληρονόμος τῶν πατρῴων (verst. χρημάτων)· ἡ ἡμετέρα (unser Land)· ἡ πολεμία (Feindesland)· ἡ οἰκουμένη (die bewohnte Erde)· πορεύομαι εἰς τὴν Ὄθωνος (verst. χώραν)· und meist ohne Geschlechtswort: εἰς φίλου, εἰς διδασκάλου, εἰς Πλάτωνος (verst. οἰκίαν); und beständig εἰς Ἅδου und ἐν Ἅδου (in die Unterwelt). Nach Aehnlichkeit von οἰκία werden zuweilen auch andere Hauptwörter, die einen Aufenthaltsort bezeichnen, ausgelassen, wie ἱερὸν, ναός; z. B. εἰς τὸ Ποσειδῶνος (verst. ἱερόν)· εἰς τὸν Ἀπόλλωνος (verst. ναόν). So besonders oft τὰ mit folgendem Genitiv, wie τὰ τῆς πολιτείας (der Staat und seine Verhältnisse)· τὰ τῆς ἀρετῆς (die Tugend im ganzen Umfange)· τὰ τῆς τύχης (der Gang des Glückes), und eben so häufig τὰ περί τι (die Umstände, Vorfälle mit etwas); wie z. B. τὰ περὶ ἡμᾶς (unsere Umstände)· τὰ κατά τι (der Zustand)· wie τὰ κατ' ἐμὲ (mein Gesundheitszustand)· τὰ παρά τινος (was von einem kömmt, Nachrichten, Befehle, Geschenke)· τὰ πρός τινα (die Verhältnisse zu Einem). — 3) ἄνθρωποι (Menschen, Angehörige, Freunde, Anhänger, Begleiter, Untergebene), besonders in den Wendungen οἱ ἀμφί τινα, οἱ περί τινα, οἱ σύν τινι, οἱ μετά τινος (die Umgebungen, Anhänger, Freunde, Begleiter, Gehülfen)· οἱ κατά τινα (die Zeitgenossen)· οἱ ἀπό τινος (die Abkömmlinge)· οἱ ὑπό τινι (die Untergebenen)· οἱ ἐν τῇ πόλει· οἱ ἐκ τῆς πόλεως (die Städter)· wo überall aus dem Begriffe des Vorwortes sich das richtige Verständniß ergibt. So auch οἱ ἐνθάδε (die Leute hier)· οἱ τότε oder οἱ κατ' ἐκεῖνον τὸν χρόνον (die damaligen Menschen).

Anmerkung 6. Nicht selten wird die Wendung οἱ ἀμφὶ od. οἱ περί τινα als eine nachdrückliche Umschreibung des einfachen Hauptwortes gebraucht; wie z. B. οἱ περὶ τὸν Δημοσθένη, Demosthenes mit seiner Parthei; οἱ περὶ τὸν Φίλιππον,

Geschlechtsworte und dem Nomen steht; z. B. ὁ πατὴρ αὐτὸς ἐφοβήθη — μᾶλλον τοῦτο φοβοῦμαι ἢ τὸν θάνατον αὐτὸν — αὐτὸς ὁ ἀδελφὸς ὕβρισέ με — ἐγὼ αὐτὸς ἔκλαυσα — ἡμεῖς αὐτοὶ μαρτυροῦμεν. b) In Verbindung mit dem Geschlechtsworte ὁ αὐτὸς bedeutet es derselbe, eben derselbe; z. B. ὅσοι ἀνατρέφονται ὑπὸ τῆς αὐτῆς μητρὸς, καὶ αὐξάνουσιν ἐν τῇ αὐτῇ οἰκίᾳ, καὶ ἀγαπῶνται ὑπὸ τῶν αὐτῶν γονέων, καὶ τὴν αὐτὴν μητέρα καὶ τὸν αὐτὸν πατέρα προσαγορεύουσι, πῶς νὰ μὴν εἶναι οὗτοι πάντων οἰκειότατοι ; c) Werden die abhängigen Endungen desselben in Beziehung auf ein vorhergehendes Nomen gebraucht, so sind sie im Deutschen durch ihr, ihre, ihr, sie, es u. s. a. zu übersetzen; z. B. γυνή τις εἶχεν ὄρνιθα, ἥτις ἐγέννα αὐτῇ καθ' ἑκάστην ἡμέραν ὠὸν — ἔδωκα αὐτῷ τὸ βιβλίον — εἶπεν αὐτοῖς τὰ δέοντα.

2. Statt der abhängigen Endungen von αὐτὸς werden die von ἑαυτοῦ (häufiger αὑτοῦ) gebraucht, wenn durch die Ausdrücke ihr, ihm, ihr, sich u. s. w. auf das Hauptsubjekt im Satze zurückgewiesen wird; z. B. ὁ τύραννος νομίζει ὅτι οἱ πολῖται πρέπει νὰ δουλεύωσιν αὐτῷ — τοῖς ἑαυτοῦ (αὑτοῦ) μαθηταῖς — οἱ γονεῖς ἀγαπῶσι τὰ τέκνα αὐτῶν.

3. Die zueignenden Fürwörter werden im Hellenischen weit seltener gebraucht als im Deutschen. In allen Fällen nemlich, wo nicht Dinge, welche verschiedenen Personen gehören, einander ausdrücklich entgegengesetzt, oder sonst durch die zueignenden Fürwörter Bestimmungen angegeben werden, welche zur vollkommenen Deutlichkeit der Rede gehören, wird im Hellenischen dem Hauptworte blos das Geschlechtswort, nicht aber ein zueignendes Fürwort beigefügt. Außerdem wird auch statt den zueignenden Fürwörtern häufig der persönliche Genitiv gebraucht, dabei ist zu bemerken: a) daß der Genitiv der persönlichen Fürwörter auf diese Weise nur enklitisch gebraucht wird; z. B. ὁ υἱός μου — ἡ ἀδελφή των — ἡ μήτηρ της — οἱ φίλοι σας. — b) Daß

statt der Zueignenden der dritten Person der Genitiv von αὐτὸς abwechselnd mit dem Reflexivum ἑαυτοῦ oder αὐτοῦ gewählt wird, und zwar: ἑαυτοῦ dann, wenn durch das Zueignende ein Eigenthum des Hauptsubjektes angegeben wird. Rücksichtlich der Stellung ist zu bemerken, daß das schwächere αὐτοῦ entweder dem Geschlechtsworte vorausgeht, oder dem Hauptworte nachtritt ohne wiederholtem Geschlechtswort, während das stärkere αὐτοῦ zwischen Geschlechts- und Hauptwort eingeschaltet, oder dem Hauptworte nachgesetzt wird, mit wiederholtem Geschlechtsworte; z. B. ὁ Κῦρος δῶρα πλεῖστα λαβὼν πάντα διεμοίραζε τοῖς φίλοις· καὶ ὅσα εἰς στολισμὸν τοῦ σώματος αὐτοῦ ἐπέμποντο αὐτῷ καὶ περὶ τούτων ἔλεγεν, ὅτι τὸ μὲν ἑαυτοῦ σῶμα δὲν ἤθελε δύναται νὰ κοσμῇ μὲ ταῦτα πάντα, μέγιστον δὲ στολισμὸν τῷ ἀνδρὶ νομίζει . . .

Anmerkung 1. Statt des Genitivs der persönlichen Fürwörter wird auch der Dativ für die Zueignenden gebraucht, hauptsächlich bei φίλος, ἐχθρὸς, πολέμιος, ἐναντίος, σύμμαχος, γείτων und ähnlichen zu Hauptwörtern gewordenen Beiwörtern; z. B. οἱ φίλοι ἡμῖν — ὁ ἐχθρός μοι — ὁ γείτων σοι — τῷ συμμάχῳ μοι u. s. w.

Anmerkung 2. Die zueignenden Fürwörter werden im Hellenischen nicht blos gebraucht, um zu bezeichnen, daß etwas einer Person angehört, oder in einer Person Statt findet, sondern häufig auch zur Angabe, daß von außen her eine gewisse Beziehung auf die Person zu denken sey, ganz so, wie auch der Genitiv zur Bezeichnung des transitiven und des passiven Verhältnisses gleichmäßig gebraucht wird (sieh. §. 18.); z. B. διὰ τὴν σὴν φιλίαν (gemein διὰ τὴν ἐδικήν σου φιλίαν oder διὰ τὴν φιλίαν σου), aus Freundschaft für dich — ἡ ἡμετέρα εὔνοια (gemein ἡ ἐδική σας εὔνοια oder ἡ εὔνοιά σας) deine Gunst zu uns — ὁ σὸς πόθος (gemein ὁ ἐδικός σου πόθος oder ὁ πόθος σου) die Sehnsucht nach dir.

4. Die persönlichen Fürwörter im Nominativ werden dem Zeitworte nur dann beigesetzt, wenn auf demselben ein besonderer Nachdruck liegt, also hauptsächlich, wenn eine Person der andern entgegen gesetzt wird; z. B. ἐγὼ δὲν εἶπα αὐτά, ich habe es nicht gesagt — σὺ εἶσαι αἴτιος τῆς δυστυχίας μου, du bist die Schuld an meinem Unglücke — ἡμεῖς μὲν γράφομεν, ὑσεῖς δὲ ἀναγινώσκετε, wir schreiben und ihr leset.

5. Das unbestimmte Fürwort τὶς drückt oft im Allgemeinen das deutsche man aus, oder ein jeder; z. B. was soll man schreiben? τὶ νὰ γράφῃ τις; — laß sagen, was ein jeder will, λεγέτω (gemein ἂς λέγῃ) ὅ,τι θέλει τις.

6. Die beziehenden Fürwörter richten sich in Rücksicht des Geschlechtes nach dem Nomen, auf welches sie sich beziehen, in Rücksicht der Endung aber nach dem Zeitworte des Satzes, zu welchem sie gehören; z. B. οὗτος ἐστιν ὁ ἀνὴρ τὸν ὁποῖον εἶδες, dieser ist der Mann, den du gesehen hast, — μετέδωκεν ἡμῖν ὅσα εἶχε, er theilte uns mit, was er hatte, — φίλον δὲν ἔχω τῷ ὁποίῳ δύναμαι νὰ πιστεύσω, ich habe keinen Freund, dem ich glauben kann.

Anmerkung 3. Wenn das Prädikat in der äußern Form dem Subjekte nicht entspricht (s. S. 142.) so richtet sich das Geschlecht des beziehenden Fürwortes oft nach dem Subjekte des Hauptsatzes; z. B. ἡ δικαιοσύνη ἐν ἀνθρώποις πῶς δὲν εἶναι καλὸν, τὸ ὁποῖον ἡμέρωσε πάντα τὰ ἀνθρώπινα; wie soll die Gerechtigkeit bei den Menschen kein Gut seyn, welches alles Menschliche veredelt hat?

7. Nach den korrelativen Fürwörtern ein solcher, so, so groß, so viel, so alt u. s. w. muß die deutsche Vergleichungspartikel wie oder als durch das Beziehende von derselben Reihe übersetzt werden, von welcher das vorausgehende anzeigend ist; z. B. ὅσον δυσκολωτέρα ἡ τέχνη, τόσον μείζονος ἐπιμελείας χρεία, um wie viel schwerer eine Kunst ist, um so viel mehr bedarf der

Solgfalt — οὐδὲν πρόξενον τῷ βίῳ τοσαύτης ἡσυχίας, ὅσον ἡ εὐσυνειδησία, nichts gibt dem Leben eine solche Ruhe, als ein reines Bewußtseyn.

Viertes Capitel.

Nomen in Verbindung mit dem Zeitworte und mit andern Wörtern, von welchen es als abhängig erscheint.

Bildung des Subjectes mit Prädikat und Kopula.

§. 5.

1. Wenn von einem Gegenstande eine Eigenschaft als an demselben befindlich angegeben wird, so entsteht ein Satz (θέμα). Satz nennt man die durch Worte ausgedrückte Verbindung mehrerer Vorstellungen zur Einheit im Bewußtseyn, oder einen in seine Theile aufgelösten Begriff. Es gehören also zu einem Satze drei Theile: a) Das Subjekt, τὸ ὑποκείμενον, der Gegenstand, von welchem etwas ausgesagt wird. b) Das Prädikat, τὸ κατηγορούμενον, die Eigenschaft, welche ihm beigelegt wird, und c) die Kopula, ὁ σύνδεσμος, ein Wort, welches anzeigt, daß Subjekt und Prädikat in Verbindung gedacht werden müssen.

2. In dem einfachen Satze ist das **Subjekt**, welches im Nominativ stehen muß ein **Hauptwort**, das **Prädicat** ein **Beiwort** oder **Hauptwort** und die **Kopula** das **Zeitwort**.

Mit dem Subjekte, als dem wichtigsten Theile des Satzes, müssen die beiden andern Theile in der äußern Form übereinstimmen, daher steht die Kopula mit dem Subjekte in gleicher Zahl und das Prädikat in gleicher Zahl und Endung, und wenn sich verschiedene Geschlechter von demselben bilden lassen, auch im gleichen Geschlechte. Z. B. Der Schnee ist weiß, ἡ χιὼν ἐστὶ λευκή. — Das Alter ist eine Last, τὸ γῆρας ἐστιν ἄχθος. — Die Nahrung der Seele ist die Hoffnung, τροφὴ τῆς ψυχῆς ἐστιν ἡ ἐλπίς. — Die Musen sind die Töchter des Jupiters, αἱ Μοῦσαι εἰσὶ θυγατέρες τοῦ Διός.

Anmerkung 1. Das Subjekt kann auch bezeichnet werden, durch ein mit dem Geschlechtsworte versehenes Bei- oder Mittel-, oder auch durch ein Fürwort; eben so kann das Prädikat in einem Mittelworte ausgedrückt seyn, und für die Kopula, sein, ist im Hellenischen außer ἐστι noch zu bemerken ὑπάρχει und γίνεται; z. B. ὁ πλούσιος οὐκ εὐδαιμονεῖ καθ' ὅλα, der Reiche ist nicht in allem glücklich. — Der Kranke kennt den Werth der Gesundheit, ὁ νοσῶν γνωρίζει τὴν ἀξίαν τῆς ὑγιείας. — Unser Freund ist krank, ὁ ἡμέτερος φίλος (gem. ὁ φίλος μας) νοσεῖ. — Ceres war die Erfinderin des Getreides, ἡ Δήμητρα ἐγένετο εὑρέτις τοῦ σίτου. — Die Kinder sind die Schätze der Eltern, τὰ τέκνα ὑπάρχουσι φίλτατα τοῖς γονεῦσι.

Anmerk. 2. Diese drei Theile des Satzes erscheinen nicht immer gesondert, sondern gewöhnlich schmilzt Prädikat und Kopula in einem Zeitworte zusammen. Dieß ist der Fall bei allen Zeitwötern, außer bei ἐστι, ὑπάρχει und γίνεται, welche bloß die einfache Kopula bilden. Aber als Ausnahme sind zu bemerken die Zeitwörter: καλοῦμαι, ἐπικαλοῦμαι, ὀνομάζομαι, προσαγορεύομαι, λέγομαι genannt werden, — αἱροῦμαι, ἐκλέγομαι, ἀποδεικνύομαι, χειροτονοῦμαι erwählt oder ernannt werden, — φαίνομαι, δηλοῦμαι, δοκῶ, νομίζομαι, ὑπολαμβάνομαι, θεωροῦμαι, erscheinen, sich zeigen, scheinen, für etwas gehalten oder erkannt werden, —

μένω bleiben. Zu diesen Zeitwörtern wird im Hellenischen die bestimmte Prädikatsbezeichnung, welche im Deutschen häufig vermittelst eines Vorwortes beigefügt wird, im Nominativ beigesetzt. Z. B. οἱ στρατιῶται τοῦ Ἀχιλλέως καλοῦνται oder προσαγορεύονται oder ἐπικαλοῦνται, oder λέγονται ὑπὸ τοῦ Ὁμήρου Μυρμηδόνες. Die Soldaten des Achilles werden vom Homer Myrmidonen genannt. — ὁ Κῦρος, ᾑρέθη oder ἐξελέχθη od. ἀπεδείχθη od. ἐχειροτονήθη ὑπὸ τοῦ Δαρείου ἀρχισράτηγος ὅλων τῶν στρατευμάτων, τὰ ὁποῖα . . . Cyrus wurde vom Darios zum Feldherrn aller Truppen ernannt, welche . . . — πολλάκις ὁ ἄνθρωπος δοκεῖ ἑαυτῷ καλός. Der Mensch scheint oft sich selbst gut. — οὗτος ὁ ἄνθρωπος φαίνεται τίμιος. Dieser Mensch scheint ehrlich zu seyn. — Man würde ihn für einen Lügner halten, ἤθελε τὸν νομίσωσιν oder ὑπολάβωσι oder θεωρήσωσι ψεύστην.

Anmerk. 3. Auch das Subjekt wird im Satze nicht besonders ausgedrückt:

α) Wo im Deutschen ein persönliches Fürwort, auf welchem kein Nachdruck liegt, und welches keinen Gegensatz gegen eine andere Person bildet, das Subjekt ist (s. S. 138. 4).

β) Wenn das unbestimmte Fürwort man das Subjekt bildet (siehe Seite 138. 5).

γ) Wenn das Zeitwort eine Handlung ausdrückt, welche nur von einem dazu bestimmten Subjekte vollbracht werden soll; z. B. Gott ist der Schöpfer der Welt, er regelte und erhält sie, er sorgt für seine Geschöpfe, ὁ Θεός ἐστιν ὁ δημιουργὸς τοῦ κόσμου· διέταξε καὶ διατηρεῖ αὐτὸν, φροντίζει ὑπὲρ τῶν πλασμάτων αὐτοῦ . . . — Die Mutter unseres Freundes ist in Witwenstand versetzt worden. Sie weint unaufhörlich, sie findet nirgends einen Trost, ἡ μήτηρ τοῦ φίλου ἡμῶν ἐχήρευσε· κλαίει ἀκαταπαύστως, δὲν εὑρίσκει οὐδαμοῦ παραμυθίαν.

Das Prädikat und die Kopula werden in der äußern Form dem Subjekte nicht gleich gebildet.

a. Wenn das Prädikat durch ein Beiwort bezeichnet wird, so steht es, ohne Rücksicht auf Geschlecht und Zahl des Subjektes, im Sächlichen, wenn das Subjekt nur im Allgemeinen als ein Gegenstand betrachtet wird, welcher durch seine Beschaffenheit einer allgemeinen Klasse der Dinge angehört. Die in diesem Falle im Deutschen häufig beizufügenden Hauptwörter; Sache, Ding, Wesen u. dgl. dürfen im Hellenischen nicht übersetzt werden; z. B. Mäßigkeit ist zu jeder Zeit eine gute Sache, καλὸν ἡ μετριότης ἐν παντὶ καιρῷ. — Die Hoffnung ist etwas himmlisches, οὐράνιόν τι ἡ ἐλπίς. — Das Glück ist ein gemeinschaftliches Ding, κοινὸν ἡ τύχη.

b. Bei Kollektivbegriffen setzen die Hellenen die Kopula sowohl in der einfachen, wie auch in der vielfachen Zahl; z. B. das umwohnende Volk besucht wöchenlich den Markt, ὁ περίοικος λαὸς συχνάζει (od. συχνάζουσι) καθ' ἑβδομάδα εἰς τὴν ἀγοράν. — Der Bienenschwarm fliegt haufenweise aus dem Bienenkorb, und setzt sich auf die Blumen, τὸ σμῆνος τῶν μελισσῶν πετᾷ (od. πετῶσιν) ἀθρόως ἐκ τῶν σίμβλων καὶ καθέζεται (od. καθέζονται) ἐπὶ τὰ ἄνθη. — Der große Haufe lärmt und lebt unordentlich, ὁ ὄχλος θορυβεῖ (od. θορυβοῦσι) καὶ ζῇ (od. ζῶσιν) ἀτάκτως. — Jeder Türke heirathet mehrere Frauen, und hat auch Nebenfrauen, ἕκαστος Τοῦρκος ὑπανδρεύεται (od. ὑπανδρεύονται) πλείονας γυναῖκας καὶ ἔχουσιν (od. ἔχει) καὶ παλλακάς. — Ein jeder sagt das seinige, ἕκαστος λέγει (od. λέγουσιν) ὅ,τι οἶδε (od. οἴδασι). — Das Heer bezieht sein Lager, τὸ στράτευμα στατοπεδεύει (od. στρατοπεδεύουσι).

c. In einfachen Sätzen wird die Kopula ἐστί, welche das Prädikat mit dem Subjekt verbinden sollte, häufig weggelassen, besonders dann, wenn das Prädikat ein Hauptwort oder ein Beiwort ist, welches ohne Rücksicht auf das Subjekt im Sächlichen steht (siehe a); z. B. Ein schwaches Geschöpf ist das Weib, ἀσθενὲς ἡ γυνή.

— Die Gelehrsamkeit ist das sicherste Eigenthum, ἀσφαλέστατον κτῆμα ἡ ἀρετή. — Das Glück ist unbeständig, ἀσταθὲς ἡ τύχη.

d. Wenn in einem Satze zwei oder mehrere Subjekte vorhanden sind, so steht das gemeinschaftliche Prädikat und die Kopula entweder in der vielfachen Zahl, oder sie richten sich in ihrer äußern Form nach dem einzelnen Subjekte, welchem sie zunächst stehen, oder wenn die Subjekte leblose Gegenstände bezeichnen, so steht das Prädikat im Sächlichen vielfacher Zahl; z. B. ὁ Ποσειδῶν καὶ ἡ Ἀθηνᾶ ἤριζον ἀλλήλοις ὑπὲρ τῶν Ἀθηνῶν, Neptun und Minerva stritten sich mit einander um die Stadt der Athener. — Οὔτε ἐγὼ, οὔτε ὁ φίλος μου, οὔτε οἱ γονεῖς μου, γνωρίζομεν τὸν ἄνδρα, weder ich, noch mein Freund, noch meine Eltern kennen diesen Mann. — Οὔτε ἐγὼ, οὔτε σὺ, οὔτε ἄλλός τις τῶν δικαίων ἀποδέχεται τὴν γνώμην του, weder ich, noch du, noch sonst ein Gerechter billiget seine Meinung, δόξα καὶ πλοῦτη διὰ τιμῆς κτητά· τιμὴ καὶ πλοῦτη ἄνευ συνέσεως ἀβέβαια.

Fünftes Capitel.

§. 6.

Erweiterung des Subjektes (Apposition).

4. Das dem Subjekte beigelegte Prädikat ist entweder ein bloßer Beiwortsbegriff, und wird in Gleichheit der äußern Form dem Subjekte unmittelbar beigefügt, oder ein Hauptwort, welches die nähere Erörterung eines Verhältnisses oder Zustandes ausdrückt, in welchem das

Subjekt befindlich ist, und tritt als besonderer Begriff unmittelbar neben das Subjekt; diese letzte Art der Anfügung des Prädikats an das Subjekt nennt man Apposition (σχῆμα προσθετὸν od. σχῆμα ἀσύνδετον) und das Wort, welches dieselbe bildet, muß mit dem Subjekte in gleicher Endung stehen; z. B. Cyrus der erste König der Perser unterjochte fast ganz Asien. Κῦρος ὁ τῶν Περσῶν πρῶτος βασιλεὺς κατεδουλώσατο πᾶσαν σχεδὸν τὴν Ἀσίαν. — Alexander der Sohn des Philippus, starb in seinem 30sten Jahre. Ἀλέξανδρος ὁ Φιλίππου ἀπέθανε τριακοντούτης ὤν. — Periander, der Herrscher der Korinthier, war anfangs ein Volksfreund, später aber neigte er sich zur Tyrannei. Περίανδρος ὁ Κορινθίων δυνάστης ἦν κατ' ἀρχὰς δημοτικὸς, ὕστερον δὲ εἰς τυραννίαν ἐξέκλινε.

5. Eine Apposition kann auch den persönlichen und anzeigenden, und im Hellenischen selbst den zueignenden Fürwörtern beigefügt werden. Bei den zueignenden Fürwörtern aber steht die Apposition im Genitiv, weil in demselben das Genitiv-Verhältniß ausgedrückt ist (siehe unten §. 11.). Im Deutschen findet sich an der Stelle dieser Apposition ein Ausrufungssatz mit Wiederholung des Subjectes, welches im zueignenden Fürworte enthalten ist; z. B. Ich, der Unglückliche, von meinen Freunden verlassen, allein mit meinen Kindern, wohin soll ich mich wenden? ἐγὼ ὁ δυστυχὴς, ἔρημος τῶν φίλων μου, μόνος μετὰ τῶν τέκνων μου, ποῦ νὰ τραπῶ; — Du fragst, wen ich meine? Dich, den Mürrischen, meine ich; ἐρωτᾷς τίνα λέγω; σὲ τὸν σκυθρωπὸν — Um deinen Vater trauerst du, du Unglücklicher! τὸν πατέρα σου τοῦ ἀτυχοῦς πενθεῖς — Euer Gut hat der Krieg verzehrt, ihr beklagenswerthen Bürger! ὑμῶν τῶν ἀθλίων πολιτῶν τὰ χρήματα ἠνάλωσεν ὁ πόλεμος — Unsere Mühen sind fruchtlos, o, über unsere Schwäche! μάταιοι οἱ πόνοι ὑμῶν τῶν οὐδὲν δυναμένων.

Sechstes Capitel.

§. 7.

Erweiterung des einfachen Satzes durch hinzutretendes Objekt.

1. Das, was im Prädikate ausgesagt wird, beschreibt entweder einen blossen Zustand des Subjekts, in welchem es an und für sich, ohne Verbindung mit andern Gegenständen, gedacht wird (unübergehendes Zeitwort, ῥῆμα ἀμετάβατον, verbum intransitivum), oder eine Thätigkeit bei welcher das Subjekt mit andern in Verbindung und Beziehung steht (übergehendes Zeitwort, ῥῆμα μεταβατικόν, verbum transitivum).

2. Den Gegenstand, auf welchen die vom Subjecte ausgehende Thätigkeit sich bezieht, nennt man Object (ἀντικείμενον), und dieses Objekt muß in einer der abhängigen Endungen (πλαγίων πτώσεων, Casus obliqui) gesetzt werden, deren im Hellenischen drei sind: Genitiv, 2te Endung γενικὴ· Dativ, 3te Endung δοτικὴ· Accusativ, 4te Endung αἰτιατική.

3. Die Thätigkeit des Subjekts kann auch von der Art seyn, daß sie auf mehrere Gegenstände zugleich sich bezieht, und dann entstehen mehrere Objekte, ein nächstes Objekt (τὸ ἔγγιστα ἀντικείμενον) auf welches die Thätigkeit unmittelbar gerichtet ist, und ein entfernteres Objekt (τὸ ἀπώτερον ἀντικείμενον) an welchem sich blos die Folgen jener Thätigkeit äußern, oder welches bei derselben blos betheiligt ist.

4. Das nächste Objekt wird gewöhnlich bezeichnet durch den Accusativ, das entferntere häufig durch den Dativ, oft aber auch durch Vorwörter in Verbindung mit irgend einer der abhängigen Endungen. Daher ordnet man die Endungen bei der Lehre ihres Gebrauches nach der hier befolgten Reihe: Accusativ, Dativ, Genitiv.

---

§. 8.

Accusativ.

5. Zu jedem übergehenden Zeitworte (d. h. welches eine Thätigkeit bezeichnet, die unmittelbar auf einen Gegenstand einwirkt) wird das Subjekt im Accusativ beigefügt; z. B. Bildsäulen ziert die Haltung, einen Mann aber die Handlung, τοὺς μὲν ἀνδριάντας κοσμεῖ τὸ σχῆμα, τὸν δ' ἄνδρα τὰ ἔργα — Die Schwalben verkündigen uns schönes Wetter, αἱ χελιδόνες σημαίνουσιν ἡμῖν εὐδίαν — Die Lakedämonier zerstörten Messene und raubten und plünderten alles, οἱ Λακεδαιμόνιοι κατέσκαψαν τὴν Μεσσήνην καὶ διήρπασαν πάντα — Ich hasse die Schmeichler, du lobst sie, ἐγὼ μὲν μισῶ τοὺς κόλακας, σὺ δὲ ἐπαινεῖς αὐτούς.

6. Viele Handlungen sind von der Art, daß ihre Einwirkung auf das Objekt als eine unmittelbare und als eine entferntere zugleich gedacht werden kann. In diesem Falle betrachten die Hellenen die Thätigkeit gewöhnlich als einwirkend auf den Gegenstand, und setzen daher zu vielen Zeitwörtern den Accusativ, welchen im Deutschen das Objekt im Dativ oder vermittelst gewisser Vorwörter beigefügt wird. Der gleichen Zeitwörter sind:

a. ich nütze, ὠφελῶ — ich schade, βλάπτω und überhaupt alle, welche eine Handlung bezeichnen, die einer Person zum Vortheil oder Nachtheil gereicht; z. B. ich thue Gutes oder Böses, εὐεργετῶ od. κακοποιῶ — ich rede Gutes oder Böses, εὐλογῶ od.

κακολογῶ — ich thue Unrecht, ἀδικῶ — ich räche mich, od. ich nehme Rache, ἐκδικοῦμαι — ich leiste einem Dienste (d. h. wenn der Dienst als Unterstützung oder Beschützung erscheint), θεραπεύω, ἐπιτροπεύω (gemein ἐκδουλεύω) — ich schmeichle, κολακεύω — ich scheue mich oder fürchte, αἰσχύνομαι, ἐντρέπομαι, αἰδοῦμαι od. φοβοῦμαι — ich fliehe, φεύγω — entlaufe, ἀποδιδράσκω — ich ahme nach, μιμοῦμαι. Eine Ausnahme bildet das λυσιτελῶ ich nütze, d. h. gewähre Vortheil, welches den Dativ, indem das ὠφελῶ, eigentlich ich nütze, den Accusativ zu sich nimmt.

b. Die Zeitwörter, ich bin verborgen, λανθάνω — ich entgehe, ἐκφεύγω — nehmen den Accusativ des Gegenstandes zu sich, welchem etwas verborgen ist, oder entgehet; z. B. glaube nicht der Gottheit, so wie den Menschen verborgen zu bleiben, μὴ πίστευε ὅτι λανθάσεις τὸν Θεὸν ὡς τοὺς ἀνθρώπους — Dein Betragen ist mir nicht verborgen, δὲν λανθάνει με ἡ διαγωγή σου — Dein Eifer entgeht mir nicht, δὲν ἐκφεύγει με ὁ ζῆλος σου.

c. Die Zeitwörter der Bewegung nehmen den Accusativ ohne Vorwort zu sich, wenn der Gegenstand angegeben wird, in welchen hinein oder über und durch welchen hin die Bewegung sich erstreckt; z. B. Jupiter ging durch das Meer, in dem er die Europa trug, ὁ Ζεὺς διέβη τὴν θάλασσαν φέρων τὴν Εὐρώπην — Xenophon zog auf seinem Rückzug durch viele Länder und setzte über viele Flüsse, ὁ Ξενοφῶν ἐν τῇ ἀναβάσει αὐτοῦ (od. ἀναχωρῶν) διῆλθε πολλὰς χώρας καὶ διέβη πολλοὺς ποταμούς.

12. Anstatt der allgemeinen Ausdrücke machen, verrichten, thun, haben, führen, treiben, sich unterziehen, unternehmen u. s. w., welche im Deutschen gebraucht werden, um zu bezeichen, daß man in den Zustand übertritt, welcher in dem damit verbundenen Hauptworte ausgedrückt ist, wählen die Hellenen

10 *

besondere Zeitwörter, welche dem Begriffe des Hauptwortes angemessen und mit demselben von gleichem Stamme gebildet sind, und so erscheint auch bei unübergänglichem Zeitworte ein Accusativ des Objektes; z. B. ich mache einen Feldzug, ἐκστρατεύω ἐκστρατείαν — du verrichtetest eine gute That, πρᾶξιν καλὴν ἔπραξας — wir thuen gutes, εὐεργετοῦμεν εὐεργεσίαν — er hat recht sein Leben hingebracht, ἐβίωσε βίον δίκαιον — sie führen Krieg, πολεμοῦσι πόλεμον — ich treibe ein Geschäft, ἔργον ἐργάζομαι — ich unterziehe mich einer Sache, ὑποδέχομαι od. ἀναδέχομαί τι — er unternahm einen Krieg, πόλεμον ἐποιήσατο — ich halte eine Rede, λόγον ποιοῦμαι — ich fälle ein Urtheil, κρίσιν κρίνω — ich erdulde große Leiden, πάσχω μεγάλα (πάθη) — ich stosse Verwünschungen aus, ἀρὰς καταρῶμαι — ich spreche Recht, δικάζω — ich veranstalte eine Festgesandtschaft, πέμπω πομπὴν — ich habe lieb oder gern, ἀγαπῶ.

8. Wenn eine Handlung auf mehrere Gegenstände, wie z. B. auf eine Person und Sache zugleich einwirkt, so ist zwar gewöhnlich das eine näheres, das andere entfernteres Objekt (§. 3.); aber viele Handlungen sind von der Art, daß sie auf Person und Sache im gleichen Verhältniß einwirken, und dann setzen die Hellenen beide Objekte, Person und Sache, im Accusativ, dieß geschieht bei den Zeitwörtern; ich thue Gutes oder Böses, ποιῶ ἀγαθὸν od. κακὸν — ich sage Gutes oder Böses, λέγω καλὸν od. κακὸν — ich frage, ἐρωτῶ — ich fordere, αἰτοῦμαι, αἰτῶ — ich lehre, διδάσκω, παιδεύω — ich ziehe an oder aus, ἐνδύω od. ἐκδύω — ich nehme weg, ἀφαιροῦμαι — ich beraube, στερῶ, ἀποστερῶ — ich verberge, κρύπτω — ich verheimliche, ἀποκρύπτω; z. B. ich thue dir Gutes, ἀγαθὰ ποιῶ σε — er fügt andern Uebels zu, κακὸν ποιεῖ τοὺς ἄλλους — ich lasse mir das gefallen von andern, was ich ihnen zugefügt habe, πάσχω ὑπ' ἄλλων ὅσα od. ὅ,τι αὐτοὺς ἐποίησα — ich frage dich um die Ursache, ἐρωτῶ σε τὴν αἰτίαν —

er sprach viel Böses gegen ihn, πολλὰ κακὰ ἔλεγεν αὐτὸν — ich fordere von dir mein Geld, αἰτοῦμαί σε τὰ χρήματά μου — er lehrt ihm die Sprachlehre, διδάσκει αὐτὸν τὰ γραμματικὰ — er zog ihm sein Kleid aus, und hieß ihm ein anderes anzuziehen, ἐξέδυσεν αὐτὸν τὸ ἱμάτιον καὶ ἐκέλευσεν ἵνα ἐνδύσωσιν αὐτὸν ἄλλο — sie nehmen ihnen alles weg, πάντα ἀφαιροῦσιν αὐτοὺς — er beraubte ihm die Herrschaft, ἀπεστέρησεν αὐτὸν τὴν ἐξουσίαν — er verbarg seine Armuth andern aus Schaamgefühl, ἔκρυπτε τοὺς ἄλλους τὴν πτωχίαν του δι' αἰδῶ — sie verheimlichen ihm ihr Unglück, ἀποκρύπτουσιν αὐτὸν τὴν ἀτυχίαν των.

NB. Das Zeitwort ich bitte δέομαι nimmt, wegen der eigentlichen Grundbedeutung, bedürfen, den Genitiv zu sich.

9. Ein doppelter Accusativ tritt auch dann ein, wenn der Begriff des Zeitwortes auf einen Gegenstand und eine ihm beigelegte Eigenschaft sich zugleich erstreckt. Dieß ist der Fall bei den Zeitwörtern, nennen ὀνομάζω — ernennen ἀναγορεύω — wählen, erwählen ἐκλέγω, χειροτονῶ — zu etwas machen ἀποδεικνύω, καταστaίνω — für etwas halten oder ansehen νομίζω — wo die deutschen Vorwörter zu und für im Hellenischen unübersetzt bleiben; z. B. man nennt ihn einen Freund der Griechen, φιλέλληνα λέγουσιν od, καλοῦσιν od. ὀνομάζουσιν αὐτὸν — sie ernannten ihn zum König, βασιλέα ἀνηγόρευσαν αὐτὸν — das Volk erwählte ihn zum Feldherrn, ἀρχιστράτηγον ἐχειροτόνησαν od. ἐξελέξατο αὐτὸν ὁ λαὸς — ich mache mir jemanden zum Freunde, φίλον ποιοῦμαί τινα — sie machten sie zu ihrer Herrin, δέσποιναν αὐτῶν κατέστησαν αὐτὴν — ich halte ihn für meinen Freund, φίλον μου νομίζω αὐτόν.

10. Wenn zu einem unübergänglichen Zeitworte, oder zu einem Beiworte der Gegenstand gegeben wird, an welchem der Zustand sich äußert, oder die Eigenschaft befindlich ist, welches im Deutschen gewöhnlich durch die

Vorwörter an, in, nach, von geschieht; so betrachten auch in diesem Falle die Hellenen den Gegenstand als das Objekt des Zeit- oder Beiwortes, und setzen einen solchen Ausdruck deßhalb im Accusativ zu, dieß ist der sogenannte Accusativ der näheren Bestimmung; z. B. er ist krank am Körper, νοσεῖ τὸ σῶμα — Γερμανὸς τὸ γένος, ein Deutscher von Geburt — δεινὸς τὴν ῥητορικὴν, ein trefflicher Redner.

Anmerkung 1. Diese Verschiedenheit des deutschen und hellenischen Ausdruckes beruht auf einer verschiedenen Grundansicht. Der Hellen denkt sich den Zustand und die Eigenschaft als beständig und einwirkend auf den Gegenstand, und setzt deßhalb den Akkus. des Objektes; der Deutsche denkt sich Zustand und Eigenschaft als zufällig, und mit dem Gegenstande verbunden, und bezeichnet dieß durch Vorwörter, daher kommt es, daß im Hellenischen häufig ein Beiwort als Prädikat eines Hauptwortes steht, welches eine Person bezeichnet; z. B. ein trefflicher Ringer, ἄριστος τὴν πάλην — ein wackerer Krieger, δεινὸς od. καρτερὸς τὸν πόλεμον u. s. a.

Anmerk. 2. Diese verschiedene Grundansicht veranläßt auch, daß gewisse Wendungen des deutschen Ausdruckes sich im Hellenischen nicht wörtlich übersetzen lassen, sondern in eine andere Stellung gebracht werden müssen. Wenn nemlich im Deutschen die Vorwörter von oder mit gebraucht werden, um die an einem Gegenstande befindliche Eigenschaft anzugeben, so wird im Hellenischen die Eigenschaft im Akkusativ, das mit der Eigenschaft verbundene Beiwort aber dem Subjekte beigesetzt; z. B. ein Weib von herrlicher Gestalt, γυνὴ καλλίστη τὴν μορφὴν — ein Mann mit heiterem Blick, ἀνὴρ φαιδρὸς τὰ ὄμματα.

Anmerk. 3. Wenn im Deutschen Maßbestimmungen mit den Beiwörtern groß, lang, hoch, tief, breit u. s. w. angegeben werden, so stehen im Hellenischen die Akkus. der Hauptwörter μέγεθος, βάθος, πλάτος, μῆκος, ὕψος u. s. w.

an der Stelle der deutschen Beiwörter; z. B. drei Klafter hoch, lang, breit, groß, τρεῖς ὀργυιὰς τὸ μῆκος, τὸ πλάτος, τὸ μέγεθος — fünf Schuh tief, πέντε πόδας τὸ βάθος u. s. w.

11. Die Zeitbestimmungen auf die Frage wie lang? bezeichnen die Hellenen wie die Deutschen durch den Accusativ; z. B. wie lange lernst du griechisch? πόσον καιρὸν μανθάνεις oder διδάσκεσαι Ἑλληνικά; wenn aber im Deutschen der Ausdruck lang beigefügt ist, so muß dieser im Hellenischen unübersetzt bleiben; z. B. drei Monat lang, τρεῖς μῆνας — sie arbeiteten zehn Jahre lang, um die Wege zu bahneu, δέκα ἔτη εἰργάζοντο ἵνα ὁδοποιήσωσι τὴν ὁδόν.

Dativ.

§. 9.

Gewöhnlicher Gebrauch des Dativs.

12. Der Dativ bezeichnet das entfernte Object oder den Gegenstand, welcher bei einer Handlung blos betheiligt ist, ohne daß unmittelbar auf denselben eingewirkt wird. Er steht daher auf die Frage wem? für wem? wem zum Nutzen oder zum Schaden? z. B. nicht was mir gefällig, sondern was mir zuträglich ist, οὐχὶ (ὄχι) τὸ ἀρέσκον μοι, ἀλλὰ τὸ συμφέρον μοι — ich gefalle allen, nur dir allein nicht, πᾶσιν ἀρέσκω, σοὶ δὲ μόνῳ οὐ (ὄχι) — Die Gesundheit ist das Beste für den Menschen, ἄριστον τῷ ἀνθρώπῳ ἡ ὑγιεία.

13. Die Zeitwörter zürnen, ἀγανακτῶ, ὀργίζομαι, χαλεπαίνω, beneiden, φθονῶ, tadeln, μέμφομαι, schelten, ἐπιτιμῶ, beschuldigen, ἐγκαλῶ, werden im Hellenischen mit dem Dativ der Person verbunden. Eine Ausnahme jedoch bildet αἰτιῶμαι, ich klage an, oder verklage, welches die Person im Accusat. zu sich nimmt; z. B. zürne auf keinem, μηδενὶ ὀργίζου —

beneide niemanden, μὴ φθόνει τινὶ — den Pelopidas betadelten seine Freunde, daß er um Schätze sich nicht bekümmere, τῷ Πελοπίδᾳ ἐμέμφοντο οἱ φίλοι αὐτοῦ ὀλιγωροῦντι τοῦ πλούτου — Thörichte schelten auf das Glück, wenn es ihnen schlecht geht, οἱ μωροὶ κακῶς πράττοντες ἐπιτιμοῦσι (oder μέμφονται) τῇ τύχῃ — sie beschuldigen ihn ungerecht, ἀδίκως ἐγκαλοῦσιν αὐτῷ — klage nicht das Geschick, sondern dich selbst an, μὴ τὴν μοῖραν ἀλλὰ σεαυτὸν αἰτιῶ.

14. Die Zeitwörter, welche den Begriff der Annäherung, der Nähe, des Zusammentreffens oder Zusammenseyns, der Vereinigung oder Verbindung ausdrücken, so wie alle Zeitwörter, welche eine Handlung bezeichnen, die ohne Annäherung an den Gegenstand nicht vollbracht werden kann, wie umgehen, ὁμιλῶ oder προσομιλῶ — sprechen, λέγω, λαλῶ — sich unterhalten, διαλέγομαι — bethen, προσεύχομαι — flehen, ἱκετεύω — streiten, ἐρίζω, φιλονεικῶ — kämpfen, μάχομαι, ἀγωνίζομαι — kriegen, πολεμῶ — achten oder aufmerksam seyn, προσέχω u. s. w.; z. B. er geht mit schlechten Menschen um, κακοῖς προσομιλεῖ — Gleiches dem Gleichen nähert sich, ὅμοιον τῷ ὁμοίῳ πλησιάζει — verbinde dich nicht mit einem jeden, μὴ προσκολλῶ παντὶ ἀνθρώπῳ — der Lust pflegt die Traurigkeit zu folgen, τῇ ἡδονῇ ἕπεται συνήθως ἡ λύπη — glücklich, der uns begegnet, εὐτυχὴς ὁ ἡμῖν ἀπαντῶν — ich kam mit ihm zufällig zusammen, συνέτυχον αὐτῷ — ich verbinde mich mit Jemanden, συμμαχῶ τινι — ich sprach mit ihm, und sie unterhielten sich mit den übrigen, ἐγὼ μὲν ἐλάλουν αὐτῷ, αὐτοὶ δὲ διελέγοντο τοῖς λοιποῖς — ich bethe zu Gott, προσεύχομαι τῷ Θεῷ — ich flehe um deine Hülfe, ἱκετεύω σοι βοήθησόν μοι — streite nicht mit allen, μὴ ἔριζε (oder φιλονείκει) πᾶσι — sie kämpfen unter einander, ἀλλήλοις ἀγωνίζονται (oder μάχονται) — er führt Krieg gegen die Barbaren, τοῖς βαρβάροις πολεμεῖ — sey aufmerksam auf meine Lehre,

πρόσεχε τῇ διδασκαλίᾳ μου — achte auf dich selbst, πρόσεχε σεαυτῷ.

15. Bei den Wörtern, welche Gleichheit, Aehnlichkeit, Angemessenheit, oder das Gegentheil davon ausdrücken, steht der Gegenstand, welchem etwas gleich, ähnlich, angemessen, passend, geziemend, anständig u. s. w. ist, im Dativ; z. B. trachte, daß du den besten Menschen ähnlich werdest, σπούδαζε πρὸς τὸ νὰ γένησαι ἐφάμιλλος τοῖς ἀρίστοις ἀνδράσι — dem Jünglinge sind angemessen Schaam, Enthaltsamkeit, Besonnenheit, τῷ νεανίᾳ πρέπει αἰδὼς, ἐγκράτεια, σωφροσύνη — das Glück gleicht einem schlechten Kampfrichter, ἡ τύχη ὁμοιάζει κακῷ ἀγωνοθέτῃ — viele Dinge sind einander ähnlich, πολλὰ πράγματα εἰσιν ἀλλήλοις ὅμοια — es ziemt sich nicht für dich so zu reden, ἀπρεπές σοι τὸ νὰ λαλῇς τοιαῦτα — es ist dir nicht passend, mit solchen Leuten umzugehen, ἀνάρμοστόν σοι τὸ νὰ προσομιλῇς τοιούτοις ἀνθρώποις — jeder Tyrann ist der Freiheit und den Gesetzen entgegen, πᾶς τύραννος ἐχθρὸς τῇ ἐλευθερίᾳ καὶ τοῖς νόμοις ἐναντίος — jeder, welcher wünscht den Besten ähnlich zu werden, verrichtet auch Thaten, welche denen gleich sind, wodurch jene Ruhm erlangt haben, ὁ ἐπιθυμῶν τὸ νὰ γένηται ὅμοιος τοῖς ἀρίστοις πράττει καὶ τοῖς ἐκείνους δοξάσασιν ὅμοια.

Anmerkung. Auch der Gegenstand, welcher in Bezug auf gleiche oder ähnliche Beschaffenheit und Lage mit einem andern verglichen wird, steht im Hellenischen im Dativ; z. B. ich habe gleiches oder einerlei Schicksal mit dir, τὰ αὐτά σοι πάσχω — Du siehest eben so aus wie dein Bruder, ὅμοιον τῷ ἀδελφῷ ἔχεις τὸ σχῆμα.

Bemerkung. Die Umgangssprache des gemeinen Lebens macht selten einen direkten Gebrauch des Dativs, da sie diese Endung meistens durch den Accusativ mit den Vorwörtern πρὸς, μὲ, εἰς auszudrücken pflegt.

§. 10.

Dativ zur Bezeichnung von Ablativ-Verhältnissen.

16. Der Dativ wird von den Hellenen auch zur Bezeichnung der Verhältnisse gebraucht, welche die Lateiner durch den Ablativ ausdrücken, d. i. zur Angabe aller Bestimmungen, welche zufällig und beiläufig neben dem Hauptbegriffe erwähnt werden. Es steht demnach der Dativ im Hellenischen:

a. Zur Angabe des Mittels oder Werkzeuges, womit etwas vollbracht wird, wo im Deutschen die Vorwörter mit und durch gesetzt werden; z. B. übe den Körper durch Arbeiten, πόνοις γύμναζε τὸ σῶμα — kämpfe mit silbernen Lanzen und alles wirst du besiegen, sagte einst dem Philipp das Orakel, χρυσαῖς μάχου λόγχαις, εἶπέ ποτε ὁ χρησμὸς τῷ Φιλίππῳ, καὶ πάντα νικήσεις — nicht durch den Körper, nicht durch Schätze sind die Menschen glücklich, sondern durch Redlichkeit und Gerechtigkeit, οὐχὶ εὐρωστίᾳ οὐδὲ θησαυροῖς, ἀλλ' ὀρθοσύνῃ καὶ δικαιοσύνῃ εὐτυχοῦσιν οἱ ἄνθρωποι.

Anmerkung 1. Daher nimmt das Zeitwort χρῶμαι (gebrauchen, sich bedienen, anwenden, benutzen) den Gegenstand, welchen man gebraucht, im Dativ zu sich; wer die Vernunft als Führerin sich bedient, fehlt nie, ὁ τῇ φρονήσει ἡγεμόνι χρώμενος οὐδέποτε σφάλλει — er wendet verständig sein Geld an, εὐγνωμόνως χρῆται τοῖς χρήμασιν αὐτοῦ — ich benütze jede günstige Gelegenheit, um dir zu gefallen, πάσῃ εὐκαιρίᾳ χρῶμαι ἵνα ἀρέσω σοι.

Anmerkung 2. Auch bei Angabe der Verbindung und Gemeinschaft gebrauchen die Hellenen den Dativ ohne Vorwort, wenn der Gegenstand, welcher mit einem andern etwas verrichtet, nicht selbstständig erscheint, sondern der Leitung der andern unterworfen ist, und folglich als ein Mittel in der Hand desselben gedacht wird. Besonders geschieht dieß, wenn das Fürwort αὐτὸς, αὐτὴ, αὐτὸ mit dem Hauptworte verbunden ist; z. B. er durchspaltete den Kopf sammt dem Helme, διέσχισε τὴν κεφαλὴν αὐτῇ τῇ περικεφαλαίᾳ — ich sah die Knaben sammt den Lehrer auf dem Spaziergang, αὐτῷ τῷ διδασκάλῳ εἶδον τοὺς παῖδας περιδιαβάζοντας — er tödtete sie durch den Hunger, λιμῷ ἀπέκτεινεν αὐτοὺς — er endigte sein Leben durch das Schwert, ξίφει ἐτελειώθη — sie warfen auf ihn Steine, λίθοις ἔβαλλον αὐτόν.

b. Zur Angabe des Beweggrundes einer Handlung, oder der Veranlassung eines Zustandes, wo die Deutschen die Vorwörter aus u. über gebrauchen, setzen die Hellenen den Dativ ohne Vorwort; z. B. aus Stolz thuen die Menschen vieles, ἀλαζονείᾳ πολλὰ ποιοῦσιν οἱ ἄνθρωποι — aus Sucht zu tadeln loben manche Menschen wenig oder nichts, φιλολοιδορίᾳ ὀλίγα ἢ οὐδὲν ἐπαινοῦσιν ἔνιοι.

Anmerkung 3. Daher nehmen die Zeitwörter: ich freue mich, χαίρω — ich betrübe mich, λυποῦμαι — ich ärgere mich, ἄχθομαι, ἀγανακτῶ — ich ergötze mich, τέρπομαι, ἥδομαι, εὐφραίνομαι, ich bin vergnügt, traurig u. s. w. im Hellenischen den Dativ zu sich ohne Vorwort und mit dem Vorworte ἐπί; z. B. Gott hat Wohlgefallen an guten Werken, ὁ Θεὸς χαίρει ἐπὶ ταῖς εὐεργεσίαις — mich freuet es über dein unverhofftes Glück, χαίρω ἐπὶ τῇ ἀπροσδοκήτῳ εὐτυχίᾳ σου — der Tod unseres Freundes betrübte uns alle, πάντες ἐλυπήθημεν ἐπὶ τῷ θανάτῳ τοῦ φίλου ἡμῶν — ich ärgere mich über deinen Leichtsin, ἄχθομαι ἐπὶ τῇ κουφονοίᾳ σου — du ergötzest dich an den Gedichten Homers, τέρπεσαι ἐπὶ τῇ ποιήσει τοῦ Ὁμήρου.

c. Zur Angabe der Art und Weise, auf welche, oder der Umstände, unter welchen etwas geschieht, wo die Deutschen die Vorwörter mit, auf, unter gebrauchen, setzen die Hellenen blos den Dativ; z. B. nicht nur mit Worten allein, sondern auch in der That, οὐ λόγῳ μόνον, ἀλλὰ καὶ ἔργῳ — er durchlebte sein ganzes Leben in Armuth, ἐνδείᾳ διεβίωσε πάντα τὸν βίον του — geschmückt mit einem prächtigen Gewande, μεγαλοπρεπεῖ ἱματίῳ κεκοσμημένος — nicht mit Gewalt, sondern mit Beredsamkeit, μὴ βίᾳ, ἀλλὰ πειθοῖ — auf hoher Erlaubniß, ἀδείᾳ ὑψηλῇ — sie begleiteten ihn unter Gesängen und Freudengeschrei, ψαλμοῖς καὶ ἀλαλαγμοῖς συνώδευον αὐτῷ — auf gutes Glück, ἀγαθῇ τύχῃ.

Anmerkung 4. Daher müssen an die Stelle deutscher Nebenwörter im Hellenischen häufig Dative von Nominen und Fürwörtern gewählt werden; z. B. gemeinschaftlich, κοινῇ — öffentlich, δημοσίᾳ — privatim, allein, abgesondert, ἰδίᾳ — zu Fuß, πεζῇ u. s. a.

d. Zur Angabe des Zeitpunctes, in welchem etwas geschieht, oder während dessen etwas dauert und bestehet, setzen die Hellenen den Dativ ohne Vorwort; z. B. am dritten oder vierten Tage, als er kam, schrieb er an seinem Freunde, τῇ τρίτῃ ἢ τετάρτῃ μετὰ τὴν ἔλευσιν αὐτοῦ, ἔγραψε τῷ φίλῳ αὐτοῦ — im Jahre 1833, τῷ χιλιοστῷ ὀκτακοσιοστῷ τριακοστῷ τρίτῳ ἔτει — zu welcher Stunde müsse man frühstücken? der Reiche wenn er will, der Arme wenn er hat, sagte Diogenes zu einem, welcher ihn fragte, ποίᾳ ὥρᾳ πρέπει νὰ δειπνῇ τις; εἰμὲν πλούσιος, εἶπεν ὁ Διογένης τῷ ἐρωτήσαντι αὐτῷ, ὅταν θέλῃ, εἰδὲ πτωχὸς, ὅταν ἔχῃ τι.

§. 11.

Genitiv.

1. Das Grundverhältniß, welches der Genitiv bezeichnet, ist das Verhältniß der wesentlichen Verbin-

dung, d. h. er gibt an, daß Gegenstände zu einander gehören, in einander begriffen, mit einander innig verbunden sind, oder als innig verbunden gedacht werden.

2. Dieses angegebene Grundverhältniß kann auf eine doppelte Art gedacht werden, nehmlich a) so, daß mehrere Gegenstände zusammen ein Ganzes bilden, oder sich gegenseitig erzeugen und näher bestimmen (Genitiv als Ergänzungsbegriff); b) so, daß der eine Gegenstand durch den andern entsteht, oder sich aus demselben entwickelt (Genitiv zur Bezeichnung des Kausalverhältnisses).

3. Im ersten Falle, wo der Genitiv den Ergänzungsbegriff bildet, findet wieder ein doppelter Unterschied Statt. Das Verhältniß der wesentlichen Verbindung nehmlich erscheint 1. als bestehend; z. B. ἡ ἀνθρώπου ψυχὴ, die Seele des Menschen; — 2. als sich auflösend oder trennend; z. B. ἐλευθερῶ τινος, ich befreie von etwas, d. h. ich mache los aus der Verbindung mit etwas.

4. Die Lehre vom Genitiv zerfällt also im Hellenischen in zwei Hauptabschnitte: a) Genitiv der Ergänzung (γενικὴ ἀναπληρωτικὴ), b) Genitiv als Angabe der Ursache (γενικὴ αἰτιολογικὴ).

---

§. 12.

Genitiv der Ergänzung.

A. Wenn zwei oder mehrere Gegenstände genannt werden, welche mit einander in wechselseitiger Verbindung stehen, so erscheint derjenige, zu welchem der andere als gehörig gedacht wird, im Genitiv. In wechselseitiger Verbindung aber erscheint der Theil mit dem Ganzen, die Eigenschaft mit dem Gegenstande, das Eigenthum mit dem Besitzer, die Handlung mit dem Handelnden u. s. w. Wo also ein Verhältniß dieser Art zwischen zwei Hauptwörtern bestehet, da setzen die Hellenen das eine im Genitiv; mag im Deutschen dieses Verhältniß durch den Genitiv oder durch Vorwörter ausgedrückt seyn; z. B. das Bestreben nach Geld, ἡ τῶν χρημάτων ἐπιθυμία — die Sorge für den Leib, ἡ τοῦ σώματος ἐπιμέλεια — die Zeit ist der beste Richter in der Wahrheit, ἄριστος διδάσκαλος τῆς ἀληθείας ὁ χρόνος — die Fehler an Anderen bemerken wir viel leichter als an uns selbst, ῥᾳδιώτερον κατανοοῦμεν τῶν ἄλλων ἢ ἡμῶν τὰ σφάλματα.

B. Bei allen Wörtern, welche den Begriff eines Theiles in sich schließen, stehet das Ganze im Genitiv. Hier sind folgende einzelne Fälle zu bemerken:

1. Bei allen Superlativen und bei den Zahlwörtern, so wie bei allen Beiwörtern und Vorwörtern, welche blos im Allgemeinen den Begriff einer Menge bezeichnen: viel, πολὺς — wenig, ὀλίγος — einige, τινὲς, ἔνιοι, οἱ μὲν — andere, ἄλλοι, ἕτεροι, οἱ δὲ — die übrigen, οἱ λοιποὶ, οἱ ἄλλοι — jeder, ἕκαστος, πᾶς — keiner, οὐδεὶς — anders beschaffen, ἀλλοῖος — verschieden, διάφορος — vorzüglich, ἐξαίρετος u. a. dergl. setzen die Hellenen das Hauptwort, welches die Classe bezeichnet, von welcher die Rede ist, im Genitiv, wo im Deutschen entweder die Vorwörter von, unter gebraucht werden, oder das Hauptwort in gleicher Endung mit dem Bei- und Fürworte stehet; z. B. Tugend ist das größte Gut für den Menschen, μέγιστον τῶν κτημάτων τοῖς ἀνθρώποις ἡ ἀρετὴ — Helena war die schönste unter allen Griechinnen, Ἑλένη ἦτον ἡ καλλίστη πασῶν τῶν Ἑλληνίδων — viele Menschen sind lasterhaft, πολλοὶ τῶν ἀνθρώπων εἰσι πονηροὶ — wenig Thiere sind so nützlich den Menschen wie das Schaf, ὀλίγα τῶν ζώων ὠφελοῦσι τοὺς ἀνθρώπους ὡς τὰ πρόβατα — Kodros war der letzte König der Athener, ὁ Κόδρος ὑπῆρξεν ἔσχατος βασιλεὺς τῶν Ἑλλήνων —

Drakon war der erste Gesetzgeber derselben, Δράκων δὲ ὁ πρῶτος νομοθέτης αὐτῶν — einige Menschen lieben die Schmeichler, ἔνιοι τῶν ἀνθρώπων εἰσὶ φιλοκόλακες — einige unter uns, τινὲς ἡμῶν — das übrige von Geld, τὰ λοιπὰ τῶν χρημάτων — ein anderer Mensch ist Peter als Georg, ἄλλος ὁ Πέτρος τοῦ Γεωργίου — ein jeder von ihnen, ἕκαστος αὐτῶν — keiner unter allen, οὐδεὶς ἁπάντων. Eben so stehet auch bei andern Beiwörtern das Hauptwort im Genitiv, wenn die im Beiworte enthaltene Eigenschaft nicht der ganzen Classe, sondern nur einzelnen aus derselben beigelegt wird; z. B. zärtliche Kinder, τὰ φιλόστοργα τῶν τέκνων (denn nicht alle Kinder sind so) — die wohlgesitteten Menschen, οἱ χρηστοήθεις τῶν ἀνθρώπων — die fleischgierigen Thiere, τὰ σαρκοβόρα τῶν ζώων.

Anmerkung 1. Daher wird im Hellenischen auch zu den Zeitwörtern, in welchen der Begriff eines Superlativs liegt; z. B. ich bin der erste, πρωτεύω — ich bin der trefflichste, ἀριστεύω — ich fange an, ἄρχομαι — ich herrsche, beherrsche, βασιλεύω, ἐξουσιάζω, ἡγεμονεύω, κυριεύω — ich stehe an der Spitze, ἡγοῦμαι, στρατηγῶ, ἐπιστατῶ — ich habe die Oberhand, oder ich bekomme die Oberhand, ἐπικρατῶ, κρατῶ — ich unterliege, ἡττῶμαι — ich übertreffe, διαφέρω — ich zeichne mich aus, διαπρέπω u. s. w. das Object im Genitiv beigefügt.

2. Bei den Zeitwörtern Antheil haben, μετέχω, — Antheil nehmen, κοινωνῶ, μεταλαμβάνω — Antheil bekommen oder erlangen, τυγχάνω, λαγχάνω, κληρονομῶ — Antheil geben oder gestatten, μεταδίδω, stehet der Gegenstand, woran man Antheil hat oder gibt, im Genitiv; bei κληρονομῶ aber steht, wenn Person und Sache zugleich genannt wird, die Person, von welcher man redet, im Genitiv, die Sache im Accusat.

3. Wenn die Ausdrücke dazu gehören, darunter seyn durch das Zeitwort εἶναι übersetzt werden, so stehet das Ganze, wozu etwas gehöret, im Genitiv; z. B. ich gehöre auch dazu, κἀγὼ τούτων εἰμὶ — auch Aristoteles war unter den Schülern des Plato, καὶ ὁ Ἀριστοτέλης ἦν τῶν Πλάτωνος ἀκροατῶν.

4. Bei dem Zeitworte berühren, ἐγγίζω, stehet das Object im Genitiv. Ebenso auch bei dem Zeitworte anfassen, δράττομαι — ergreifen, ἅπτομαι, ψαύω — nehmen, λαμβάνω — treffen, ἐπιτυγχάνω, wenn nicht der ganze Gegenstand, sondern ein besonderer Theil genannt wird, an welchem die Handlung des Zeitwortes sich äußert.

5. Bei dem Zeitworte genießen, Nutzen oder Vortheil haben, ἀπολαύω — kosten, γεύομαι — essen, τρώγω, ἐσθίω — trinken, πίνω — zu kosten geben, γεύω u. s. w. stehet der Gegenstand, von welchem man genießt, im Genitiv.

Anmerkung 2. Die Zeitwörter essen und trinken nehmen den Accusativ zu sich, wenn übermäßiger oder gewöhnlicher Genuß einer Sache angegeben wird; z. B. τρώγω κρέας, ich esse gewöhnlich oder viel Fleisch — aber ἐσθίω κρέατος, ich esse von dem (vorgesetzten) Fleische.

6. Bei den Begriffen ich erinnere, μνημονεύω, μιμνήσκω — ich erwähne, μνήμην ποιοῦμαι, oder ich vergesse, ἐπιλανθάνομαι, steht der Gegenstand im Genitiv (weil Erinnerung und Vergessenheit sich immer nur auf besondere Eigenthümlichkeiten und Umstände, also auf Theile des genannten Ganzen sich bezieht).

7. Bei den Zeitwörtern ἀκούω, hören — πυνθάνομαι, erfahren — αἰσθάνομαι, wahrnehmen, fühlen, bemerken, verstehen — εἰσακούω, anhören, steht das Objekt im Genitiv.

Anmerkung 3. Wenn bei diesem Zeitworte die Sache, welche man vernimmt, und der Gegenstand, von welchem man etwas vernimmt, zugleich angegeben wird, so steht die Sache im Accusativ, der Gegenstand im Genitiv. Ueberhaupt muß der Accusativ jedesmal gesetzt werden, wenn etwas angegeben wird, was man an und für sich, und unmittelbar auffaßt.

8. Die Nebenwörter des Ortes und der Zeit nehmen den Genitiv zu sich, weil das Nebenwort nur einen einzelnen Punct, die beigefügte Angabe des Ortes oder der Zeit aber das Ganze bezeichnet; z. B. πανταχοῦ τῆς γῆς — ὀψὲ τῆς ἡμέρας.

9. Auch ohne beigefügtem Nebenworte werden die Zeitbestimmungen im Hellenischen durch den Genitiv bezeichnet; a) auf die Frage wann? wenn ein größerer Zeitabschnitt angegeben wird, in welchem sich etwas zu einem oder mehreren Momenten ereignet hat; z. B. die Feinde zogen in der Nacht ab, νυκτὸς ἀπεχώρησαν οἱ πολέμιοι· b) auf die Frage seit wann? binnen welcher Zeit? zur Angabe der Zeitdauer, während welcher etwas geschieht; z. B. heute 30 Tage, τριάκοντα ἡμερῶν ἀπὸ τῆς σήμερον.

C. Die Person, oder der Gegenstand, welchem etwas gehört oder eigen ist, stehet im Genitiv. Daher müssen die deutschen Ausdrücke: haben, besitzen, gehören, zukommen häufig durch ἐστὶ mit dem Gent. übersetzt werden; z. B. τὸ βιβλίον ἐστι (gem. εἶναι) τοῦ φίλου — ἀνδρός ἐστιν ἀγαθοῦ τὸ νὰ εὐεργετῇ τοὺς φίλους.

Anmerkung 4. Daher dürfen die deutschen Ausdrücke Sache, Gewohnheit, Eigenschaft, Art, Pflicht, Kennzeichen, Beweis u. s. w. im Hellenischen nicht übersetzt werden, sondern das Zeitwort ἐστὶ muß allein stehen in Verbindung mit dem Genitiv des Gegenstandes; denn eigenthümlich ist; z. B. φιλοπροσηγόρου ἐστὶ τὸ νὰ ἀσπάζῃ ται τοὺς ἀπαντῶντας, es ist die Eigenschaft der Leutseligkeit, diejenigen, welche uns begegnen, zu grüssen — καθῆκον τῶν τέκνων ἐστὶ τὸ νὰ γηροκομῶσι τοὺς γονεῖς, es ist die Pflicht der Kinder, ihre Eltern im hohen Alter zu pflegen.

D. Wörter, welche an und für sich keinen vollständigen Begriff haben, nehmen das Hauptwort, welches zur Ergänzung des Begriffes hinzugefügt wird, im Genitiv zu sich; dergleichen Wörter sind:

a. Diejenigen, welche Fülle oder Mangel ausdrücken.

b. Die Ausdrücke würdig oder unwürdig, werth seyn, verdienen, ἄξιος, ἀνάξιος, nehmen den Gegenstand, dessen man würdig ist, im Genitiv zu sich.

c. Die Ausdrücke erfahren, kundig, εἰδήμων, geschickt, fähig, ἐπιτήδειος, oder das Gegentheil davon, und alle Beiwörter, welche eine Fähigkeit, Tauglichkeit, Geschicklichkeit in oder zu einer besondern Handlung ausdrücken (die von Zeitwörtern abgeleiteten Beiwörter, ῥηματικὰ ἐπίθετα), nehmen das, worin man erfahren oder wozu man geschickt ist, im Genitiv zu sich.

d. Die Zeitwörter anklagen, verklagen, ἐγκαλῶ — beschuldigen, κατηγορῶ, αἰτιῶμαι — verurtheilen, verdammen, καταδικάζω, κατακρίνω, καταγινώσκω — lossprechen, ἀπολύω, ἐλευθερῶ, nehmen die Schuld, deren man jemanden anklagt, oder von welcher man ihn freispricht, und die Strafe, zu welcher man ihn verdammt, im Genitiv zu sich (als Ergänzung zu den hinzudenkenden Hauptwörtern Vergehen, Schuld, Strafe).

e. Bei den Zeitwörtern kaufen, ὠνοῦμαι, ἀγοράζω, und verkaufen, zum Verkauf anbiethen oder feilbiethen, πωλῶ, stehet die Bestimmung des Preises im Genitiv (indem ein allgemeiner Begriff wie χρῆμα oder πρᾶγμα hinzu zu denken ist).

E. Bei den Begriffen des Losmachens, Loskommens, Befreiens, Ablassens, Aufhörens, oder der Entfernung, Trennung, Verschiedenheit, des Befehlens, stehet der Gegenstand, von welchem man sich losmacht oder loskömmt u. s. w. im Genitiv.

Anmerkung 5. Eben so stehet bei den Zeitwörtern verwechseln, vertauschen, der Gegenstand, womit man etwas verwechselt oder vertauscht, im Genitiv.

F. Den Stoff oder die Materie, woraus etwas gebildet ist, bezeichnen die Hellenen durch den Genitiv; wo die Deutschen die Vorwörter von und aus gebrauchen; z. B. ein Kranz von Rosen, στέφανος ῥόδων.

Anmerkung 6. Daher steht auch bei den Zeitwörtern riechen, duften, schmecken, dasjenige, wornach etwas riecht oder schmeckt, und wovon etwas duftet, im Genitiv; z. B. es riecht nach Oel, ἐλαίου ὄζει.

---

§. 13.

Genitiv zur Angabe der Ursache oder der Veranlassung.

Der Genitiv wird im Hellenischen auch gebraucht, um die Ursache oder den Beweggrund anzugeben, wodurch eine Handlung oder ein Zustand veranlaßt wird, und zwar in folgenden Fällen:

A. Wenn bei einer Handlung, die sich auf einen Gegenstand bezieht, noch ein besonderer Umstand oder eine besondere Eigenthümlichkeit des Gegenstandes erwähnt wird, welche die Handlung veranlassen, so stehet dieser veranlassende Gegenstand im Hellenischen im Genitiv, während er im Deutschen durch wegen, oder in Ansehung, in Bezug beigefügt wird; z. B. πρῶτοι οἱ Ἕλληνες ἔστησαν τρόπαια τῆς ἥττης τῶν βαρβάρων.

11 *

zuerst errichteten die Griechen Siegeszeichen wegen Besiegung der Barbaren — πολλάκις φαίνεταί τις ἡμῖν εὐτυχὴς τῶν περὶ αὐτὸν, ἀλλ' ὅμως δὲν εἶναι εὐτυχὴς ἄλλων πραγμάτων, oft erscheint uns Jemand glücklich in Ansehung seiner Lage, und ist doch nicht glücklich in Bezug auf andere Dinge — μὴ χαλέπαινε τούτου, sey nicht unwillig in Ansehung dieser Sache.

Anmerkung 7. Wird der Beweggrund als ein Ereigniß in einem abhängigen Satze und vermittelst der Conjugation damit, um zu angegeben, so gebrauchen die Hellenen den Infinitiv des erforderlichen Zeitwortes mit dem Genitiv des Geschlechtswortes; z. B. τοῦ νὰ τιμωρήσῃ τοὺς Θυβαίους κατέσκαψεν ὁ Ἀλέξανδρος τὰς Θήβας, Alexander zerstörte Theben, damit er sich an den Thebanern räche — τοῦ νὰ μὴ δουλεύῃ οὔτε γαστριμαργίᾳ, οὔτε ὕπνῳ, οὔτε ἀσελγείᾳ, um weder der Eßbegierde nach dem Schafe, noch der Ausschweifung ergeben zu seyn.

Anmerkung 8. Wird bei den Interjectionen, welche Bewunderung, Abscheu, Schmerz ausdrücken, die Veranlassung dieser Gemüthsstimmung angegeben, was im Deutschen vermittelst des Vorwortes über geschieht, so stehet auch diese im Hellenischen im Genitiv ohne Vorwort; z. B. ὢ τοῦ πολλοῦ γέλωτος! o, über das viele Gelächter! — ὢ τῆς ἀνοίας! o, über den Unsinn! — ὢ τῆς ἀκαίρου πολυπραγμοσύνης ταύτης! o, über diese unzeitige Geschäftigkeit! — φεῦ τῆς κακίας, ὅτι πάντες μὲν γινώσκουσι τὸ καλὸν, δὲν χρῶνται δὲ αὐτῷ, wehe über die Verkehrtheit, wie doch alle das Schöne wissen, aber nicht thun — ὢ τῆς μεγάλης τύχης! o, über das große Glück!

B. Bei den Zeitwörtern sorgen, φροντίζω — schonen, φείδομαι — geringschätzen, ὀλιγωρῶ — verachten, καταφρονῶ, steht der Gegenstand, wofür man sorgt, warum man besorgt ist u. s. w. im Genitiv (als Veranlassung des im Zeitworte ausgedrückten Zustandes).

C. Bei den Zeitwörtern **beneiden**, φθονῶ, ζηλῶ — **bewundern**, θαυμάζω, ἄγαμαι — **glücklich preisen**, εὐδαιμονίζω, μακαρίζω, steht der Gegenstand, um welchen man einen beneidet u. s. w. im Genitiv.

Anmerkung 9. Bei θαυμάζω und ἄγαμαι sind folgende Konstruktionsarten sorgfältig zu unterscheiden:

a. Die Person steht im Accusativ und die Sache im Genit., wenn die Bewunderung, welche wir der ganzen Person zollen, hauptsächlich durch eine besondere Eigenthümlichkeit derselben erregt ist; z. B. ich bewundere dich wegen deiner immer gleichen Ruhe, θαυμάζω σε τῆς ἀναλλοιώτου ἡσυχίας.

b. Die Person steht im Genitiv und die Sache im Accusat., wenn der besondere Umstand, welcher die Bewunderung erregt, als etwas von der Person Ausgehendes angegeben wird; z. B. das wundert mich von dir, τοῦτο θαυμάζω σου.

c. Ist hingegen die Veranlassung der Bewunderung eine in oder an der Person befindliche Eigenschaft, so stehet entweder diese im Accusativ und die Sache wird durch ἐπὶ mit dem Dativ, seltener durch ἕνεκα mit dem Genitiv, oder διὰ mit dem Accusativ beigesetzt; z. B. alle bewundern die Weisheit des Sokrates, πάντες θαυμάζουσι τὴν τοῦ Σωκράτους σοφίαν, oder τὸν Σωκράτην πάντες θαυμάζουσιν ἐπὶ τῇ σοφίᾳ, oder διὰ τὴν σοφίαν.

D. Bei den Wörtern, welche Verlangen und Begierde ausdrücken, ἐπιθυμῶ, ἐφίεμαι, ὀρέγομαι, ἐρῶ, πεινῶ, διψῶ, steht der Gegenstand, auf welchem das Verlangen oder die Begierde gerichtet ist, im Genitiv (als Veranlassung des Verlangens).

E. Beim Comparativ steht der verglichene Gegenstand, wenn er durch die Vergleichungspartikel **als** im Nominativ beigefügt ist, im Genitiv ohne Vergleichungspartikel (weil in der Beschaffenheit des verglichenen Gegenstandes zu der höher oder geringer erscheinenden

Eigenschaft des andern liegt); z. B. nichts ist leidiger als leere Gerüchte, οὐδὲν ἀθλιώτερον τῶν κενῶν ἀγγελιῶν — der Beleidiger ist unglücklicher als der Beleidigte, ὁ ἀδικῶν ἐστι κακοδαιμονέστερος τοῦ ἀδικουμένου.

Anmerkung 10. Auch in uneigentlichen Vergleichungen, wo zwei Gegenstände nicht selbst und unmittelbar, sondern nur eine Eigenschaft oder etwas Angehöriges beider mit einander verglichen wird, brauchen die Hellenen diese Konstruction häufig; z. B. das Weib besitzt von Natur weniger Kraft als der Mann, φύσει ἀσθενεστέρα τοῦ ἀνδρὸς ἡ γυνή — Alcibiades hatte bessere Fähigkeiten als sein Bruder Klinias, ὁ Ἀλκιβιάδης ἦτον εὐφυέστερος τοῦ ἀδελφοῦ Κλινία.

Siebentes Capitel.

Ueber den Gebrauch und die Bedeutung der Vorwörter.

§. 14.

Bestimmung des Begriffs und Eintheilung der Vorwörter.

1. Die Verhältnisse, welche zwischen den Gegenständen Statt finden, sind im Allgemeinen schon bezeichnet durch die abhängigen Endungen. Im Einzelnen aber sind diese Verhältnisse so zahlreich und mannigfaltig, daß zur bestimmten und deutlichen Angabe derselben besondere Wörter nöthig sind, welche man Vorwörter (προθέσεις) nennet.

2. Diese Vorwörter sprechen also die Verhältnisse nur deutlicher aus, welche in den abhängigen Endungen schon ausgedrückt sind, und können deßhalb auch nur in Verbindung mit einer der abhängigen Endungen gebraucht werden.

3. Ein Vorwort bezeichnet aber entweder ein Verhältniß, was nur unter einer einfachen, oder ein Verhältniß, was unter mehrfacher Beziehung gedacht werden kann, und daher kommt es, daß gewisse Vorwörter nur mit einem, andere mit zweien noch andere mit allen dreien der abhängigen Endungen in Verbindung gesetzt werden können.

---

§. 15.

Vorwörter, welche nur mit einer Endung in Verbindung gesetzt werden.

I. Blos mit dem Genitiv werden verbunden: ἀντὶ, ἀπὸ, ἐκ oder ἐξ, ἕνεκα, πρὸ, ἄνευ, χάριν.

α'. Ἀντὶ, anstatt, statt, für, dafür; z. B. Gold anstatt Silber, χρυσὸν ἀντὶ ἀργύρου — dafür machte ihn zum Sclaven, ἀντὶ τούτου ἐδούλωσεν αὐτὸν — er sagt dieß für jenes, ἄλλα ἀντ' ἄλλων λέγει. — Von oder aus (zur Bezeichnung des Uebergehens aus einem Zustande in einen andern); vom Könige machte ihn zum Sclaven, δοῦλον ἀντὶ βασιλέως ἐποίησεν αὐτόν. — In Zusammensetzungen mit Nominalformen bedeutet es 1) Stellvertretung und Aehnlichkeit; ἀντιβασιλεύς, Vicekönig — ἀντίθεος, den Göttern gleich; — 2) das Gegenstück zu etwas; ἀντίτεχνος, Nebenbuhler in einer Kunst — ἀντιφάνεια, Gegenschein; — 3) den Gegensatz, Widerstand; ἀντίπαλος, Widersacher. In Verbindung mit Zeitwörtern drückt es aus 1) Gegenüberliegen, vom Orte, 2) Erwiederung, Vergeltung.

β'. Ἀπὸ (Entfernung und Trennung in Raum und Zeit) 1) vom Raum: von, entfernt von, getrennt von; z. B. ἀπὸ τῆς μητροπόλεως ἔρχομαι, von der

Hauptstadt komme ich — ἀφ' ἵππου μάχεται, er kämpft vom Pferde herab. 2) Von der Zeit: seit, von — an; ἀφ' ἑσπέρας, von Abend an — ἀπὸ τοῦ δείπνου ἔρχεται, vom Tische kommt er — ἀπὸ τοῦδε, von nun an. 3) Ursprung, Herkunft: von, aus; ἀπ' ἐναρέτων γονέων ἐγεννήθη, von tugendhaften Eltern geboren — ἀπὸ πατρὸς θεῖος, Vatersbruder. 4) Ursache: wegen, durch, zu Folge, vermittelst, vermöge, kraft, laut, vor; ἀπὸ τῶν πράξεών του θαυμάζεται, er wird bewundert wegen seinen Thaten — ἀπὸ τῆς μάχης ἐφημίσθη, durch die Schlacht wurde berühmt — ἀφ' ἑαυτοῦ, aus eignem Antriebe — ἀπὸ τῆς συμμαχίας αὐτῶν, zu Folge ihres Bündnisses — ὁ φόβος ἀπὸ τοῦ θανάτου, die Furcht vor dem Tode. 5) Mittel und Antrieb: von, mit; ἀπὸ ἐλεημοσύνης ζῇ, er lebt vom Almosen — ἀπὸ τοῦ δοθέντος σημείου, von dem gegebenen Zeichen. 6) Art und Weise, auf welche etwas geschieht; ἀπὸ τοῦ κοινοῦ κτίζεται, auf öffentliche Kosten wird gebaut — ἀπὸ τοῦ φανεροῦ, öffentlich — ἀπὸ στόματος, mündlich. In Zusammensetzungen bedeutet es aber: 1) Entfernung, ἀπόστασιν, Vermeidung, ἀποφυγὴν, 2) Mangel, ἔλλειψιν, hauptsächlich wenn es in Verbindung mit Hauptwörtern Beiwortsformen bildet; z. B. ἀπόμισθος, ohne Sold — ἀπόμαχος, Invalid.

γ. Ἐκ und vor einem Selbstlaut ἐξ. 1) Vom Orte zur Angabe der Bewegung und Entfernung von einem Punkte: aus, zu etwas heraus, von etwas weg oder her, außer, außerhalb; z. B. ἐκ πλαγίου, von der Seite her — ἐκ τοῦ ἐναντίου, gegenüber — ἐκ δεξιῶν, von der rechten Seite her — ἐξ ἀριστερῶν, von der linken Seite her. — Bei dem Zeitworte hängen bezeichnet es ebenfalls den Punkt, von wo aus sich etwas verbreitet: von, herab; ist aber dem deutschen Sprachgebrauche gemäß zu übersetzen durch an; κρέμαται ἐκ τοῦ δένδρου, es hängt an dem Baum. 2) Zur Angabe des Stoffes, aus welchem etwas bereitet ist: aus, von; στέφανος ἐξ ἀκανθῶν, ein Kranz von

Dornen — στράτευμα ἐκ νεανιῶν, ein Heer aus Jünglingen. 3) Zur Angabe des Ursprungs, der wirkenden Ursache, des Beweggrundes, auch des Mittels und der dadurch bewirkten Folge: von, aus, wegen, durch, nach, zu Folge, Kraft; ἐξ εὐγενῶν γονέων, von adelichen Eltern erzeugt — ἐκ Θεοῦ, von Gott, durch göttliche Wirkung — τὰ ἐξ ἐπιμελείας ἀγαθὰ, das durch Fleiß erlangte Gut — ἐξ ὑποψίας, aus, wegen Verdacht — ἐκ ψυχῆς, von Herzen — ἐκ τῆς συμμαχίας, zu Folge, Kraft des Vertrages — ἐξ ὀνόματος γνωρίζω αὐτὸν, ich kenne ihn dem Namen nach. — Eben so bildet es in Verbindung mit Beiwörtern eine große Menge nebenwörtliche Ausdrücke; ἐξ ἑτοίμου, bereit — ἐκ τοῦ ἴσου, auf gleiche Weise — ἐξ ἀπροόπτου, unvorhergesehen — ἐξ ἀπροσδοκήτου, unerwartet. 4) Von der Zeit zur Angabe der unmittelbaren Folge: von, an, auf, nach, seit; ἐκ παιδὸς, ἐξ ἁπαλῶν ὀνύχων, von Kindheit an — ἐξ ἐκείνου τοῦ καιροῦ, ἔκτοτε, seit jener Zeit, seit dem. 5) Häufig denken die Hellenen die Verhältnisse sich anders, als die Deutschen, und es erscheint ihnen das als Bewegung, was die Deutschen als ein Verhältniß der Ruhe betrachten, so daß die Deutschen nach ihrem Sprachgebrauch ἐκ übersetzen müssen durch in, auf; z. B. ἁρπάζει τὰ ἐκ τοῦ οἴκου, er raubt die Geräthschaften im Hause — οἱ ἐκ τῆς ἀγορᾶς ἔφευγον, die Menschen auf dem Markte flohen.

ς. Ἕνεκα, welches dem Hauptworte bald vor, bald nachgesetzt wird. 1) wegen, um-willen, halben; in Ansehung, in Betreff; z. B. λόγου ἕνεκα, um nur etwas zu sagen — ἕνεκά σου, deinetwegen — τιμῆς ἕνεκα, um der Ehre willen — τῆς σοφίας ἕνεκα οὐδὲν διαφέρει (gemein δὲν διαφέρει) ὁ πλούσιος τοῦ πένητος, in Betreff der Weisheit hat der Reiche nichts vor dem Aermern voraus. 2) vermittelst, vermöge; πολλὰ πορίζονται οἱ ἄνθρωποι τῆς τέχνης ἕνεκα, vieles verschaffen sich die Menschen vermittelst der Kunst.

ε. Πρό. 1) vor (zur Angabe des Orts, der Zeit und des Vorzugs); πρὸ τῆς οἰκίας, vor dem Hause — πρὸ ἡμέρας, vor Tage — πρὸ πάντων ἐστι, es ist mehr werth, als alles. 2) statt ὑπέρ: für, zum Besten, anstatt; ἀπέθανε πρὸ τοῦ υἱοῦ ἡ μήτηρ, die Mutter starb für den Sohn — οἱ γονεῖς φροντίζουσι πρὸ τῶν τέκνων, die Eltern sorgen zum Besten der Kinder. 3) Als Nebenwort: vorn, voran, hervor, heraus, ans Licht, am Lichte; πρὸ μὲν ἄλλα, εἶτα δ' ἄλλα, vorn anders und hinten anders. — In Zusammensetzungen bedeutet πρό: a) vor, in Angesicht, vor Augen, vorn hin, fort, vorwärts, weiter; b) vorher, eher, früher, zuvor; c) den Vorzug, lieber, mehr; d) an der Stelle, anstatt, für.

ς. Ἄνευ, δίχα, χωρίς, ohne; ἄνευ νοός ohne Verstand — δίχα und χωρὶς χρημάτων, ohne Geld.

ζ. Χάριν, wegen, um (gewöhnlich dem davon abhängigen Worte vor- oder nachgesetzt); χάριν ἐμοῦ, wegen meiner, mir zu gefallen — λόγου χάριν, um zu sagen — παραδείγματος χάριν, zum Beispiele.

II. Blos mit dem Dativ werden verbunden ἐν und σύν.

1. Ἐν bezeichnet a) Zusammenseyn, Nähe: in, an, auf, bei, und wird auch bei Sädtenamen und Zeitbestimmungen gebraucht, wie das deutsche Vorwort. Von der Zeit bezeichnet es das bestimmte Maß, welches zu einer Handlung erforderlich ist: innerhalb, während, binnen; ἐν τούτῳ, bei diesem Punkte — ἐν τῷ μεταξύ, inzwischen — ἐν ᾧ, während, indem; b) umgeben seyn von etwas: in, unter, vor; ὤφθη ἐν μεγαλοπρεπείᾳ μεγάλῃ, er schien in einer großen Pracht. Dieses Verhältniß dehnen die Hellenen sehr weit aus, und gebrauchen daher ἐν von allem, was man an sich hat, mit sich führt; z. B. ἐν ὅπλοις, mit Waffen versehen — ἐν χρήμασι, mit Geld versehen. Eben so ge-

brauchen sie ἐν auch zur Bezeichnung von Zuständen, in denen Jemand begriffen ist, wie im Deutschen; z. B. ἐν φόβῳ εἰμὶ, ἐν ἀμηχανίᾳ, ich bin in Furcht, in Verlegenheit — ἐν Ἕλλησι, unter den Hellenen — λέγω ἔν τισι, ich rede vor Jemanden. c) Mittel, bei den Zeitwörtern: offenbaren, offenbar seyn, anzeigen, eröffnen u. dgl., wenn ein größeres Ganze erwähnt wird, aus welchem man Zeichen und Merkmale entlehnt; δηλοῦται ἐν τοῖς πράγμασι, es ergibt sich durch die Sachen — ἐν σημείοις ἐμφαίνεται, es erscheinet durch Zeichen. d) Fähigkeit, Vermögen, Kraft; ἐν σοὶ ἐστὶ, es steht in deiner Macht — ἐν ἑαυτῷ ἐστι, er ist bei sich — συνῆλθεν ἐν ἑαυτῷ, er ist zu sich selbst gekommen. e) In einigen Verbindungen gebrauchen die Hellenen ἐν zur Bezeichnung von Verhältnissen, welche die Deutschen auf eine andere Art denken und ausdrücken; z. B. πίνω οἶνον ἐν τῷ ποτηρίῳ, ich trinke Wein aus dem Becher — λαμβάνω ἐν χερσὶ, ich fasse in den Händen, ἐν ἀγκάλαις φέρω, ich trage in die Arme, umarmen. f) Elliptisch zu erklären sind die Ausdrücke ἐν τοῖς mit folgendem Superlat.: ἐν τοῖς μάλιστα, am meisten, bei weiten. g) Oft werden auch mit ἐν Nebenwortsausdrücke gebildet; ἐν καλῷ, günstig, gelegen — ἐν ἴσῳ, gleich. h) Zuweilen findet sich auch bei ἐν wie bei εἰς der Genitiv, welcher durch ein Hauptwort zu erklären ist; ἐν Ἅδου, in der Höhle — ἐν διδασκάλου, im Hause des Lehrers. i) In Zusammensetzungen bezeichnet ἐν 1) Nähe, verweilen bei etwas, befinden in etwas, Veranlassung durch etwas: darin, dabei, daran, darüber; 2) in Verbindung mit Beiwörtern, welche eine allgemeine Eigenschaft ausdrücken: Annäherung an den positiven Begriff; ἔνλευκος, weißlich — ἔμπικρος, etwas bitter.

2. Σὺν. a) Zur Angabe der Verbindung und Begleitung: mit, sammt, nebst; σὺν ὅπλοις, mit Waffen — σὺν γέλωτι, mit oder unter Gelächter — οἱ σὺν ἐμοὶ, meine Genossen, Kameraden. b) Zur Angabe der Zusammenwirkung: mit, vermittelst, unter Ein=

fluß, durch; σὺν θεῷ, unter Gottes Begleitung — σὺν βίᾳ, mit oder durch Gewalt. c) Häufig bildet σὺν blos Umschreibung eines Nebenwortsausdruckes: σὺν τῷ δικαίῳ, auf eine gerechte Weise. — In Zusammensetzungen bezeichnet σὺν 1) Verbindungen, Gemeinschaft, Theilnahme: mit, zugleich, gemeinschaftlich. 2) Vereinigung, Zusammenfügung: zusammen, zer, ver. 3) Uibereinstimmung: zusammen, ein. 4) Vollendung: zusammen, zer, ver.

III. Blos mit dem Accusativ werden ἀνὰ und εἰς verbunden.

1. In der Bedeutung an, auf a) vom Orte; auf, hinauf, aufwärts, längs, entlang, daher: über etwas hin, durch etwas hin; ἀνὰ τὰ ὄρη, über die Berge hin, auf den Bergen herum — ἀνὰ στόμα ἔχω, ich führe im Munde — ἀνὰ κράτος, mit aller Gewalt, im Sturme. b) Von der Zeit: hindurch, während: ἀνὰ πᾶσαν ἡμέραν, täglich, Tag vor Tag — ἀνὰ πᾶν ἔτος, jährlich. c) Mit Zahlwörtern bildet es die Distributiven: je; πορεύονται ἀνὰ πέντε στάδια τῆς ἡμέρας, sie marschieren jeden Tag fünf Stationen weit — πέντε λόχους ἀνὰ ἑκατὸν ἄνδρας, fünf Heerhaufen zu je hundert Mann. d) In Zusammensetzung bezeichnet es 1) Aufsteigen, Richtung nach oben: auf, hinauf. 2) Richtung nach dem Anfangspuncte, Rückkehr: rück, zurück, um, wieder. 3) Gelangen nach dem Gipfel d. i. zum Ziele: durch, hindurch, er.

2. Εἰς bezeichnet a) Richtung und Annäherung nach einem Punkte hin: in, nach, zu, an, auf, bei, gegen, in etwas hinein, unter etwas: ἔρχονται εἰς τοὺς πολεμίους, sie laufen unter die Feinde — πορεύομαι εἰς Ἑλλάδα, ich reise nach Hellas. Bei den Zeitwörtern, sagen, reden, zeigen u. dgl. bezeichnet es die Richtung gegen Jemanden hin, und wird im Deutschen übersetzt: vor, in Gegenwart, unter; λαλῶ εἰς τὸν δῆμον, vor dem Volke, zu dem Volke rede ich. Mit allen Zeitwörtern, welche Bewegung und

Verbreitung ausdrücken, verbinden die Hellenen εἰς mit Accusativ; φθάνω εἰς τὴν πόλιν, ich lange in der Stadt an — πάρειμι εἰς τὸ θέατρον, ich erscheine im Theater — διεδόθη εἰς τὴν πόλιν, es ist in der Stadt verbreitet worden — κάθημαι εἰς τὸν θρόνον, ich sitze auf den Thron — ἵσταμαι εἰς τὸ μέσον, ich stehe in der Mitte. Oft erscheint es auch mit dem Genitiv, welcher durch ein ausgelassenes χώραν, οἶκον, δῶμα u. dgl. zu erklären ist; εἰς Ἅδου, in der Unterwelt — εἰς Ἀπόλλωνος, in dem Tempel des Apollo — φοιτῶ od. συχνάζω εἰς διδασκάλου, ich besuche die Schule. b) Die Gränze, das Ziel, den bestimmten Endpunct vom Raum, Zeit und Maß: bis zu, bis an, bis auf, bis nach; ἐξ οἴκου εἰς οἶκον, von einem Hause bis zum andern — εἰς τοὺς καιροὺς ἡμῶν, bis auf unsere Zeit — εἰς τοσοῦτον κατήντησε, so weit kam es — εἰς πόσον; wie lange? wie weit? — εἰς τὸν πάντα χρόνον od. εἰς ἀεὶ, für immer — εἰς τοῦτον τὸν χρόνον, um diese Zeit παρουσιάζομαι εἰς ῥητὴν ἡμέραν, ich finde mich ein, an dem bestimmten Tage — εἰς τὸ παρὸν, für jetzt — εἰς δύσιν, gegen Westen — εἰς δύναμιν, nach Kräften — εἰς τὰ ἔσχατα, bis auf's Äußerste — εἰς ἀφθονίαν, zum Überfluß. c) Zweck und Absicht, Behuf; zu, um, willen, für: ἕκαστος εἰς τὸ ἴδιον ἀφορᾷ, ein jeder sieht zu seinem Vortheil — δίδω εἰς ἀῤῥαβῶνα, ich gebe Angeld — εἰς τὸ τὰ ἐπιτύχω, um zu erlangen. d) Bezug und Hinsicht auf etwas: in Ansehung, in Bezug auf, in Absicht, in Betreff, wegen, für: ἐπαινῶ εἴς τι, ich lobe in einer gewissen Hinsicht oder wegen etwas — διαφέρω εἴς τι, ich zeichne mich aus in einer Hinsicht — καλόν ἐστιν εἴς τι, es ist gut, anständig für etwas — εἰς πάντα τρόπον, in jeder Hinsicht. c) Bei Zahlwörtern bezeichnet εἰς 1) eine ungefähre Angabe, εἰς τριακοσίους ἱππεῖς, gegen hundert Reiter. 2) Das Maß, bis zu welchem sich etwas erstreckt; παρατάττω εἰς τέσσαρας, ich stelle vier Mann hoch — ἄγω τὴν τάξιν εἰς ἕνα, ich lasse die Abtheilung

Mann für Mann marschieren. 3) In Zusammensetzungen bedeutet es: hinein, darein, daran, hinzu.

Anmerkung 1. Bei allen Zeitwörtern, welche Bewegung und Richtung nach einem Punkte hin ausdrücken, gebrauchen die Hellenen εἰς mit Accusativ statt des Deutschen in, bei, an, auf mit Dativ; z. B. es verbreitet sich ein Gericht in der Stadt, λόγος διαδίδεται εἰς τὴν πόλιν.

Anmerk. 2. Bei den Zeitwörtern legen, setzen, stellen und überhaupt bei allen, welche ausdrücken an einen Ort bringen, einen Platz anweisen, setzen die Hellenen gewöhnlich ἐν mit Dativ statt des Deutschen in mit Accusativ; das Vorwort εἰς mit Accusativ gebrauchen sie in diesem Falle nur dann, wenn der Begriff der Thätigkeit, welche in dem Zeitworte ausgedrückt ist, besonders hervorgehoben werden soll. Z. B. ἐν χερσὶ λαμβάνω, ich nehme in die beiden Hände — καταθέτω εἰς τόπον τινα, ich bringe etwas in Verwahrung an einen Ort.

---

§. 16.

Vorwörter, welche mit zwei Endungen in Verbindung gesetzt werden.

Es sind davon drei: διὰ, κατὰ, ὑπὲρ, und die beiden Endungen, welche damit verbunden werden, sind Genitiv und Accusativ.

1. Διά, mit Genitiv und zwar a) vom Raume: durch, hindurch (zur Bezeichnung der Ausdehnung und Verbreitung), durch-hin, überhin; πορεύομαι διὰ τῆς πεδιάδος, ich gehe durch die Ebene, ich maschiere über die Ebene hin, — διὰ στόματος ἔχω, im Munde führe ich — διὰ μέσου, Mitten, dazwischen. b) Von der Zeit, ebenfalls zur Bezeichnung der Ausdehnung und

der Verbreitung: durch, hindurch, während, seit, nach; διὰ πέντε ἐτῶν, fünf Jahre lang — διὰ τέλους, bis an's Ende, beständig — διὰ βίου, das ganze Leben lang. c) Von Mittel und Ursache: durch, vermittelst, mit Hülfe; δι' ἑαυτοῦ, durch sich selbst, für sich — δι' ἀφροσύνης, aus Thorheit — διὰ ξίφους, durch das Schwert. d) Von Art und Weise, um anzuzeigen, daß etwas bei einer Sache angewendet werde oder vorkomme. Auf diese Weise bildet dieses Vorwort mit Haupt- und dem Sächlichen der Beiwörter eine Menge Nebenworts-Ausdrücke, und mit Hinzutritt gewisser Zeitwörter von allgemeiner Bedeutung auch ganze Redensarten. Z. B. διὰ τάχους, διὰ ταχέων, schnell — διὰ τοῦ δικαίου, gerecht — διὰ σπουδῆς, in Eile, eilends — διὰ λόγου, wörtlich — διὰ βραχέων, kürzlich — διὰ χειρῶν ἔχω, unter den Händen hab ich — δι' ἀθυμίας εἰμὶ, ich bin traurig.

Διὰ mit Accusativ: durch, wegen, aus, um- willen; διὰ πολλὰ, aus vielen Gründen — διὰ τοῦτο, deshalb — διὰ σὲ, um deinetwillen — διὰ τί; warum? — διὰ τὸ νὰ εἶναι ἀγχίνους, weil er scharfsinnig ist — δι' ἀμέλειαν ἐτιμωρήθη, er wurde gestraft wegen Sorglosigkeit. In Zusammensetzung bezeichnet διὰ, a) Verbreitung in Raum und Zeit; z. B. διαδίδω, ich vertheile — διασκορπίζω, ich zerstreue. b) Bewegung durch etwas hin, und gelangen an das Ziel, also von der Zeit. Dauer und beständige Fortsetzung. Z. B. διάγω βίον μοναχικὸν, ich lebe einsam — διημερεύω, ich bringe den ganzen Tag zu — διακομίζω, ich führe hinüber — διέρχομαι, ich gehe durch etwas hinüber. c) Vollendung, und erstärkt den Begriff des einfachen Wortes; z. B. διαδικάζω, ich entscheide — διαφθείρω, ich vernichte ganz — διακρίνω, ich unterscheide.

2. Κατὰ mit Genitiv bezeichnet Bewegung von oben nach unten hin: von herab, drüber herab, hinab, hinunter, unter, darauf, herab, auf, über;

ἕρπεται κατὰ γῆς, auf der Erde kriecht er — σταλάζουσι τὰ δάκρυα κατὰ τῶν κόλπων, die Thränen rollen auf dem Schoos herab — κατὰ σκοποῦ τοξεύω, ich schieße nach dem Ziele (eigentlich auf das Ziel herab, weil der Pfeil im Bogen geht) — ὀμνύω κατά τινος, ich schwöre auf etwas, ich thue ein Gelübde bei etwas, (indem ich die Hand darüber halte). b) Ausdehnung und Verbreitung über ein Ganzes hin: über, von, im Bezug auf; ταῦτα λέγομεν κατὰ πάντων τῶν ἐχθρῶν τῆς πατρίδος, daß ist es, was wir über die Feinde des Vaterlandes im Allgemeinen sagen — καθ' ὅλου überhaupt, im Allgemeinen, durchaus, durchgängig. c) Feindliche, nachtheilige Einwirkung: wider, gegen, zum Nachtheil; ψεύδεσαι κατ' αὐτοῦ, durch Lügen suchst du ihm zu schaden.

Κατὰ mit dem Accusativ bezeichnet. 1) Ausdehnung über etwas hin, hauptsächlich von der Richtung von oben nach unten: also a) vom Orte: längs, über hin (überall), auf, in, von, zu; κατὰ τὸν ποταμὸν, dem Strom abwärts, über den Fluß hin, längs des Flusses — κατὰ γῆν καὶ κατὰ θάλασσαν, zu Land und zu Wasser — κατὰ τὴν πόλιν, in der ganzen Stadt, durch die Stadt hin — κατὰ τὴν χώραν, durch das Land hin, im Lande. Daher bezeichnet κατὰ das Verhältniß der Abtheilung eines größeren Ganzen in kleinere Theile, und bildet so die Distributiva; z. B. κατὰ τρεῖς, je drei und drei, zu dreien — καθ' ἕκαστον, Stück für Stück — καθ' ἴλας, Schwadron zu Schwadron, Schwadronweise — κατὰ πόλεις, Stadt für Stadt — κατ' ἄνδρα, Mann für Mann — κατ' ἔτος, κατ' ἐνιαυτὸν, Jahr für Jahr — κατὰ μῆνα, monatlich — καθ' ἑκάστην, täglich — κατὰ μικρὸν, allmählig. b) Von der Zeit: während, über, zu (zur Zeit, d. i. während der Dauer); κατὰ τὸν βίον, während des Lebens, im Leben — κατ' εἰρήνην, zu Friedenszeiten — καθ' ἡμέραν, den Tag über — καθ' ἡμᾶς, zu unserer Zeit. 2) Ausdehnung bis an etwas hin und überhaupt jede unbestimmte Nähe, und zwar a) als

Bewegung und Richtung: nach, zu, an, bei, gegen hin, in; β) im ruhigen Stande: an, neben, bei, in, auf, gegenüber; τὰ κατὰ τὸν Οὐρανὸν, was am Himmel vorgeht — οἱ κατὰ σὲ τεταγμένοι, die, welche dir gegenüber stehen — κατὰ θάλασσαν, auf dem Meere, zu Wasser. γ) Metaph. zur Angabe jeder Verbindung und Berührung, in welcher ein Gegenstand mit dem andern steht: in Ansehung, in Bezug auf, in Betreff, in Rücksicht; τὰ κατὰ τὴν πόλιν, alles, was die Stadt angeht, die Ereignisse, Verhältnisse, die Lage des Stadtes — τὰ κατὰ τὸν πόλεμον, der König und alles, was in oder für denselben geschieht — θαυμάζεται κατὰ τὸ κάλλος, sie wird bewundert in Betreff oder wegen ihrer Schönheit — τὸ κατ' ἐμὲ, was mich betrifft. Daher bezeichnet κατὰ δ) alle Verhältnisse, wodurch Dinge mit einander verwandt sind, und wonach eines als vermittelt und bewirkt durch das Andere erscheint: nach Verhältniß, nach Maßgabe, nach, zu Folge; τὰ κατ' ἐμὲ, das, was mit mir in Verhältniß steht, sich für mich schickt oder paßt — μείζων ἢ κατ' ἄνθρωπον, von übermenschlicher Größe (d. i. größer als nach dem Verhältniß des Menschen) — κατὰ τὴν τέχνην, nach den Regeln der Kunst — κατὰ δύναμιν, nach Kräften — ὁ κατὰ φύσιν θάνατος, der natürliche Tod — κατὰ τύχην, durch Zufall — κατὰ τὴν συμφωνίαν od. συνθήκην, nach dem Vertrage — κατὰ τοῦτο, dem Zufolge, nach dieser Art od. Ansicht. 3) In Zusammensetzungen bezeichnet κατὰ ε) herab, herunter, darauf; auf; nieder, darnieder, hin, am Boden, da; z. B. καταπέμπω, ich sende herab — καθιστάνω, ich stelle auf, ich stelle hin — καταπίπτω, ich falle nieder, ich falle hin — κατάκειμαι, ich liege da. ς) Es verstärkt den Begriff des einfachen Wortes: er, zer, ver, aus, durch, gänzlich; be, um; z. B. κατακόπτω, ich zerhaue — καταλέγω, ich lese aus — καταβρέχω, ich benetze, κατάδηλος, ganz offenbar — κατάγηρως, sehr alt. ζ) Feindliches, ungünstiges, nachtheiliges Einwirken auf etwas: wider, entgegen, miß, ver, ab; z. B. καταψηφίζομαι, ich gebe meine Stimme gegen jemd. — καταδίκη, Verurtheilung — κατακρίνω, ich verdamme, verurtheile — καταγελῶ, ich verlache, verspotte u. s. w.

3. Ὑπὲρ mit Genitiv. α) vom Orte: über, oberhalb, obendrauf, drüberhinaus, drüberhinweg, jenseits; β) für, zum Besten; z. B. ὑπὲρ τῆς πατρίδος ἀπέθανε, für das Vaterland starb er; γ) wegen, um — willen; z. B. ὑπὲρ αὐτοῦ, wegen seiner, um seinetwillen. In Verbindung mit einem Infinitiv, welchem das Geschlechtswort beigefügt ist, läßt es sich im Deutschen am bequemsten übersetzen durch um zu od. damit; z. B. ὑπὲρ τοῦ νὰ σωθῇ, um sich zu retten — ὑπὲρ τοῦ νὰ μὴν ἀποθάνῃ, um nicht zu sterben; δ) über, in Betreff; z. B. τὰ συμφέροντα ὑπὲρ τῶν μελλόντων, das Vortheilhafte in Betreff des Zukünftigen u. s. w.

Ὑπὲρ mit Accusativ, von Raum, Zeit, Maß und andern Verhältnissen: über, hinüber, drüber hinaus, mehr als; z. B. ὑπὲρ δύναμιν, über Vermögen — ὑπὲρ λόγον, über alle Beschreibung — ὑπὲρ τοὺς ἑκατὸν, mehr als ein hundert. In Zusammensetzungen bezeichnet ὑπὲρ das drüberseyn in allen Beziehungen; also: 1) höhere Lage in Orte: drüber, jenseits; 2) das Bedenken, Umgeben, Beschützen; darüber, dafür; 3) besonders das Uebermaß, die Uebersteigung, Uebertreibung; über, außerordentlich, sicher.

§. 17.

Vorwörter, welche mit drei Endungen in Verbindung gesetzt werden.

ἀμφὶ, περὶ, ἐπὶ, παρὰ, πρὸς, ὑπὸ, μετά.

I. Ἀμφί. α) Mit Genitiv. 1) um, um—herum: 2) in Ansehung, wegen, über. β) Mit Dat. 1) um, an; zwischen, unten, um etwas her, über; 2) um, wegen, aus. γ) Mit Accusat. 1) um (zur Angabe einer nicht genauen Bestimmung des Ortes), daher auch in Ansehung, in Bezug auf; z. B. εἰμὶ ἀμφί τι, ich bin um etwas herum, mit etwas beschäftigt; 2) von Zeit, Maß und Größen-Bestimmung: gegen, um; fast, beinahe; z. B. ἀμφὶ τὸν χειμῶνα, gegen den Winter hin — ἀμφὶ τὰ τεσσαράκοντα ἔτη, gegen 40 Jahre, fast 40 Jahre alt — ἀμφὶ τὰ μέσα, fast in der Mitte; 3) es gibt an nähere Beziehung und Verbindung; z. B. τὰ ἀμφί τι, das, was zu etwas gehört. In diesem Gebrauche bezeichnet es ein Ganzes zugleich mit Hervorhebung seiner Theile und Aeußerungen; z. B. τὰ ἀμφὶ τὸν πόλεμον, der Krieg und alles, was dazu gehört — οἱ ἀμφί τι, die Umgebungen jemandes, das Gefolge, die Anhänger, Gefährten und, nach Verschiedenheit der Person, die Schüler, Soldaten u. dgl. Oft auch gebrauchen die Hellenen diesen Ausdruck, wenn von der Person allein die Rede ist.

II. Περί. Dem Sinne nach genau verwandt mit ἀμφὶ, und häufiger gebraucht als dieses. α) Mit Genit: 1) in Bezug, in Betreff, in Hinsicht, in Ansehung; über; wegen; für; z. B. λέγω περί τινος, ich spreche über etwas — μάχομαι περί τινος, ich kämpfe über, um, für etwas — φοβοῦμαι περί τινος, ich bin über etwas besorgt — τὰ περί τινος, die Verhältnisse, Lage, der Zustand, die Geschichte, Schicksale jemandes; 2) drum, herum, drüber hinaus; über; z. B. περὶ πάντων ἐστι, er ist über Alle erhaben, er übertrifft Alle — περὶ πολλοῦ ποιοῦμαί τι, ich schätze etwas hoch, ich lege viel Werth auf etwas — περὶ πλείστου ποιοῦμαί τι, ich schätze etwas

12 *

sehr hoch, ich gebe alles drum. β) Mit Dativ: 1) vom Orte: um, an, bei (zur Bezeichn. der unmittelbaren Nähe u. Verbindung); z. B. φέρω θώρακα περὶ τοῖς στέρνοις, ich trage ein Harnisch, welcher mir die Brust umschließt — χρυσοῦν δακτύλιον φέρει περὶ τῇ χειρὶ, er trägt einen goldenen Ring an der Hand, an dem Finger. Auch bei Zeitwörtern der Bewegung gebrauchen die Hellenen häufig περὶ mit Dativ, wo die Deutschen den Akkusat. setzen, weil sie weniger die im Zeitworte ausgedrückte Thätigkeit, als den dadurch herbeigeführten Zustand berücksichtigen; z. B. θώρακα περὶ τοῖς στήθεσιν ἔνδυνεν, er zog den Harnisch über die Brust, er legte den Harnisch an, so daß er die Brust umschloß; 2) metaph. über; für (verweilend bei, beschäftigt mit etwas); φοβοῦμαι περί τινι, ich bin für oder um einen besorgt — μάχομαι περί τινι, ich kämpfe über, um etwas — θαῤῥῶ περί τινι, ich bin nicht besorgt für, um, über etwas. 3): vor, aus (zur Bezeichnung eines innern Zustandes, in welchem befangen man etwas thut, also eigentlich um etwas herum weilend); περὶ φόβῳ, vor od. aus Furcht. γ) Mit Accusat. 1) um; in der Nähe, in die Nähe, bei, in-herum, um-herum, überall um, über-hin, durch-hin; z. B. οἱ περί τινα, die Umgebungen, das Gefolge, die Parthei, die Freunde, Schüler jemandes, jemand mit seinen Begleitern und Anhängern — οἱ περί τι, die, welche sich mit etwas beschäftigen — τὰ περί τι, die Angelegenheiten einer Sache, daß, was mit der Sache vorgeht, die Sache und alles, was dazu gehört — εἰμὶ περί τι, ich bin mit etwas beschäftigt, ich bin nahe an etwas — αἱ περὶ τὸ σῶμα ἡδοναὶ, die sinnlichen Lüste; 2) in Bezug auf, in Hinsicht auf, gegen, an, um; z. B. ἁμαρτάνω od. ἀδικῶ περί τινα, ich vergehe mich gegen Einen — ἀμελῶς ἔχω περί τινα, ich vernachlässige Einen — τοιοῦτός ἐστι περί τινα, so handelt od. sich benimmt er gegen Einen — ἡ περί τινα προθυμία, der gute Wille, welchen man gegen Einen beweist; 3) von der Zeit und bei Zeitbestimmungen: um, gegen; z. B. περὶ τὰ μεσονύκτιον, gegen Mitternacht — περὶ τὸν Ἀλεξάνδρου θάνατον, um die Zeit wo Alexander stark. δ) In Zusammensetzungen bedeutet περὶ 1) Umgebung und Verbreitung von oder auf oder nach allen Seiten: um, ringsum, überall; daher bildet es auch oft nur die Verstärkung des einfachen Begriffes, wie das Deutche: ver, sehr, vorzüglich, ausnehmend; 2) Kreislauf und endliches Gelangen, an einen Punkt: herum, durch u. durch; 3) das drüberhinausgehen, Uebertreffen, Uebersteigen: über, be.

III. Ἐπί. Mit Genitit. α) Zur Angabe von Ortsverhältnissen: 1) auf, an, bei, über, vor; z. B. ἐφ' ἵππου, zu Pferde — ἐπὶ μαρτύρων, vor Zeugen — ἐπὶ ξένης, in der Fremde; 2) nach (wenn der bestimmte Punkt angegeben wird, welchen man erreichen will, oder wirklich erreicht); z. B. ἀναχωρῶ ἐπ' οἴκου, ich begebe mich in meine Heimath — hingegen ἐπ' οἶκον, ich ziehe mich zurück nach der Heimath, in der Richtung nach denselben hin — πλέω ἐπ' Ἑλλάδος, ich schiffe nach Griechenland. β) Von der Zeit: unter, während, zur Zeit (immer mit dem Nebenbegriff der Dauer); z. B. ἐπὶ Κόδρου βασιλεύοντος, während der Regierung des Kodrus (in der ganzen Periode, wo Kodrus regierte) — ἐπ' εἰρήνης, zu Friedenszeiten — ἐφ' ἡμῶν, in unsern Tagen, zu unserer Zeit. γ) Zur Angabe der bedingenden Ursache, der Umstände und Verhältnisse, unter welchen und durch welche etwas geschieht: unter; z. B. ἡ ἐπ' Ἀνταλκίδου εἰρήνη, der durch den Andalkidas vermittelte Friede — ὁ ἐπὶ τῶν ἀποῤῥήτων, der Geheimschreiber — ἐπὶ μαρτυρίας, unter Aufführung von Zeugnissen — ἐπὶ κέρως, in Kolone — ἐπὶ τεσσάρων, vier Mann hoch — ἐφ' ἑνὸς, Mann für Mann — ἐφ' ἑαυτοῦ, für sich allein, ohne fremdes Zuthun, unabhängig. Mit Dativ α) vom Orte: auf, über; an, bei, in; neben (unmittelbar) nach; z. B. ἐσθίω ἐπὶ τῷ ἄρτῳ, ich esse zum Brode — ἐπὶ τούτοις, noch außerdem, überdieß. β) Von der Zeit: zu, in, bei, an, während, auf, nach; z. B. ἐπὶ τῷ τρίτῳ σημείῳ, beim dritten, aufs dritte Zeichen — ἐπὶ τῇ τελευτῇ τοῦ βίου, am Ende des Lebens — ἐπὶ τούτῳ, dabei, während dem, darauf. Außerdem bezeichnet ἐπὶ mit Dativ. γ) Macht und dadurch bewirkte Abhängigkeit und Unterwürfigkeit:

über und unter; z. B. εἰμὶ ἐπί τινι, ich bin gegeben in jemandes Hände, Gewalt, ich bin einem unterwürfig — ἐφ' ἡμῖν ἐστί τι, es ist etwas in unsern Hände gefallen, wir sind Herrn von etwas — ἐπὶ τῷ ἀδελφῷ εἰμὶ, ich stehe unter dem Bruder, ich bin von ihm abhängig — ἐπ' ἐμοί ἐστι, es steht in meiner Macht, steht bei mir, hängt von mir ab — εἰμὶ ἐπί τινι τεταγμένος, ich bin über etwas gesetzt — οἱ ἐπί τινι, die, welche über etwas gesetzt, mit Verwaltung einer Sache beauftragt sind. δ) Bedingung: unter; z. B. ἐπὶ μισθῷ ἐργάζομαι, ich arbeite um Lohn, für Lohn — ἐπὶ τούτοις, unter diesen Bedingungen — ἐφ' ᾧ und ἐφ' ᾧτε (attraction st. ἐπὶ τούτῳ, ὥστε), unter der Bedingung, daß; z. B. οὐχὶ ἐπὶ παντὶ τῷ βίῳ, nicht und wenn es gleich das Leben kosten sollte — ἐπὶ πόσῳ; für wieviel? wie theuer? ε) Beweggrund, Veranlassung: über, auf, wegen; z. B. γελῶ ἐπί τινι, ich lache über etwas — μέγα φρονῶ ἐπὶ σοὶ, ich bin auf dich stolz — ἐπὶ προδοσίᾳ, wegen Verrätherei — ἐπ' ὀνόματί τινος, auf jemandes Namen ς) Absicht, Endzweck, Erfolg: um, wegen, zu; z. B. ἄγω τινα ἐπὶ θανάτῳ, ich führe, schleppe jemanden zum Tode — ἐπ' ἀγαθῷ, zum Vortheil — ἐπὶ βλάβῃ od. ζημίᾳ, zum Nachtheil — ἐπὶ τούτῳ, deshalb, in dieser Absicht — ἐπὶ τίνι; warum? wozu? Mit Accusat. bezeichnet ἐπί. 1) Richtung nach einem Punkte hin: auf, nach, gegen, zu, an, in; ἔρχομαι ἐπὶ πᾶν, ich gehe zu allen hin, d. i. ich wende alles an, ich versuche alles. Auch metaphor. z. B. ἐπὶ τὸ χεῖρον κλίνει, es neigt sich zum Schlechtern, es sinkt. Von Personen gebraucht drückt es aus feindliches Entgegenstreben; wider, gegen; z. B. στρατεύεται ἐπὶ τοὺς Βαρβάρους, er zieht zu Felde gegen den Barbaren; 2) Ausdehnung bis zu einem Punkte in Raum und Zeit: bis an, bis zu (vom Orte); auf, bis auf, für (von der Zeit); z. B. ἐπὶ τρεῖς ἡμέρας, auf drei Tage, drei Tage lang — ἐφ' ὅσον, so weit als (vom Orte); so lange als (von der Zeit) — ἐπὶ τὸ πολὺ, meistentheils — ἐπὶ τοσοῦτον, so weit; 3) Absicht, Zweck: zu, um, wegen, nach, auf; z. B. ἐξέρχομαι ἐπὶ τὸ κυνηγέσιον, ich gehe auf die Jagd — ἐπὶ τοῦτο, deshalb, zu diesem Zwecke — ἔρχομαι πρός τινα ἐπ' ἀργύριον, ich gehe zu Jemanden, um Geld zu heben. In Zusammensetzungen bezeichnet ἐπὶ 1) die örtliche Beziehung der Nähe, sowohl im Accusativ, als im Dativverhältniß: auf, hinauf, hin, an; zu, hinzu, an, bei; darauf, daran, dabei. Besonders auch feindliche Richtung: gegen, an, auf. Auch metaphor. Beziehung und Absicht auf etwas; z. B. ἐπιθυμῶ, ich trachte nach etwas, ich begehre etwas; 2) die Folge in der Zeit: nach, hinzu, darauf, demnach; z. B. ἐπιβιῶ, ich überlebe — ἐπιβλαστάνει, es keimt nach. 3) Zunahme, Wachsthum, Steigerung: an, zu; daher bildet ἐπὶ häufig Composita (σύνθετα), welche blos den Begriff des einfachen Wortes stärker hervorheben. 4) Begleitung, Gleichzeitigkeit; z. B. ἐπιθρηνῶ, ich weine dazu, dabei. Auch Veranlassung, Grund: uber, an; z. B. ἐπιγελῶ, ich belache, ich lache darüber. 5) Gegenseitige Beziehung; z. B. ἐπεργασία, das Recht Ackerbau auf fremdem Gebiete zu treiben; ἐπιγαμία, die zweite Heirath, auch das gegenseitige Heirathen aus einem Lande oder aus einer Familie in die andere u. s. a.

NB. Wenn das Vorwort nach die Richtung nach einem Punkte hin bezeichnet, so gebrauchen die Hellenen ἐπὶ mit dem Genitiv, wenn der bestimmte Punkt angegeben wird, welchen man wirklich erreicht oder erreichen will; aber ἐπὶ mit dem Accusativ, wenn der Punkt angegeben wird, nach welchem überhaupt nur die Bewegung hingeht, ohne ihn zu erreichen, oder erreichen zu wollen.

IV. Παρά. Der Grundbegriff dieses Vorwortes ist: neben, bei, also das Verhältniß der unmittelbaren Nähe, welches sich in der Verbindung mit den verschiedenen Endungen nur verschiedenartig ausspricht. A) mit dem Genitiv bezeichnet παρὰ 1) gewöhnlich das Ausgehen aus der unmittelbaren Nähe eines Gegenstandes, und wird durch das deutsche von nur mangelhaft übersetzt; z. B. μανθάνω παρά τινος, ich lerne von Einem — πέμπομαι παρά τινος, ich werde von Einem gesandt; daher οἱ παρά τινος, die Gesandten, Abgeordneten jemandes — παρ' ἑαυτοῦ, aus eigenen Mitteln, aus eigenem Vermögen — τὰ παρά τινος, das von Einem Ausgehende, bedeutet α') die Aufträge, Befehle, Beschlüsse, Anträge Jemandes; β') seltener wie beim Dativ bei. B) Mit dem Dativ: bei, neben, vor, in Gegenwart, unter; z. B. παρ' ἀνθρώποις, bei, unter den Menschen — ψάλλω παρά τινι, ich singe Einem vor — τὰ παρά τινι, das bei Einem Befindliche oder Geschehende, bedeutet α') Jemandes Vermögen, β') Jemandes Zustände, Lage. Wenn παρὰ mit dem Dativ auch mit Zeitwörtern, welche eine Bewegung ausdrücken, verbunden wird, so ist mehr auf den aus der Handlung hervorgehenden Erfolg Rücksicht genommen, und solche Ausdrücke sind elliptisch zu erklären; wie z. B. πορεύομαι παρὰ Ὄθωνι, ich gehe, um bei Otto zu seyn. C) Mit dem Accusativ 1) bei, zu, neben, an; z. B. πέμπω, ἔρχομαι, πορεύομαι παρά τινα, ich sende, komme, reise zu Einem — παρὰ τοῦτο ἐγένετο, bis dahin ist es gekommen. 2) Daneben - vorbei, an der Seite von etwas hin; daher a) vom Raume: längs, an, neben; z. B. παρὰ τὴν πόλιν, an der Stadt hin, neben der Stadt vorbei — παρὰ τὸν ποταμὸν, an dem Fluße hin, längs des Flußes. Eben so auch metaph. von Gegenständen: α') verweilend bei, verbunden mit d. i. nun, wegen; z. B. ἀθυμῶ παρά τινα, ich bin muthlos um Jemandes willen (weil ich mit ihm in Verbindung stehe). β') Daneben gehalten, im Vergleich mit, gleichkommend; z. B. παρ' οὐδέν ἐστι, es kömmt dem nichts gleich, ist für nichts zu achten — παρ' ὀλίγον ποιοῦμαί τι, ich achte etwas für gering — αὐτὸς παρ' ἑαυτὸν, er neben sich selbst gehalten, d. i. im Vergleich mit sich selbst — παρὰ μικρὸν, παρ' ὀλίγον, um ein Kleines, beinahe, fast — παρὰ πολὺ, bei weitem — παρ' ἡμέραν, einen Tag um den andern — ἐνιαυτὸν παρ' ἐνιαυτὸν, ein Jahr ums andere — πληγὴ παρὰ πληγὴν, Schlag um Schlag. b) Von der Zeit und von Handlungen in der Zeit: während, bei; z. B. παρ' ὅλον τὸν βίον, im ganzen Leben, das ganze Leben hindurch — παρὰ πότον, παρ' οἶνον, beim Trinken, beim Weine — παρὰ τὸν πόλεμον, während der Dauer des Krieges — παρ' αὐτὸν τὸν κίνδυνον, im Augenblicke der Gefahr — παρὰ τὴν βασιλείαν αὐτοῦ, während seiner Herrschaft. c) Metaphor. von Gegenständen und Begriffen: daneben-vorbei (d. i. ohne zu berühren); daher: entgegen, zuwider, wider, darüber hinaus, über, vor, außer; z. B. παρὰ τὸ δίκαιον, gegen das Recht, dem Rechte zuwider — παρὰ τοὺς νόμους, gegen die Verordnung der Gesetze — παρὰ καιρὸν, über das rechte Maß, zur Unzeit — παρὰ δύναμιν, über Vermögen — παρ' ἐλπίδα, über Verhoffen — παρὰ δόξαν, gegen Erwarten. D) In Zusammensetzungen ertheilt παρὰ dem damit verbundenen Hauptbegriffe alle diese angegebenen Nebenbezeichnungen, besonders aber bezeichnet es 1) Annäherung und Verbindung; z. B. παραδίδω, ich gebe hin, übergebe — παράκειμαι, ich liege daneben, dabei — παρέχω, ich biete dar. 2) Ueberschreitung und zwar sowohl a) Uebertreffung: παραβάλλω, ich übertreffe; als auch b) Widerstreit, Uebertretung: παρανομῶ, ich handle widergesetzlich — παραβαίνω, ich übertrete. 3) Uebereilung, Flüchtigkeit und daraus entspringende Unrichtigkeit: παρορῶ, ich übersehe — παρακούω, ich verhöre, παραγιγνώσκω, ich urtheile falsch.

V. Πρός. A) Mit dem Genitiv 1) örtlich: an, zur Seite, in der Richtung nach etwas hin; z. B. πρὸς τοῦ ποταμοῦ παρατάττεται τὸ στράτευμα, das Heer lehnt sich an den Fluß an, ist an dem Fluße aufgestellt πρὸς μεσημβρίας, gegen Süden hin. 2) Zur Angabe alles dessen, was durch die Kraftäußerung Jemandes bewirkt wird, unter Jemandes Einfluß steht; doch a) beim Passiv: von, durch (zur Angabe der selbstständig wirkenden Ursache und deßhalb hauptsächlich von Personen gebraucht); z. B. ἐπαινοῦμαι πρός τινος, ich ernte Lob von Einem — ἀκούω πρός τινος, ich erfahre durch Einem; b) von etwas her, von Seiten, vermittelst, unter Einwirkung, in den Augen, nach dem Urtheil;

z. B. πρὸς πατρός, vom Vater her, von väterlicher Seite — δίκαιον ἐστὶ πρός τε Θεοῦ καὶ πρὸς ἀνθρώπων, es ist gerecht vor Gott und Menschen, in den Augen Gottes und Menschen — πρὸς Θεοῦ (als Betheuerungsformel), bei Gott (d. i. indem die Gottheit und der Gedanke an dieselbe einwirkt). 3) zur Angabe, daß etwas zu den Verhältnissen Jemandes gehört, darin begründet, denselben angemessen, oder für dieselben berechnet ist; εἶναι πρός τινος, a) in etwas begründet, einer Sache eigenthümlich, angemessen seyn, oder zukommen; b) auf Jemandes Seite, zu seinem Vortheil, für ihn seyn; z. B. πρὸς σοφοῦ ἐστιν, es ist eines Weisen würdig, ist seine Sache oder Pflicht. B) Mit dem Dativ 1) zur Bezeichnung der unmittelbaren Nähe: bei, an, auf, vor; z. B. εἰμὶ πρός τινι, ich bin bei etwas, über etwas her, ich bin damit beschäftigt — τὰ πρὸς ποσί, das, was vor den Füßen liegt, d. i. das Gegenwärtige, zunächst Angehende. 2) Zur Angabe des Hinzutretenden, der Häufung: zu, außer; z. B. πρὸς δὲ τούτοις, außerdem, noch obendrein, noch dazu. C) Mit dem Accusativ 1) örtlich: zu, nach, in, auf, nach-hin, gegen, darauf-zu; z. B. πρὸς ἑσπέραν, μεσημβρίαν, ἄρκτον, gegen Westen, Süden, Norden — πρὸς ἡμέραν, gegen Tagesanbruch — φέρομαι πρός τι, ich gehe auf etwas los, stürme dagegen an. 2) gegen: ἀγωνίζομαι πρός τινα, ich kämpfe gegen, mit Einem — ποιῶ τι πρός τινα, ich thue etwas gegen oder an Einem. 3) Bei, unter Begleitung; πρὸς τὴν σελήνην, bei Mondschein — πρὸς τὸν αὐλὸν χορεύω, ich tanze unter Begleitung der Flöte, nach der Flöte. 4) Zur Angabe der Richtung und des Bezuges auf etwas: a) im Allgemeinen in Rücksicht, in Hinsicht, in Bezug auf; σκοπῶ πρός τι, ich nehme Rücksicht auf etwas, habe etwas im Auge — τὰ πρὸς τὸν πόλεμον, der Krieg und alles, was damit in Verbindung steht, das Kriegswesen, Kriegsrüstung, kriegerische Uebungen — τὰ πρὸς τοὺς φίλους, die Verhältnisse und Pflichten der Freundschaft — τὰ πρὸς τὸ ζῆν, die Lebensmitteln — πρὸς λόγον, zur Sache gehörig — πρὸς ταῦτα, in Bezug hierauf, deßhalb, demnach. b)

Zur Angabe der Vergleichung oder des Verhältnisses, in welchem Dinge zu einander stehen: im Vergleich mit, gegen, im Verhältniß zu, nach Maßgabe, nach Art, nach; z. B. οἱ κακοὶ πρὸς τοὺς ἀγαθοὺς, die Schlechten im Vergleich mit den Guten — παραβάλλω πρός τι, ich vergleiche mit etwas — ποιῶ πρὸς τὸ σῶμα, ich richte ein nach dem Körper abmessend und passend — πρὸς τὸ παρὸν, nach den gegenwärtigen Umständen, nach den obwaltenden Verhältnissen — πρὸς τὰ ἔργα τάττω τὰς τιμὰς, ich bestimme nach dem Verdienste die Belohnung. c) Zur Angabe des Zweckes, der Absicht: zu, nach; πρὸς τί; wozu? warum? πρὸς οὐδὲν, zu nichts, umsonst. d) Häufig bildet auch πρὸς blos Adverbial-Ausdrücke; z. B. πρὸς ἡδονὴν, zum Vergnügen, gern — πρὸς ἀκρίβειαν, mit Genauigkeit, genau — πρὸς φιλίαν, freundschaftlich — πρὸς βίαν, wider Willen. D) In Zusammensetzungen bedeutet πρὸς a) Annäherung, Nähe, Verbindung; metaph. Verweilung bei, Beschäftigung mit etwas: hinzu, an, daran, herbei, dabei; b) Häufung, Vermehrung, Hinzukommen: dazu, obendrein, außerdem, noch mehr; c) Richtung und Bezug auf etwas: an, zu, gegen.

VI. Ὑπό. A) Mit dem Genitiv 1) vom Ort: unter; z. B. ὑπὸ τῆς γῆς, unter der Erde — ἵππος ὑφ' ἁμάξης, ein an den Wagen gespanntes Pferd. 2) Metaphor. a) zur Angabe der Einrichtung von begleitenden Umständen: unter, bei, nach; z. B. κατέσκαπτε τὰ τείχη ὑπ' αὐλῶν καὶ τυμπάνων, er ließ die Mauern unter (bei) Musik von Trompeten und Pauken niederreißen — ὑπὸ μαστίγων ἀπέθανε, er starb unter Geißelhieben — ὑπὸ φωτὸς, bei Licht. b) Zur Angabe der wirkenden oder veranlassenden Ursache: von, durch, aus, vor. Am gewöhnlichsten erscheint ὑπὸ in Verbindung mit Zeitwörtern leidender Form und unübergg., um den Gegenstand zu bezeichnen, durch welchen der in Verbindung enthaltene Zustand herbeigeführt wird, wo die Deutschen es durch von übersetzen, obgleich es eigentlich mehr das Unterliegen und Ueberwältigtwerden ausdrückt; z. B. ἀπέθανεν ὑπό τινος, er starb von Einem, d. i. er ist von Einem getödtet worden. Eben so mit Hauptwörtern, die einen Gemüthszustand ausdrücken; z. B. ὑπὸ φόβου, überwältigt von Furcht, d. i. aus Furcht — ὑπὸ φθόνου, aus Neid — ὑπὸ χαρᾶς, aus Freuden. B.) Mit dem Dativ 1) vom Ort: unter wie beim Genitiv); 2) metaphor. a) zur Angabe der Unterwürfigkeit u. Abhängigkeit: unter; εἰμὶ ὑπό τινι, ich stehe unter Einem, ich bin ihm untergeben, Unterthan — οἱ ὑπό τινι, die Untergebenen, Unterthanen — ὑπ' ἐμαυτῷ ποιοῦμαι, ich unterwerfe mir, bringe in meine Gewalt, unter meine Botmäßigkeit — ἔχει ὑφ' ἑαυτῷ, er hat zu kommandiren. b) Zur Angabe der Einwirkung von begleitenden Umständen: unter, bei (wie beim Genitiv, aber gewöhnlicher mit Dativ); ὑπ' αὐλῷ, unter Flötenspiel, nach der Flöte — ὑπὸ κήρυκι, unter Heroldsruf, auf den Ruf des Herolds. C) Mit dem Accusativ 1) vom Orte: unter, hinter (auf die Frage wohin?) ὑπὸ γῆν, unter die Erde — ὑπὸ τὸν λόφον, unter den Hügel, an den Fuß des Hügels — ὑπὸ τὰ τείχη, unter die Mauern — ὑπὸ Κόρινθον, unter die Mauern von Korinth. 2) Von der Zeit: gegen, um (zur Angabe der Annäherung an einem bestimmten Zeitpunkt) ὑπὸ τὴν νύκτα, gegen Abend, bei Einbruch der Nacht — ὑπὸ ἠῶ, gegen Morgen, gegen Tagesanbruch — ὑπὸ τοὺς αὐτοὺς χρόνους, um dieselbe Zeit. 3) Zur Angabe der Unterwürfigkeit: unter (wie beim Dativ); 4) zur Angabe der Einwirkung von begleitenden Umständen: unter, bei (wie beim Genitiv und Dativ, doch seltener); ὑπὸ τὸν αὐλόν, beim Flötenspiel. D) In Zusammensetzungen bedeutet ὑπὸ 1) darunter, sowohl im Zustande der Ruhe als der Bewegung und Entfernung: darunter, unter, unterhalb, darunterhin, darunterweg; 2) bezeichnet es den Begriff des Allmähligen und Unvermerkten, und daher auch (in Rücksicht der Qualität) des Wenigen; ist also im Deutschen zu übersetzen: allmählig, unvermerkt, heimlich, versteckt; etwas, ein wenig, ziemlich; bei Beiwörtern auch durch die angehängte

Silbe lich; z. B. ὑπόλευκος, weißlich, etwas weiß — ὑπόγλυκος, süßlich u. s. w.

NB. Die drei Vorwörter, welche die Hellenen an die Stelle des deutschen von beim Passiv gebrauchen, um die wirkende Ursache zu bezeichnen, unterscheiden sich auf folgende Art von einander: ὑπό bezeichnet überhaupt, daß etwas unter dem Einfluße eines Gegenstandes geschehe; πρός bezeichnet eine selbstständige Einwirkung oder lebendige Kraftäußerung, und wird deßhalb hauptsächlich von Personen gebraucht: παρά wird gebraucht, um zu bezeichnen, daß etwas aus der unmittelbaren Nähe, aus dem innern oder äußern Vermögen eines Gegenstandes herkomme.

VII. Μετά. A) Mit dem Genitiv: mit; und zwar a) zur Angabe der Verbindung und Begleitung: mit, nebst; z. B. μετά τινος εἰμι, ich bin mit Einem, d. i. auf seiner Seite, mit ihm verbunden — οἱ μετά τινος, Jemandes Umgebung, seine Angehörigen, Untergebenen, Freunde u. dergl. b) Zur Angabe des Mittels und der begleitenden Umstände: mit, durch; μετ' ἀληθείας, mit Wahrheit, in Wahrheit — μετ' ἀρετῆς, durch Tugend — μετὰ κινδύνου, unter od. durch Gefahren — μετὰ καιροῦ, nach Maßgabe der Umstände — μεθ' ὁποιουδήτινος τρόπου, auf irgend eine Weise. B) Mit dem Accusativ: nach, und zwar a) von der Zeit: nach, hinter-her; τὰ μετὰ ταῦτα, die nachherigen Ereignisse, die weitern Umstände — μεθ' ἡμέραν, bei Tage — μετὰ χεῖρας ἔχω, ich habe unter, in den Händen. b) Von Werth und Rang: nach, nächst; πόλις πλουσιωτάτη μετὰ Λονδῖνον, die reichste Stadt nächst oder nach London. c) Zur Angabe der Richtung nach etwas hin, der Absicht auf etwas: nach; z. B. πορεύομαι μετά τι, ich gehe nach etwas — πλέω μετὰ χρυσόν, ich schiffe nach Gold, d. i. ich will Gold holen. C) Mit dem Dativ auch bei Dichtern nur. In Zusammensetzungen bedeutet μετὰ 1) Verbindung, Gemeinschaft, Umgang; 2) Folge in Raum u. Zeit; 3) Richtung nach einem Punkte hin, oder Absicht auf etwas; 4) Umwandlung, Umänderung, Uebergang aus einem Zustand in den andern.

NB. Wenn das Vorwort **mit**, Verbindung und Begleitung ausdrückt, so wird im Hellenischen dieses Verhältniß in vielen Fällen deutlicher bezeichnet durch die Mittelwörter der Zeitwörter ἔχω, ἄγω, φέρω und χρῶμαι; und zwar durch ἔχων, wenn Gegenstände angegeben werden, die wir besitzen oder in unserer Gewalt haben und befehligen; durch ἄγων, bei Gegenständen, welche wir fortbewegen, treiben oder transportiren; durch φέρων, wenn von Lasten oder Ueberbringung die Rede ist; durch χρώμενος, wenn Eigenschaften, Zustände oder Mittel angegeben werden; z. B. er kam mit seiner ganzen Habe, προσῆλθεν ἔχων πάντα τὰ ἑαυτοῦ — sie zogen mit vieler Beute weg, ἀπῆλθον λάφυρα ἄγοντες πολλὰ — der Bote mit dem Briefe, ὁ ἄγγελος φέρων ἐπιστολὴν — mit Sanftmuth, πραότητι χρώμενος.

Achtes Capitel.

Das Zeitwort nach allen seinen Theilen.

A. Gattungen der Zeitwörter.

§. 18.

In der Lehre vom Gebrauche der abhängigen Endungen sind die Eigenthümlichkeiten der einfachsten Form des Zeitwortes, thätiger Form, hinlänglich erörtert worden. Es bleibt uns also hier nur noch die beiden andern Gattungen des Zeitwortes, das **Passiv** und das **Medium** zu erklären übrig.

§. 19.

Passiv, ῥῆμα παθητικόν.

1. Das aktive Zeitwort drückt eine Thätigkeit des Subjekts aus, welche auf einen gewissen Gegenstand (Objekt) gerichtet ist. Das Passiv hingegen stellt den Gegenstand, auf welchen die durch das Aktiv ausgedrückte Handlung gerichtet ist, als etwas erleidend dar.

2. Beim Passiv muß also dasjenige Nomen, welches beim Aktiv als nächstes Objekt im Accusativ stand, als Subjekt im Nominativ stehen. Das Subjekt des Accusativs aber wird nun der Gegenstand, von welchem ein anderer etwas erleidet, und wird deßhalb vermittelst gewisser Vorwörter, gewöhnlich durch ὑπὸ mit dem Genitiv, dem Passiv beigefügt; z. B. διδάσκομαι ὑπὸ τοῦ διδασκάλου (aktiv ὁ διδάσκαλος διδάσκει με) — οἱ βάρβαροι ἐνικήθησαν ὑπὸ τῶν Ἑλλήνων (οἱ Ἕλληνες ἐνίκησαν τοὺς βαρβάρους) — οἱ ἀγαθοὶ μισοῦνται ὑπὸ τῶν κακῶν (οἱ κακοὶ μισοῦσι τοὺς ἀγαθούς).

3. Statt ὑπὸ, welches ganz im Allgemeinen das Ausgehen der Wirkung von einer veranlassenden Ursache bezeichnet, gleichviel ob zufällig oder absichtlich, gebrauchen die Hellenen auch παρὰ mit dem Genitiv, welches bezeichnet, daß etwas aus der unmittelbaren Umgebung, aus dem materiellen oder geistigen Vermögen eines Gegenstandes ausgehe, und wird daher auch hauptsächlich von Personen gebraucht; wie z. B. πέμπομαι παρά τινος, ich bin von Einem gesandt (von Gesandten, die Jemand aus seiner Umgebung abschickt) — ὡς ἐπιδειχθῇ παρὰ σοῦ, das muß von dir bewiesen werden (mit Gründen, die du aus dir selbst nimmst).

5. Auch von solchen Zeitwörtern, welche im Aktiv das Objekt im Genitiv oder Dativ zu sich nehmen, bilden die Hellenen Passiva, bei welchen also der Ge-

genstand, welcher bei der aktiven Konstruction in einem der beiden genannten Cas. obliqu. stand, im Nominativ beigefügt wird; z. B. ἀμελεῖται τὸ σπουδαῖον (ἀμελῶ τινος) — ἀμφότεροι πιστευθέντες (πιστεύω τινι) τοὺς πιστεύοντας ἀδικοῦσι.

Die Zeitwörter, welche im Aktiv einen doppelten Accusativ zu sich nehmen, haben im Passiv die Person im Nominativ bei sich, und lassen den Accusativ der Sache unverändert stehen, weil auch beim Passiv die Sache ein wahres Objekt bleibt; z. B. ὁ παῖς διδάσκεται τὰ γραμματικὰ (διδάσκω τὸν παῖδα τὰ γραμματικὰ — ἐγὼ ἐπείσθην ταῦτα ὑπὸ σοῦ (πείθω τινά τι).

NB. Viele hellenische Passive können im Deutschen nicht anders als durch intransitive oder reflexive Zeitwortsausdrücke übersetzt werden. Die Hellenen nehmlich haben nicht blos solche Zustände, welche durch sichtbare und absichtliche Einwirkung von Außen her erzeugt werden, sondern auch solche, die aus der Natur eines Gegenstandes unter dem Einfluß zufälliger und nicht sinnlich wahrnehmbarer Einwirkung sich entwickeln, durch das Passiv bezeichnet. Von dieser Art sind zu bemerken: a) alle von Bei- und Hauptwörtern abgeleiteten Zeitwörtern mit den Endungen οῦμαι, ύνομαι und αίνομαι, und die meisten auf ιζομαι, welche im Deutschen meist durch Beiwörter mit dem Hülfszeitwort werden, oder durch reflexive Ausdrücke zu übersetzen sind; wie z. B. χολοῦμαι, ὀργίζομαι, ich werde zornig, zürne, erzürne mich — αἰσχύνομαι, ich schäme mich — μαραίνομαι, ich welke, schwinde hin, ich werde schwach oder entkräftet u. a. m. b) Die passiven Formen aller derjenigen Zeitwörter, die im Deutschen entweder transitive und intransitive Bedeutung gemeinschaftlich haben, oder zu denen die intransitive Bedeutung durch einen reflexiven Ausdruck gegeben wird; wie z. B. συντρίβεται, zerbricht; σχίζεται, zerreißt; ἐκπλήττομαι, ich erschrecke; φοβοῦμαι, ich fürchte; ὀχοῦμαι, ich fahre; τρέπομαι, ich wende ich; κινοῦμαι, ich bewege mich u. v. a. c) Die passiven Formen solcher Zeitwörter, die im Deutschen blos als intransitiv vorhanden sind, während die Deutschen die aktive Bedeutung durch Beisetzung der Zeitwörter machen und lassen zu dem intransitiven Ausdrucke oder durch Umschreibung mit einem Hauptworte bezeichnen; wie z. B. μαίνομαι, ich rase (ἐκμαίνω, ich bringe zum Rasen); σήπομαι, ich faule (σήπω, ich lasse faulen, bringe in Fäulniß) u. a. m. Alle diese Zeitwörter sind im Hellenischen reine Passiva, obgleich sie in den Wörterbüchern meist für Media ausgegeben werden.

---

§. 20.
Medium.

1. Die Hauptbedeutung des Mediums ist die reflexive, d. h. diejenige, wo die Thätigkeit, welche vom Subjekte ausgeht, auch wieder auf das Subjekt gerichtet ist, so daß Subjekt und Objekt von vollkommen gleichem Begriffe sind; oder das Medium stellt die in der jedesmaligen Verbalwurzel liegende Thätigkeit als in der durch den jedesmaligen Zusammenhang bestimmten Sphäre seines Subjekts wirksam dar.

2. Bei dieser reflexiven Bedeutung aber sind mehrere Fälle zu unterscheiden: entweder nehmlich wird das Subjekt, welches die Handlung vollbringt, zugleich auch nächstes Objekt, d. h. das Medium drückt aus, daß ein Gegenstand auf sich selbst thätig einwirkt; z. B. τρέπω, ich wende, τρέπομαι, ich wende mich — λούω, ich bade, λούομαι, ich bade mich; oder das Subjekt wird entfernteres Objekt der Handlung; z. B. αἰτῶ, ich fordere, αἰτοῦμαι, ich fordere für mich, erbitte mir — ἀμύνω, ich wehre ab, ἀμύνομαι, ich wehre von mir ab; oder das Reflexive der Handlung zeigt sich nur darin, daß dieselbe an einem Theile des Subjekts, oder an irgend einem mit dem Subjekte verbundenen Gegenstande vollbracht wird, so daß das Subjekt bei Vollbringung der Handlung betheiligt ist; z. B. νίπτω τοὺς

πόδας, ich wasche die Füße eines Andern, νίπτομαι τοὺς πόδας, ich wasche die Füße an mir, d. i. meine Füße; also eben so viel als νίπτω τοὺς ἐμαυτοῦ πόδας oder τοὺς πόδας μου — ἀποδίδω, ich gebe weg, ἀποδίδομαι, ich gebe von dem Meinigen weg, d. h. ich gebe heraus, verkaufe. Von diesen drei verschiedenen Fällen der reflexiven Bedeutung sollen hier Beispiele gegeben werden.

a. Das Subjekt ist zugleich nächstes Objekt, oder das Medium wird gebraucht zur Bezeichnung einer Handlung, welche Jemand an sich selbst vollbringt; z. B. ἀπέχομαι ἀδίκων ἔργων, ich enthalte mich von Ungerechtigkeiten — λούσαθε, ὦ παῖδες, badet euch Kinder.

Anmerkung 1. In dieser strengsten reflexiven Bedeutung ist das Medium am wenigsten üblich, und häufig muß daher im Hellenischen, wie in andern Sprachen, das Reflexive der Handlung durch das Aktiv mit beigefügtem reflexiven Fürworte bezeichnet werden; z. B. ἐπαινῶ ἐμαυτὸν, ich lobe mich (ἐπαινοῦμαι nur: ich werde gelobt).

Anmerkung 2. Auch das Verhältniß, wo eine Thätigkeit von solcher Beschaffenheit ist, daß sie nothwendig ein Objekt voraussetzt, welches mit dem Subjekte in gegenseitiger Beziehung steht, bezeichnen die Hellenen durch die Medialform, weil auch hier das Subjekt zugleich Objekt wird, wenn auch nicht seiner eigenen Thätigkeit, doch einer solchen, die durch die seinige unmittelbar hervorgerufen worden ist. Dergleichen Media sind: ἀγωνίζομαι, ἁμιλλῶμαι und alle, die einen Wettstreit in einer besondern Geschicklichkeit ausdrückeu, wie ἀκροβολίζομαι, διακοντίζομαι, διατοξεύομαι und dergl.; ferner ἀσπάζομαι, λοιδοροῦμαι, ἀνακοινοῦμαι, συμβουλεύομαι, πυνθάνομαι, ἀμείβομαι, ἀποκρίνομαι, μεταχειρίζομαι u. v. a., die man meistens als Deponentia (ἀποθετικά) betrachtet, weil die Aktivform gewöhnlich mangelt, und die reflexive Beziehung bei der Uebersetzung in andere Sprachen sich nicht kund gibt.

b. Das Subjekt ist ein entfernteres Objekt, oder das Medium bezeichnet, daß die Handlung für Jemandes Zwecke vollbracht wird, oder so, daß der Erfolg der Handlung sich an dem Subjekte äußert. In diesem Falle nimmt auch das Medium, so wie das Aktiv die Sache als nächstes Objekt im Accusativ zu sich; z. B. μισθοῦμαι ἅμαξαν — προσπορίζομαι τὰ πρὸς τὸ ζῆν, oder τὰ ἐπιτήδεια.

c. Das Medium drückt aus, daß das Subjekt bei Vollbringung der Handlung nur betheiligt ist, ohne eigentlich selbst (und als Individuum vorgestellt) das Objekt der Handlung zu seyn; z. B. λούσασθε χεῖρας καὶ πόδας — ἐνδύομαι λαμπρά.

Anmerkung 3. In diesem Sinne ist das Medium solcher Zeitwörter zu fassen, von denen man gewöhnlich nach minder genauer Erklärung Aktiv und Medium für gleichbedeutend ausgibt. Die Medialform nehmlich bezeichnet, daß dieselbe Thätigkeit, welche durch das Aktiv als materiell und sinnlich sich äußernd ausgesprochen wird, als ein günstiger Akt im Innern des Subjekts sich gestalte.

3. In den beiden letzten (sub b. u. c.) erwähnten Bedeutungen, daß nehmlich das Medium die Bedeutung des Aktivs beibehält, und nur bezeichnet, daß die Handlung in Bezug auf das Subjekt vollbracht wird, ist das Medium der meisten hellenischen Zeitwörter zu fassen, von welchen diese Form üblich ist. Im Deutschen kann der Sinn dieses Mediums oft durch den Dativ der persönlichen Fürwörter, oft durch Beifügung der zueignenden Fürwörter zu dem Objekt angedeutet werden, oft aber erlangt auch der hellenische Ausdruck durch den Gebrauch des Mediums eine Bestimmtheit und Feinheit, welche im Deutschen sich nicht wiedergeben läßt. Uebrigens behält das Medium in diesem Falle die Construktion des Aktivs bei; z. B. ὁ φίλος ᾐτήσατό με τὸ βιβλίον —

ὁ ἀδελφὸς ἐκτήσατο χρήματα πολλά· — παρέβη ὅσα συνθέμενοι πρὸς ἀλλήλους ὑπέγραφαν — ποίει τὰ δέοντα καὶ ἀπέχου τῶν ἀπρεπῶν.

4. Eine entferntere Beziehung der Handlung auf das Subjekt findet auch dann Statt, wenn dieselbe auf Verlangen oder Befehl des Subjektes und für dessen Zweck von einem Andern vollbracht wird. Auch in dieser Bedeutung wird daher das Medium von den Hellenen gebraucht, wo der Sinn desselben im Deutschen durch Beisetzung von lassen ausgedrückt wird. Z. B. παρατίθεμαι τράπεζαν — ποιοῦμαι φίλον — διδάσκομαι τὸν παῖδα. Uebrigens die neuhellenische Umgangssprache macht keinen Gebrauch des Mediums in dieser Beziehung sondern sie bedient sich blos des Aktivs.

Anmerkung 4. Eigenthümlich ist diese Bedeutung dem Med. nicht, sondern es hat dieselbe mit dem Aktiv gemein, indem die Hellenen nicht immer den unmittelbaren, sondern oft auch den mittelbaren Veranlasser eines Zustandes als Subjekt des Zeitwortes denken. So sind unter gewissen Zusammenhang viele Aktiva mit Beifügung von lassen zu übersetzen; wie z. B. θανατῶ, ἀποκτείνω, ich lasse hinrichten — οἰκοδομῶ, κατασκευάζω, ich lasse erbauen — θάπτω, ich lasse begraben — καρατομῶ und ἀποκεφαλίζω, ich lasse enthaupten u. s. w.

5. Die reflexive Bedeutung, welche in dem Med. liegt, läßt sich oft im deutschen Ausdruck ohne Härte und Zwang nicht wörtlich wiedergeben, sondern die Deutschen gebranchen ein anderes intransitives oder transitives Zeitw., welches in Rücksicht des Sinnes der Bedeutung des hellenischen Mediums entspricht; z. B. παύσασθε λυπούμενοι, höret auf traurig zu seyn — οἱ στρατιῶται ηγάλλοντο καὶ εὐωχοῦντο, die Soldaten ergötzten sich und liessen sich wohlschmecken.

Anmerkung 5. Von dem Medium ist zu unterscheiden das Deponens, (ἀποθετικὸν) d. h. solche Zeitwörter, welche bei transitiver oder intransitiver Bedeutung passive Form haben, wie

z. B. αἰσθάνομαι, αἰτιῶμαι, ἀποποιοῦμαι, ἅπτομαι, καταρῶμαι, βδελύττομαι, δεξιοῦμαι, εὔχομαι, ἐντέλλομαι, ἡγοῦμαι, διϊσχυρίζομαι, μάχομαι, μεταχειρίζομαι, χασμῶμαι, ψεύδομαι, χρῶμαι, φείδομαι u. a. m.) wovon für die Syntax nur der Fall bemerkenswerth ist, daß der Aorist der Deponens auch in passiver Bedeut. gebraucht wird; z. B. ᾐσθάνθην, ᾐτιάσθην, ἀπεποιήθην, ἡγήθην u. s. a. (Jedoch nicht ἥφθην, ἐντάλθην, ἐδεξιώθην, ἐμαχέσθην, ἐχρήσθην, ἐφείσθην, sondern ἡψάμην, ἐνετειλάμην, ἐδεξιωσάμην, ἐμαχεσάμην, ἐχρησάμην, ἐφεισάμην u. s. w.)

B. Tempora.

§. 21.

Eigenthümliche Bedeutung der Tempora.

Da die neuhellenische Sprache keinen Gebrauch von allen Temp. der alten Sprache macht, sondern blos von Präsens, Imperfect, Futur und Aorist, so dürfen die übrigen Temp. hier nicht angefürcht werden. Wir handeln also blos um den Gebrauch von einem Präs. Impf., und Aor. darzustellen, und zwar hauptsächlich insofern der Gebrauch derselben den Hellenen eigenthümlich und von andern Sprachen abweichend ist.

Gebrauch des Präsens.

2. Das Präsens drückt eine Handlung aus, die **eben jetzt vollbracht wird**, wie in andern Sprachen, z. B. γράφω, ich schreibe (bin eben jetzt mit Schreiben beschäftigt). Auch wird das Präs. gebraucht zur Angabe von Eigenschaften, welche dauernd mit einem Gegenstande verbunden gedacht werden, ohne daß sie eben in der Gegenwart sich äußern, oder zum Ausdruck eines allgemeinen Urtheils; z. B. πάντα τὰ ἀγαθὰ χορηγεῖ ὁ

Θεός — πολλῶν κακῶν ἀνθρώποις αἴτιός ἐστιν ὁ πόλεμος.

Gebrauch des Imperfekts.

2. Das Imperfekt drückt aus, daß eine Handlung fortdauerte, während etwas anderes geschah, und wird daher überhaupt zu Bezeichnung dauernden Zustände aus der Vergangenheit gebraucht; z. B. ὅτε ἔγραφον ἦλθεν ὁ φίλος — ἐν ᾧ διεσπάραττε τὴν Ἑλλάδα ὁ φατριασμὸς, ἀνηγορεύθη βασιλεὺς αὐτῆς ὁ Ὄθων καὶ ἔσωσεν αὐτὴν ἐκ τοῦ ἐπαπειλοῦντος αὐτῇ ὀλέθρου.

Gebrauch des Aoristes.

3. Der Aorist bezeichnet ein Ereigniß aus der Vergangenheit bloß nach seinem Anfangspunkte betrachtet, ohne Rücksicht auf dessen Verlauf (welchen das Imperfekt bezeichnet) und Abschluß (den in der alten Sprache das Perfekt ausspricht), und dient daher zum Ausdruck alles dessen, was aus der Vergangenheit als dauerlos (momentan) und auf keine bestimmte Zeitfrist beschränkt erwähnt werden soll. Daher wird er von den Hellenen vorzugsweise als erzählendes Tempus gebraucht, indem bei der Erwähnung vergangener Ereignisse es hauptsächlich darauf ankömmt, auszusprechen, daß sie einst waren, ohne Rücksicht darauf, wie lange sie bestanden, und welche Folgen sich daraus entwickelten. (Entgegengesetzt dieser Bedeutung des Aorists ist die des Imperfets.) z. B. οἱ Ἕλληνες ἐνίκησαν τοὺς βαρβάρους — ἡ παρουσία τοῦ Ὄθωνος εἰς Ἑλλάδα ἔσωσεν ἐκ τοῦ παντελοῦς ὀλέθρου αὐτοῦ τὸν πολλὰ παθόντα Ἕλληνα λαόν.

Anmerkung 1. Hieraus ergibt sich von selbst, daß der Aorist in der Erzählung mit dem Imperfekt wechseln kann und muß. Werden nemlich Ereignisse aus der Vergangenheit neben einander erwähnt, deren einige als in ihren Wirkungen fortdauernd, andere nach dem ganzen Verlaufe ihrer Entwickelung in der Zeit, noch andere endlich so aufgefaßt werden sollen, daß weder ihre Folgen noch ihre Ausdehnung in der Zeit berücksichtigt werden, so müssen die ersten (da die neuhellenische Sprache keinen Perfekt hat, s. I. Thl. S. 173. Anmerk. 2.) und die letzen im Aorist; die andern im Imperfekt ausgesprochen werden.

Anmerkung 2. Sehr oft gebrauchen die Hellenen den Aorist in solchem Zusammenhang, wo im Deutschen ein Präsens steht. Es ist aber von diesem Gebrauch folgendes zu unterscheiden: in Allgemeinsätzen steht der Aorist statt des deutschen Präs. und zwar 1) in solchen, die eine aus der Erfahrung entlehnte Behauptung aussprechen, welche nicht als absolut gültig und nothwendig dargestellt werden soll (das Präs. hingegen setzen die Hellenen, wie im Deutschen, in solchen Allgemeinsätzen, die entweder eine Wahrheit nach Vernunftgründen oder ein empirisch durchgängig sich bewährendes Urtheil aussprechen). Der Aorist steht hier in seiner gewöhnlichen Bedeutung: er bezeichnet nemlich das in der Vergangenheit Wahrgenommene, nur nicht als einzelnen Moment, sondern als öfters bemerkte Erscheinung, so daß auch in der Deutschen Uebersetzung das Zeitw. *pflegen* dem durch den Aor. bezeichneten Verbalbegriff oft passend beigefügt werden kann; 2) in Sentenzen, die mit besonderem Nachdruck ausgesprochen werden sollen, was dadurch geschieht, daß der Redende was er eben und ein Mal spricht als bereits früher und mehrmals ausgesprochen darstellt. Z. B. οἱ νόμοι προστάττουσι τοῖς πολίταις τὸ νὰ μὴ κλέπτωσι, μὴ ἁρπάζωσι, μὴ ἀπειθῶσι τῇ ἐξουσίᾳ, καὶ τἄλλα τὰ τοιαῦτα ὡσαύτως· ἂν δέ τις παραβαίνῃ τούτων τι, ζημίαν αὐτοῖς ἐπέθεσαν· — zu 2) μὰ τὸν Δία, εἶπεν ὁ Σάκκας, ἐγὼ καὶ εὐδαιμονίαν τοῦτο νομίζω, τὸ ἔχων πολλὰ νὰ δαπανῶ καὶ πολλά· διὰ τί λοιπὸν, ἐπανέλαβεν ὁ Φεραῦλας, καὶ δὲν *ἐγένου* παρευθὺς πάνυ εὐδαίμων (bist du nicht in diesem Augenblick glücklich geworden, d. i. wirst du nicht schon im Augenblicke glücklich?) καὶ δὲν ἐποίησας καὶ ἐμὲ εὐδαίμονα;

ὁ ἀδελφὸς ἐκτήσατο χρήματα πολλά· — παρέβη ὅσα συνθέμενοι πρὸς ἀλλήλους ὑπέγραψαν — ποίει τὰ δέοντα καὶ ἀπέχου τῶν ἀπρεπῶν.

4. Eine entferntere Beziehung der Handlung auf das Subjekt findet auch dann Statt, wenn dieselbe auf Verlangen oder Befehl des Subjektes und für dessen Zweck von einem Andern vollbracht wird. Auch in dieser Bedeutung wird daher das Medium von den Hellenen gebraucht, wo der Sinn desselben im Deutschen durch Beisetzung von lassen ausgedrückt wird. Z. B. παρατίθεμαι τράπεζαν — ποιοῦμαι φίλον — διδάσκομαι τὸν παῖδα. Uebrigens die neuhellenische Umgangssprache macht keinen Gebrauch des Mediums in dieser Beziehung sondern sie bedient sich blos des Aktivs.

Anmerkung 4. Eigenthümlich ist diese Bedeutung dem Med. nicht, sondern es hat dieselbe mit dem Aktiv gemein, indem die Hellenen nicht immer den unmittelbaren, sondern oft auch den mittelbaren Veranlasser eines Zustandes als Subjekt des Zeitwortes denken. So sind unter gewissen Zusammenhang viele Aktiva mit Beifügung von lassen zu übersetzen; wie z. B. θανατῶ, ἀποκτείνω, ich lasse hinrichten — οἰκοδομῶ, κατασκευάζω, ich lasse erbauen — θάπτω, ich lasse begraben — καρατομῶ und ἀποκεφαλίζω, ich lasse enthaupten u. s. w.

5. Die reflexive Bedeutung, welche in dem Med. liegt, läßt sich oft im deutschen Ausdruck ohne Härte und Zwang nicht wörtlich wiedergeben, sondern die Deutschen gebrauchen ein anderes intransitives oder transitives Zeitw., welches in Rücksicht des Sinnes der Bedeutung des hellenischen Mediums entspricht; z. B. παύσασθε λυπούμενοι, höret auf traurig zu seyn — οἱ στρατιῶται ηγάλλοντο καὶ εὐωχοῦντο, die Soldaten ergötzten sich und liessen sich wohlschmecken.

Anmerkung 5. Von dem Medium ist zu unterscheiden das Deponens, (ἀποθετικὸν) d. h. solche Zeitwörter, welche bei transitiver oder intransitiver Bedeutung passive Form haben, wie

schen das einfache (das mit θέλει oder θέλω gem.) und das mit μέλλω und dem Infinitiv gebildete Futur. wohl zu unterscheiden, indem jenes überhaupt nur etwas angibt, was in der Zukunft einmal geschehen, dieses aber immer eine Handlung bezeichnet, die eben jetzt begonnen werden soll; z. B. γράψω (gem. θέλει γράψω), ich werde schreiben — die Zeit, wo das Schreiben beginnen soll, ist unbestimmt; hingegen μέλλω γράφειν (gem. μέλλω νὰ γράφω), ich will jetzt eben schreiben — ich setze mich jetzt hin, um zu schreiben; z. B. ἂν πράττῃς δίκαια θέλει ἔχεις (ἕξεις) σύμμαχον τὸν Θεὸν — ὁ σοφὸς θέλει ὑποφέρει ῥᾳδιώτερον παρὰ τοὺς ἄλλους τὰς συμφορὰς τοῦ βίου — ὅτε ἔμελλον νὰ γράφω, ἦλθεν ὁ φίλος — οἱ πολέμιοι μέλλουσι νὰ ἐνοχλῶσιν ἡμᾶς.

Anmerkung 1. Oft steht im Hellen. das Futur. in solchem Zusammenhang, wo im Deütschen das Präsens gebraucht wird. Von dieser Art des Gebrauches sind folgende Fälle zu bemerken: α) allgemeine Zustände, welche einem Subjekte seinem Verhältniß nach zukommen, bezeichnen die Hellenen durch das Futurum, wenn dieselben nicht als nothwendig und ununterbrochen obwaltend, sondern nur als wahrscheinlich und unter gewissen Umständen eintretend zu betrachten sind, so daß diese Art des Ausdruckes gemäßigter und schwächer erscheint als das Deutische Präsens; z. B. πῶς δὲν πρέπει νὰ σκοπῶμεν καὶ φιλοσοφῶμεν τοῦτον τὸν λόγον, ὅστις, ἂν κατορθωθῇ ἀπαλλάξει ἡμᾶς (θέλει μᾶς ἀπαλλάξει gem.) τῶν μεγίστων κακῶν; — τί διαφέρουσι τῶν ἐξ ἀνάγκης κακοπαθούντων, ἂν πεινάσωσι, καὶ διψήσωσι, καὶ ῥιγώσωσι καὶ ἀγρυπνήσωσι; β) nach μέλλω, so wie nach den Zeitwörtern ich hoffe, erwarte, meine, glaube, nehme an, ferner nach, ich verspreche, schwöre; endlich nach, ich will, wünsche, gedenke, sage, behaupte, verneine, fordere, befehle, gebiete, verbiete, verhindere, weigere mich, wechseln die Hell. im Gebrauch des Infinit., Fut. Präs. u. Aor.; z. B. ὁ μέλλων νὰ ἐξουσιάζῃ πρότοι νὰ ἐπανγρωπῇ ... — οἱ μέλλοντες νὰ θελήσωσι — ἂν μέλλωσι νὰ θέλωσι νὰ ἐξουσιάζωσι, πρέπει νὰ διδάσκωνται καὶ παιδεύωνται ἐπιμελῶς τὸ ... — ἂν μέλλει νὰ γένηται τέλειος φιλόσοφος — ὑποσχόμενος νὰ εὐεργετήσῃ — ὑποσχόμενος αὐτοῖς νὰ μὴ παύσῃ πρότερον — ἐλπίζω νὰ ἦλθε — νομίζω νὰ ἔγραψε.

Anmerk. 2. Dagegen findet sich zuweilen auch das Präsens statt des Fut. gebraucht zu Verstärkung des Sinnes, wenn Dinge, die der Zukunft angehören, mit der festesten Ueberzeugung ausgesprochen werden sollen; z. B. σήμερον βρέχει βεβαίως — ὁ φίλος ἔρχεται κατ' αὐτὰς ἀναμφιβόλως.

C. Modi. Ἐγκλίσεις.

§. 22.

Gebrauch des Indicativs, Konjunktivs und Optativs in einfachen Sätzen.

1. Der Gebrauch des Indikativs in einfachen Sätzen bleibt in allen Sprachen sich gleich, indem Alles, was wirklich vorhanden ist, und jedes allgemeine Urtheil, welches unbedingt ausgesprochen wird, durch den Indikativ bezeichnet werden muß.
2. Der Konjunktiv bezeichnet das Bedingte u. Abhängige, d. h. dasjenige, was, um wirklich zu werden, erst eines Andern bedarf (ohne alle Beimischung eines menschlichen Urtheiles, ob das im Konjunktiv Ausgedrückte wahrscheinlicher Weise eintreten werde od. nicht). Demnach ist der Gebrauch des Konjunktivs hauptsächlich auf das Gebiet der abhängigen Sätze beschränkt. Da aber das Abhängige und Bedingte nicht bloß durch Objektiv vorhandene äußere Umstände bedingt seyn muß, sondern der Grund der Bedingtheit auch in Umständen liegen kann, welche die menschliche Vorstellung als wirklich vorhanden annimmt, so gibt es auch Fälle, wo der

Konjunktiv in einfachen Sätzen von den Hellenen gebraucht wird. Diese Fälle sind folgende:

a) Bei Aufmunterungen und Ermahnungen in der ersten Person, Plural, u. bei Wahrnungen und Verboten auch in der zweiten Person (weil die Vollbringung der Handlung noch abhängt von dem Willen dessen, an welchem die Aufforderung angeht); z. B. ἄγωμεν — εἰπὲ τί ποιήσωμεν — ἄγε ἐξέλθωμεν καὶ ἴδωμεν — καὶ μόνος ἂν ἦσαι, κακόν τι μήτε εἴπῃς, μήτε πράξῃς.

Anmerk. 1. Die neuhellenischen Sprache drückt, in ihrer gemeinern Mundart, den Konjunktiv in solchen Fällen durch Voransetzung der Partikel ἂς aus; z. B. ἂς ὑπάγωμεν — ἐλθὲ od. ἄγε ἂς ἐξέλθωμεν καὶ ἴδωμεν. — Auch die erste Pers. Singul. des Konjunktiv findet sich auf diese Weise gebraucht, meist mit Beifügung der Ermuterungswörter ἄγε, φέρε, δεῦρο, δεῦτε· z. B. φέρε ἂς δοκιμάσω ἂν δύναμαι — δεῦτε ἂς εἴπω ὑμῖν — δεῦρο (ἔλα gem.) ἂς ποιήσω καὶ τοῦτο.

b) Ferner wird der Konjunktiv in einfachen Sätzen gebraucht, wenn etwas als unentschieden in Rücksicht seines Erfolges ausgedrückt werden soll; daher also:

1) in zweifelnden Fragen, d. h. deren Entscheidung der Fragende ganz von dem Einfluße obwaltender Umstände abhängig denkt; z. B. ἐγὼ τί ποιήσω; εἴπωμεν, ἢ σιγῶμεν; ποῦ εὕρωμεν σωτηρίαν;

Anmerk. 2. In solchen Fällen die gemeinere Mundart der Hellenen pflegt die Partikal νὰ vor dem Konjuktiv zu setzen; z. B. ἐγὼ τί νὰ ποιήσω; νὰ εἴπωμεν, ἢ νὰ σιωπήσωμεν; ποῦ νὰ εὕρωμεν σωτηρίαν;

3. Der Optativ bezeichnet das rein gedachte, die bloß menschliche Vorstellung, abgesehen von

aller Wirklichkeit und Bedingung. Daher ist der Gebrauch desselben in einfachen Sätzen sehr gewöhnlich und mannichfaltig, läßt sich jedoch hauptsächlich auf folgende Fälle zurückführen:

a) Jedes Ereigniß, welches an und für sich als möglich gedacht wird (beschäftige es nun die Vorstellung als eine Erwartung, oder Hoffnung, oder Besorgniß, oder als bloß angenommener Fall), wird im Optativ ausgesprochen. Im Deutschen wird ein solches Optativ durch Beifügung der Hülfszeitwörtern kann, könnte, würde, möchte, dürfte u. dgl. übersetzt; z. B. δὲν ἤθελεν ὑποφέρω πλεονεκτοῦντας βλέπων τοὺς ἀτακτοῦντας — δὲν ἤθελε τολμήσῃ νὰ πράξῃ ταῦτα — ταῦτα ποιῶν ἤθελε εὐδαιμονῇς — μὲ τὴν πολυκαιρίαν ἤθελε γένωνται ὅλα.

b) Eben so ist der Optativ zu betrachten, wenn derselbe von den Hellenen gebraucht wird, um Bitten, Befehle, und selbst bestimmte Behauptungen auszusprechen, wo die Deutschen denselben durch den Inperativ oder das Futur. übersetzen. Es liegt nemlich in diesem Gebrauche bloß eine mildere und feinere Form der Rede, indem ich das, was unbedingt und mit Bestimmtheit ausgesprochen werden sollte, nur als meine Ansicht und Vorstellung ausdrücke und folglich dem Urtheile Anderer nicht vorgreife; z. B. ἤθελε μὲ ὑποχρεώσῃς τὰ μέγιστα — ἤθελεν εἶναι καιρὸς νὰ δηλώσῃς τὴν γνώμην σου — καλὸν θέλει ποιήσεις ἂν ἤθελεν εἰπῇς αὐτῷ τὰ δέοντα.

c) Auch zum Ausdruck des Wunsches wird der Optativ gebraucht (denn ein Wunsch ist die Vorstellung, daß etwas seyn könne, gepaart mit dem Verlangen, daß es werden möge), mit den Partikeln εἴθε νά; z. B. εἴθε νὰ σοὶ δώσῃ εὐτυχίαν ὁ Θεὸς — εἴθε νὰ γένῃς εὐτυχέστερος τοῦ πατρός σου, τὰ δ᾽ ἄλλα ὅμοιος αὐτῷ· καὶ δὲν ἤθελε γένῃς κακὸς — εἴθε νὰ ἀφανισθῶσι τὰ κακὰ ἐξ ἀνθρώπων.

Anmerkung 3. Wird ein Wunsch ausgesprochen mit der Ueberzeugung, daß er nicht erfüllt worden ist, oder nicht erfüllt werden kann, so steht εἴθε νὰ mit dem Indikativ des Aorists, wo von vergangenen, und mit dem Imperfekt, wo von gegenwärtigen Dingen die Rede ist; z. B. εἴθε νὰ ἐκυρίευε διὰ παντὸς εἰρήνη — εἴθε νὰ εἶχον πολείονας τοιούτους φίλους — εἴθε νὰ ἐξέφυγε τὸν κίνδυνον — εἴθε νὰ ἔπραξεν ὅσα εἶπα αὐτῷ.

---

§. 23.

Gebrauch des Indikativs, Konjunktivs und Optativs in abhängigen Sätzen.

1. Unter den abhängigen Sätzen unterscheiden wir drei verschiedene Classen, nemlich: a) Ergänzungssätze, b) transitive Sätze, c) relative Sätze.
2. Diese abhängigen Sätze werden mit dem Hauptsatze verbunden durch gewisse Partikeln, welche aber nur dazu dienen, den in dem Modus liegenden Sinn deutlicher und bestimmter hervorzuheben, keineswegs aber den Modus selbst nothwendig machen oder regieren, wie man gewöhnlich falsch die Sache ansieht.

---

§. 24.

Abwechselnder Gebrauch des Indikativs, Konjunktivs und Optativs in Ergänzungssätzen.

1. Ergänzungssatz nennt man dasjenige Satzglied, wodurch der Gedanke eines andern Satzes bedingt oder näher bestimmt wird, so daß beide zusammen, Satz und Ergänzungssatz, einen ganzen, in sich geschloßenen Gedanken aussprechen.
2 Ein solcher Ergänzungssatz beschreibt entweder a) die Umstände, unter welchen etwas geschieht, und gibt

folglich die Zeit an, wenn etwas sich ereignet; oder er enthält b) die Veranlassung und Ursache, durch welche etwas geschieht; oder er stellt c) die Bedingung auf, unter welcher das im Hauptsatze angegebene Ereigniß als wirklich gedacht werden kann. Die Ergänzungssätze dienen also a) zur Angabe der Zeit, b) zur Angabe der Ursache, c) zur Angabe der Bedingung.

3. Die Umstände, unter welchen etwas geschieht, sind oft zugleich auch die Ursachen, warum es geschieht, und deßhalb sind auch die Ergänzungssätze, welche zur Angabe der Zeit und der Ursache gebildet werden, in ihren Fügungen so genau mit einander verwandt, daß sie ohne unnütze Wiederholung nicht von einander getrennt werden können. Wir handeln daher in diesem Abschnitte I) von Ergänzungssätzen zur Angabe der Zeit und der Ursache; II) von den hypothetischen oder Bedingungssätzen.

I. Ergänzungssätze zur Angabe der Zeit und der Ursache.

4. Die Partikeln, welche bei Angabe der Zeit und der Ursache gebraucht werden, sind folgende: a) zur Angabe der Zeit und Ursache gemeinschaftlich: ἐπεί, ἐπειδή, ὡς, ὅτε, ὅταν — b) bloß zur Angabe der Zeit: ἡνίκα, ὁπότε, ἕως — c) bloß zur Angabe der Ursache: ὅτι, διότι.

5. Allgemeine Regeln für die Konstruktion dieser Sätze sind folgende: a) der Indikativ steht in direkter Rede stets nach den Zeit- und Ursachspartikeln, wenn Zeit und Ursache unbedingt und faktisch angegeben werden. b) Der Konjunktiv wird im Ergänzungssatze gebraucht, wenn der Ergänzungssatz als bedingt erscheint, und die Zeit- und Ursachspartikeln nehmen dann stets ἄν zu sich. c) der Optativ steht im Ergänzungssatze, wenn bloße Vorstellungen und Gedanken angeführt werden, also nach Zeitpartikeln hauptsächlich dann, wenn nicht ein einzelner Umstand, sondern oft wiederkehrende Fälle

angegeben werden; z. B. zu a) ἐπειδὴ μαχόμενοι δὲν ἐδύναντο νὰ κυριεύσωσι τὸ χωρίον, ἐπεχείρουν νὰ ἀναχωρήσωσι — δὲν εἴμεθα πλέον στρατιῶται αὐτοῦ, ἐπειδὴ ἄλλῳ στρατηγῷ συνεπόμεθα· zu b) ὁ Κῦρος ὑπέσχετο νὰ δώσῃ ἑκάστῳ ἀνδρὶ πέντε ἀργυρίου μνᾶς ὅταν ἔλθωσιν εἰς Βαβυλῶνα — στράτευμα δὲν ἴδες ἔτι πρὸς ἕτερον στράτευμα πολεμοῦν, τὸ ὁποῖον ὁπότε νικηθῇ ἤθελε νὰ πεισθῇ παραχρῆμα αὐτῷ ἀντὶ νὰ μάχηται· zu c) ἐνθυμοῦμαι ἀκούσάς σού ποτε, ὅτι εὐλόγως ἤθελεν εὐδοκιμῇ καὶ παρὰ Θεῷ, ὥσπερ καὶ παρ' ἀνθρώποις, ὅστις δὲν ἤθελε δέηται τοῦ Θεοῦ τότε ὁπότε ἤθελεν εὑρίσκηται εἰς ἀπορίαν, ἀλλ' ὅτε μάλιστα ἤθελεν εὐτυχῇ, τότε ἤθελεν ἐνθυμῆται μάλιστα καὶ τοῦ Θεοῦ.

II. Hypothetische oder Bedingungssätze.

6. Die hypothetischen Sätze enthalten die Bedingung derjenigen, welche mit ihnen verbunden sind, d. h. das eine Glied drückt aus, daß etwas Statt findet, wenn das Statt findet, was in dem andern Gliede ausgesagt ist.

7. Ohne Rücksicht auf die äußere Bedingung nennt man die aufgestellte Bedingung den Vordersatz (πρότασις) und die darauf begründete Folge den Nachsatz (ἐλάσσων λόγος), obgleich in der Rede letztere oft der erstern vorausgestellt seyn kann.

8. Die Gestaltung des hypothetischen Vordersatzes bestimmt sich nach der Art, wie die Erfüllung der Bedingung gedacht, die Gestaltung des Nachsatzes nach der Art, wie die von der Bedingung abhängige Folge vorgestellt wird. Da nun die Erfüllung der Bedingung entweder rein objektiv als wirkliche Thatsache, oder rein subjektiv als menschliche Vorstellung, oder endlich bedingt als das Ergebniß zufälliger Umstände ausgesprochen werden kann, so ergeben sich hieraus drei Formen des hypothetischen Vordersatzes, indem das Objektive durch den Indikativ, das Subjektive durch den Optativ, das Bedingte durch den Konjunktiv mit ἄν bezeichnet wird.

Und eben so hat auch der Nachsatz drei Formen, indem die Folge entweder als faktisches und nothwendiges (Indikativ und Imperativ), oder als bloß muthmaßliches (Optativ), oder als problematisches (Indikat. mit ἄν) Ergebniß der aufgestellten Bedingung erscheinen kann. Hieraus entwickeln sich folgende Hauptgattungen des hypothetischen Satzes:

A. **Die Bedingung wird rein objektiv ausgesprochen.** Im Vordersatze steht dann ἄν mit dem Indikativ des erforderlichen Tempus, im Nachsatze, wenn die Folge als faktisches u. nothwendiges Ergebniß zu betrachten ist, der Indikativ oder auch der Imperativ, wenn aber die Folge als muthmaßliches Ergebniß vorgestellt wird, der Optativ mit ἄν; z. B ἂν ἔχεις τὶ δὸς (das Geben wird als nothwendig gedacht unter die Bedingung des Habens) — ἂν θέλεις νὰ εἶναί σοι ἵλεως ὁ Θεὸς σέβου αὐτόν· — δὲν ἤθελε μὲ νομίσῃς σώφρονα, ἂν πολεμῶ περὶ αὐτοῦ. Bei dieser Form des hypothetischen Satzes sind noch genauer zu beachten die beiden Fälle, wo im Vordersatze entweder der Indikat. Futur. oder der Indikat. Aorist steht. Wenn nehmlich

a) ἂν mit dem Indikat. Futur. im Vordersatze steht, so wird dadurch angezeigt, daß der Redende die Erfüllung der Bedingung als in Zukunft sich verwirklichend darstellt, demnach also für die Gegenwart dieselbe nicht als bestehend anerkennt. Daher wird durch diese Art des Ausdrucks die Erfüllung der Bedingung im Gedanken des Redenden abgelehnt; z. B. τὸ στάτευμα δὲν ἔχει τὰ ἀναγκαῖα, ἂν δὲν κυριεύσωμεν τὸ χωρίον — ἂν ἀπαντήσω αὐτῷ θέλει πράξω ὡς εἶπας — ἂν ἡ ψυχή ἔστιν ἀθάνατος, ἀπαιτεῖ φροντίδα ὑπὲρ αὐτῆς — καὶ ὁ κίνδυνος ἤθελε καταντήσῃ τώρα δεινὸς ἂν παραμελήσωμεν τοῦ νὰ — βεβαίως δειλὸς καὶ οὐτιδανὸς ἤθελε καλῶμαι ἂν ὑπακούσω σοι εἰς πᾶν ἔργον.

b) Steht im Vordersatze ἂν mit dem Indikat. Aorist., so wird dadurch die Erfüllung der Bedingung als unentschieden und zweifelhaft dargestellt (denn das Vergangene als Bedingung ausgesprochen kann nicht anders als zweifelhaft erscheinen, weil, sobald es mit Gewißheit ausgesprochen würde, es aufhörte eine Bedingung zu seyn, und als Ursache erschiene). Wird die Folge als faktisch gedacht, so steht im Nachsatze der Indikativ des erforderlichen Tempus; wird aber dieselbe als von Umständen abhängig dargestellt, so steht bei Erwähnung vergangener Dinge der Indikativ eines historischen Tempus mit ἂν, bei Erwähnung gegenwärtiger und zukünftiger Dinge der Optativ; z. B. τὸ πλοῖον ἐκινδύνευσε νὰ καταποντισθῇ ἂν ὁ ἄνεμος διήρκει ὀλίγον ἔτι — ἂν ἦσαν ἄνδρες, ὥσπερ λέγουσιν, ἀγαθοὶ, ὅσῳ ἀφιλοκερδέστεροι ἦσαν, τοσούτῳ φανερωτέραν ἐδύναντο νὰ δεικνύωσι τὴν ἀρετὴν — ἂν τὸ νὰ ἔχῃ τις ἦτον οὕτως ἡδὺ, ὥσπερ τὸ νὰ λαμβάνῃ, πολὺ ἤθελε διαφέρωσι κατὰ τὴν εὐδαιμονίαν οἱ πλούσιοι τῶν πενήτων.

B. Die Bedingung wird rein subjektiv ausgesprochen als bloßer Gedanke, wobei jede Rücksicht auf die Wirklichkeit gänzlich aus dem Auge gelassen wird. Im Vordersatze steht dann ἂν mit dem Optativ, im Nachsatze gewöhnlich der Optativ ohne ἂν, wodurch ausgedrückt wird, daß aus einer angenommenen Bedingung ein Erfolg wahrscheinlich sich entwickeln werde. Seltener findet sich im Nachsatze der Indikativ, wodurch bezeichnet wird, daß der Erfolg aus der angenommenen Bedingung nothwendig hervorgehe; z. B. οὔτε ὅλοι ἂν ἔλθωσιν οἱ βάρβαροι ἤθελε φοβηθῶμεν αὐτοὺς — δὲν ἤθελεν εἶναι πολλὴ ἀλογία, ἂν ἤθελε φοβῆται ὁ τοιοῦτος τὸν θάνατον; — ἂν ἤθελε νικηθῇ εἰς τὴν μάχην, σωτηρία δὲν ἦτον — ἂν ἤθελε σκοπῶμεν τὰς φύσεις τῶν ἀνθρώπων, θέλει εὕρομεν ὅτι.

C. Die Bedingung wird ausgesprochen als abhängig von zufälligen Umständen. Im Vordersatze steht ἐὰν (ἂν) mit dem Konjunktiv; im Nachsatze, wenn die Folge als faktisches und nothwendiges Ergeb-

folglich die Zeit an, wenn etwas sich ereignet; oder er enthält b) die Veranlassung und Ursache, durch welche etwas geschieht; oder er stellt c) die Bedingung auf, unter welcher das im Hauptsatze angegebene Ereigniß als wirklich gedacht werden kann. Die Ergänzungssätze dienen also a) zur Angabe der Zeit, b) zur Angabe der Ursache, c) zur Angabe der Bedingung.

3. Die Umstände, unter welchen etwas geschieht, sind oft zugleich auch die Ursachen, warum es geschieht, und deßhalb sind auch die Ergänzungssätze, welche zur Angabe der Zeit und der Ursache gebildet werden, in ihren Fügungen so genau mit einander verwandt, daß sie ohne unnütze Wiederholung nicht von einander getrennt werden können. Wir handeln daher in diesem Abschnitte I) von Ergänzungssätzen zur Angabe der Zeit und der Ursache; II) von den hypothetischen oder Bedingungssätzen.

I. Ergänzungssätze zur Angabe der Zeit und der Ursache.

4. Die Partikeln, welche bei Angabe der Zeit und der Ursache gebraucht werden, sind folgende: a) zur Angabe der Zeit und Ursache gemeinschaftlich: ἐπεὶ, ἐπειδὴ, ὡς, ὅτε, ὅταν — b) bloß zur Angabe der Zeit: ἡνίκα, ὁπότε, ἕως — c) bloß zur Angabe der Ursache: ὅτι, διότι.

5. Allgemeine Regeln für die Konstruktion dieser Sätze sind folgende: a) der Indikativ steht in direkter Rede stets nach den Zeit- und Ursachspartikeln, wenn Zeit und Ursache unbedingt und faktisch angegeben werden. b) Der Konjunktiv wird im Ergänzungssatze gebraucht, wenn der Ergänzungssatz als bedingt erscheint, und die Zeit- und Ursachspartikeln nehmen dann stets ἄν zu sich. c) der Optativ steht im Ergänzungssatze, wenn bloße Vorstellungen und Gedanken angeführt werden, also nach Zeitpartikeln hauptsächlich dann, wenn nicht ein einzelner Umstand, sondern oft wiederkehrende Fälle

äußeren oder des inneren Sinnes ausdrücken, wie hören, sehen, fühlen, wahrnehmen, erfahren, bemerken; verstehen, einsehen, erkennen; eben so auch diejenigen, welche einen Akt des Denkvermögens oder eine daraus hervorgehende Handlung bezeichnen, wie urtheilen, meinen, glauben, wissen, sich erinnern, vergessen; sagen, offenbaren, erwähnen, melden; darthun, beweisen; endlich die unpersönlichen Redensarten es ist offenbar, deutlich, ausgemacht u. s. w.

5. Der Indikativ steht in diesen transitiven Sätzen überall, wo entweder ein Ereigniß als der Wirklichkeit angehörig, oder ein Urtheil als allgemein gültig nach Vernunftgründen angeführt; der Infinitiv hingegen mit ὡς νὰ oder ὅτι νὰ, wo bloße Vorstellungen des menschlichen Geistes (eigene oder fremde) ausgesprochen werden; z. B. πάντες ὁμολογοῦσιν, ὅτι αἱ μάχαι διακρίνονται μᾶλλον διὰ γενναιότητος, ἢ διὰ σωματικῆς ῥώμης — ἡ Εὔβοια ἀπέστη ἀπὸ τῶν Ἀθηναίων, καὶ διαβάντος ἤδη τοῦ Περικλέους εἰς αὐτὴν, ἠγγέλθη αὐτῷ ὅτι ἀπέστησαν τὰ Μέγαρα καὶ οἱ Πελοποννήσιοι μέλλουσι νὰ εἰσβάλωσιν εἰς τὴν Ἀττικὴν, καὶ οἱ φρουροὶ τῶν Ἀθηναίων εἰσὶ διεφθαρμένοι ὑπὸ τῶν Μεγαρέων — ὁ Τισσαφέρνης διαβάλλει τὸν Κῦρον πρὸς τὸν ἀδελφὸν, ὡς νὰ ἤθελε νὰ ἐπιβουλεύῃ αὐτῷ — οἱ στρατηγοὶ ἐθαύμαζον ὅτι ὁ Κῦρος νὰ μὴ πέμπῃ οὔτε ἄλλον προστάξοντα τὰ ποιητέα, οὔτε αὐτὸς νὰ φαίνηται.

6. In oratione obliqua (πλάγιον λόγον) steht nach ὅτι zwar gewöhnlich der Optativ, aber der Indikativ tritt selbst hier ein, wenn entweder Ereignisse aus der Wirklichkeit mit unumstößlicher Gewißheit angegeben, oder Behauptungen mit fester Ueberzeugung ausgesprochen werden sollen. Oft rührt auch der Indikativ in der oratione obliq. daher, daß mitten in der Erzählung die Person selbst redend eingeführt, oder doch als selbst redend gedacht wird; z. B. ἀπεκρίθη δὲ ὅτι ἤθελε ποιήσῃ πάντα τῷ πατρὶ χαριζόμενος — ὡς εἶπεν ὁ Σάτυρος ὅτι θέλει μετανοήσει ἂν δὲν ἤθελε σιωπήσῃ, ἠρώ-

14 *

τισε πάλιν ὁ Θηραμένης· ἂν δὲ σιωπῶ δὲν θέλει μετανοήσω ἄρα; — ἀπήγγελλον οἱ πρέσβεις τὰς συνθήκας, καθ' ἃς οἱ Λακεδαιμόνιοι ἤθελε ποιήσωσι τὴν εἰρήνην· πρῶτος δ' αὐτῶν ἔλεγεν ὁ Θηραμένης, ὅτι πρέπει νὰ πεισθῶσι τοῖς Λακεδαιμονίοις καὶ νὰ ἐδαφίσωσι τὰ τείχη.

Anmerkung 1. Oft steht auch ὅτι zu Anfang eines Satzes, in welchem Jemand selbst redend eingeführt wird, bloß zur Andeutung, daß hier die Worte des Redenden beginnen und ohne weiteren Einfluß auf die Konstruktion; z. B. ἀπεκρίθη δὲ ὁ Ὀρόντης, ὅτι οὔτε ἂν ἤθελε γένωμαί σοι φίλος, ὦ Κῦρε, ἤθελε σοὶ φανῶ ἔτι ποτὲ — ὁ Κῦρος ἰδὼν τὸν Τιγράνην, ἄλλο μὲν φιλοφρόνημα δὲν ἔδειξεν αὐτῷ, ἀλλ' εἶπεν, ὅτι εἰς καιρὸν ἔρχεσαι.

7. Daher wechselt oft die Konstruktion in einem und demselben Satze, indem von mehreren angeführten Umständen der eine als sicher und faktisch im Indikativ, der andere als bloße Meinung im Infinitiv ausgesprochen wird; z. B. οὗτοι ἔλεγον, ὅτι ὁ Κῦρος μὲν ἀπέθανεν, ὁ Ἀριαῖος δὲ ὅτι νὰ ἔφυγε — ὦ ἄνδρες, οὐδ' ἐμὲ λανθάνει, ὅτι ἂν διαλύωμεν τὸ στράτευμα ἡμεῖς μὲν ἤθελε γινόμεθα ἀσθενέστεροι, οἱ δὲ πολέμιοι πάλιν θέλει αὐξηθῶσι.

8. Als eine Eigenthümlichkeit der hellenischen Konstruktion ist zu bemerken, daß das Subjekt des abhängigen Satzes häufig als Objekt in den Hauptsatz aufgenommen wird, und der abhängige Satz dann eines Subjektes ermangelt; z. B. βλέπεις ὅτι τὸ πῦρ καίει πάντας; — ἐγὼ γνωρίζω καλῶς ἡμᾶς, ὅτι ἐξήλθετε μετ' ἐμοῦ οὐχὶ χρημάτων ἔχοντες χρείαν.

Anmerkung 2. Ist der Hauptsatz intransitiv, so wird auch dann häufig das Subjekt des abhängigen Satzes in demselben aufgenommen, und steht dann nicht im Accusativ, sondern in derjenigen Endung, welche die Konstruktion des Hauptsatzes erfordert; z. B. ἦλθε δὲ καὶ τοῖς Ἀθηναίοις εὐθὺς ἡ ἀγγελία τῶν πόλεων, ὅτι ἀποστατοῦσι.

II. Transitive Sätze zur Angabe der Absicht.

9. Die Partikeln, welche zur Angabe der Absicht gebraucht werden, sind: ἵνα (διὰ νὰ), ὅπως, ἵνα μὴ, (διὰ νὰ μή). Diese Absichtspartikeln treten mit dem Konjunktiv in Verbindung, wenn das Zeitwort des Hauptsatzes ein Präsens oder Futurum, oder auch ein Imperativ ist; mit dem Optativ hingegen, wenn das Zeitwort des Hauptsatzes ein Aorist ist *); z. B. λέγω ἵνα μάθῃς — ἔλεξα ἵνα ἤθελε μάθῃς — τοῖς τελείοις ἀνδράσιν ἐποίησε νόμιμον ὁ Λυκοῦργος κάλλιστον τὸ νὰ θηρεύωσιν, ὅπως ἤθελε δύνανται καὶ οὗτοι νὰ ὑποφέρωσι τοὺς στρατιωτικοὺς κόπους — δὲν θέλεις οὖν νὰ ἀρέσκῃς καὶ τῷ γείτονι, ἵνα καὶ πῦρ σοὶ ἐνάπτῃ, ὅταν τούτου ἔχῃς χρείαν; καὶ γίνηταί σοι συλλήπτωρ ἀγαθοῦ, καὶ, ἂν τύχῃ νὰ σφάλλῃς τι,

---

*) Erläuterung. Zur Begründung dieser Regel dienen folgende Sätze: Absicht ist die im Gemüthe des Handelnden bestehende Vorstellung von einem durch die Handlung zu bewirkenden Erfolg. Die Erreichung der Absicht ist bedingt durch die Handlung, und zwar entweder durch die Natur der Handlung selbst, so daß aus derselben das Beabsichtigte als unmittelbare Folge hervorgeht und demnach als objektiv-möglich erscheint, oder nach menschlicher Vorstellung, so daß das Beabsichtigte als Folge der Handlung im Geiste angenommen wird, und demnach als subjektiv-möglich erscheint. Da nun, wenn die Handlung in die Gegenwart oder Zukunft versetzt wird, die darauf begründete Folge meist als objektives Ergebniß der Handlung selbst, wenn aber die Handlung der Vergangenheit angehört, meist nur als eine mit der Handlung verknüpfte Vorstellung gedacht wird, so steht nach Präsens, Futurum und Imperativ gewöhnlich der Konjunktiv, nach dem Aorist hingegen der Optativ (siehe auch Anmerk. 3. u. 4.).

βοηθῆσαι εὐνοϊκῶς ἐγγύθεν; — ἀπορῶ τί ἐστι κρεῖττον ἵνα μὴ πρὸς τοῖς ἄλλοις ποιησώμεθα καὶ τοῦτον πολέμιον — ἀπεκάλεσεν αὐτὸν ὅπως ἤθελεν ἐπιτελῇ τὰ ἐν Πέρσαις συνήθη· καὶ ὁ Κῦρος λέγουσιν, νὰ εἶπε τότε, ὅτι ἤθελε νὰ ἀπέλθῃ ἵνα μὴ ἤθελε λυπηθῇ τι ὁ πατὴρ καὶ ἡ πατρὶς μέμφηται.

Anmerkung 3. Auch nach einem Aorist erscheinen die Absichtspartikeln mit dem Konjunktiv, wenn die beabsichtigte Wirkung als natürliche Folge der Handlung gedacht wird; z. B. τοὺς ἀμφὶ *Λεωνίδην* ἀπέπεμψαν οἱ Σπαρτιάται πρώτους, ἵνα τούτους βλέποντες οἱ ἄλλοι σύμμαχοι συστρατεύωνται — τὰς γυναῖκας ἀπέπνιξαν ἵνα μὴ δαπανῶσι τὸν σῖτον των — ὁ *Ἀριστεὺς* συνεβούλευε τοῖς ἄλλοις, πλὴν πεντακοσίων, νὰ περιμείνωσιν ἄνεμον καὶ νὰ ἐκπλεύσωσιν ὅπως διαρκέσῃ ἐπὶ πλέον ὁ σῖτος. — Oft auch wechselt in einem und demselben Satze Konjunktiv und Optativ nach den Absichtspartikeln, wenn die eine Absicht als unmittelbares Ergebniß der Handlung, die andere als eine bei der Handlung obwaltende Vorstellung angegeben wird; z. B. ὕψωνον δὲ καὶ οἱ ἐκ τῆς πόλεως *Πλαταιεῖς* φρυκτοὺς πολλοὺς ἀπὸ τοῦ τείχους προπαρεσκευασμένους εἰς αὐτὸ τοῦτο, ὅπως ὦσιν ἀσαφῆ τοῖς πολεμίοις τὰ σημεῖα τῆς φρυκτωρίας καὶ μὴ ἤθελε βοηθῶσι (die Mißdeutung der Zeichen ist nothwendige Folge von der Veranstaltung der Platäer, daß aber die Thebaner nicht zu Hülfe kommen würden, eine bloße Vorstellung der Platäer). — Auch die Partikel μὴ, welche nach den Zeitwörtern, die Furcht, Besorgniß u. dergl. ausdrücken, an der Stelle des deutschen daß gebraucht wird, nimmt überall nach vorausgehendem Aorist den Konjunktiv zu sich, wo der Gegenstand der Besorgniß als objektivmöglich gedacht wird, den Optativ hingegen nur dann, wenn die Vorstellung von einem vorstehenden Uebel angegeben werden soll; z. B. οἱ δὲ *Κερκυραῖοι* ἀντέπλεον τοῖς *Κορινθίοις* φοβηθέντες, μὴ δοκιμάσωσι νὰ ἀποβῶσιν εἰς τὴν χώραν των

— οἱ μέχρι Θερμοπυλῶν Ἕλληνες ἐφοβήθησαν μὴ ἤθελε προχωρήσῃ, καὶ ἐπ᾽ αὐτοὺς ὁ στρατός.

Anmerkung 4. Dagegen nehmen auch bei vorausgehendem Präsens und Fut. die Absichtspartikeln den Optativ zu sich, wenn die bloße Vorstellung von etwas, was durch die Handlung erreicht werden könnte, angegeben wird, hauptsächlich also dann, wenn die Vorstellung eines Anderen angedeutet werden soll; z. B. δὸς τοῖς πτωχοῖς, ἵνα καὶ σὺ ἤθελε λάβῃς παρ᾽ ἄλλων πένης γενόμενος (gib den Armen mit dem Gedanken, daß auch du von Andern empfangen könntest) — καλόν ἐστι, τὸ νὰ μάχηταί τις, ὅπως μὴ ἤθελε δουλωθῇ (die Abwehr der Sklaverei ist nicht unmittelbares und nothwendiges Ergebniß des Kampfes, sondern wird nur von den Kämpfenden so betrachtet).

10. Die Partikel ἂν tritt unter die Absichtspartikeln nur mit ὡς und ὅπως. Auch in dieser Beziehung bleibt die früher (9) angegebene Regel der Konstruktion gültig, und das hinzutretende ἂν bezeichnet, daß die Erreichung der Absicht als von Umständen abhängig gedacht wird; z. B. διὰ τῆς χώρας σου θέλει ὁδηγήσεις ἡμᾶς ὅπως ἂν (gew. διὰ νὰ) εἰδῶμεν τίνα πρέπει νὰ νομίζωμεν φίλια καὶ πολέμια — ἀλλ᾽ ὄμοσον ὅτι δὲν θέλει εἰπῇς ταῦτα τῇ φιλτάτῃ μητρὶ, ὡς ἂν (διὰ νὰ) μὴ κλαίουσα τραυματίζῃ τὸ καλὸν σῶμα.

11. Nach den Zeitwörtern, in welchen der Begriff einer Aufmunterung enthalten ist, wie ἄγε, παραγγέλλω, παρακαλλῶ, προλέγω, αἰτοῦμαι, ἀξιῶ, wird ebenfalls ὅπως (gew. διὰ νὰ) gebraucht, um den durch die Behauptung zu bewirkenden Erfolg anzuführen, und nimmt dann gewöhnlich den Indikativ des Futur. zu sich, um die Sicherheit, mit welcher man das Eintreten des Erfolgs erwartet, zu bezeichnen. Tritt in diesem Falle ἂν zu ὅπως, was nur bei vorausgehendem Präsens oder Fut. geschehen kann, so bezeichnet es, daß der Erfolg noch als abhängig von äu-

hern Umständen gedacht werde, und es steht dann der Konjunktiv; z. B. ἄγε οὖν, ὅπως καὶ ταῦτα κατορθώσωμεν — γραφομένων τῶν ὀστράκων, λέγεται ὅτι τῶν ἀγραμμάτων καὶ παντελῶς ἀγροίκων τις ἀναδοὺς τῷ Ἀριστείδῃ τὸ ὄστρακον ὡς ἑνὶ τῶν τυχόντων, παρεκάλεσεν, ὅπως Ἀριστείδην ἐγγράφει — λύουσι δὲ Σωκράτην οἱ ἕνδεκα καὶ προλέγουσιν αὐτῷ, ὅπως ἂν (ὅτι ἤθελε gem.) τῇ αὐτῇ ἡμέρᾳ τελευτήσῃ.

Anmerkung 5. Oft steht auf diese Weise ὅπως auch elliptisch, so daß ein Zeitwort, welches eine Ermunterung oder Warnung ausdrückt, hinzuzudenken ist, und nimmt dann entweder den Indikativ des Futur., oder den Konjunktiv des Aorists zu sich; z. B. ἀλλ' ὅπως καὶ ταῦτα γράψεις κἀκεῖνα ἀναγνώσεις, ὅσα ἱκανὰ πρὸς ... — ὅπως οὖν μὴ ἀπέλθῃ δυσαρεστημένος.

Anmerkung 6. Von anderer Art ist der Gebrauch der Partikel ὅπως, nach den Zeitwörtern, die ein Ueberlegen ausdrücken, wie σκοπῶ, σκέπτομαι, βουλεύομαι, ferner nach denen, die sorgen (φροντίζω, μέλει μοι, ἐπιμελοῦμαι), sich streben (σπουδάζω, προθυμοῦμαι), Anstalten treffen (παρασκευάζομαι) bedeuten. Hier nehmlich ist ὅπως ein relatives Nebenwort in der Bedeutung wie, und gestaltet einen indirekten Fragesatz, in welchem der Indikativ des Fut. steht, wenn der Erfolg als faktisch und nothwendig, der Konjunktiv, wenn der Erfolg als unentschieden, der Optativ endlich in demselben Unterschied des Sinnes, wie in der direkten Frage dieser Modus gebraucht wird; z. B. οἱ Περσικοὶ νόμοι παραλαβόντες ἐπιμέλονται ὅπως μὴ καθόλου τοιοῦτοι ἔσονται οἱ πολῖται, οἷοι . . . — ὁ Περδίκκας ἐπεμελεῖτο νὰ κατορθώσῃ ὅπως πόλεμος γένηται τοῖς Ἀθηναίοις πρὸς τοὺς Πελοποννησίους — καὶ αὐτὸς ἐξέρχεται εἰς τὰς γυμνάσεις καὶ τῶν ἄλλων ἐπιμελεῖται ὅπως ἂν (διὰ νὰ ἤθελε) γυμνάζωνται.

Anmerkung 7. Auf diese Weise ist auch μὴ nach den Zeitwörtern des Besorgens und Fürchtens als in indirekter Frage stehend zu betrachten, wenn es mit dem Indikativ verbunden ist. Es findet sich nemlich μὴ auf diese Weise theils mit dem Indikativ Aorist, theils mit dem Indikativ Futur., wenn ausgedrückt werden soll, daß ein Ereigniß, welches wir befürchten, entweder als bereits eingetreten oder in der Zukunft als mit Sicherheit eintretend gedacht wird; z. B. νῦν δὲ φοβοῦμαι μὴ ἀπέθανε — φοβεῖται μὴ ἔγραψα πάντα τῷ πατρί — φοβοῦμαι δὲ μὴ διδάξει τὰ ἐναντία.

---

§. 26.

Gebrauch des Indikativs, Konjunktivs und Optativs in relativen Sätzen.

1. Die Wörter, welche zur Bezeichnung der Relation gebraucht werden, sind die relativen Fürwörter ὅς, ὅστις, οἷος, ὅσος u. s. a., und die relativen Partikeln, wie οὗ, ὅπου, ἔνθα, ἔνθεν, ὅθεν, ὅποι, ὅπως, ὡς, ἵνα u. a. m.

2. Die Regeln für den Gebrauch der verschiedenen Modi in den relativen Sätzen bestimmen sich nach der eigenthümlichen Bedeutung der Modi auf folgende Weise: 1) der Indikativ steht im relativen Satze überall, wo etwas faktisch und unbedingt ausgesprochen wird, selbst auch in der Erzählung, wo die Deutschen den Optativ erwarten; 2) der Optativ tritt ein, wo etwas nach menschlicher Vorstellung ausgesprochen wird, also bei Erwähnung des Vergangenen, wenn nicht ein einzelner, sondern ein mehrmals wiederkehrender Fall angegeben, bei Erwähnung des Gegenwärtigen und Zukünftigen, wenn der Inhalt des relativen Satzes entweder als Wunsch, oder als angenommener Fall erscheint. 3) Der Konjunktiv steht nach den Relativen bei Erwähnung gegenwärtiger und zukünftiger Dinge, wenn ein angenommener Fall oder eine bestehende Absicht angegeben wird, und dem Relativ wird in diesem Falle regelmäßig ἂν od. ὅτι beigesellt; z. B. ὁ Σωκράτης

τὰ μὲν ἀναγκαῖα συνεβούλευε καὶ νὰ πράττωσιν, ὡς ἐνόμιζεν ὅτι ἤθελε πράττωνται ἄριστα· περὶ δὲ τῶν ἀδήλων, ὅπως ἤθελεν ἀποβῶσιν, ἔπεμπε νὰ ἐρωτῶσι τὸ μαντεῖον ἂν πρέπει νὰ ποιῶνται — θέλει γράφω, ἃ ἤκουσα — δι ὧν αἰσθάνονται ἕκαστα — ὡς δὲ ἦλθον οἱ κληθέντες ἐπὶ τὸ δεῖπνον, ἐκάθιζεν ἕκαστον οὐχὶ ὅπου ἔτυχεν, ἀλλ' ὃν μάλιστα ἐτίμα παρὰ τὴν ἀριστερὰν Κύρου χεῖρα — ὅστις ἤθελεν ἐπανέρχηται (Optativ zur Bezeichnung des Falles der Wiederkehr) πρὸς αὐτὸν, πάντας οὕτω . . . — ἐγὼ ἤθελε δειλιῶ νὰ ἔμβω εἰς τὰ πλοῖα, ἃ (gem. τὰ ὁποῖα) ἤθελε δώσῃ ἡμῖν — εἰσὶ δὲ ἐνταῦθα τοιοῦτοι ἄνδρες, οἵτινες ἤθελε φιλοτιμῶνται μάλιστα νὰ . . . — ἐκείνοις ἐθέλουσι νὰ συμμαχῶσιν ἅπαντες, οὕςτινας ἤθελε βλέπωσι παρεσκευασμένους καὶ νὰ πράττωσιν ἃ χρὴ ἐθέλοντας.

Anmerkung. Folgen mehrere relative Sätze nach einander, welche verschiedene Endungeh des relativen Fürworts erfordern, so steht das Relativ gewöhnlich nur in dem ersten Satze, im zweiten aber tritt entweder statt des Relativs das Definitum *αὐτός*, oder es wird auch gar kein Fürwort gesetzt; z. B. *λέγουσι γὰρ νὰ εἶπεν αὐτὸς πρὸς τὸν Πρηξαστέα, ὃν ἐτίμα τε μάλιστα, καὶ ᾧ ἔφερεν οὗτος τὰς ἀγγελίας, τούτου δὲ ὁ παῖς ἦν οἰνοχόος παρὰ τῷ Καμβύσῃ — ἐπὶ ταύτην ἤλθομεν τὴν γῆν, ἐν ᾗ ἐνίκησαν τοὺς Μήδας οἱ πατέρες ἡμῶν εὐξάμενοι ὑμῖν, καὶ παρέσχετε αὐτὴν εὐμενῆ τοῖς Ἕλλησι νὰ ἀγωνισθῶσιν ἐν αὐτῇ — ἐκεῖνοι τοίνυν, οἷς δὲν ἐχαρίζοντο οἱ ῥήτορες οὐδ' ἠγάπων αὐτοὺς, ὥσπερ ὑμᾶς οὗτοι νῦν . . . . . .*

NB. Die übrigen Eigenthümlichkeiten im Gebrauch der relativen Fürwörter s. oben 3. Kapitel §. 4.

§. 27.

Imperativ.

1. Der Imperativ drückt aus, daß die Handlung, welche im Zeitworte liegt, gefordert werde, daß sie geschehen oder nicht geschehen sollte, daß sie also in der Vorstellung des Fordernden als nothwendig erscheine.

2. Daher wird der Imperativ im Hellenischen gebraucht wie in andern Sprachen, bei Anreden, Bitten, Befehlen, Ermahnungen u. s. w. Uebrigens steht der Imperativ des Präsens, wenn die Handlung als dauernd, der Impert. des Aor., wenn dieselbe als vorübergehend und momentan gedacht wird; daher steht der Impert. des Präsens am häufigsten, wenn eine bereits begonnene Handlung fortgesetzt, der Impert. des Aor., wenn eine noch nicht begonnene unternommen werden soll; z. B. θάῤῥει, ὦ φίλε! — ἄκουσον τοίνυν — ἂν νομίζετε ὅτι ἔχετε ἐπί τινος χρείαν, πρὸς ἐμὲ λέγετε — καὶ ἄν τις βούλεται νὰ εἰπῇ τι, λεξάτω (gem. ἂς εἰπῇ) — θήρα τὸ καλὸν, ὦ παῖ! — πείθου τοῖς σοφωτέροις.

3. Soll die Aufforderung negativ ausgedrückt werden als ein Verbot, eine Abmahnung, so ist als Negation stets μὴ zu gebrauchen. Auch in diesem Falle steht der Impert. des Präsens, wenn die Handlung als dauernd gedacht wird, und also stets, wenn eine bereits begonnene Handlung wieder unterlassen werden soll; z. B. βουλεύεσθε βραδέως περὶ τῶν πρακτέων, καὶ μὴ ἀλλοτρίαις γνώμαις πεισθέντες καταδικάσητε αὐτοὺς — κολασθήτωσαν (ἂς κολασθῶσι gem.) ἀξίως τῆς ἀδικίας, καὶ μὴ τοῖς μὲν ὀλίγοις ἡ αἰτία ἀποδοθῇ, τὸν δὲ δῆμον ἀπολύσητε. Statt des Impert. des Aor. hingegen, welcher eintreten sollte, wo die Handlung als momentan gedacht wird, also hauptsächlich auch, wenn eine noch nicht begonnene Handlung unterbleiben soll, wird gewöhnlich der Konjunktiv des Aor. gebraucht; z. B. μή μοι ἀντίλεγε und μή μοι ἀντιλέξῃς (ersteres, wenn der Widerspruch schon begonnen hat, letzteres, wenn er

verhütet werden soll) — μὴ κλέπτε und μὴ κλέψῃς (ersteres allgemeine Abmahnung vom Diebstahl, letzteres mit Hinsicht auf einen besondern einzelnen Fall).

Anmerkung. Häufig gebrauchen die Hellenen statt des Imperat. das Futur. mit der Negation δὲν st. οὐ in einem Fragesatz, hauptsächlich um einen strengen, gleich zu vollstreckenden Befehl auszudrücken, gerade so wie es im Deutschen oft auch geschieht; z. B. δὲν θέλει μὲ ἀφήσεις; wirst du mich nicht lassen? d. i. laß mich gleich — δὲν θέλει φύγετε ἀπ' ἐδῶ; wollt ihr nicht gleich von hier fortgehen? Dagegen wird der Optativ mit derselben Negation in Fragen gebraucht statt des Imperativs, um eine Bitte recht bescheiden und höflich auszusprechen; z. B. δὲν ἤθελε μοὶ δώσῃς; wolltest du mir nicht geben?

D. Infinitiv.

§. 28.

Einfacher Gebrauch des Infinitivs.

1. Der Infinitiv spricht den Begriff des Zeitwortes an und für sich als bloßen Begriff aus, und ist in so fern dem Nomen nah verwandt; daher gebrauchen auch die Hellenen denselben in Verbindung mit dem Geschlechtsworte τὸ als ein Hauptwort, welchem selbst Prädikatsbestimmungen, jedoch diese nur in Nebenwortsform, beigegeben werden. Zu bemerken ist dabei, daß der Infinitiv auch dann, wenn er als Hauptwort gebraucht wird, ein zur Ergänzung beigefügtes Hauptwort nicht im Genitiv; sondern in der Endung zu sich nimmt, welche das Zeitwort fordert; z. B. τὸ νὰ χρώμεθα καλῶς τοῖς ἀγαθοῖς τοῦ βίου — τὸ νὰ θανατοῦσιν ἀνθρώπους — τὸ νὰ μέμφεσθε τῇ κακίᾳ u. s. a. *).

*) Den Mangel einer eingenen Form für den Infinitiv ersetzt die neuhellenische Sprache durch die Konjunktivsform mit

2. Ein solcher Infinitiv mit τὸ wird im Hellenischen sehr häufig gebraucht, selbst dann, wenn noch mehrere Wörter, welche zusammen einen Satz bilden, mit demselben verbunden sind. In Verbindung mit Vorwörtern erscheint ein solcher Infinitiv im Hellenischen häufig, wo die Deutschen Konjunktionen gebrauchen müßen; z. B. δὲν εἶναι οὕτως ἡδὺ τὸ νὰ ἔχῃς χρήματα, ὡς ἀνιαρὸν τὸ νὰ ἀποβάλλῃς — τὸ νὰ καλῇς ἐπίορκόν τινα χωρὶς τοῦ νὰ δεικνύῃς τὰ πεπραγμένα, λοιδορία ἐστὶ — σὺ δὲ διὰ τὸ νὰ εἶσαι ξένος, νομίζεις κτλ.

3. Häufig gebrauchen die Hellenen den Infinitiv mit dem τὸ auch in solchen Fällen, wo andere Sprachen den bloßen Infinitiv als Ergänzung zu einem unvollständigen Satze anwenden. Da nun oft in einer und derselben Satzverbindung das Geschlechtswort dem Infinit. beigefügt, und auch ausgelaßen werden kann, mit einer nicht bedeutenden Verschiedenheit des Sinnes, so müßen gemeine Bestimmungen über die Beifügung oder Weglassung des Geschlechtswortes gegeben werden. Als allgemeine Regel gilt folgendes: der Infinitiv nimmt das Geschlechtswort zu sich, wenn der in demselben enthaltene Begriff als wahres Subjekt oder Objekt im Satze erscheint. Zur näheren Erörterung dieses Gebrauchs dienen folgende Angaben:

a) Als wahres Subjekt erscheint der Infinitiv in unpersönlichen Sätzen, wo er einen allgemeinen Zustand

---

Voraussetzung der Partikel νά; zwar entspricht der Infinitiv der neuhellenischen Sprache nicht vollkommen der Definition des Infinitivs, drückt jedoch den Begriff desselben jedesmal durch die Konjunktiv-Personalendungen vollkommen aus, und wo der Infinitiv einen unbestimmten Zeitwortsbegriff darstellt, wird entweder die 3. Personalendung Singul. mit beigesellem τις, oder die 3. Personalendung Plur. ohne τις gesetzt; z. B. schreiben, νὰ γράφῃ, γράψῃ τις oder νὰ γράφωσι, γράψωσι.

beschreibt, zu welchem der unpersönliche Ausdruck eine bloße Prädikatsbestimmung enthält. Die Beifügung des Geschlechtswortes läßt sich hier mit Rücksicht auf die Art, wie die Prädikatsbestimmung ausgedrückt ist, bestimmen, und es sind dabei folgende Fälle zu unterscheiden:

a) Wenn die Prädikatsbestimmung ebenfalls in einem Infinitiv mit ἐστὶ (gem. εἶναι), oder in einem selbstständigen Zeitwortsausdruck, der ein volles Prädikat enthält, ausgesprochen ist, so nimmt der Infinitiv das Geschlechtswort zu sich; z. B. τὸ νὰ χαίρῃ τις δὲν εἶναι νὰ εὐδαιμονῇ, οὐδὲ τὸ νὰ λυπῆται νὰ δυστυχῇ — τὸ νὰ μὴ ἀγανακτῶσιν οἱ φρονιμώτατοι ἀπερχόμενοι ἐκ ταύτης τῆς ὑπουργίας, ἐν ᾗ ἐπιστατοῦσιν αὐτῶν Θεοὶ, οἵτινές εἰσιν ἄριστοι ἐπιστάται τῶν Ὄντων, δὲν ἔχει λόγον — τὸ νὰ δίδῃ τις ἐκδίκησιν ποῖον τῶν δύω ἐστι, νὰ πάσχῃ τι ἢ νὰ ποιῇ;

b. Ist die Prädikatsbestimmung in einem Haupt- oder Beiworte ausgedrückt, so wird dem Infinitiv das Geschlechtswort nur dann beigefügt, wenn ein Zustand im Allgemeinen nach seiner weitesten Beziehung angegeben wird, hingegen steht der Infinitiv ohne Geschlechtswort, wenn ein einzelner Moment, eine einzelne Äußerung des Zustandes angegeben wird. Dasselbe gilt von den eigentlichen unpersönlichen Zeitwörtern, wie συμβαίνει, γίνεται, πρέπει, προσήκει, διαφέρει, ἔξεστι u. ähnliche; z. B. τὸ νὰ δίδῃ τις ἐκδίκησιν μεγίστου κακοῦ, δὲν ἦτον οὖν πονηρίας ἀπαλλαγή; — μέγα μὲν ἔργον τὸ νὰ κατορθώσῃ τις ἐξουσίαν, πολὺ δ' ἔτι μεῖζον τὸ νὰ διαφυλάξῃ αὐτὴν λαβὼν — δύσκολον ἦν νὰ ἀποκινῇ ἑκάστοτε τὸν λίθον (es war mühsam jedesmal den Stein wegzuwälzen, also jede einzelne Wegwälzung war mühsam; darum der Infinitiv ohne Geschlechtswort) — δὲν ἔλεγες, τὸ μὲν νὰ ἀδικῆται τις εἶναι κακὸν, τὸ νὰ ἀδικῇ δὲ αἴσχιον; — ἡδὺ τὸ νὰ θηρᾷ τις, die Beschäftigung mit der Jagd ist angenehm — ἡδὺ νὰ θηρᾷ τις, es ist angenehm (einmal) zu jagen.

B) Bei dem Gebrauche des Infinit. als des Objekts in transitiven Sätzen sind zwei Fällen zu unterscheiden:

1) nach den Zeitwörtern: nennen, sagen, für etwas halten steht der Infinit. als Angabe des Objekts mit dem Geschlechtsworte, wenn die beigefügte Prädikatsbestimmung in einem Hauptworte oder ebenfalls im Infinit. ausgedrückt wird; z. B. μεῖζον μὲν κακὸν λέγομεν τὸ νὰ ἀδικῇ, ἔλαττον δὲ τὸ νὰ ἀδικῆταί τις.

2) Bei den Zeitwörtern und Redensarten, die entweder eine Thätigkeit des Willens ausdrücken, wie wollen, geneigt seyn, sich bestreben, bemühen, oder einen Akt des Denkvermögens bezeichnen, wie sagen, glauben, wird dem Infinit. das Geschlechtswort nur dann beigefügt, wenn der darinn enthaltene Begriff als der wichtigste und nachdrücklichste des ganzen Satzes hervorgehoben werden soll, weßhalb dann der Infinitiv zu Anfang des Satzes gestellt wird; z. B. τὸ νὰ προσταλαιπωρῇ τῷ δόξαντι καλῷ οὐδεὶς πρόθυμος ἦν — δὲν ἐσπευδε δὲ τὸ νὰ γίνωνται λεκτικοὶ καὶ πρακτικοὶ καὶ μηχανικοὶ οἱ ἀκροαταὶ ..., — ἀλλὰ καὶ τὸ νὰ προγινώσκῃ ὁ Θεὸς τὸ μέλλον καὶ τὸ νὰ προσημαίνῃ ᾧτινι βούλεται, ὥσπερ ἐγὼ νομίζω, οὕτω πάντες καὶ λέγουσι καὶ νομίζουσι.

c) Bildet der Infinitiv eine Apposition zu einem im Hauptsatze enthaltenen Hauptworte, so nimmt er das Geschlechtswort zu sich, eben aus dem Grunde, weil der Infinit. hier als absoluter Begriff, also zur Angabe eines Zustandes in seiner allgemeinsten Beziehung gebraucht wird; z. B. τοῦτό ἐστι τὸ νὰ ἀδικῇ, τὸ νὰ ζητῇ τις νὰ ἔχῃ πλέον τῶν ἄλλων.

Anmerkung 1. Als absolute Zeitwortsform ist auch der Infinitiv zu betrachten, wenn derselbe im heftigsten Affekt, besonders bei Verwunderung und Unwillen gebraucht wird. Zu-

verhütet werden soll) — μὴ κλέπτε und μὴ κλέψῃς (ersteres allgemeine Abmahnung vom Diebstahl, letzteres mit Hinsicht auf einen besondern einzelnen Fall).

Anmerkung. Häufig gebrauchen die Hellenen statt des Imperat. das Futur. mit der Negation δὲν st. οὐ in einem Fragesatz, hauptsächlich um einen strengen, gleich zu vollstreckenden Befehl auszudrücken, gerade so wie es im Deutschen oft auch geschieht; z. B. δὲν θέλει μὲ ἀφήσεις; wirst du mich nicht lassen? d. i. laß mich gleich — δὲν θέλει φύγετε ἀπ' ἐδῶ; wollt ihr nicht gleich von hier fortgehen? Dagegen wird der Optativ mit derselben Negation in Fragen gebraucht statt des Imperativs, um eine Bitte recht bescheiden und höflich auszusprechen; z. B. δὲν ἤθελε μοὶ δώσῃς; wolltest du mir nicht geben?

D. Infinitiv.

§. 28.

Einfacher Gebrauch des Infinitivs.

1. Der Infinitiv spricht den Begriff des Zeitwortes an und für sich als bloßen Begriff aus, und ist in so fern dem Nomen nah verwandt; daher gebrauchen auch die Hellenen denselben in Verbindung mit dem Geschlechtsworte τὸ als ein Hauptwort, welchem selbst Prädikatsbestimmungen, jedoch diese nur in Nebenwortsform, beigegeben werden. Zu bemerken ist dabei, daß der Infinitiv auch dann, wenn er als Hauptwort gebraucht wird, ein zur Ergänzung beigefügtes Hauptwort nicht im Genitiv; sondern in der Endung zu sich nimmt, welche das Zeitwort fordert; z. B. τὸ νὰ χρώμεθα καλῶς τοῖς ἀγαθοῖς τοῦ βίου — τὸ νὰ θανατοῦσιν ἀνθρώπους — τὸ νὰ μέμφεσθε τῇ κακίᾳ u. s. a. *).

*) Den Mangel einer eingenen Form für den Infinitiv ersetzt die neuhellenische Sprache durch die Konjunktivsform mit

4. Am häufigsten wird der Infinitiv gebrauch als Ergänzung anderer Begriffe, besonders als Ergänzung Verbalbegriffe *).

5. Die Zeitwörter, nach welchen im abhängigen Satze der Infinitiv steht sind a) Zeitwörter, welche eine Thätigkeit des Willens bezeichnen, wie wollen, begehren, streben, sich bemühen, suchen, versuchen, wünschen; beschliessen, sich entschliessen, sich vornehmen, vorhaben, gedenken, unternehmen, wagen; fordern, verlangen, bitten, befehlen, überreden, antreiben, ermuntern, ermahnen, rathen; lassen, er-

*) Erläuterung. Sämmtliche Zeitwörter werden in Rücksicht des darin enthaltenen Begriffes in zwei Klassen getheilt, in Vollständige, welche eine in sich geschlossene Handlung oder ein selbstständiges Ereigniß ausdrücken, und in Unvollständige, deren Begriff zu seiner vollkommenen Deutlichkeit noch irgend einer Ergänzung und genauere Bestimmung bedarf. Dergleichen vollständige Zeitwörter sind alle diejenigen, welche eine innere Thätigkeit und Fähigkeit des Menschen bezeichnen. Im Allgemeinen lassen sich dieselben in vier Klassen vertheilen, indem sie entweder eine Thätigkeit des Willens oder des Denkvermögens, oder des Empfindungsvermögens, oder überhaupt des Vorhandenseyn einer Fähigkeit und Kraft bezeichnen. Von diesen vier Abtheilungen haben die beiden Ersten, nebst der Letzten, im Allgemeinen genommen, gleiche Konstruktion, indem zu denselben immer der beabsichtigte Erfolg der innere Thätigkeit zu ergänzen ist, welchen die Hellenen im Infinitiv ausdrücken. Bei denjenigen Zeitwörtern aber, welche eine Thätigkeit des Empfindungsvermögens bezeichnen, ist nur der Gegenstand zu ergänzen, auf welchen die Empfindung gerichtet ist, oder durch welchen sie angeregt wird, und diesen drücken die Hellenen durch das Mittelwort aus.

lauben, gestatten, zugestehen, versprechen, verleihen; ferner das Gegentheil von den genannten: verbieten, verhindern, abhalten, abmahnen; sich weigern, anstehen, zaudern u. dgl. b) Zeitwörter, welche eine Thätigkeit des Denkvermögens od. eine daraus hervorgehende Wirkung bezeichnen, wie Urtheilen, glauben, meinen, annehmen, hoffen, überzeugt seyn, zweifeln; sagen, behaupten, lehren, melden, ankündigen, versichern, gestehen, verneinen, leugnen u. dgl. c) Zeitwörter, welche das Vorhandenseyn einer Fähigkeit oder einer Kraft bezeichnen, wie können, vermögen, fähig oder im Stande seyn, verstehen, begreifen, lernen, innehaben; dulden, leiden, ausstehen; bewirken, verursachen, machen u. dgl.; z. B. βούλομαι νὰ λέγω od. εἰπῶ — δέομαί σου νὰ ἔλθῃς — παρέξυνέ με νὰ μανθάνω — ἔπεισέ με νὰ πορευθῶ — ἐτόλμησε νὰ ποιήσῃ τοῦτο — ἐπέταξέ μοι νὰ ἔλθω ταχέως — θανὼν ὁ πατὴρ ἐνουθέτησε τοὺς παῖδας νὰ σωφρονῶσι — πῶς ἐποίησεν ὁ Θεμιστοκλῆς τὴν πολιτείαν νὰ τὸν ἀγαπᾷ; — μοὶ φαίνεται ὅτι ἔργα ἀξιομνημόνευτα τῶν καλῶν καὶ ἀγαθῶν ἀνδρῶν νὰ εἶναι, οὐ μόνον τὰ μετὰ σπουδῆς, ἀλλὰ καὶ τὰ ἐν ταῖς παιδιαῖς πραττόμενα.

Anmerkung 2. Bei den angegebenen Zeitwörtern ist zwar der Gebrauch des Infinit. im abhängigen Satze die gewöhnliche Konstruktion, doch ist für einzelne derselben noch mancherley zu bemerken. Ueber die erste Klasse, die Zeitw. welche ein Wollen bezeichnen, ist anzugeben, daß nach wollen, streben, antreiben, überreden dem Infinit. zuweilen auch ὥστε beigegeben wird, was am häufigsten nach πείθω geschieht. — Nach den Zeitwörtern bitten, ermahnen steht häufig auch die Absichtspartikel ὅπως mit dem erforderlichen Modus (siehe §. 11.); auch wird nach bitten die Part. εἰ (gem. ἂν) gebraucht, um die Bitte recht höflich vorzutragen. — Nach den Zeitwörtern verbitten, verhindern, abhalten, sich weigern, sich in Acht nehmen, sich hüten wird dem Infinit. gewöhnlich noch μὴ beigefügt; z. B. ἀπαγορεύω νὰ μὴ ποιῆτε ἁρπαγὴν, ich verbiete zu Plündern. — Nach den Zeitw., welche fürchten bedeuten, wird das Ereigniß, welches man befürchtet, gewöhnlich durch μὴ in Verbindung mit Konjunkt. u. Opt. angeführt (s. §. 9. u. Anm. 2.). — Auch nach einigen Zeitwörtern der zweiten Klasse wird dem Infinit. des abhängigen Satzes μὴ beigefügt, wie z. B. ἀρνοῦμαι νὰ μὴν ἠξεύρω, ich leugne zu wissen — οἱ Ἀθηναῖοι δὲν παρῆσαν με τὰς ναῦς ἀπιστοῦντες νὰ μὴν ἔλθῃ αὐτός; weil sie nicht glaubten, daß er kommen werde. — Von der dritten Klasse ist zu bemerken, daß die Zeitw., welche dulden, aushalten bedeuten, gewöhnlich die Ergänzung im Mittelworte zu sich nehmen, indem nur ὑπομένω stets mit dem Infinit. konstruirt wird. — Nach bewirken, verursachen (ποιῶ) steht zwar gewöhnlich der einfache Infinit., zuweilen auch der Infinit. mit ὥστε, aber nach καθιστάνω (gem. καταστaίνω), welches in derselben Bedeutung gebraucht wird, steht stets das Mittelwort.

6. So wie zu den Zeitwörtern der beabsichtigte Erfolg im Infinit. beigefügt wird, so wird auch bei den Beiwörtern, welche Fähigkeit und Tauglichkeit ausdrücken, die Handlung, zu welcher man fähig oder tauglich ist im Infinitiv beigesetzt. Dergleichen Beiwörter sind: δυνατὸς (vermögend), ἀδύνατος (unvermögend), δεινὸς (stark, geschickt), ἱκανὸς, ἐπιτήδειος (tüchtig, geschickt). — Ebenso steht auch bei den Beiwörtern, welche nur im Allgemeinen eine Eigenschaft ausdrücken, die noch einer nähern Bestimmung bedarf, die Hinsicht, in welcher der Begriff des Beiworts seine Anwendung findet, im Infinit. Dergleichen Beiwörter sind: ῥᾴδιος (leicht), χαλεπὸς (schwer) gem. εὔκολος, δύσκολος· ἄξιος (würdig, werth), ἡδὺς (angenehm), βαρὺς, κακὸς (unangenehm), ὅμοιος (ähnlich), τοιοῦτος (so) u. s. w.; z. B. οὗτοι φαίνονται ἱκανοὶ νὰ

15 *

τέρπωσιν ἡμᾶς — δὲν εἶναι δυνατὸς (beſſ. δειτός) νὰ λέγῃ, ἀλλ' ἀδύνατος νὰ σιωπᾷ — σὺ φαίνεσαι ἐπιτήδειος νὰ πράττῃς ταῦτα — ἀξία ἐστὶν ἡ πόλις νὰ θαυμάζηται — ῥᾴδιον (gem. εὔκολον) ἐστὶ νὰ νοήσῃ ταῦτά τις — χαλεπὸν ἐστὶ (gem. δύσκολον εἶναι) νὰ λέγῃ τις πρὸς γαστέρα ὦτα οὐκ ἔχουσαν.

7. Selbſt zu vollſtändigen Zeitw. und zu ganzen Sätzen wird der Infinit. hinzugeſetzt, um Zweck und Abſicht anzugeben, wozu eine Handlung vollbracht wird; z. B. ὁ Κῦρος προέκρινε τὴν Μηδικὴν στολὴν νὰ φορῇ καὶ αὐτός, καὶ τοὺς κοινῶνας ἔπεισε νὰ τὴν φορῶσι — ἐρχόμεθα νὰ μανθάνωμεν — πάντα ἔχουσι φυσικὸν καὶ νὰ ἐλαττῶνται — ὁ Λάϊος δίδει τὸ βρέφος τοῖς βουκόλοις νὰ τὸ ἐκθέσωσι — ὁ Κίμων ἐφάνη ἀναβαίνων φαιδρὸς διὰ τοῦ Κεραμικοῦ εἰς τὴν ἀκρόπολιν ἔχων εἰς τὰς χεῖρας ἵππου τινὰ χαλινὸν νὰ ἀφιερώσῃ τῇ Θεᾷ.

8. Steht der Hauptſatz mit dem abhängigen Satze in einer Kauſalverbindung, ſo daß der im abhängigen Satze bezeichnete Zuſtand als eine Folge von dem im Hauptſatze ausgeſprochenen Ereigniß erſcheint, ſo ſteht im abhängigen Satze ὥστε, und ſeltener ὡς in Verbindung mit dem Infinitiv; z. B. ὁ Σωκράτης ἦν οὕτω πεπαιδευμένος, ὥστε ... νὰ ἔχῃ ῥαδίως πάντα ἀρκοῦντα — φιλοτιμότατος ἦν ὁ Κῦρος, ὥστε πάντα μὲν πόνον νὰ ὑποφέρῃ, πάντα δὲ κίνδυνον νὰ ὑπομένῃ ἕνεκα τοῦ νὰ ἐπαινῆται. — Stehen im Hauptſatze die Demonſtrative τοιοῦτος od. τοσοῦτος, ſo treten im Nebenſatze gewöhnlich die Relativa οἷος, ὅσος ſtatt ὥστε ein, bei unmittelbaren Zuſammenſtellung der Sätze aber kann auch das Demonſt. ausgelaſſen werden; z. B. οἱ Περσικοὶ νόμοι φροντίζουσιν ὅπως οἱ πολῖται μὴ γένωνται καθόλου τοιοῦτοι, οἷοι νὰ ἐφίωνται πονηροῦ ἢ αἰσχροῦ τινος ἔργου — τοσοῦτον τόπον νὰ ἀφήσωμεν τοῖς λόχοις, ὅσον νὰ μένωσιν ἔξω οἱ ἔσχατοι λόχοι τῶν — ..., καρπούμενοι ἕκαστοι τὰ ἑαυτῶν ὅσον νὰ ἀποζῶσι.

Anmerkung 3. Als Folge von einem Ereigniß wird nicht nur das betrachtet, was nach der Erfahrung ſich wirklich daraus entwickelt hat, sondern auch das, was nach vernünftiger Ansicht daraus hervorgehen kann, oder was uns als daraus hervorgegangen erscheint. Man muß daher unterscheiden zwischen reeler oder faktischer, und zwischen ideeller oder muthmaßlicher Folge. Diesen Unterschied beobachten die Hellenen auch in der Sprache, indem sie die faktische Folge durch ὥστε mit dem Indicativ bezeichnen, die muthmaßliche Folge aber durch ὥστε mit dem Infinitiv. Der Indikativ steht daher nach ὥστε stets wenn ein wirkliches Ereigniß als hervorgegangen aus einem andern angeführt wird; z. B. εἰς τὴν ἑξῆς ἡμέραν δὲν ἦλθεν ὁ Τισσαφέρνης, ὥστε οἱ Ἕλληνες ἐφρόντιζον (sie waren wirklich im Besorgniß, und zwar, weil er nicht kamm). Der Infinit. hingegen steht nach ὥστε, wenn nur eine gedachte Folge von etwas ausgesprochen wird; also a) wo eine Beschaffenheit eines Gegenstandes als Grund zu einem allgemeinen Verhältniß desselben angegeben wird, wie in den beiden oben zur Regel angeführten Beispielen und in jedem allgemeinen Satze mit ὅστις; z. B. ὅστις οὕτως ἀνόητός ἐστιν, ὥστε νὰ προτιμᾷ πόλεμον ἀντ' εἰρήνης, τοῦτον μαινόμενον λέγομεν. — Daher steht auch nach ἢ ὥστε bei vorausgehendem Komparativ stets der Infinitiv; z. B. ἀφρονέστεροί εἰσιν ἢ ὥστε νὰ αἰσθάνωνται τῆς ἐπιβουλῆς; — b) wenn der Vordersatz negativ ist und nicht ein einzelnes Faktum verneint, sondern im Allgemeinen einen Zustand als nicht vorhanden bezeichnet, so steht ebenfalls nach ὥστε der Infinitiv; z. B. δὲν ἔχω χρείαν τούτων οὐδενὸς, ὥστε νὰ κινδυνεύῃς σὺ — c) wenn der Hauptsatz hypothetisch, oder eine Frage ist, so steht ebenfalls nach ὥστε der Infinitiv; z. B. ἂν τὸ νὰ πράττῃ τις μεγάλα ἐστι τοιοῦτον, ὥστε νὰ μὴ δύναμαι μήτε μόνος νὰ σχολάζω, μήτε μετὰ τῶν φίλων νὰ εὐφρανθῶ, ἐγὼ μὲν καταφρονῶ τὴν εὐδαιμονίαν ταύτην — τόσον ἆρ' ἀναίσθητος εἶσαι, ὥστε νὰ μὴν ἀγανακτῇς μήτε τοῖς ὑβρίζουσί σε; — Doch findet sich auch in Fragesätzen nach ὥστε der Indikat., wenn der Fragende seine Meinung zu erkennen geben will, daß er den in der Frage ausgesprochenen Fall als wahr betrachtet; z. B. εἶτα οὕτως ἄφρονες εἶσθε, ὥστε ἐλπίζετε ὅτι διὰ τῶν αὐτῶν πράξεων, δι' ὧν ἐκ χρηστῶν ἐγένοντο φαῦλα τὰ πράγματα τῆς πολιτείας, θέλει γένωσιν αὐτὰ ἐκ φαύλων χρηστά; — d) wenn die Folge zugleich als Absicht erscheint, so steht ebenfalls nach ὥστε der Infin.; z. B. ἐπειδὴ ἐγὼ ἀπορῶ τί ἤθελε ποιήσω, ὥστε νὰ ἔχωσι καλῶς τὰ ἡμέτερα, συμβουλευέτω ὅ,τι τις . . . — οἱ τριάκοντα ἐβουλήθησαν νὰ κυριεύσωσι τὴν Ἐλευσῖνα, ὥστε νὰ εἶναι αὐτοῖς καταφύγιον — e) endlich nimmt auch ὥστε, wenn es im abhäng. Satze gebraucht wird, den Infinit. zu sich; z. B. εἶπαν ὅτι οὕτω νὰ ἐπροθυμεῖτο ὁ στόλος, ὥστε νὰ ἐθέλῃ νὰ εἰσφέρῃ, καὶ νὰ ἐξέρχηται, καὶ νὰ διακινδυνεύῃ.

Neuntes Capitel.

Gebrauch des Mittelwortes und der Casus absoluti.

§. 29.

Mittelwort im Allgemeinen.

Die Hellenen, welche beinahe von jedem Tempus ein eigenes Mittelwort bilden, gebrauchen auch dasselbe weit häufiger und auf eine mannichfaltigere Weise als dieß in andern Sprachen zu geschehen pflegt. Man hat aber für den Gebrauch desselben hauptsächlich zwei Fälle zu unterscheiden: 1) das Mittelwort in einem abhängigen Satze als Ergänzung zu einem unvollständigen Zeitworte, wo in andern Sprachen der Infinit. gebraucht wird, oder die Konjunktion daß. 2) Das Mittelwort in Zwischensätzen zur Angabe näherer Bestimmungen, welche zum Hauptzeitwort gehören, oder sich auf ein Nomen im Hauptsatze beziehen.

---

§. 30.

Mittelwort in abhängigen Sätzen.

1. Bei der in der Erläut. sub*) zu §. 28 aufgestellten Eintheilung der unvollständigen Zeitwörter wurde angegeben, daß diejenigen Zeitwörter, welche eine Thätigkeit des Empfindungsvermögens ausdrücken, die Ergänzung im Mittelworte zu sich nehmen. Dahin gehören a) die Zeitwörter, welche eine Wahrnehmung durch die Sinneswerkzeuge, oder durch innere Fassungskraft ausdrücken: sehen, bemerken, merken, wahrnehmen, erkennen, einsehen, begreifen; hören, erfahren, verstehen; fühlen, empfinden; wissen, ahnden, sich erinnern, gedenken, eingedenk seyn, erwägen, bedenken, vergessen. b) Die Zeitwörter, welche eine gewöhnliche Stimmung bezeichnen: sich freuen, sich betrüben, sich ärgern, unwillig, betrübt seyn, sich schämen, bereuen.

2. Außerdem nehmen auch noch folgende Zeitwörter die Ergänzung im Mittelworte zu sich: a) die Zeitwörter, welche eine Handlung oder einen Zustand ausdrücken, wodurch eine Wahrnehmung veranlaßt wird, wie zeigen, offenbar, bekannt, deutlich machen, angeben, beweisen, darthun; sich zeigen, erscheinen, offenbar, deutlich, bekannt, ausgemacht seyn, es ergibt sich, es erhellet, leuchtet ein u. dgl. b) Die Zeitwörter anfangen, beginnen, anheben; aufhören, aufhören lassen, beendigen. c) Die Zeitwörter ge-

schehen lassen, zulassen; ertragen, ausdauern, sich gefallen lassen.

3. Nach allen diesen Zeitwörtern gebrauchen die Hellenen im abhängigen Satze das Mittelwort. Da nun ein solches Mittelwort im Ergänzungssatze immer einen Zustand eines im Hauptsatze ausgedrückten oder angedeuteten Gegenstandes angibt, so bestimmt sich auch die Endung desselben nach dem Nomen des Hauptsatzes, zu welchem das Mittelwort die Prädikatsbestimmung enthält. Es finden daher folgende Fälle Statt:

a) Ist das zum Mittelwort gehörige Subjekt zugleich auch Subjekt des Hauptzeitwortes, so steht das Mittelwort im Nominativ; z. B. οἶδα θνητὸς ὤν — θρηνῶ μετανοῶν — μέμνησο ἄνθρωπος ὤν — αἰσχύνομαι ταῦτα εἰπών — ἐζημιώθην ἀδικήσας — παύσασθε ἀδικοῦντες — διδασκόμενος μανθάνεις — ἐχάρην ἰδών σε.

b) Steht das zum Mittelworte gehörige Subjekt beim Hauptzeitworte als nächstes Objekt im Accusativ, so steht auch das Mittelwort im Accusat.; z. B. τιμῶ τοὺς τὰ καλὰ καὶ ἀγαθὰ ἐπιτηδεύοντας — ἴδον αὐτὸν ἐρχόμενον — ἐπῄνεσά σε εὐδοκιμήσαντα.

c) Steht das zum Mittelwort gehörige Subjekt beim Hauptzeitwort als entfernteres Objekt im Genitiv od. Dativ, so richtet sich auch in diesem Falle das Mittelwort nach demselben und wird ebenfalls im Genitiv oder Dativ gesetzt; z. B. ᾔσθησαι πώποτέ μου ἢ ψευδομαρτυροῦντος, ἢ συκοφαντοῦντος, ἢ φίλους ἢ πόλιν στασιάζοντος, ἢ ἄλλο τι ἄδικον πράττοντος; ἤκουσά σου ὀδυρομένου — μετεμέλησέ μοι τοιαῦτα εἰπόντι — τί μοι ἐπιβουλεύεις εὐεργετήσαντί σε;

Anmerkung 1. Wenn beim Zeitwort ein reflexirtes Fürwort steht, so kann das Mittelwort in einer doppelten Endung gesetzt werden, je nachdem man dasselbe auf das im Zeitwort enthaltene Subjekt, oder auf das dabei befindliche Fürwort bezieht; z. B. σύνοιδα ἐμαυτῷ πταίσας — γινώσκεις σεαυτὸν πολλὰ ἀδικήσαντα — οὐδεὶς ὁμολογεῖ ἑαυτὸν κακοῦργος ὢν oder κακοῦργον ὄντα.

Anmerkung 2. Die unpersönlichen Ausdrücke es ist bekannt, offenbar, deutlich, es zeigt sich, es erhellet, leuchtet ein u. dgl. werden im Hellenischen persönlich ausgesprochen; z. B. δῆλος ἦν λυπούμενος, es war offenbar, daß er sich ärgerte — φανεροὶ ἐγένοντο ἀπατήσαντες, es kam an den Tag, daß sie betrogen haben — ψευδόμενοι φαίνεσθε, es zeigt sich, daß ihr lüget.

4. Das Mittelwort wird mit diesen Zeitwörtern verbunden, weil in dem abhängigen Satze ein Zustand angegeben wird, in welchem das Subjekt oder Objekt des Hauptsatzes sich befindet. Der Grund zum Gebrauch des Mittelwortes fällt also weg, wenn nach jenen Zeitwörtern ein Zustand angegeben wird, der nicht nach objektiver Wahrnehmung, sondern nach subjektiver Vorstellung und Voraussetzung einem Gegenstande zukömmt, und es steht in diesem Fall auch nach diesen Zeitwörtern der Infinitiv. Die Zeitwörter, welche in dieser abwechselnden Konstruktion bald mit dem Mittelworte, bald mit dem Infinit. vorkommen sind folgende;

a) Bei dem Zeitworte sich schämen steht das Mittelwort, wenn die Handlung, deren man sich schämt, vollbracht wird, der Infinitiv, wenn man die Handlung aus Schaam unterläßt; z. B. ἀλλ' ἴσως αἰσχύνεσαι νὰ λέγῃς ταῦτα, du schämst dich zu sagen (und sagst deßhalb nicht) αἰσχύνομαι ποιήσας, ich schäme mich gethan zu haben — αἰσχύνομαι νὰ ποιήσω, ich schäme mich zu thun (und unterlasse deshalb). b) Bei den Zeitwörtern anfangen, beginnen steht das Mittelwort wenn das Anfangen als Hauptbegriff zu denken ist, wie überall, wo entweder eine vergleichende Rücksicht auf Fortgang und Ende Statt findet, oder der Punkt, von welchem man ausgeht, näher bezeichnet wird; z. B. ἄρχομαι λέγων od. διδάσκων ἀπό od. ἐκ τινος. Dagegen folgt nach diesen Zeitwötern der Isinitiv, wenn in dem abhängigen Zeitworte der Hauptbegriff enthalten, und die Bezeichnug des Anfangspunktes blos als Nebensache zu betrachten ist, wie z. B. ἤρξαντο καὶ τὰ μακρὰ τείχη νὰ οἰκοδομῶσιν οἱ Ἀθηναῖοι. c) Bei den Zeitwörtern hören u. erfahren steht das Mittelwort, wenn eine Thatsache, die ich selbst mit meinen Ohren vernehme, angeführt wird, der Infin., wenn etwas angegeben wird, was ich aus der Erzählung Anderer höre; z. B. ἤκουσά σου λέγοντος, ich habe dich reden gehört (ich selbst hörte deine Stimme) — ἀκούω τὸν Δημοσθένη νὰ λέγῃ, ich höre (man erzählt mir) daß Demosthenes sage. — Nach φαίνομαι, erscheinen, wechselt der Infinitiv mit dem Mittelwort, so, daß das Mittelwort gesetzt wird, wo eine Thatsache als solche sich durch die äußere Erscheinung kund gibt, der Infinit. hingegen, wo äußere Gründe vorhanden sind, welche die Ansicht od. Voraussetzung von einer Thatsache veranlassen; z. B. ἅμα λέγων ταῦτα σαφῶς ἐφαίνετο νὰ κλαίῃ (er gab solche Töne von sich, daß man glauben mußte, er weine, während κλαίων ἐφαίνετο heißen würde: es äußerten sich unverkennbare Merkmale seines Weinens).

---

§. 31.

Mittelwort in Zwischensätzen.

1. Das Mittelwort in Zwischensätzen bildet entweder a) erklärende Nebenbestimmungen zu einzelnen Wörtern des Hauptsatzes, welche die Deutschen durch das Relativ welcher, welche, welches ausdrücken; oder es bezeichnet b) Zeitverhältnisse, wie die deutschen Partikeln indem, nachdem, da, als, während, wann, oder es drückt aus c) Kausalverhältnisse, wie die deutschen Partikeln weil, da, oder es gibt an d) Bedingung, wie die deutschen Partikeln wenn, obgleich. Die Endung des Mittelwortes in Zwischensätzen bestimmt sich nach dem Nomen des Hauptsatzes, auf welches sich bezieht; z. B. ἀδύνατον ὁ πολλὰ τεχνώμενος ἄνθρωπος νὰ ποιῇ πάντα καλῶς — ἐνδεὴς καὶ ἀσθενὴς ὢν ἀντιλήπτορος χρῄζει γενναίου — ὁ Σωκράτης πιστεύων Θεοῖς, πῶς ἐνόμιζε νὰ μὴ εἶναι Θεοί; — τῷ μέγα ἢ σμικρὸν κλέπτοντι οὐδὲν διαφέρει.

Anmerkung 1. Dient das Mittelwort zur Angabe von Zeitverhältnissen, so werden demselben häufig noch die Nebenwörter ἅμα und μεταξὺ beigesetzt, um die vollkommene Gleichzeitigkeit zweier Handlungen oder Zustände anzugeben; z. B.

ὁ Κῦρος ἅμα ἐκστρατεύων ἐφρόντιζεν ἂν ἤθελεν εἶναι δυνατὸν νὰ ποιῇ ἀσθενεστέρους τοὺς πολεμίους, ἢ ἑαυτοὺς ἰσχυροτέρους — ὁ Γαδάτας καὶ ὁ Γωβρύας κατεφίλουν καὶ χεῖρας καὶ πόδας τοῦ Κύρου, πολλὰ δακρύοντες ἅμα χαρᾷ καὶ εὐφραινόμενοι — ἦν δὲ αὐτοῖς σύνηθες τὸ μεταξὺ πορευομένοις μήτε νὰ τρώγωσι, μήτε νὰ πίνωσι.

2. Eben so wird auch das Mittelwort zu einem Zeitworte gesetzt, wo es sich dann auf das im Zeitworte liegende Subjekt bezieht; z. B. εὐδαίμων ἔσομαι γινώσκων ἐμαυτὸν — καὶ δὲν θαῤῥεῖτε ταῦτα βλέποντες;

3. Am häufigsten aber wird das Mittelwort in Zwischensätzen gebraucht, um mehrere Handlungen, die in einem Satze aufgezählt werden, mit einander in die gehörige Verbindung zu bringen.

4. Jedes Ereigniß besteht nemlich entweder aus einer einfachen Handlung, oder es gestaltet sich durch Verknüpfung mehrerer zusammenwirkender Handlungen und Zustände. Im letzern Falle findet zwischen den einzelnen Momenten des Ereignisses eine gegenseitige Beziehung Statt, indem der eine dem andern entweder in der Zeit vorausgeht, oder der eine auf dem andern begründet ist, und aus demselben sich entwickelt. Im Deutschen wird diese Beziehung in der Sprache verwischt, indem die Deutschen alle einzelne Momente selbstständig neben einander aufzählen, und durch die Bindepartikel und vereinigen; im Hellenischen aber wird nur die Haupthandlung durch den erforderlichen Modus ausgesprochen, alles aber, was in der Zeit derselben vorausging oder zu Begründung und Gestaltung derselben mitwirkte erscheint im Mittelworte; z. B. Σχολαστικὸς οἰκίαν ἀγοράσας, τοῦ παραθυρίου προκύψας ἠρώτα τοὺς παρερχομένους ἂν πρέπει αὐτῷ ἡ οἰκία.

Anmerkung 2. Oft lassen sich dergleichen Mittelwörter am besten und bequemsten im Deutschen durch ein Hauptwort mit einem Vorworte ausdrücken, oft auch durch ein Nebenwort;

z. B. Δάφνις ὁ βουκόλος, λέγουσι, τεχθεὶς (nach seiner Geburt) νὰ ἐξετέθη ἐν δάφνῃ, ὅθεν καὶ τὸ ὄνομα ἔλαβεν — ἀρχόμενος ἔλεγε (im Anfang, anfänglich) — τελευτῶν (am Ende, zuletzt) ἐκάλει τοὺς λοιποὺς — διαλιπὼν χρόνον (nach einiger Zeit) ἐπανέλαβε τὸν λόγον.

Anmerkung 3. Die Mittelwörter ἔχων, ἄγων, φέρων, χρώμενος werden übersetzt im Deutschen häufig durch das Vorwort mit. Die Hellenen nemlich gebrauchen diese Mittelwörter um gewisse Arten der Verbindung von Gegenständen genauer und anschaulicher zu bezeichnen als durch ein Vorwort geschehen kann, und zwar ἔχων, wenn Gegenstände angegeben werden, die wir besitzen oder die von uns abhängen; ἄγων bei Gegenständen, welche wir fortbewegen, treiben oder transportiren; φέρων, wenn von Lasten und Ueberbrigung die Rede ist; χρώμενος, bei der Angabe von Mitteln, Eigenschaften und Zuständen; z. B. ὥρμησεν ἔχων διακοσίους ὁπλίτας — ἀνεχώρησαν ἄγοντες βοσκήματα πολλὰ ἐκ τῆς χώρας — οἱ θεράποντες ἠκολούθουν φέροντες τὰ σκεύη — τέχνῃ χρώμενος ταῦτα κατώρθωσα. — Auf diese Weise wird auch das Mittelwort λαβὼν zuweilen gebraucht; z. B. λαβὼν ἱππεῖς διακοσίους ὥρμησε, er rückte mit 200 Reitern aus.

5. Wird zum Mittelwort das Geschlechtswort gesetzt, so ist es zu übersetzen: der, welcher, und ein solches Mittelwort, verbunden mit dem Relativ und dem Infinitiv, wird im Hellenischen häufig gebraucht, um mehrere Sätze in einen einzigen zusammenzudrängen; z. B. ἐγὼ δὲν νομίζω εὐδαιμονεστάτους τοὺς πλεῖστα ἔχοντας καὶ φυλάττοντας πλεῖστα — ἐκεῖνα ἐδίδαξε, τὰ ὁποῖα ἐνόμιζε νὰ ὠφελήσωσι μεγάλως τοὺς ἠξεύροντας (wovon er glaubte, daß er denen, welche es wüßten, großen Nutzen bringen würde) — ἐκεῖνα μόνον διηγεῖτο, τὰ ὁποῖα ἐνόμιζεν νὰ ἀπέθανον οἱ ἰδόντες (wovon er glaubte, daß die, welche es gesehen hätten, schon gestorben seyen).

6. Oft auch wird ein Mittelwort in Verbindung mit dem Ge-

schlechtsworte an der Stelle eines Hauptwortes, gebraucht wobei nur zu bemerken ist, daß ein zur Ergänzung beigefügtes Hauptwort nicht im Genitiv, sondern in der Endung beigesetzt wird, welche das Zeitwort regiert; z. B. οἱ ἔχοντες, die Habenden, die Reichen — οἱ ἀγωνιζόμενοι, die Wettkämpfer — ὁ τοὺς θώρακας κατασκευάζων, der Verfertiger von Panzern.

7. Das Mittelwort des Fut. wird gebraucht, um Absicht, Zweck und Bestimmung auszudrücken, wo die Deutschen die Konjunktionen damit, um, zu gebrauchen; z. B. ἔρχομαι βοηθήσων ὑμῖν — ὥρμησε φονεύσων αὐτόν. — Diese Verbindung des Mittelwortes Futr. findet am häufigsten bei den Zeitwörtern, die eine Bewegung ausdrücken, Statt. Soll eine Absicht, die wir bei einem Andern als vorhanden denken, angegeben werden, so tritt zum Mittelwort des Futr. so wohl wie auch der übrigen Tempora noch die Partikel ὡς, wodurch angegeben wird, daß durch das Mittelwort nicht ein in der Wirklichkeit bestehender, sondern bloß in der Vorstellung angenommener Fall aufgeführt werde; daher auch hauptsächlich dann, wenn Vorstellungen Anderer angeführt oder ein bloßer Schein, im Gegensatz gegen die Wirklichkeit angedeutet werden soll; z. B. συνέλαβεν αὐτὸν ὡς φονεύσων (es schien als wollte er ihn hinrichten lassen) — ἤκουον δὲ ταῦτα ὡς οὐδὲν θαυμάζοντες (als wenn sie nichts bewunderten) — γνοὺς δὲ προσερχομένους τοὺς κατασκόπους, κελεύει νὰ φεύγωσιν ἀναχωρήσαντα δύο ἢ τρία ἅρματα καὶ Ἱππεῖς ὀλίγοι, ὡς δῆθεν φοβηθέντες καὶ ὀλίγοι ὄντες.

Anmerkung 4. Am häufigsten wird ἔρχομαι in Verbindung mit dem Mittelwort Futr. gebraucht, oft nur um das unmittelbare Beginnen einer Handlung zu bezeichnen, wie z. B. ἔρχομαι φράσων, ich schicke mich an zu erzählen — ich will eben erzählen, ἔρχομαι πολεμήσων u. s. a.

---

§. 32.

Casus absoluti.

1. Der ganze, vom Mittelwort bis jetzt entwickelte Gebrauch beruhete darauf, daß das Mittelwort als Zusatz zu einem der im Hauptsatze befindlichen Nominen erschien; und deßhalb mit demselben in gleicher Endung stand, und folglich von dem Zeitworte des Hauptsatzes abhängig war. Bekömmt aber das Mittelwort ein eigenes, neues Subjekt, so bildet es mit demselben ein für sich bestehendes Glied im Satze, und beide treten in eine Endung, welche vom Hauptzeitworte abhängig ist — Casus absolutus — Πτῶσις ἀπόλυτος.

2. Wenn auf diese Weise das Mittelwort sein eigenes Subjekt bekömmt, und ein besonderes Glied eines Satzes bildet, so wird es gebraucht theils zur Bezeichnung von Zeitverhältnissen, theils zur Angabe von Ursache und Bedingung. Da nun Zeitbestimmungen und Ursache im Hellenischen durch den Genitiv ausgedrückt werden, so steht das Mittelwort mit seinem Subjekte in solchen Fällen gewöhnlich im Genitiv. Genitvi absoluti, γενικὴ ἀπόλυτος; z. B. εὐωχουμένων τῶν στρατιωτῶν, ἐκυριεύθη ἡ πόλις — ἐμοῦ περιπατοῦντος, ἔπεσε κεραυνὸς — Θεοῦ διδόντος, οὐδὲν ἰσχύει φθόνος (zu der Zeit, da die Feinde schmausten — zu der Zeit als ich spazirte — wenn Gott etwas verleiht).

Anmerkung 1. Soll durch solche Genitive ein längerer historischer Zeitraum angegeben werden, so wird gewöhnlich das Vorwort ἐπὶ hinzugesetzt; z. B. ἐπὶ Κύρου βασιλεύοντος, unter der Regierung des Kyros, d. i. so lange K. regierte.

Anmerkung 2. Es werden auch Dativi, Accusativi und Nominativi absoluti gebildet, wovon aber die neuhellenische Sprache keinen Gebrauch im höheren Styl macht, in ihren gemeinern Mundart jedoch wird häufig der Nominativ (gar nicht aber der Genitiv) absolutus gebraucht; z. B. συνωχούμενοι οἱ στρατιῶται, ἐκυριεύθη ἡ πόλις — περιπατῶντας ἐγὼ ἔπεσε κεραυνὸς — διδῶντας ὁ Θεὸς ὁ φθόνος δὲν ἔχει δύναμιν καθόλου (st. περιπατῶν — διδων).

Anmerkung 3. Im höheren Styl der neuhellenischen Sprache wird nur von unpersönlichen Redensarten, gebildet mit ἐστὶ und dem Sächlichen eines Beiwortes, wo eine Mittelworts-Konstruktion eintritt, der Nominativ absolut. gebraucht; z. B. δίκαιον ὄν, da es gerecht ist — ῥᾴδιον ὄν, da es leicht ist.

Zehntes Capitel.

Ueber den Gebrauch der Partikeln

Περὶ Μορίων.

§. 33.

1. Unter den Namen Partikeln begreift man gewöhnlich alle Arten von kleinern Wörtern, welche gebraucht werden, um der Rede Zusammenhang, Bestimmtheit, Deutlichkeit, Kraft und Kürze zu geben. Es gehören demnach zu den Partikeln die Vorwörter (welche als früher schon behandelt hier übergangen werden), ferner sämmtliche Konjunktionen, und endlich die Negationen.

2. Von den genannten Konjunktionen unterscheiden wir zuerst drei Hauptklassen; nehmlich 1) Partikeln, welche gebraucht werden zur Belebung der Rede und zur Verstärkung und Hervorhebung einzelner Begriffe; 2) Partikeln, welche zur Verbindung einzelner Begriffe und unabhängiger Sätze dienen; 3) Partikeln, welche abhängige Sätze mit selbstständigen in Verbindung setzen.

§. 32.

Casus absoluti.

1. Der ganze, vom Mittelwort bis jetzt entwickelte Gebrauch beruhete darauf, daß das Mittelwort als Zusatz zu einem der im Hauptsatze befindlichen Nominen erschien; und deßhalb mit demselben in gleicher Endung stand, und folglich von dem Zeitworte des Hauptsatzes abhängig war. Bekömmt aber das Mittelwort ein eigenes, neues Subjekt, so bildet es mit demselben ein für sich bestehendes Glied im Satze, und beide treten in eine Endung, welche vom Hauptzeitworte abhängig ist — Casus absolutus — Πτῶσις ἀπόλυτος.

2. Wenn auf diese Weise das Mittelwort sein eigenes Subjekt bekömmt, und ein besonderes Glied eines Satzes bildet, so wird es gebraucht theils zur Bezeichnung von Zeitverhältnissen, theils zur Angabe von Ursache und Bedingung. Da nun Zeitbestimmungen und Ursache im Hellenischen durch den Genitiv ausgedrückt werden, so steht das Mittelwort mit seinem Subjekte in solchen Fällen gewöhnlich im Genitiv. Genitvi absoluti, γενικὴ ἀπόλυτος· z. B. εὐωχουμένων τῶν στρατιωτῶν, ἐκυριεύθη ἡ πόλις — ἐμοῦ περιπατοῦντος, ἔπεσε κεραυνός — Θεοῦ διδόντος, οὐδὲν ἰσχύει φθόνος (zu der Zeit, da die Feinde schmausten — zu der Zeit als ich spazirte — wenn Gott etwas verleiht).

Anmerkung 1. Soll durch solche Genitive ein längerer historischer Zeitraum angegeben werden, so wird gewöhnlich das Vorwort ἐπὶ hinzugesetzt; z. B. ἐπὶ Κύρου βασιλεύοντος, unter der Regirrung des Kyros, d. i. so lange K. regierte.

Anmerkung 2. Es werden auch Dativi, Accusativi und Nominativi absoluti gebildet, wovon aber die neuhellenische Sprache keinen Gebrauch im höheren Styl macht, in ihren gemeinern Mundart jedoch wird häufig der Nominativ (gar nicht aber der Genitiv) absolutus gebraucht; z. B. εὐωχούμενοι οἱ στρατιῶται, ἐκυριεύθη ἡ πόλις — περιπατῶντας ἐγὼ ἔπεσε κεραυνὸς — διδώντας ὁ Θεὸς ὁ φθόνος δὲν ἔχει δύναμιν καθόλου (st. περιπατῶν — δίδων).

Anmerkung 3. Im höheren Styl der neuhellenischen Spra- wird nur von unpersönlichen Redensarten, gebildet mit ἐστὶ und dem Sächlichen eines Beiwortes, wo eine Mittelworts-Konstruktion eintritt, der Nominativ absolut. gebraucht; z. B. δίκαιον ὄν, da es gerecht ist — ῥᾴδιον ὄν, da es leicht ist.

Zehntes Capitel.

Ueber den Gebrauch der Partikeln

Περὶ Μορίων.

---

§. 33.

1. Unter den Namen Partikeln begreift man gewöhnlich alle Arten von kleinern Wörtern, welche gebraucht werden, um der Rede Zusammenhang, Bestimmtheit, Deutlichkeit, Kraft und Kürze zu geben. Es gehören demnach zu den Partikeln die Vorwörter (welche als früher schon behandelt hier übergangen werden), ferner sämmtliche Konjunktionen, und endlich die Negationen.

2. Von den genannten Konjunktionen unterscheiden wir zuerst drei Hauptklassen; nehmlich 1) Partikeln, welche gebraucht werden zur Belebung der Rede und zur Verstärkung und Hervorhebung einzelner Begriffe; 2) Partikeln, welche zur Verbindung einzelner Begriffe und unabhängiger Sätze dienen; 3) Partikeln, welche abhängige Sätze mit selbstständigen in Verbindung setzen.

8. Die zuletzt angegebene Classe von Partikeln zerfällt wieder in folgende Unterabtheilungen: a) Zeitpartikeln, b) Ursachspartikeln, c) transitive Partikeln, d) Absichtspartikeln, e) Bedingungspartikeln, f) Folgerungspartikeln. Da aber von allen diesen Partikeln und ihren Fügungen in der Lehre von den Modis gehandelt worden ist, so beschränken sich die folgenden Bemerkungen blos auf die beiden ersten angegebenen Hauptclassen von Partikeln.

---

§. 34.

Partikeln zur Belebung der Rede und zur Hervorhebung einzelner Begriffe.

1. γε, eine enklitische Partikel, die das Wort, welchem sie nachtritt, vor den übrigen nachdrücklich hervorhebt, und so den Begriff desselben verstärkt. Die neuhellenische Sprache macht gewöhnlich keinen Gebrauch von dieser Partikel, sondern nur im höheren Styl.

2. πέρ, ebenfalls enklitisch, ist der Bedeutung nach genau verwandt mit γέ, und bezeichnet, ihrer Abstammung von περί gemäß, das Umfassende, weßhalb sie eben so wie γε zur Verstärkung einzelner Begriffe gebraucht wird. Sehr häufig tritt sie, in der neu- so wie in der althellenischen Sprache, in Verbindung mit den relativen Fürwörtern, eben so auch mit den Zeit-, Ursachs- u. Bedingungspartikeln, um den Sinn derselben zu bekräftigen. Den Sinn dieser Partikel deuten die Deutschen gewöhnlich nur durch stärkere Betonung des Wortes an, oft auch läßt sich dieselbe übersetzen durch sehr, nur. In Verbindung mit einem Mittelwort übersetzen sie diese Partikel häufig durch obgleich, oder so sehr auch; z. B. λέγει ἅπερ λέγει, δίκαια πάντα, gerecht sagt er alles, was er nur sagt — μήτε σὺ αὐτὸν ἀνδρεῖός περ ὢν ὕβριζε, und du, so tapfer du auch bist, beleidige ihn nicht — αὖθις πορεύεται πρὸς αὐτὸν ὥςπερ εἶχε, wie er eben war — εἴπερ, wenn anders, wenn auch — ἐπεί περ, ἐπειδή περ, da doch, da einmal — καίπερ mit dem Mittelw. obgleich.

3. δὰ (statt δὴ in der alten Sprache) bezeichnet die Bestimmtheit und Gewißheit eines Ausspruchs, im Gegensatz gegen Meinung und Vermuthung. Am häufigsten wird es gebraucht in Verbindung mit den Nebenwörtern des Orts und der Zeit, um das Unbestimmte derselben auf einen sichern Moment zu beschränken, wie das deutsche gerade,

eben, nun, erst; ferner mit Ausrufungs- und Fragepartikeln, auch bei Ermunterungen zu stärkerer Bekräftigung, wie das deutsche doch, denn, wohl, ja. — Auch wird δὰ gebraucht, wenn mitten in der Erzählung merkliche Ereignisse aufgeführt werden, und überhaupt bei bestimmten und nachdrücklichen Behauptungen als ein Zeichen der Beglaubigung, wie fürwahr, sicher, gewiß, freilich; z. B. θέλει δοκιμάσω δὰ καὶ ἐγὼ, so will denn auch ich versuchen — πρέπει δὰ νὰ ἀποκρίνησαι πρᾳότερον, da mußt du freilich sanfter antworten — τοῦτο πρέπει τῷ ἐλευθέρῳ, καὶ τῷ δικαίῳ δὰ, und doch gewiß auch dem Gerechten — ἄλλα δὰ, wohlan denn! wohlan nun! — τί δὰ, was doch? — τώρα δὰ, gerade jetzt.

---

§. 35.

Partikeln zur Verbindung einzelner Begriffe und unabhängiger Sätze.

1. Einzelne Begriffe und unabhängige Sätze werden mit einander verbunden, indem man entweder den einen an den andern anreiht, oder den einen dem andern entgegensetzt.

2. Werden Satzglieder an einander gereiht, so ist dabei ein doppelter Fall möglich: entweder nemlich werden mehrere Subjekte als gemeinschaftlich theilnehmend an gewissen Prädikaten angegeben, oder es werden mehrere Prädikate als einem Subjekte angehörig aufgezählt.

3. Werden Satzglieder einander entgegengestellt, so wird im Allgemeinen ausgesagt, daß es sich mit dem einen anders verhalte als mit dem andern. Auch dieß ist auf eine zweifache Weise möglich: entweder nemlich beruht der Gegensatz auf der Verschiedenheit der Subjekte, welche mit ungleichen Prädikaten, oder auf der Verschiedenheit der Prädikate, welche an einem Subjekte als vorhanden gedacht werden.

4. Als Partikeln zur Aneinanderreihung der Satzglieder (also an der Stelle des deutschen und) gebrauchen die Hellenen theils καὶ, theils das enklitische τὲ, theils beide vereint τὲ καὶ, theils endlich jede mehrmals wiederholt καὶ - καὶ, τὲ - τέ.

5. Um die Zweckmäßigkeit einer solchen mehrfachen Bezeichnung des kopulativen Verhältnisses zu begreifen, und den Sinn dieser einzelnen Ausdrucksweisen zu fassen, muß man zunächst einen Unterschied in der Art, wie Begriffe als verbunden dargestellt werden können, beachten. Die Verbindung nemlich ist entweder grammatisch, d. h. es werden

zwei Begriffe als verbunden dargestellt in Beziehung auf irgend einen anderen Theil des Satzes, ohne daß sie durch ihre innere Natur als zu einer gemeinsamen Vorstellung vereinigt erscheinen; oder die Verbindung ist logisch, d. h. es werden zwei Begriffe als verbunden dargestellt in Rücksicht auf ihre innere Natur, so daß die Idee des einen dem Gedanken an den andern in der menschlichen Vorstellung hervorruft. In beiden Fällen aber kann entweder bei Nennung des ersten Begriffs das Bewußtseyn seiner Verbindung mit dem anderen bereits vorwalten, oder es kann erst, nachdem der erste Begriff ausgesprochen ist, der Gedanke an den andern sich in der Vorstellung erzeugen. Mit Berücksichtigung beider hier aufgestellten Unterscheidungen gelten für die oben genannten hellenischen Bindepartikeln folgende Bestimmungen:

a) καί verbindet grammatisch einzelne Wörter und ganze Sätze, und ist daher die allgemeinste Bindepartikel, durch welche verschiedene Subjekte, denen gleiche Prädikate beigelegt werden, und verschiedene Prädikate, die gleichen Subjekten angehören, mit einander verbunden werden. Sind die beiden zu verbindenden Begriffe zu einer Totalvorstellung so eng vereinigt, daß bei Auffassung des ersten zugleich auch die Idee des zweiten mit in das Bewußtseyn eintrit, so wird καί auch dem ersten Worte schon vorgesetzt, und vor dem zweiten wiederholt καί - καί; gesellt sich aber der zweite Begriff zu dem ersten nur zufällig und beiläufig, so tritt das einfache καί mitten zwischen beide; z. B. ὁ Κῦρος συλλέξας στράτευμα ἐπολιόρκει Μίλητον καὶ κατὰ γῆν καὶ κατὰ θάλασσαν, καὶ ἤθελε . . . (wo κατὰ γῆν und κατὰ θάλασσαν durch καί - καί verbunden sind, weil die doppelte Art der Belagerung in der Vorstellung als ein untrennbares Ganze erscheint, hingegen ἤθελε an ἐπολιόρκει durch das einfache καί angereiht ist, weil beide Handlungen nur dadurch, daß sie gleichem Subjekte beigelegt werden, zu einander gehören).

b) τέ wird in der neuhellenischen Sprache selten gebraucht und nur bei Anführung einzelner Beispiele zu allgemeinen Behauptungen, bei Erwähnung von Resultaten aus angeführten Umständen und in ähnlichen Wendungen; z. B. ἥ τε περιουσία αὐτοῖς ἀπὸ τῆς παλαιᾶς λῃστείας ἐγένετο, und das Vermögen zum Beispiele blieb ihnen — Ἀλέξανδρός τε, und Alexander zum Beispiele — (zur Angabe des Resultates aus dem vorhergehenden; z. B. ἐπί τε τοῖς κτήμασί μου ἀγάλλεται μᾶλλον ἐμοῦ, und so ist er auf meine Güter mehr stolz als auf die seinigen).

c) τὲ καί verbindet logisch und grammatisch zugleich, d. h. es gibt an, daß zwei Begriffe in Beziehung auf irgend einen gemeinschaftlichen dritten als untrennbar verbunden in der Vorstellung bestehen, während sie doch an und für sich nicht als zusammengehörig zu betrachten sind. Daher wird τὲ καὶ gebraucht, um verschiedenartige Begriffe zu einem Ganzen vereinigt darzustellen, und zwar so, daß meistens der zweite im Verhältniß zu dem ersten nachdrücklich hervorgehoben wird; z. B. ἄλλως τε καὶ, und besonders auch — ἄλλοι τε καὶ, unter andern auch — νῦν τε καὶ πάλαι, jetzt so wie sonst — ὁ δὲ πείθεταί τε καὶ συλλαμβάνει αὐτόν (das Glauben und die Gefangennehmung werden als unzertrennlich zusammengehörig bezeichnet, und die letztere als das Wichtigste hervorgehoben) — τά τε ἔργα ὁμοίως καὶ τοὺς λόγους — τῶν βαρβάρων οἵ τε ἐν τῇ ἠπείρῳ παραθαλάσσιοι καὶ ὅσοι νήσους ᾤκουν (letztere vorzüglich).

6. Von den Partikeln, welche bei der Entgegenstellung der Satzglieder gebraucht werden, führen wir hier nur μὲν und δὲ auf, und bemerken darüber folgendes:

a) Der Gegensatz, in welchem ein Satzglied zu dem andern steht, kann ein stärkerer und ein leiserer seyn, und in beiden Fällen gebrauchen die Hellenen zur Verbindung μὲν und δέ. Die deutschen Partikeln zwar und aber hingegen können nur zur Bezeichnung des starken Gegensatzes gebraucht werden, und daher fehlen den Deutschen oft bestimmte Ausdücke für das hellenische μὲν und δέ, welche sie dann bald durch und, auch, bald durch aber, dagegen, doch, bald durch theils – theils, sowohl – als auch, bald endlich durch nun, ferner u. dergl. übersetzen.

b) Wenn im ersten Gliede eines Satzes μὲν gesetzt wird, so ist dabei der Gedanke an ein Gegenglied mit δὲ nothwendig. Doch gibt es mehrere Fälle, wo das erwartete δὲ nicht wirklich bei vorausgehendem μὲν eintritt. Entweder nemlich 1) steht der Gegensatz zu den mit μὲν gebildeten Gliede zwar ausdrücklich da, kündigt sich aber durch Stellung und Inhalt so deutlich als Gegensatz an, daß δὲ weggelassen werden kann. Dieß ist hauptsächlich der Fall, wenn Zeit- und Ortsnebenwörter gebraucht werden, die unter sich selbst in einem natürlichen Gegensatze stehen, wie z. B. ἐνταῦθα u. ἐκεῖ, πρῶτον u. ἔπειτα u. dergl. — Oder 2) der Gegensatz wird durch eine andere Partikel angekündigt, wie durch ἀλλά. — Oder 3) der Gegensatz liegt nur im Gedanken, wird aber in der Rede nicht ausdrücklich gegeben. Dieß ist hauptsächlich der Fall, wenn persönliche und anzeigende Fürwörter zu Anfang eines Satzes in Verbindung mit μὲν gebraucht werden; z. B. ἐγὼ μὲν προαιροῦμαι, ich habe den

16 *

Vorsatz gefaßt (ein Anderer wohl nicht) — καὶ ταῦτα μὲν οὕτω, so verhält es sich (mit Andern aber anders).

c) Nicht eben so, wie bei einem bestehenden μὲν ein folgendes δὲ vorausgesetzt werden muß, macht δὲ ein vorausgehendes μὲν nothwendig, sondern zu jedem Satze, welcher eine weitere Entwickelung und Auseinandersetzung einzeln sich folgender Umstände enthält, kann δὲ hinzutreten ohne vorausgehendes μὲν, nur ist die Verknüpfung dann nicht so eng und wesentlich, wie bei dem Gebrauche von μὲν und δέ. — Häufig wird auch δὲ zu Anfang einer Rede gebraucht, die als Gegenrede gegen eine früher angeführte erscheint, oder in Anreden und Fragen, oder in Antworten, wo immer ein im Gedanken liegender Gegensatz dadurch angedeutet wird. — Zu Anfang des Nachsatzes kann δὲ nur dann stehen, wenn im Vordersatz eine Zeit- oder Bedingungspartikel gebraucht ist. Uebrigens ist in allen hier angeführten Fällen die hellenische Partikel im Deutschen gewöhnlich unübersetzbar.

NB. Sowohl μὲν als δὲ nehmen ihren Platz gewöhnlich nach dem ersten Worte des Satzes. Nach dem zweiten Worte können sie stehen, wenn das erste ein Vorwort ist.

---

§. 36.

Verneinende Partikeln (ἀρνητικὰ μόρια).

1. Die Hellenen gebrauchen für die Verneinung die beiden Partikeln οὐ (οὐκ, οὐχ) — gem. οὐχί; ὄχι, δὲν — u. μή, durch deren Zusammensetzung mit andern Partikeln eine doppelte Reihe von negativen Wörtern entsteht, welche in gewissen Verbindungen der Sätze und unter gewissen Beziehungen des Sinnes nach derselben Regel abwechselnd gebraucht werden, wie die einfachen οὐ (gem. ὄχι, δὲν) u. μὴ selbst.

Bemerkung. Rücksichtlich der Stellung, welche οὐ u. μὴ im Satze einnehmen, ist zu bemerken, daß, wo sie den Satz verneinen, beide unmittelbar vor das Prädikatswort treten, wo sie aber zu Verneinung eines einzelnen Begriffes dienen, unmittelbar vor diesem ihren Platz einnehmen. Belege für diese Stellung liefern sämmtliche unten angeführte Beispiele.

2. Obgleich für beide Partikeln im Deutschen und in andern Sprachen nur ein einziger Ausdruck vorhanden ist, so besteht doch in Neu-

hellenischen zwischen dem Gebrauch von ὄχι oder οὐχί, δὲν und μὴ ein bestimmter und genau zu beachtender Unterschied.

3. Im Allgemeinen wird dieser Unterschied richtig bezeichnet, wenn man sagt: ὄχι od. οὐχί, od. δὲν verneinet positiv und gerade hin, μὴ hingegen verneinet prohibitiv oder bedingt. Daher wird das erste gebraucht zur Verneinung einer Sache selbst, μὴ hingegen zur Verneinung der Vorstellung von einer Sache.

4. Hieraus ergibt sich folgende allgemeine Regel: ὄχι, oder οὐχί, oder δὲν steht als Verneinungspartikel in einem unabhängigen negativen Satze, sey er als Behauptung, oder als Frage, oder als subjektive Meinung ausgesprochen, und eben so überall, wo ein Begriff an und für sich verneint wird; μὴ hingegen verneint in bedingten Sätzen, sey es, daß dieselben wirklich abhängig erscheinen von einem ausgesprochenen Hauptsatze, wie bei der Angabe der Absicht und der Erörterung eines beabsichtigten Erfolges, oder daß das Abhängige nur in der Vorstellung liege, wie bei Bedingung und angenommenen Fällen, oder bei dem Ausdruck des Wunsches, des Befehlens, der Ermunterung, der Furcht und der Besorgniß.

5. Zur richtigen Anwendung dieser Regel auf einzelne Fälle leiten folgende Bemerkungen:

A. Ein ganzer und unabhängiger Satz, mag er als sichere Behauptung, oder Meinung und Ansicht, oder als Frage ausgedrückt seyn, kann nur verneint werden durch die Partikel δὲν (οὐ); z. B. δὲν εἶναι καλὸν ἡ πολυαρχία — δὲν ἤθελον νὰ καλῶμαι ἄπιστος — καὶ διὰ τί δὲν εἶναι παρών;

Anmerkung 1. Stehl μὴ in Fragen, so wird dadurch angedeutet, daß der Fragende etwas als bestehend voraussetzt, was er nicht will; z. B. ἆρα μὴ νομιζόμεθα κακοί; man hält uns doch nicht für schlechte? μὴ σοὶ φαίνεται; scheint es dir etwa?

B. Von den abhängigen Sätzen werden durch δὲν (und seltener durch ὄχι oder οὐχί) verneint:

a) Die transitiven Sätze zur Angabe des Objekts (§. 25. I.), wenn entweder das nicht Vorhandenseyn eines Objekts, oder der Mangel einer gewissen Eigenschaft an dem Objekte bestimmt und unbedingt angegeben werden soll, was entweder durch die transitiven Partikeln ὅτι und ὡς, oder nach den Empfindungszeitwörtern durch das Mittelwort geschieht. Hingegen steht μὴ im transtiven Satzgliede, wenn das in demselben ausgesprochene Ereigniß nur muthmaßlich verneint werden soll, hauptsächlich beim Infinitiv; z. B. λέγε λοιπὸν τἀληθῆ, διότι οὐχὶ θέλω νὰ εἶμαι ἀντίζηλος ἐκείνου, οὐδὲ τοῖς ποιήμασιν αὐτοῦ ἐποίησα ταῦτα· ἤξευρον γὰρ ὅτι δὲν ἤθελεν εἶναι ῥᾴδιον — ὁ δὲ νεανίσκος ἅμα βλέπων καλλίστην τὴν γυναῖκα, ἅμα δὲ αἰσθανόμενος ὅτι δὲν εἶναι ἀχάριστος (ὅτι δὲν εἶν. ἀχ., um die Sicherheit der angegebenen Wahrnehmung zu bezeichnen) — νομίζω δὲ νὰ μεριμνᾷς πολλά, ὅπως μὴ λησμονήσῃς ὅτι ἀγνοεῖς τι τῶν εἰς στρατηγίαν ὠφελίμων, καὶ ἐὰν καταλάβῃς σεαυτὸν τοιοῦτόν τι μὴ γινώσκοντα (und wenn du merkst, daß du etwas von der Art nicht recht weiß, μὴ γινώσκοντα würde das Nichtwissen als bestimmte Ueberzeugung angeben) — Ἀριστοτέλης ὁ Κυρηναῖος ἔλεγεν ὅτι δὲν πρέπει νὰ δεχώμεθα εὐεργεσίαν παρά τινος — ἔλεγεν Ἐτεοκλῆς ὁ Λάκων ὅτι ἡ Σπάρτη δὲν ἤθελεν ὑποφέρῃ δύο Λυσάνδρους.

Anmerkung 2. In der Erzählung wird dem Infinitiv des abhängigen Satzes δὲν beigefügt, wenn verneinende Behauptungen eines Andern geradehin als dessen Behauptungen (also mit einer gewissen Annäherung an den direkten Satz) angeführt werden sollen; z. B. λέγει ὅτι δὲν θέλει, er sagt, daß er nicht will (seine eigene Worte δὲν θέλω sind gleichsam beibehalten, und nur dem Zusammenhange der Rede angepaßt).

Anmerkung 3. Nach den Zeitwörtern λέγω, ἀξιῶ (gem. κρίνω ἄξιον) u. νομίζω nimmt der Infinitiv gewöhnlich δὲν zu sich, welches aber dann dem Hauptzeitworte beigesetzt wird, statt daß es mit dem davon abhängigen Infinitiv verbunden werden sollte; z. B. κατὰ τί οὖν λέγουσιν ὅτι δὲν εἶναι συγκεχωρημένον νὰ φονεύῃ τις ἑαυτόν; — δὲν ἔκριναν ἄξιον νὰ ἔχωσιν ὀλιγώτερα — σὺ δὲ διὰ τὸ νὰ εἶσαι ξένος νομίζεις ὅτι δὲν θέλει ἀδικηθεῖς;

β) In den Zeit- und Kausal-Sätzen gebrauchen die Hellenen als Negation δὲν, wenn Zeitverhältnisse und Ursache unbedingt und faktisch angegeben, hingegen μή, wenn jene Verhältnisse bedingt oder nach bloßer Vorstellung ausgesprochen werden; z. B. δὲν δύναμαι νὰ εἰπῶ ἀκριβῶς, διότι δὲν ἔτυχον παρών (weil ich nicht zugegen war) — ἐθαύμαζον οἱ Ἕλληνες ὅτι ὁ Κῦρος δὲν ἐφαίνετο οὐδαμοῦ, οὐδ' ἄλλος ἀπ' αὐτοῦ οὐδεὶς δὲν παρουσιάζετο — ἐπειδὴ - - - δὲν ἔπεισαν τοὺς Μιτυληναίους — μεγίστη γίνεται σωτηρία, ὅταν γυνὴ πρὸς ἄνδρα μὴ διχοστατῇ.

γ) In relativen Sätzen tritt als Negation δὲν ein, wenn von einem bestimmt genannten Gegenstande etwas geradehin verneint werden soll, und wenn das Relativum kollektiv und hypothetisch gebraucht wird; z. B. οὗτοι δὲ ἔλεγον ὅτι ὁ Ἀριαῖος λέγει νὰ εἶναι πολλοὶ Πέρσαι αὐτοῦ βελτίονες, οἵτινες δὲν ἤθελον ὑποφέρωσι νὰ βασιλεύῃ αὐτός — ἐν μέσῳ ἡμῶν καὶ βασιλέως ὁ Τίγρης ποταμός ἐστι πλεύσιμος, τὸν ὁποῖον δὲν ἤθελε δυνηθῶμεν χωρὶς πλοίων νὰ διαβῶμεν — τίς δύναται νὰ δώσῃ ὅ,τι αὐτὸς δὲν ἔχει; — οὐδεὶς θέλει λάβει χρήματα, ὅστις δὲν παρουσιασθῇ.

δ) Nach allen Partikeln, welche Bedingung, Voraussetzung und Absicht ausdrücken, mit Ausnahme der Partikeln ὅπως (gem. ἵνα, διὰ νὰ), tritt als Negation μή; z. B. ἂν δὲν λέγω ὀρθῶς, λάβε σὺ τὸν λόγον νὰ ἀποδείξῃς. — εἶχον κατὰ νοῦν νὰ ἐμφράξωσι τὰς εἰσόδους τοῦ λιμένος, ὅπως μὴ δύνανται οἱ Ἀθηναῖοι νὰ εἰσπλεύσωσιν εἰς αὐτόν — ἐβράδυνα διὰ νὰ μὴ φανῶ σοι ὀχληρός — λέγε ὅπως μὴ λανθάνῃ καὶ ἡμᾶς.

Anmerkung 4. Nach den Absichts- und Bedingungspartikeln verneint δὲν nicht den ganzen Satz, sondern nur einen einzelnen Begriff desselben; z. B. ἂν δὲν ἐστερήθης, wenn du unberaubt geblieben bist — δὲν θέλει πολεμήσει πλέον, ἂν δὲν πολεμήσει εἰς ταύτας τὰς ἡμέρας wenn er in diesen Tagen den Kampf unterläßt; — hingegen θέλει προθυμηθῶ ὅπως (ἵνα, διὰ νὰ) μὴ βραδύνω, daß ich (nicht zu spät) zur rechten Zeit komme. — Nach den Zeitwörtern, welche fürchten, besorgen bedeuten, wird an der Stelle des deutschen daß μή und μήπως gebraucht, und wenn in dem abhängigen Satze verneinende Bestimmungen eintreten, so werden diese durch δὲν und durch die Komposita von οὐ ausgedrückt; z. B. ἀλλὰ φοβοῦμαι μὴ αὔριον κατὰ τοῦτον τὸν καιρὸν δὲν ἤθελεν εἶναι οὐδεὶς τῶν ἀνθρώπων ἱκανὸς νὰ ποιήσῃ τοῦτο.

C. Μή hingegen wird gebraucht als Verneinung:

α) bei Mittelwörtern, wenn durch diese eine Bedingung ausgedrückt wird; z. B. ὁ μὴ φιλοσοφῶν, wenn Jemand nicht philosophirt. — ὁ μὴ πιστεύων, wenn Einer nicht glaubt — τὰ ὄντα τε ὡς ὄντα καὶ τὰ μὴ ὄντα ὡς μὴ ὄντα, wenn etwas nicht geschehen war, gab er es als nicht geschehen an.

β) Bei Infinitiven, sie mögen abhängig seyn von einem Zeitworte, oder das Geschlechtswort bei sich haben; z. B. ἀνάγκη νὰ μὴ ποιήσω αὐτό — ἐνόμιζαν ὅτι αὐτὸς μᾶλλον νὰ μὴ θέλῃ παρὰ νὰ μὴ δύναται.

γ) Beim Imperativ steht stets μή; eben so auch beim Konjunktiv, welcher an der Stelle des Imperat.

gebraucht wird (§. 27. 3.), und beim Optativ, wenn durch denselben ein Wunsch bezeichnet wird; z. B. μὴ πράττε τοῦτο — μὴ τολμήσῃς — μὴ γένοιτο — μὴν ἤθελε γένηται μεῖζον τὸν κακόν.

d) Endlich steht auch μὴ immer in einem verneinenden Gegensatz, welcher sich nur auf einen Theil des vorhergehenden Satzes bezieht, nicht auf den ganzen Satz (eben aus dem Grunde, weil der Theil eines Satzes stets als abhängig erscheint); z. B. πρέπει νὰ ἀγαπῶμεν τὴν ἀλήθειαν εἴτε παρέχουσαν κέρδος τι εἴτε καὶ μὴ, wenn sie Gewinn bringt, und wenn nicht — πρέπει ἄρα νὰ ἔλθω, ἢ μή; muß ich kommen oder nicht?

Anmerkung 5. Zur Verneinung des ganzen Satzes, der ganzen Behauptung hingegen wird οὐχὶ oder ὄχι gesetzt; z. B. πρέπει ἄρα νὰ εἶμαι παρὼν ἢ ὄχι; muß ich zugegen seyn, oder muß ich nicht? — τοὺς ἀγαθοὺς πρέπει νὰ ἀγαπῶμεν τοὺς δὲ μὴ τοιούτους ὄχι, die Guten muß man lieben, und die nicht so sind, muß man nicht lieben.

6. Alle näheren allgemeinen Bestimmungen (irgend, jemals, etwas u. s. w.), welche zu einem negativen Satze hinzugefügt werden, müssen mit derselben Negation zusammengesetzt seyn, welche den einfachen Satz verneint. Solche geläufige Verneinungen heben im Hellenischen nicht einander auf, sondern verstärken und bekräftigen einander; z. B. οὐδεὶς πώποτε οὔτε νὰ πράττῃ εἶδεν οὔτε νὰ λέγῃ ἤκουσεν αὐτοῦ οὐδὲν ἀνόσιον οὐδὲ ἀσεβές — τἄλλα τῶν μὴ ὄντων δὲν ἔχουσιν οὐδενὶ οὐδαμοῦ οὐδαμῶς κοινωνίαν.

7. Oft werden auch beide Negationen μὴ, δὲν, mit einander verbunden, so daß sie sich gegenseitig einander beschränken oder verstärken, und drücken den Gedanken aus: es walte die Besorgniß ob, daß etwas nicht geschehen werde. Hieraus ergibt sich folgende Bemerkung:

1) μὴ, δὲν erscheint in Verbindung mit dem Konjunktiv in abhängigigen Sätzen nach Zeitwörtern, welche Besorgniß, Zweifel und Ungewißheit ausdrücken, und verneint zweifelhaft (während das einfache μὴ in derselben Verbindung etwas zweifelhaft behaupten würde); z. B. φοβοῦμαι μὴ δὲν ἀποθάνω, ich fürchte, daß vielleicht sterbe — πρὸς τί βλέπων αὐτὸ δυσχεραίνεις καὶ ἀπιστεῖς, μὴ δὲν ἦναι ἐπιστήμη ἡ ἀρετή; warum zweifelst du, daß die Tugend etwa nicht Erkenntniß sey?

2) μὴ δὲν beim Infinitiv, welcher als Ergänzung zu einem vorausgehenden einfachen Zeitwortsausdruck (ohne beigefügte Negation,

sey er, possitiv oder negativ) gebraucht wird, hat denselben Sinn, wie beim Konjunktiv, d. h. es wird der Begriff dadurch als negativ mit einem gewissen Zweifel ausgedrückt; z. B. ἐγὼ οὔν γνωρίζων τοῦ ἀνδρός τήν τε σοφίαν καί τήν γενναιότητα, οὔτε νά μήν ἐνθυμῶμαι αὐτοῦ δύναμαι, οὔτε ἐνθυμούμενος νά μή δέν τόν ἐπαινῶ, ich vermag nicht des Mannes Andenken aufzugeben, noch, beim Andenken an ihn, mich etwa seines Lobes zu enthalten — ἄν δέ παῖς τίς ποτε ῥαβδισθείς, ὑπ' ἄλλου ἐγκαλέσῃ πρός τόν πατέρα, αἰσχρόν ἐστι νά μή δέν ῥαβδίσῃ πάλιν ὁ πατήρ τόν υἱόν, so ist es schimpflich, wenn der Vater nicht etwa dem Sohne neue Schläge gibt.

3) Denselben Sinn hat μή δέν auch beim Infinitiv mit ὥστε, welches einen Zwischensatz bildet; z. B. δέν θέλει πάθω δέ τοιοῦτον οὐδέν, ὥστε νά μή δέν ἀποθάνω καλῶς, so etwas Schlimmes wird mir nicht widerfahren, daß mein Tod nicht etwa edel wäre — ἀναίσθητος γάρ ἤθελεν εἶμαι νά μή δέν κατοικτείρω ἄνδρα... gefühllos müßte ich seyn, wenn ich etwa nicht dem Manne mein Mitleid schenkte...

4) Der Infinitiv wird gesetzt mit μή δέν als Ergänzung zu negativen Zeitwortsausdrücken, welchen wieder die Negation δέν beigegeben ist, oder welche fragend gebraucht sind, wodurch die beiden Negationen in dieser Verbindung einander aufheben, so daß der Begriff des beabsichtigten Infinitivs positiv zu nehmen ist; z. B. καί ὁ Ἀστυάγης, ὅτι ἤθελε δέηται αὐτοῦ ὁ Κῦρος, δέν ἐδύνατο νά ἀντέχῃ τό νά μή χαρίζηται αὐτῷ, er konnte durchaus nicht widerstehen, ihm zu willfahren — ἄν δέ ὑποταχθῶμεν τῷ βασιλεῖ, τί ἐμποδίσει νά μή δέν ἀποθάνωμεν ὑβριζόμενοι πάντα μέν τά χαλεπώτατα ἐπιζήσαντες, πάντα δέ τά δεινότατα παθόντες; was hindert, daß wir des schimpflichen Todes sterben?

Verschiedene der hellenischen Nation in der Umgangssprache eigenthümliche Phrasen und Ausdrücke.

Gewöhnliche Begrüßungen.

Guten Morgen, καλὴν ἡμέραν· (καλ' 'μέρα) — Willkommen, καλῶς ἤλθετε oder καλῶς ὡρίσατε· (καλωςήρθητη od. καλωςωρσέτη) — Grüße Euch Gott, χαίρετε· (γιὰ χαρά σας [1]) — Euch auch, ἀντιχαίρετε· (χαρὰ 'ς τ'ν ἀφηντειά σας oder χαρὰ νἄχητη [2]) — Ich wünsche Euch Glück in oder bei Eurer Unternehmung, εὐπραγεῖτε· (καλωςκάμνητη [3]) — Gelobt sey Jesus Chr. (zu geistl. Herren), εὐλογεῖτε· (μὲ τ'ν ηὐχήσας [4]) — Guten Abend, καλὴν ἑσπέραν· (καλ' 'σπέρα oder καλησώρα [5]) — Wie geht's Euch? πῶς διάγετε; (πῶς τὸ 'πἄτι oder πῶς ἀπερνάτη; [6]) — Wie befindet Ihr euch? πῶς ἔχετε; (πῶς εἴστη od. τὶ κάμνητη; [7]) — Gott dank, χάρις od. δόξα τῷ Θεῷ· (δόξα σ' ὁ Θεὸς [8]) — Mittelmäßig, μετρίως· (ἔτζ' κ' ἔτζ [9]) — Gute Verrichtung, καλὴν ἔκβασιν· (καλὰ διαφόρητα [10]) — Gute Unterhaltung, καλὴν διατριβήν· (νὰ χαρήτη καλὰ [11])

---

1) Διὰ χαράν σας. 2) εἰς τὴν αὐθεντείαν σας oder χαρὰν νὰ ἔχητε. 3) καλῶς κάμνετε. 4) μὴ τὴν εὐχήν σας. 5) καλὴν ὥραν. 6) τὸ ὑπάγετε od. ἀπαρνᾶτε. 7) εἶσθε. 8) σοὶ ὁ Θεός. 9) ἔτζι καὶ ἔτζι, so, so. 10) διαφόρητα st. διάφορα, Vortheile. 11) χαρῆτε.

— Lebet wohl, ὑγιαίνοιτε· (ἔχητη 'γειὰ [1]) — Ihr auch, ἀνθυγιαίνοιτε· (κουπιάστη 'ς τὸ καλὸ [2]) — Gute Nacht, καλὴν νύκτα· (καλὴ νύχτα od. καλὸ 'ξημέρωμα [3]) — Vergelte es Gott, ὁ Θεὸς νὰ σᾶς ἀνταμείψῃ· ('ς πολλάητ' [4]) — Ich empfehle mich Euch, σᾶς προσκυνῶ· (προσκ'νῶ σας) — Zur Genesung (beim Niesen), ὑγιαίνοιτε· (μὲ τ'ς 'γειαῖς σας od. 'γειά σας [5]) — Guten Appetit (wenn man Leute beim Tische trifft); καλὴν ὄρεξιν· (καλωςταχαίρηστη [6]) — Wohl zu bekommen, εἰς ὑγιείαν· (μὲ τ' ς' γειαῖς σας od. καλὴ χώνηψ' [7]) — Ich wünsche Euch glückliche alte Tage, καλὸν γῆρας· (καλὰ ὕστηρ'νὰ [8]).

Gratulationen.

Zum neuen Jahre.

Εἰς ἔτη πολλὰ τὸ νέον ἔτος od. τὴν εἴσοδον τοῦ νέου ἔτους, ἐν ὑγιείᾳ καὶ εὐτυχίᾳ· (καλὴ χρονιὰ 'μεὄλα τὰ καλὰ od. χρόν 'ς πολλοὺς τὸν κηνούριο τὸ χρόνο μὲ 'γειὰ κῂ χαρὰ κῂ μεόλα τὰ καλὰ [1]).

Zum Nahmensfeste.

Εἰς ἔτη πολλὰ νὰ χαίρητε τὸ ὄνομάσας ὑγιῶς καὶ εὐτυχῶς· (χρόν'ς πολλοὺς νὰ ζήτη [2]) μὲ τὄνομά σας καλὰ κ' ηὐτυχισμένα [3]).

---

1) Ἔχετε ὑγιείαν. 2) κοπιάσατε εἰς τὸ καλόν. 3) καλὸν ἐξημέρωμα. 4) εἰς πολλὰ ἔτη verst. νὰ ζήσητε. 5) μὲ ταῖς ὑγιείαις σας oder ὑγιεία σας. 6) καλῶς τὰ χαίρεσθε. 7) καλὴν χώνευσιν. 8) ὑστερινά.

1) Χρόνους πολλοὺς τὸν καινούριον τὸν χρόνον μὲ ὑγείαν καὶ χαρὰν καὶ μὲ ὅλα. 2) νὰ ζῆτε. 3) καὶ εὐτυχισμένα.

Bei Gelegenheit einer Hochzeit.

Ὥραις καλαῖς, στερεωμένα καὶ εὐτυχισμένα (verst. τὰ νεόνυμφα)· (μ' ὥρῃς καλαῖς νὰ ζήσ'ν νὰ γηράσ'ν [1]) μὲ κάθη καλό.

Bei Kindergeburt.

Σᾶς συγχαίρω διὰ τὸ νεογέννητον, νὰ ζήσῃ καὶ νὰ προκόψῃ εἰς χαράν σας· (μ' ὥρα καλὴ τὸν γυιὸ [2]) oder τ' θυγατέρα — wenn es ein Mädchen ist — κὴ πηθηροὶ νὰ δώσ' ὁ Θεός [3]).

Zu den Verwandten eines von seiner Reise angekommenen.

Καλῶς ἐδέχθητε· (καλωςαπόδεχ'κέτη [4]) — καλῶς ὡρίσατε· (καλωςωρ'σέτη od. καλωςήρθητη) (zu dem Angekommen selbsten) — καλῶς σᾶς εὕρομεν· (καλωςσαςηύραμη) — Antwort des Angekommenen.

Bei Gelegenheit einer Abreise.

Κατευόδιον, ὁ Θεὸς μεθ' ὑμῶν· (ὥρα καλὴ καλὸ κατευόδιο ὁ Θεὸς μαζύ σας) — καλαῖς ἀντάμωσαις· (καληαντάμωσ' oder καλωςνασᾶς ἀπολάψουμη [5]), auf glückliches Wiedersehen.

Bei Gelegenheit jedes glücklichen Zufalls.

Σᾶς συγχαίρω· (χαίρουμη γιὰ τὸ καλὸ 'π' σᾶς 'βρήκην [6]).

---

1) νά ζήσουν, νά γηράσουν. 2) τόν υἱόν oder τήν θυγατέρα. 3) καί πενθεροί νά δώσῃ ὁ Θεός. 4) καλῶς ἀποδεχθηκάτε (st. ἀπεδέχθητε. 5) καλήν ἀντάμωσιν oder ἀπολαύσωμεν. 6) διά τό καλόν ὁπού (st. ὅπερ) σᾶς εὕρηκε (st. εὗρε).

Bei Promotionen.

Σᾶς συγχαίρω, καὶ εἰς ἀνώτερον· (verst. βαθμὸν) — (χαίρουμη γιὰ τ' ἀξίωμά σας κ' εἰς τρανήτηρα 7) νὰ δώσ' ὁ Θεός.

Beileidsbezeugungen.

Bei Todesfällen von erwachsenen Personen.

Ζωὴ καὶ ὑγιεία εἰς τὴν αὐθεντείαν od. εὐγένειάν σας· ὁ Θεὸς νὰ ἀναπαύσῃ τὴν ψυχὴν τοῦ μακαρίτου (od. τῆς μακαριτίσσης) καὶ νὰ σᾶς παρηγορήσῃ· (ἂς ἦνῃ ζουὴ 2) 'ς τ'ν ἀφηντειά σας, Θεὸς σ'χουρέσ' 3) τὸν μακαρίτ' — od. τ' μακαρίτ'σσα — κὴ νὰ σᾶς παληγουρήσ').

Von Kindern.

Ζωὴ καὶ ὑγιεία εἰς τὴν αὐθεντείαν σας, νὰ ζήσουν τὰ λοιπὰ τέκνα σας, ἐπειδὴ οὕτως ἠθέλησεν ὁ Θεός. (ζουὴ 'ςιτ'ν ἀμφηντειά σας ὑσεῖς νᾶστη 4) καλὰ κὴ νὰ ζήσ'ν τἄλλα τ' ἀρχοντόπ'λά σας 5) zu vornehmen Personen) od. τὰ πηδιά σας, 6) τέτοιο ἦταν 7) τὸ θέλ'μα 8) τ' Θεοῦ 9).

Bei andern Unglücksfällen.

Σᾶς συλλυποῦμαι διὰ τὴν δυστυχίαν od. ἀτυχίαν σας. (λυπιούμη od. μοὶ κακοφαίνητη γιὰ τὸ κακὸ 'π' σᾶς ἦρθην 10).

1) Τρανώτερον. 2) ζωή. 3) ὁ Θεὸς συγχωρέσοι. 4) νὰ εἶσθε. 5) τα ἀρχοντόπουλά σας. 6) παιδία. 7) ἦτον. 8) τὸ θέλημα. 9) τοῦ Θεοῦ. 10) ὁποῦ σᾶς ἦλθεν.

Allerlei Fragen.

Wie geht's mit Euren Geschäften? πῶς ἔχουσι τὰ πράγματά σας; (πῶς τὸ 'πάν, ἡ δ'λαῖς σας; 1) — Wo führt dieser Weg hin? ποῦ ἄγει ἡ ὁδὸς αὕτη; (ποῦ 'βγαίν' αὐτὴ ἡ στράτα; 2) — Wo wohnt Ihr? ποῦ κατοικεῖτε; (ποῦ κάθηστη; 3) — Wie unterhaltet Ihr Euch? πῶς διατρίβετε; (πῶς ἀπερνάτη τὸν καιρό σας; 4) — Wollt Ihr, daß wir spazieren gehen? ὑπάγομεν εἰς περίπατον; ('πά'μη σηργιάν'; barb.) — Wie heißt dieß? πῶς ὀνομάζεται τοῦτο; (πῶς τὸ λέ'ν αὐτό; 5) — Wie alt seyd Ihr? τίνα ἡλικίαν ἔχετε; (πόσα χρόνια od. πόσ'ς χρόν'ς ἔχητη; 6) — Wie viel Uhr ist es (ποίαν ὥραν ἔχομεν; (πόσῃς ὥρῃς εἶνῃ; 7) — Der wie vielte ist heut? ἡ πόση τοῦ μηνὸς εἶναι σήμερον; (πόσῃς ἔχουμη σήμηρα; 8) — Der welche Tag ist heut? τίνα ἡμέραν τῆς ἑβδομάδος ἔχομεν σήμερον; (τὶ 'μέρα τ'ς 'βδομάδας εἶνῃ σήμηρα; 9) — Was sagt man Neues? τὶ καινὸν od. νέον λέγουσι; (τὶ καινούρια ἔχουμη od. τὶ λέν σήμηρα; 10) — Was haltet Ihr dafür? τὶ φρονεῖτε περὶ τούτου; (πῶς σᾶς φαίνητῃ αὐτό;) — Was geht es Euch an? τὶ σᾶς μέλει περὶ τούτου; (τὶ σᾶς κόφτ' γιὰ τ' αὐτό; 11) — Wann werdet Ihr abreisen? πότε ἀναχωρεῖτε; (πότη θὰ μισέψ'τη; 12) — Wer pocht an der Thüre? τὶς κρούει τὴν θύραν; (ποιὸς τζ'καλίζ'; 13) — Wie theuer ist dieß? πόσου τιμᾶται τοῦτο; (πόσα ἔχ' αὐτό;) — Was kostet es? πόσου ἀξίζει; (πόσα ἀξίζ' αὐτό;)

1) Ὑπάγουν αἱ δουλεῖαι σας. 2) εὐγαίνει. 3) κάθεσθε. 4) τὸν καιρόν σας. 5) λέγουν. 6) πόσους χρόνους. 7) πόσαις ὥραις εἶναι. 8) ἔχομεν σήμερον. 9) ἡμέρα τῆς ἑβδομάδος. 10) καινούρια, λέγουν. 11) κόπτει δι' αὐτό. — 12) θέλει μισεύσετε. 13) τζικαλίζει, nachgemachtes Zeitwort.

Wie theuer verkauft Ihr dieß? πόσου πωλεῖτε τοῦτο; (πόσα τὸ π'λεῖτῃ od. τὸ δίνητη αὐτό; [1]) — Was ist Euch widerfahren? τί σᾶς συνέβη; (τί ἐπαθέτῃ; [2]) Im Ernste? τωόντι, (μὲ τὰ σωστά σας;)

Allerlei Ausdrücke.

Mit Erlaubniß, μὲ τὴν ἄδειάν σας· (μὲ συμπάθιο [3]) — Um Vergebung, σύγγνωτε od. συγχωρήσατε· (συμπάθιο) Ohne Umstände, μὴ πειράζεσθε· (χωρὶς πείραξ' [4]) — Genirt Euch nicht, μὴ στενοχωρεῖσθε· (μὴ ἀντιῤῥιέστη [5]) — Ganz und gar nicht, μὲ τελειότητα od. οὐδόλως· (μὲ τ'ν ὁλότ' [6]) — Machet keine Complimente, μὴ κομφεύεσθε· (μὴ κάμνητη τζηριμόνιες [7]) — Auf alle Weise, gern, ἀσμένως· (μητὰ χαρᾶς) — Es ist nicht Euer Ernst, ἀστεΐζεσθε· (χωρατεύητη od. δὲν τὸ λέ'τη μὴ τὰ σωστάσας [8]) — Von ganzem Herzen, ἐκ καρδίας od. ἐκ ψυχῆς· (μηόλη μ' 'ν καρδιά [9]) — Habet die Güte od. Gewogenheit, εὐαρεστήθητε· (ἔχητε 'ν καλουσύν' [10]) — Thuet mir die Gefälligkeit, φιλοφρονήθητέ μοι· (κάμητέ μοι τ' χάρ' [11]) — Nehmt es nicht für ungütig, μὴ δυσαρεστεῖσθε· (μὴ πρὸς βάρος) — Wäre ich an Eurer Stelle, ἂν εἴμην εἰς τὸν τόπον σας· (ἂν εἶμ'ν 'σὰν ὑσεῖς od. 'ς τοὺν τόπου σας [12]) — So geht's auf dieser Welt, τοιαῦτα τὰ ἀνθρώπινα· (ἔτζ' εἶνῃ οὐ κόσμους ἠτοῦτος [13]) — Weh mir, φεῦ μοι· (κακὸ 'ὰ' μοὶ 'βρήκην od. αἲλὶ 'ς

1) Πωλεῖτε oder δίδετε. 2) ἐπάθατε. 3) συμπάθειαν. 4) πείραξιν. 5) ἀντερεῖσθε. 6) ὁλότητα. 7) Ceremonies. 8) λέγετε. 9) μὲ ὅλην μου τὴν καρδίαν. 10) τὴν καλωσύνην. 11) τὴν χάριν. 12) εἴμην ὡς ἄν. 13) ἔτζι εἶναι ὁ κόσμος οὗτος.

ἠμένα [1]). — Weh Dir! φεῦ od. οὐαί σοι! (κακὸ 'π' θὰ 'ς εὕρ' od. ἀλλ' 'π' ἠσένα [2]) — Gott verhüte es! μὴ γένοιτο od. μὴ δώῃ Κύριος! (νὰ φ'λάξ' οὑ Κύριους od. νὰ μὴ δώσ' ὁ Θεός [3]) — Pfui! ἄπαγε! (μὴ τέτοια!) — Der arme Teufel! ὁ ἄθλιος! (ὁ καϊμένος!) — Sage nicht so etwas! εὐφήμει! (μὴ λές τέτοια λόϊα [4]) — Ein wenig, ὀλίγον· (φύχα) — Brav! εὖγε! (ἔτζι δὰ [5]) — Sehr brav! ὑπέρευγε! (ἀφερίμ. barb.) — Gott weiß es, Κύριος οἶδε (ὁ Θεὸς τὸ ξέρ' [6]) — Traue auf Gott, ἔλπιζε ἐπὶ Κύριον· (ἔχη τ'ν ἠλπίδα σ' 'ς τὸν Θεό [7]) — Geh' zum Henker, ἔῤῥε εἰς κόρακας od. ὕπαγε εἰς τὸ ἀνάθεμα· (γκρημίσ' ἀπ' ἠδώ [8]) — Geschehe was es wolle, ἂς γένῃ ὅ,τι θέλει· (ὅπ' τὸ 'βγάλ' ἡ ἄκρια [9]) — Herein, — beim Pochen an der Thüre — εἴσελθε· ('μπήτη μέσα [10]) — Ihr seht gut aus, καλὴν ὄψιν ἔχετε· (ἔχητη καλὴ ὄψ') — Ihr seht schlecht aus, δὲν ἔχετε καλὴν ὄψιν· (ἀχαμνὰ φαίνηστη [11]) — Ihr seht nicht so alt aus, δὲν φαίνεσθε τόσον ἠλικιωμένος· (δὲν δείχνητη τόσα [12]) — Ich mache mir Nichts daraus, ἀδιαφορῶ περὶ τούτου· (δὲν μοὶ κόφτ' τίποτες γιά τ' αὐτό [13]) — Die heil. Messe hat angefangen, ἤρξατο ἡ θεία λειτουργία· ('μπήκην ὁ Παππᾶς 'ς τ' λειτουργιά [14]). — Die Messe ist aus, ἀπέλυσεν ἡ ἐκκλησία· (ἔκαμην ἀπόλ'σ' [15]). — Ich decke den Tisch auf, ἑτοιμάζω τὴν τράπεζαν· (βάνου τραπέζ' [16]) — Ich räume weg, ἀνασκευάζω τὴν τράπεζαν· (σ'κόνου od. μαζόνου τὸ τραπέζ' [17]) — Ich

---

1) Ὁποῦ μὲ εὑρῆκεν, ἀλλοί μονον εἰς ἐμένα. 2) ὁποῦ θέλει σὲ εὕρει, ἀλλοί μονον ἀπό ἐσένα. 3) φυλάξῃ ὁ Κύριος. 4) λόγια. 5) so denn. 6) τὸ ἠξεύρει. 7) ἔχε τὴν ἐλπίδα σου εἰς τὸν Θεόν. 8) κρημνίσου ἀπ' ἐδῶ. 9) ὅπου τὸ εὐγάλει ἡ ἄκρη. 10) ἐμβῆτε (st. ἔμβατε). 11) φαίνεσθε. 12) δείχνετε τόσα (verst. χρόνια st. χρόνους). 13) δι' αὐτό. 14) ἐμβῆκεν εἰς τὴν λειτουργίαν. 15) ἔκαμεν ἀπόλυσιν. 16) βάλλω τραπέζι (st. τραπέζιον). 17) συκόνω od. μαζόνω.

richte an, die Speisen, παρασκευάζω· (κηνόνου τὸ φαγί[1]) — Ich nehme das Mittagsmal ein, γευματίζω· (γιοματίζου) — Das Abendmal, δειπνῶ· (δειπνίζου) — Das Frühstück, ἀριστῶ· (προιέυουμη[2]) — Das Abendbrot, δειλεινῶ· (δειλ'νῶ) — Ich bette auf, στρόνω τὴν κλίνην· (φκιάνου τὸ κρηββάτ'[3]) — Ich lege mich zu schlafen nieder, κατακλίνομαι· (πλαγιάζω) — Die Luft schlägt mir gut an, μὲ ὠφελεῖ ὁ ἀήρ· (μὲ πιάνητη ὁ τόπος oder ὁ αϊέρας[4]) — Ich schöpfe Luft, πνέω ἀέρα· (πέρνου τὸν αϊέρα) — Leeres Wesen, ἄῤῥητα ῥήματα· (λόϊα 'ς τὸν αϊέρα[5]) — Es geschieht Euch Recht, δίκαια πάσχετε· (καλὰ σᾶς γένητη[6]) — Sehr früh, πολλὰ πρωΐ· (ταχυὰ ταχυά[7]).

Namen der Wochentage.

		Plebeisch.
Sonntag,	Κυριακὴ,	Κυριακή.
Montag,	Δευτέρα,	Δηυτέρα.
Dienstag,	Τρίτη,	Τρίτ'.
Mittwoch,	Τετάρτη,	Τητράδ'.
Donnerstag,	Πέμπτη,	Πεύτ'.
Freytag,	Παρασκευὴ,	Παρασκηυή.
Samstag,	Σάββατον,	Σαββάτο.

Namen der Monate.

Jannuar,	Ἰαννουάριος,	Ἰ'ννάρ'ς.
Februar,	Φεβρουάριος,	Φηβράρ'ς.
März,	Μάρτιος,	Μάρτ'ς.

1) Κενόνω τὸ φαγὶ (st. φαγητὸν st. φαγωτόν). 2) προγεύομαι. 3) φιλιάνω τὸ κρεββάτι st. κρεββάτιον. 4) πιάνεται. 5) λόγια εἰς τὸν ἀέρα. 6) γίνεται. 7) ταχύ.

April,	Ἀπρίλιος,	Ἀπρίλ'ς.
May,	Μάϊος,	Μάϊ'ς.
Juny,	Ἰούνιος,	Θηρ'στής [1]).
July,	Ἰούλιος,	Ἀλωνάρ'ς [2]).
August,	Αὔγουστος,	Αὔγουστους.
September,	Σεπτέμβριος,	Τρυγ'τής [3]).
October,	Ὀκτώβριος,	Ἁϊ'δ'μήτρ'ς [4]).
November,	Νοέμβριος,	Νουέμβρ'ς.
December,	Δεκέμβριος,	Δηκέμβρ'ς.

Namen der vorzüglichen Festtage.

Neujahrstag,	τὸ νέον ἔτος· ὁ κηνούριος ὁ χρόνος [1]).
Heil. 3 Könige,	τῶν Θεοφανείων od. τῶν Φώτων· τὰ Θηοφάνεια od. τὰ Φῶτα.
Circoncisionstag,	τῆς περιτομῆς τοῦ Κυρίου· τ' ἁ'ϊ Βασ'λειοῦ [2]).
Lichtmesse,	τῆς Ὑπαπαντῆς· τ'ς 'παπαντῆς.
Die Fastnast,	τῆς Ἀποκρέω· τ'ς Ἀποκριαῖς [3]).
Die 1ste Fastwoche,	ἡ καθαρὰ ἑβδομάς· ἡ καθαρο'βδόμαδα.
Die Fastenzeit,	ἡ μεγάλη τεσσαρακοστή· ἡ μηγάλ' 'σσαρακουστή.
Die Weihnachtenzeit,	τὸ τεσσαρακονθήμερον· τὸ 'σσαραντάημηρο.
Die Charwoche,	ἡ μεγάλη ἑβδομάς· ἡ μηγαλο'βδόμαδα [4]).

1) Θεριστής, Schnittmonat. 2) Ἀλωνάρης, Dreschmonat. 3) Τρυγητής, Weinlesemonat. 4) Ἅγιος Δημήτριος, heiliger Demeter, weil den 24. October dieser Heilige gefeiert wird.

1) Ὁ καινούριος ὁ χρόνος. 2) τοῦ ἁγίου Βασιλείου. 3) ταῖς ἀποκρεαῖς. 4) μεγάλη ἑβδομάδα.

Der Gründonnerstag,	ἡ μεγάλη πέμπτη·
	ἡ μηγάλ' πεύτ'.
Der Charfreytag,	ἡ μεγάλη παρασκευή·
	ἡ μηγάλ' παρασκηυή.
Der Samstag vor Ost.,	τὸ μέγα σάββατον·
	τὸ μηγαλοσάββατο.
Mar. Verkündigung,	τοῦ Εὐαγγελισμοῦ·
	τ' 'βαγγηλ'σμοῦ.
Der Palmsonntag,	τῶν Βαΐων·
	τ' Βαΐοῦ.
Ostern,	τοῦ Πάσχα·
	'ν Πασκαλιά [1]).
Die Osterwoche,	τῆς Διακαινησίμου·
	τὸ ἡφτάημηρο [2]).
1ste Sonnt. nach Ost.,	τοῦ Θωμᾶ·
	τ' αἴ' Θουμᾶ [3]).
Christi Himmelfahrt,	τῆς Μεταμορφώσεως
	τ' αἴ' Σωτῆρα [4]).
Pfingsten,	τῆς Πεντηκοστῆς·
	τ'ς Πηντηκουστῆς.
Heil. Dfalt. Montag,	τῆς ἁγίας Τριάδος·
	τ'ς αἴας Τριάδας.
Johannes Fest,	τῶν γενεθλίων τοῦ ἁγίου Ἰωάννου·
	τ' αἴ ιαννιοῦ.
Peter u. Paul,	τῶν ἁγίων Ἀποστόλων·
	τ' αἴ' 'ποστόλ'.
Maria Himmelfahrt,	τῆς κοιμήσεως τῆς Θεοτόκου·
	τ'ς Παναγιᾶς τὸ δηκαπηνταύγουστου [5])
Maria Geburt,	τῶν γενεθλίων τῆς Θεοτόκου·
	τ'ς Παναγιᾶς τοὺν Τρύγου [6]).
Aller Heiligen,	τῶν ἁγίων πάντων·
	τοῦν αἴουν πάντουν.

1) Τὴν Πασχαλιάν. 2) τὸ ἑπταήμερον. 3) τοῦ ἁγίου Θωμᾶ. 4) τοῦ ἁγίου Σωτῆρος. 5) τῆς Παναγίας τὸ δεκαπενταύγουστον. 6) τὸν Τρύγον.

17 *

Aller Seelen,	τῶν ψυχῶν·
	τ' ψ'χοῦ.
Heil. Abend,	τῆς παραμονῆς τῶν Χριστοῦ γεννῶν·
	τὰ κόλιαντα [1]).
Christ Tag,	τῶν Χριστοῦ γεννῶν·
	τὰ Χρ'στούγεννα.

1) Κόλιαντον st. Κολλύριον oder Κολλούριον, rund gestaltetes Brod, welches man den Kindern austheilt, die in der Nacht des heiligen Abends vom Hause zu Hause herumgehen, und an die Thore pochend Χριστὸς γεννᾶται! schreien.

Inhalt

des zweiten Theiles.

Seite

Seite

THE NEW YORK PUBLIC LIBRARY
REFERENCE DEPARTMENT

This book is under no circumstances to be taken from the Building

form 410		

Zeitfracht Medien GmbH
Ferdinand-Jühlke-Straße 7
99095 Erfurt, Deutschland
produktsicherheit@kolibri360.de